사랑하지 않을 이유

김태영
장편 소설

사랑하지 않을 이유

초판 1쇄 찍은 날 | 2021년 6월 1일
초판 1쇄 펴낸 날 | 2021년 6월 11일

지은이 | 김태영
펴낸이 | 예경원

편집 | 주승아

펴낸곳 | ㈜예원북스
등록번호 | 제2012-000132호
등록일자 | 2021. 3. 8
YRN | 제1-0266호

주소 | 경기도 고양시 일산동구 호수로 646-24 위너스21-Ⅱ 206A호 (우) 10401
전화 | 031-819-9431 팩스 | 031-817-9432
http://cafe.naver.com/yewonromance
E-mail | yewonbooks@naver.com

ⓒ 김태영, 2021

ISBN 979-11-365-5859-6 03810

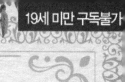

사랑하지 않을 이유

the Reason not to love

김태영
장편 소설

여원

목차

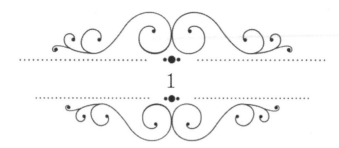

1

일요일 오후였다. 아버지는 어제 1박 2일로 강원도로 골프 여행을 갔고, 큰언니 정은은 아침 일찍 예비 신랑을 만나러 나갔다. 집에는 윤우와 큰어머니, 그리고 둘째 언니 정아만 있었다.

큰어머니가 끓인 바지락 칼국수로 셋은 늦은 점심을 먹었다. 점심 먹은 설거지를 하고 2층으로 올라가려는데 큰어머니가 찬장에서 다기를 꺼내며 윤우를 불렀다.

"차 마시고 올라가."

"언니 부를게요."

윤우는 점심을 먹자마자 바로 제 방으로 들어간 정아를 부르기 위해 일어서려고 했다.

"그냥 둬라. 걔는 차 좋아하지도 않잖니."

큰어머니가 찻잔을 두 개만 꺼내 놓으며 말했다. 차를 좋아하지 않으면 다른 디저트를 주면 되는데, 굳이 말리는 것을 보고 윤우는 큰어머니가 제게만 할 얘기가 있다는 것을 알아차렸다.

"올해 건 차향이 유난히 진하구나."

마주 앉은 큰어머니가 차를 한 모금 마시고 말했다.

"이모님 댁에서 올라온 차지요?"

"그래. 여기저기 나눠 줬더니 봄에 보내 준 차가 이게 마지막이구나. 5월은 되어야 햇차 맛을 볼 수 있을 텐데."

제주도에서 큰 다원을 하는 큰어머니의 막내 여동생은 매년 봄에 햇차를 덖어 올려 보냈다. 윤우는 어느 찻잎을 우려내든 대개 비슷하게 느꼈지만, 큰어머니는 차 맛과 향에 민감했다.

주방에 쌉싸래한 차향이 퍼졌다. 한동안 두 사람은 말없이 차를 마셨다. 윤우는 큰어머니의 내리깐 눈을 바라보았다. 하려는 얘기가 무엇인지 짐작이 가지 않아 조금 긴장했다.

"……윤우야."

"네."

"네가 이 집에 온 게 4학년 때였지?"

"……네."

윤우는 눈이 커져서 작게 대답했다. 한 번도 꺼낸 적 없는 옛날 얘기가 나와서 조금 놀랐다.

"벌써 15년이 넘었구나."

낮은 한숨과 함께 큰어머니가 말했다.

"……"

"힘들었지?"

"네? 무슨……."

"내 딴에는 신경을 쓴다고 썼다만, 네 나름대로는 서운할 때도 많았겠지."

"아니에요. 저는…… 어머니와 언니들한테 늘 감사하고 있어요."

사실 감사한 마음보다는 죄스러운 마음이 컸다. 남편이 외도해서 낳은 의붓딸을 키운다는 것은 누가 생각해도 쉬운 일은 아닐 것이다.

윤우가 열한 살이 되던 해 봄에 생모는 윤우를 보육원에 맡겼다. 자식을 보육원에 남겨 두고 등을 돌리는 그 순간에도 생모는 담장을 따라 만개한 5월의 장미처럼 싱그러웠다.

보육원에서 생활한 지 한 달쯤 되었을 때 아버지가 윤우를 데리러 왔다. 생모가 말한 대로였다. 네가 보육원에 있어야 아버지가 널 그 집으로 데리고 들어갈 거라고 생모가 말했었다.

그렇게 윤우는 보육원이라는 징검다리를 건너서 생모에게서 아버지에게로 넘겨졌다. 재가(再嫁) 상대를 만난 생모는 꽤 오랫동안 아버지에게 윤우를 데리고 가라고 끈질기게 요구했다. 그것을 알고 있었기 때문에 윤우는 그즈음에는 아이답지 않게 조용히 제 운명을 받아들였다.

당시에는 무덤덤하게 자신에게 일어나는 일들을 수용했는데, 무의식까지 담담할 수는 없었던 모양인지 어른이 된 지금도 불안해지면 그때의 일이 악몽으로 재현되었다.

꿈속에서 생모는 매번 바닥이 없는 새카만 우주의 한가운데처럼 낯설고 두려워 감히 비명도 지를 수 없는 장소에 그녀를 버려두고 갔다.

「쟤만 보면 그년 생각이 나서 치가 떨려.」

아버지 집으로 온 지 얼마 지나지 않아 큰어머니의 자매들이 주방에 모여 앉아서 하던 말을 윤우는 2층 계단을 내려오다 들었다. 그 말이 자신과 제 생모에 대한 말이라는 것을 직감으로 알아차렸다.

몸을 돌려 다시 2층으로 올라가야 한다고 생각했지만, 발이 얼어붙은 듯 움직이지 않았다. 그저 떨리는 작은 손으로 난간을 힘주어 잡는 것밖에 아무것도 할 수 없었다.

「어쩌면 생긴 것도 저렇게 제 어미를 쏙 빼박았는지…….」
「언니가 그년한테 또 오죽 잘했수? 고등학교 때지? 그년 엄마 사고 당하고 오갈 데 없는 걸 언니가 우리 집에서 같이 살게 해 달라고 아버지한테 며칠을 떼를 써서 데리고 산 게. 나쁜 년, 은혜를 원수로 갚아도 유분수지. 어떻게 그런 친구 남편을 꼬실 생각을 해.」

흥분한 여인들이 원색적인 말로 생모를 욕하는 소리를, 윤우는 얼굴이 창백해져서 듣고 있었다. 큰어머니는 자매들이 마음껏 욕하는 것을 묵묵히 듣고만 있다가 차갑게 한마디 했다.

「손뼉도 마주쳐야 소리가 난다고, 개만 욕할 것도 없어.」
「언니는 같이 살면서도 형부를 모르우? 그 여우가 아니라면 저 곰같은 양반이 퍽이나……. 하기는 둘이 똑같으니 그 짓을 했지. 아이고 몰라, 셋 다 뭉쳐서 쓰레기통에 처넣고 싶어. 구역질 나.」

더럽다는 듯 치를 떠는 목소리에 윤우는 몸을 부르르 떨었다.

「어린 게 무슨 죄가 있어. 그런 부모 사이에서 태어나고 싶어서 태어난 것도 아니고.」

「언니가 무슨 부처님 가운데 토막이우? 이렇게 무르니까 형부가 저렇게 뻔뻔스럽게 나오지. 어딜 감히 밖에서 싸지른 걸 안으로 데리고 들어올 생각을 해? 나 같으면 어림도 없어.」

「행여 애 앞에서 티 내고 그러지 마.」

「몰라. 난 싫은 거 숨기는 짓 못 해. 그년 보는 것 같아서 애 얼굴만 봐도 소름 끼친다구.」

윤우는 뒷걸음질 치다 계단 턱에 걸려 뒤로 주저앉았다. 그 소리를 누가 들었을까 봐 입을 막고 숨을 죽였다. 다행히 주방에서는 거리낌 없는 저주와 욕설이 계속되었다. 윤우는 도망치듯 계단을 올라 방으로 들어갔다.

그때는 어린 마음에 큰어머니가 자매들과 섞여 함께 욕하지 않고 제 편을 들어 준 게 고맙고 그나마 위로가 되었다. 큰어머니 속은 자매들보다 더 큰 분노가 들끓고 있다는 것까지 짐작하기에 윤우는 너무 어렸다.

큰어머니는 늘 담담한 얼굴로 윤우를 대했다. 그런 태도를 취하기 위해 얼마나 큰 인내심을 발휘해야 하는지 그때는 알지 못했다. 윤우는 어떻게든 큰어머니 마음에 들고 사랑받기 위해 애썼다.

자신이 저지른 잘못의 결과임에도 차갑고 묵묵히 방관하던 아버지, 벌레 보듯 경멸하고 전염병 환자 취급하던 이복자매 사이에서 매달릴 데라고는 큰어머니밖에 없었다. 살아남기 위한 어린아이의 본능이었다.

큰어머니에게 애정을 바란다는 게 말도 안 된다는 걸 알면서도 윤우는 그것을 갈구하며 자랐다.

자신이 아무리 애써도 큰어머니에게 저는 목에 걸린 가시처럼 괴롭고 불편한 존재라는 걸 알게 된 후에도 노력을 멈출 수 없었다.

어른이 된 지금도 습관적으로 큰어머니의 낯빛을 살피고 심기를 건드리지 않으려 애썼다.

"너도 이제 독립하는 게 어떠니?"

옛 생각에 잠겨 있는데 큰어머니가 찻잔을 달그락 내려놓으며 말했다.

"독립이요?"

뜻밖의 말에 눈이 커졌다.

"너도 해 지나면 스물일곱이잖니. 이제 독립해서 살 나이 됐지."

"저는 이대로 지내도 괜찮아요."

"눈치 볼 거 없어. 혼자 살면 편하고 좋지, 뭐."

"……."

"집은 네 회사 근처로 얻으면 좋겠다만, 그쪽 시세가 워낙 높아서……. 조금 떨어진 동네로 얻어야 할 거 같구나."

"어머니, 저 어쩌면……. 내년에 결혼하게 될지도 모르겠어요."

윤우가 말했다. 결혼하면 어차피 나가야 하는데 지금 굳이 독립하는 건 번거롭고 여러모로 낭비라고 생각했다.

"그래? 상빈이랑은 얘기 끝났니?"

"구체적인 날짜를 정한 건 아니지만 내년에 하게 될 거 같아요."

아직 프러포즈를 받은 적은 없지만, 그가 연애 초기부터 입버릇처럼 결혼 얘기를 해 왔고, 저는 서른 전에 꼭 결혼할 거라고 말하곤 했다. 해 지나면 그의 나이가 스물아홉이 되므로 결혼하게 되지 않을까 자연스럽게 생각하고 있었다.

"잘됐구나."

큰어머니가 담담히 말했다.

"……네."

"독립한다고 해도, 나도 그렇고 언니들도 도와줄 테니 그건 걱정하지 않아도 돼."

"얼마 남지 않았으니까……. 결혼 전까지 그냥 가족들이랑 살고 싶어요."

큰어머니가 자신을 꼭 내보내고 싶어 하는 것 같다는 생각이 들긴 했지만, 윤우는 조심스럽게 제 의견을 말했다. 15년이 넘게 데리고 살았는데 몇 개월을 못 참아서 그런 번거로운 일을 하려는 게 이해가 되지 않았다.

"……그렇구나. 사실은, 너한테 미리 말 못 했는데, 정은이도 내년 가을에 식을 올리게 될 것 같다."

난감한 얼굴로 잠시 말이 없던 큰어머니가 말했다.

"네? 정말요?"

뜻밖의 소식이었다. 정은이 연애를 시작한 지 몇 개월 되지 않은 거로 알고 있다. 이렇게 빨리 결혼하게 될 줄은 예상치 못했다.

"나는 그래도 한 1, 2년 연애하다가 결혼했으면 했는데 저쪽 집에서 서두르는 모양이야. 11월에 경철이 아버지 회갑이라고 하는 기 보니, 이왕 할 거 그 전에 하자 싶은 거겠지."

"잘됐네요. 축하드려요, 어머니."

"그래, 고맙구나."

큰어머니가 찻잔을 내려다보며 덧붙였다.

"아무래도 네 결혼은 뒤로 좀 미뤄야겠구나. 한 해에 결혼을 두 번이나 치르기는 무리야."

"네. 그렇게 할게요. 전 아직 정해진 건 아니니까 괜찮아요."

상빈이 내년 안에 결혼하고 싶어 한다고 해도 이런 사정을 말하면 이해 못 할 사람은 아니었다.

"제가 뭐 도와드릴 일 있으면 말씀해 주세요."

집안의 경사이니 윤우도 기뻤고 도울 일이 있으면 성심껏 돕고 싶었다.

"그래. 그래서 말인데, 곧 상견례도 해야 하고……."

윤우는 웃는 얼굴로 고개를 끄덕이며 큰어머니를 바라보았다.

"……정은이가 경철이한테 아직 말 못 했나 보더라."

"뭘요?"

"처음에 경철이한테 얘기할 때 여동생이 하나라고 했다는구나. 너는 친척 동생인데 사정이 있어서 같이 살게 되었다고 했다더라."

"……네?"

"인제 와서 사실대로 말하려니 입이 떨어지지 않는 모양이야."

윤우는 당황했다. 느닷없이 따귀를 한 대 얻어맞은 기분이었다. 저도 모르게 찻잔 손잡이를 잡은 손이 가늘게 떨렸다.

"정은이 너무 원망하지는 말아라. 아무렇지 않게 드러낼 정도로 떳떳한 일은 아니잖니. 그것 때문에 그동안 경철이를 집에도 맘대로 데리고 오지 못한 모양이더라."

정은은 딱 한 번, 부모님께 인사시키기 위해 집에 경철을 데리고 왔었다. 그때 왠지 굳어 있던 그녀의 얼굴이 긴장 때문이라고 생각했었는데 그게 아닌 모양이었다.

"애초에 말을 꺼내지 않으면 모를 텐데 왜 굳이……."

말을 하다 말고 윤우는 입을 다물었다. 생각해 보니 이런 일이 처음도 아니었다.

정은은 학창 시절에도 집에 놀러 온 제 친구들에게 윤우를 친척 동생이라고 말했었다. 굳이 거짓말을 하지 않으면 아무도 궁금해하지 않고 모르고 지나갈 텐데, 그녀는 한순간도 윤우가 그녀의 완전한 가족으로 보이는 것을 용납할 수가 없었던 것이다.

"그때는 결혼까지 하게 될 줄 모르고 그랬다는데 인제 와서 말을 바꾸자니 거짓말을 한 납득할 만한 이유를 댈 자신도 없고, 그렇다고 사실대로 말하는 것도 싫다고 하더라. 너도 알잖니. 정은이 자존심 센 거. 경철이한테도 그렇고, 경철이네 가족한테도 집안에 그런 흠 있는 거 절대 알리고 싶지 않대."

"……."

"그렇지 않아도 저쪽 집에서 자기 아들 변호사라고 정은이 썩 마음에 차지 않아 하는 눈친데, 내세울 것도 없는 집에 그런 흠까지 있는 걸 알면 누가 좋다고 하겠니. 그래서, 이왕 이렇게 됐으니 그냥 끝까지 알리지 않기로 했다."

"호적 보면 어차피 알게 될 텐데 어떻게……."

"그건 너를 데리고 올 때 입양 형식으로 우리 호적에 올렸다고 이미 말했대. 이제 경철이도 집에 자주 드나들 거고, 네가 여기 살면 계속 마주치게 될 텐데, 정은이는 그게 싫은 모양이야. 그럴 때마다 신성 쓰일 테고, 사주 보나 보낸 서도 모르세 말실수할 수도 있으니까."

"……."

윤우는 입술을 물었다. 얼굴로 피가 한꺼번에 물렸다가 또 한꺼번에 빠져나가는 것 같았다. 제 존재 자체가 누군가에게는 수치라는 사실은 여러 번 겪어도 늘 새삼스럽게 끔찍했다.

15년 넘게 한집에 살았어도 다정한 대화 한 번 나눈 적 없는 정은을 생각했다. 대놓고 구박한 적은 없었지만, 정은이 제 존재를 부정하고 싶어 한다는 것을 모를 수는 없었다.

  이제 무뎌질 법도 한데, 이런 일이 생길 때마다 가족들의 마음을 이해하는 것과 별개로 예외 없이 상처를 받는 제가 싫었다. 식탁 아래로 내린 손끝이 차갑게 식는 것 같았다.

  "이 얘기 들으면 네 기분이 좋지 않을 걸 알지만, 이런 사정이 있다는 거 알아야 혹시 경철이한테 말실수하지 않을 거 같아서 사실대로 말하는 거야."

  "……네."

  "그리고, 이번에 새해 연휴가 3일이나 되잖니. 그래서 경철이랑 같이 가족 여행 가기로 했거든……. 결혼 전에 서로 좀 친해지라고 정은이 일부러 그렇게 계획을 잡은 모양이야."

  윤우는 멍하니 제 손을 내려다보고 있다가 얼른 고개를 들었다. 큰어머니가 무슨 말을 하려는지 알아들은 윤우는 서둘러 말했다.

  "저는 연휴 때 상빈 씨랑……. 따로 계획을 잡아 놓았어요."

  윤우는 거짓말했다.

  "그래. 아버지랑 언니들한테는 내가 그렇게 얘기하마."

  차가 식어 가고 있었다. 한참 동안 침묵이 흐른 후, 윤우가 말했다.

  "……아버지도 알고 계세요?"

  망설이다가 물었다. 자신을 자식이 아니라고 하는 일에 아버지도 동의했는지 궁금했다.

  "정은이가 아버지한테도 이미 얘기했다. 정은이 우는 거 보고 아무 말도 못 하더라. 제 잘못으로 자식이 그런 고통을 받고 있는데 무슨 할 말이 있겠어."

"……."

윤우는 말없이 고개를 끄덕였다. 이런 일이 생기기 전에 스스로 나갔어야 했다는 자책이 들었다.

"집 구하는 거야 금방이니 가지고 갈 짐 같은 거 미리 대충 좀 싸 두는 게 좋겠다."

"……집은 구해 주지 않으셔도 될 거 같아요."

"왜?"

"이수동 집에 아직 세입자 안 들어와서 비어 있어요."

"뭐? 거긴……."

큰어머니가 눈살을 찌푸렸다. 이수동 집은 윤우가 이 집으로 오기 전까지 생모와 함께 살던 낡은 단독 주택이었다. 생모는 그 집을 윤우 앞으로 남겨 놓았다. 큰어머니가 팔아 치우라고 질색을 했지만, 아버지는 웬일인지 큰어머니 말을 듣지 않고 집을 그대로 두었다.

월세를 놓고 있었는데 집이 낡아서 그런지 가을에 세입자가 나가고 난 후 다시 세가 나가지 않아서 여태 비어 있었다.

"너 혼자 어떻게 그런 데서 살아? 옛날 집이라 춥고 방범도 허술할 텐데. 회사랑도 멀고."

"들어가기 전에 수리를 좀 하면 될 거예요. 회사에 한 번에 가는 버스도 있고요."

"……그래?"

큰어머니는 떨떠름한 얼굴로 그녀를 쳐다보았다. 정은의 결혼식 때문에 곧 목돈이 들 텐데 오피스텔 구하는 돈이 굳어서 안도하는 한편, 윤우의 생모가 살던 집이라는 게 마음에 걸린 것 같았다.

"연휴 끝나는 대로 집수리하고 바로 들어갈게요."

"……그래. 네가 그러고 싶으면 그렇게 해야지."

"…….'

잠시 식탁에 침묵이 내려앉았다. 이 집을 나가면 다시는 이 구성원 속으로 돌아오지 못한다는 것을 알고 있었다. 따뜻하고 다정한 가족은 아니었지만, 오랫동안 자신을 보호해 주던 유일한 울타리였다.

준비도 없이 급작스럽게 떠밀리듯 그 밖으로 나가야 한다고 생각하자 두려움이 몰려왔다. 가슴 속에 찬바람이 부는 것 같았다.

윤우는 평소처럼 담담한 얼굴로 찻잔을 씻어 식기 건조대에 올려 두고 2층으로 올라가 숨듯이 제 방으로 들어가 문을 닫았다.

12월 마지막 날이었다. 퇴근 시간이 다가오고 있었다. 이틀 전에 미리 송년회를 마쳐서인지 한 해의 마지막 날인데도 사무실 분위기는 조용했다. 내일은 1월 1일이고 다음 날은 토요일이라 3일 동안 연휴였다.

가족들은 지금쯤 제주도행 비행기를 타고 있을 것이다. 아버지는 결혼도 하기 전에 예비 사위와 불편한 여행을 가는 것에 대해 몇 마디 불평했을 뿐, 윤우가 가족 여행에 함께 가지 않는 것이나, 곧 집을 나가 살게 된 것에 대해서는 아무 말 하지 않았다.

하기는 그가 무슨 할 말이 있겠는가. 차라리 아무 말도 하지 않는 게 낫다.

윤우는 퇴근 시간이 거의 다 되어서야 오늘까지 기한인 보고서를 완성할 수 있었다. 이미 오전에 결재를 올렸는데 30분 만에 서류에 수정을 요구하는 어지러운 줄이 그어진 팀장의 피드백이 돌아왔다.

몇 시간 동안 눈이 빠지도록 들여다보며 수정을 마친 자료를 들고 서둘러 사무실 한쪽, 파티션으로 구분된 팀장 자리로 갔다.

"포레가 어디야. 주소⋯⋯. 크리드 호텔? 알았어. 안 늦어."

팀장은 앞에 놓인 듀얼 모니터에 시선을 고정한 채 한 손으로는 마우스를 딸깍이며 통화 중이었다. 크리드 호텔의 포레라면 윤우도 가 본 적이 있다.

작년에 친구 미소가 예비 신랑을 소개해 준 장소가 그곳이었다. 둥근 돔형의 천장이 웅장하게 높고 신화 속의 신전처럼 커다란 기둥들이 천장을 받치고 서 있는 고급 호텔의 위스키 바였다.

그 위스키 바의 메뉴판에 적힌 가격은 평범한 직장인이 아무렇지 않게 가서 술을 마실 수 있는 금액은 아니었다. 그렇다고 해도 차 팀장이 그런 곳에서 술을 마신다는 것이 조금 의외로 느껴지기도 했다.

차 팀장 같은 부류는 아무나 접근할 수 없는 좀 더 은밀한 장소를 이용할 것 같았기 때문이다. 특권층이 누릴 법한 것을 굳이 고집하지 않는 그 소탈한 면이 그답다는 생각이 들었다.

"SP프로젝트 보고서 수정본입니다."

팀장이 전화를 끊는 것을 보고 윤우는 보고서를 내밀었다. 결재 서류를 받아 든 그의 시선이 모니터에서 수정한 보고서로 옮겨 갔다.

차 팀장이 서류를 한 장씩 넘겨 훑어보는 동안 윤우는 얌전히 서서 서류를 든 그의 정갈한 손을 바라보았다. 남자답게 뼈마디가 굵고 큰 손인데 섬세하고 아름다웠다.

사내 여직원들 사이에서는 차 팀장의 오만하게 높은 콧대나, 약간 우울해 보이는 깊은 눈빛, 또는 하이힐을 신고도 턱을 들어야 얼굴을 볼 수 있는 큰 키 같은 것들이 질리지도 않고 자주 화제에 오르곤 했다.

다 인정하지만, 윤우는 그중에서 그의 손이 압권이라고 생각했다. 차 팀장의 손은 윤우가 여태 봐 온 손 중에서 가장 완벽하게 생긴 손이었다. 그녀는 한때 사람의 손을 보면 대충 그 사람의 영혼이 어떤 형태인지 짐작할 수 있다는 얼토당토않은 생각을 한 적도 있을 정도로, 손이라는 신체에 특별한 애정을 품고 있었다.

"기술 이전 계약서 초안은 어떻게 됐어요?"

서류를 살펴보던 차 팀장이 물었다. 잠시 다른 생각에 빠져 있던 윤우는 얼른 정신을 차리고 대답했다.

"오전에 법무팀에 넘겼습니다. 라이센싱 검토 때문에 시간이 조금 걸린다고 했습니다."

"초안 완성되는 대로 보고서 첨부해서 메일로 보내세요. 다음 주 목요일까지니까 납기 놓치지 않도록 신경 쓰고."

"네."

"됐습니다."

그가 서류를 내려놓으며 고개를 끄덕였다. 다른 수정 사항이 생기면 남아서 끝내고 퇴근해야 할지도 모른다고 생각했는데 다행이었다. 외근 나갔던 상빈은 10분 전에 이미 거래처에서 바로 약속 장소로 출발한다고 문자가 온 상태였다.

"수고했습니다. 시간 다 된 거 같은데 그만 퇴근하세요."

차 팀장은 윤우의 속을 읽기라도 한 듯 손목시계를 보더니 말했다. 문득 점심시간에 휴게실에서 타부서 여직원들 사이에서 오가던 화제가 떠올랐다.

한 달도 남지 않은 정기 인사이동 때 차 팀장의 승진이 발표될 거라는 소문이었다. 어디서 나온 얘기인지는 확실치 않았지만, 헛소문은 아닐 것이다. 곧 그가 이 부서를 떠난다고 생각하자 서운한 생각이 들었다.

"할 얘기 있어요?"

윤우의 머뭇거림을 민감하게 눈치챈 그가 물었다. 물론 출처도 확인되지 않은 소문을 차 팀장 앞에서 꺼낼 생각은 없었다.

"팀장님은 퇴근 안 하세요? 오늘은 아마 차가 많이 막힐 거라서 다른 때보다 서두르셔야 제시간에……."

그가 전혀 퇴근하려는 기미가 없어 보여 윤우는 그렇게 말하다 말고 제가 무슨 얘기를 하는 건가 싶어서 얼른 입을 다물었다. 크리드 호텔이 있는 쪽은 평상시에도 교통 체증이 심했다.

오늘 같은 날은 평소보다 두 배는 시간을 잡고 출발해야 예정된 시간에 도착할 수 있을 것이다. 하지만 속으로 한 생각을 굳이 말로까지 할 필요는 없었다. 본인이 어련히 알아서 할까.

아니나 다를까 그가 윤우를 빤히 바라보았다. 어울리지 않는 오지랖을 부리고 당황한 티를 내지 않으려 내려오려는 입술 끝에 힘을 주어 미소를 유지했다.

생각해 보니 그와 같은 사무실에서 지낸 2년여 동안 업무에 관련된 대화 외에 일상적인 얘기를 나눈 적도 거의 없었다. 사실 그에게 아무렇지 않게 친근한 말을 건넬 수 있는 사람은 그보다 직급이 높은 사람들을 포함해 몇 명 없다고 보는 게 맞다.

그는 오너 일가이고, 임원으로 고속 승진하기 위해 거쳐 가는 이런 자리가 아니라면 윤우 같은 평사원이 직접 얼굴을 마주하기도 힘든 사람이었다.

"나는 오늘까지 처리해야 할 일이 있어서 조금 더 이따가 나가야겠네요."

차 팀장이 부드러운 목소리로 말했다.

"그럼 먼저 가 보겠습니다. 팀장님 새해 복 많이 받으세요."

"그래요. 윤우 씨도 새해 복 많이 받아요."

차 팀장이 대답했다. 그 얼굴에 어렴풋한 미소가 떠올랐다. 윤우가 놀라서 눈을 한 번 깜빡이는 순간 미소는 사그라들고, 이내 그의 시선은 무심히 모니터 쪽으로 돌아갔다. 그가 진짜 웃은 건지 제가 잘못 본 건지 헷갈릴 정도로 차 팀장은 평소에 잘 웃지 않는 사람이었다.

팀원들이 하나둘씩 일어나 팀장에게 인사를 하고 사무실을 나갔다. 윤우도 자리를 정리하고 화장실로 가서 양치질하고 화장을 고쳤다.

"윤우 씨 데이트라도 있어? 오늘 신경 많이 썼네?"

화장실 칸에서 나온 서 대리가 거울을 통해 윤우의 옷차림을 훑으며 장난스럽게 말했다.

"친구들 만나기로 해서요."

윤우는 거짓말했다. 한 층 아래 사무실이 있는 영업팀 사원인 상빈과 사귀는 것은 아무도 몰랐다. 사내 연애가 금지 조항은 아니었지만 둘이 연애하는 걸 드러내서 좋을 건 없었다.

윤우는 4년 전 취업 스터디 모임에서 처음 상빈을 만났다. 지인이 속한 스터디 모임에 취업 선배로서 조언해 주기 위해 참석했던 상빈은 모임이 끝난 후 윤우에게 연락해 왔다.

그는 밝고 사교적인 사람이었다. 윤우도 호감을 느꼈고 그의 적극적인 구애로 사귀기 시작했다. 윤우가 목표에 두지 않았던 대영물산에 지원한 것도 그렇고, 합격한 두 개의 회사 중에 대영을 택한 것은 물론 상빈의 영향이 컸다.

사내 연애의 어려움에 대해 짐작하고 있던 두 사람은 애초에 비밀 연애를 하기로 합의를 보았다. 그리고 여태 아무에게도 들키지 않고 스릴 넘치는 연애를 이어 가고 있었다.

"싱글은 좋겠다. 난 퇴근하고 바로 애 데리고 시댁으로 가야 해. 퇴근이 퇴근이 아니야……. 아무것도 신경 쓰지 않고 한 이틀만 죽은 듯이 잠만 자고 싶다."

서 대리가 페이퍼 타월을 꺼내 손을 닦으며 고개를 절레절레 저었다. 아닌 게 아니라 눈 밑에 다크서클이 짙게 내려앉은 얼굴이 몹시 피곤해 보였다. 우는소리를 하며 손을 흔들고 나가는 서 대리에게 인사를 하고 얼른 화장을 마무리했다.

회사를 나왔을 때는 벌써 조금씩 땅거미가 내려앉고 있었다. 회색빛이 낮게 드리운 하늘에서 금방이라도 눈이 쏟아질 것 같았다. 윤우는 마주 오는 사람들과 몸을 부딪치지 않기 위해 어깨를 움츠리고 전철역으로 갔다. 상빈과 만나기로 한 장소는 혼잡한 시내 중심가에 있었다.

전철은 퇴근 시간인데다 한 해의 마지막 날이라 그런지 다른 때보다 더 붐볐다. 생판 모르는 타인과 온몸을 밀착한 채 약속 장소인 전철역에 간신히 도착했다. 떠밀리듯 전철에서 내려 어깨 아래로 흘러내린 코트를 추스르며 계단을 올랐다.

상빈이 예약해 둔 프렌치 레스토랑은 8층에 있었다. 약속 시각 5분 전이었다. 윤우가 15층에서 한참 동안 움직이지 않는 엘리베이터 숫자판을 바라보고 있는데, 코트 주머니 안에서 휴대 전화가 짧게 진동했다. 상빈이겠거니 하고 얼른 휴대 전화를 꺼냈다.

모르는 번호로 온 문자였다.

광고일 거라고 생각하고 삭제하려고 문자를 연 윤우의 얼굴이 굳었다. 도착한 문자는 뜻밖에도 사진 한 장이었다. 상빈과 웬 낯선 여자가 함께 찍은 사진이었는데 그 배경이 침대였다.

세상모르고 잠든 상빈의 품에 안긴 여자의 얼굴은 딸기 이모티콘으로 가려져 있었다. 여자가 휴대 전화를 들지 않은 손을 상빈의 턱 아래 대고 브이 자를 하고 찍은 셀카였다. 윤우는 멍하니 사진을 내려다보았다.

사진을 보면서도 사태 파악이 되지 않았다. 도대체 뭐지? 사진 속 인물이 대답해 주길 기다리는 사람처럼 그것을 뚫어질 듯 바라보았다.

언제 내려왔는지 눈앞에서 엘리베이터 문이 열렸다. 윤우는 기계처럼 몸을 움직여 그곳에 올라탔다. 엘리베이터는 지하 4층까지 내려갔다. 사람들이 다 내리고 다시 몇 명의 사람들이 엘리베이터에 타는 동안 윤우는 구석에 멍하니 서 있었다.

문득 상빈에게 전화해야겠다는 생각이 들어 휴대 전화를 들다가 지금 자신이 그를 만나러 가고 있다는 것을 깨달았다. 겨우 정신을 차렸을 때 엘리베이터는 이미 8층을 지나 있었다.

엘리베이터가 멈추자 어느 층인지 확인하지 않고 곧장 내렸다. 패밀리 레스토랑 입구였다. 그 앞에 길게 대기 줄이 늘어서 있었다. 윤우는 사람들 옆을 지나 복도 모퉁이를 돌아갔다.

쫓기는 사람처럼 벽에 기대서서 숨을 골랐다. 상빈을 만나기 전에 사진을 보낸 사람과 통화를 해 봐야겠다는 생각이 들었다. 문자가 온 번호로 전화를 걸었다. 꽤 오래 신호음이 이어진 후 드디어 상대가 전화를 받았다.

"……."

─ …….

입이 떨어지지 않아 아무 말도 하지 못했고 상대도 말이 없었다.

"여보세요."

한참 만에 윤우가 먼저 입을 열었다.

─ 네.

여자가 뚝 떨어지는 분명한 목소리로 대답했다. 단 한마디 대답만으로 여자의 당당함이 그대로 전해져 왔다. 그 자신감이 윤우를 더 불안하고 불쾌하게 했다.

"사진 보내신 분인가요?"

─ 그런데요.

"왜 이런 걸 나한테 보냈어요?"

─ 이윤우 씨도 알아야죠.

여자는 자연스럽게 윤우의 이름을 입에 올렸다.

"뭘요?"

─ 애인이 바람피우는 거 말이에요.

코트 주머니 속에 든 주먹을 꽉 움켜쥐었다. 추운 것인지 분노 때문인지 몸이 와들와들 떨렸다.

"……."

통화 중에 다른 전하가 들어오는 신호음이 들어왔다. 상빈이 전화였다. 윤우는 이를 물고 심호흡했다.

─ 지금 상빈 씨 만나러 가는 길인가요? 아니면 벌써 만났나요?

"그쪽이 바람 상대인가요?"

– 그런 셈이죠.

"바람피우는 게 자랑스러운가 봐요?"

목소리가 떨리지 않기 위해 온몸에 힘을 준 채 말했다.

– 결혼한 것도 아닌데 와이프처럼 구시네. 먼저 만났다고 소유권이 있는 건 아니잖아요.

여자에게서는 구르고 굴러서 단단히 인이 박인 굳은살이 느껴졌다. 이길 수 없을 것 같다. 싸우기도 전에 패배감을 느꼈다.

"애인 있는 사람인 거 알면서 만나는 게 그렇게 당당할 일이에요?"

– 당당하지 못할 건 뭐예요? 유부남 꿴 것도 아닌데.

"원하는 게 뭐예요?"

윤우는 거칠어진 숨을 몰아쉬며 물었다. 여자처럼 침착하고 싶었지만, 자신은 여자의 발뒤꿈치도 따라갈 수 없었다.

– 뭐, 특별히 원하는 건 없어요. 물론 윤우 씨가 상빈 씨랑 헤어져 주면 좋겠지만, 아니어도 어쩔 수 없죠.

"뭐라고요?"

– 난 상빈 씨한테 여자 친구 있다는 거 알고 만났으니까. 그렇지만 윤우 씨는 상빈 씨가 나 만나는 거 알아도 상빈 씨랑 계속 만날 수 있을지, 그건 모르겠네요?

물론 애초에 사진을 보내고 이런 전화 통화를 하는 목적은 자신을 모욕하고 약 올리고 급기야는 헤어지게 만들기 위함일 것이다. 그 여자는 목적에 충실했고 아주 성공했다.

눈을 감고 숨을 고르려고 애썼다. 다시는 한눈팔지 않겠다고 빌던 상빈의 얼굴이 떠올랐다. 그게 2년 전이었다. 그 말을 믿었던 것일까? 용서는 했지만, 절대로 잊을 수는 없을 것 같았던 그 일은 벌써 그녀의 머릿속에서 희미해져 있었던 모양이다. 이렇게 충격이 큰 것을 보면.

– 즐거운 데이트 앞두고 내가 찬물을 끼얹은 것 같아서 좀 미안하네.

여자가 웃었다. 주먹을 꽉 쥔 손바닥으로 손톱이 아프게 파고들었다.

"……언제부터 만났어요?"

– 아마 두어 달 됐죠?

여자는 물어 주길 기다린 사람처럼 대꾸했다. 두 달이 넘도록 아무것도 눈치채지 못했다. 서로 바빠서 주말에도 거의 만나지 못한 시기가 그때쯤부터였던 것 같다. 기획팀은 11월이 다음 연도 제도 수립을 하는 달이라 1년 중 제일 바빴다.

연일 야근으로 10시 전에 집에 들어간 날이 한 손에 꼽을 정도였다. 윤우의 야근이 끝날 무렵부터는 영업팀이 바빠져서 상빈은 주말에도 출근해야 할 정도였다. 회사에서 스치듯 눈인사를 나누고, 퇴근해서 잠들기 전에 잠깐 통화하는 게 다였다. 이상한 걸 느낄 사이도 없었다.

"어디서, 어떻게 만났어요?"

그런 것을 묻는 제가 어리석게 느껴졌다. 이렇게 된 마당에 그까짓 게 뭐가 중요할까.

– 바에서 만났어요. 혼자 술 마시러 가는 단골 바에서 상빈 씨랑 자주 마주쳤는데 먼저 말을 걸더군요.

여자가 자랑스럽게 떠벌였다. 상빈이 정해 놓고 다니는 술집이 있다는 것도 몰랐다. 바빠서 잠잘 시간도 부족하다더니 술 마시러도 가고 여자도 만나고 할 건 다하고 있었다. 윤우는 입술을 물었다.

"근데 왜 댁이 이런 사진을 보내요? 헤어지고 싶으면 당사자가 직접 말하겠죠."

– 윤우 씨도 알겠지만, 상빈 씨가 마음이 약하잖아요.

"……."

– 맨날 헤어지겠다고 말만 하고 계속 미루니까 내가 나설 수밖에.

"상빈 씨가 나랑 헤어지겠데요? 그럼 해결됐네요. 마음 떠난 남자 갖겠다고 머리채 잡고 싸울 생각 없으니까. 가지세요, 댁이."

윤우는 주먹을 꽉 쥐고 말했다.

– 그렇게 고고한 척하면 기분이 좀 나아져요? 상빈 씨 심정이 이제 좀 이해가 되네.

"……뭐라고요?"

– 상빈 씨가 그러던데, 조선 시대 규수하고 사귀는 기분이라고. 한 달은 사정사정해야 한 번 자 준다며? 너무 비싸게 굴어서 피곤해 죽겠다고 하던데.

여자가 비웃었다.

"잘됐네요. 그 남자가 드디어 제 수준에 맞는 값싼 여자 만난 모양이니까."

– ……야!

수화기 너머에서 격앙된 목소리가 넘어왔다. 윤우는 그대로 전화를 끊었다. 전화기를 꽉 쥔 손이 떨렸다. 다시 전화가 왔지만 받지 않고 전원을 껐다.

윤우는 다리에 힘이 풀려 그대로 무릎을 접으며 주저앉았다. 울음이 터질 것 같아 이를 물고 참았지만 정작 눈물은 나오지 않았다.

❖

윤우는 계단으로 걸어서 8층까지 내려갔다. 망설이지 않고 상빈이 기다리고 있을 프렌치 레스토랑 문을 열었다. 조용한 클래식 음악이 흐르는 실내를 빠르게 훑는데, 출입문을 지켜보고 있었던 것인지 창가 쪽에 앉은 상빈이 손을 번쩍 드는 게 보였다.

윤우는 안내하려고 다가오는 종업원을 기다리지 않고 창가 테이블에 앉아 있는 상빈을 향해 걸어갔다. 그녀는 상빈이 앉은 테이블에 도착하자마자 앞에 놓였던 물 잔을 들어 그의 얼굴에 확 끼얹었다.

"억! 너, 이게 무슨……."

언제나처럼 다정한 눈빛으로 그녀가 다가오는 걸 지켜보고 있던 상빈은 느닷없이 날아든 물세례에 얼굴에서 뚝뚝 떨어지는 물을 훑으며 표정을 일그러뜨렸다.

"싫으면 헤어지자고 하면 되잖아. 왜 사람을 이 꼴로 만들어? 내가, 내가……."

윤우는 떨리는 목소리로 말하다 말고 2년 전 똑같은 일이 있었을 때가 떠오르는 바람에 말을 끝맺지 못했다. 바람을 피운 상빈을 쉽게 용시해 주었다.

그때 윤우는 그가 저를 떠날까 봐, 용서를 빌지 않고 헤어지자고 할까 봐 오히려 겁을 먹고 있었다. 수치심과 자기혐오로 온몸이 떨렸다.

"……."

상빈은 얼굴이 하얘져서 아무 말도 하지 못했다.

"말해 줬으면, 좋았잖아. 나도 알아듣는다고……. 왜, 다들…….
사람을 이렇게 비참하게 만들어?"

그 와중에 이제 그만 자기 집에서 나가 달라고 말하던 큰어머니
의 난처한 얼굴이 겹쳐졌다. 큰어머니가 그만 나가 달라고 말할 때
까지 미련하게 버틴 것처럼, 상빈이 그만 헤어져 달라고 말할 때까
지 저는 아무것도 모르고 웃고 있었을 것이다. 따뜻한 실내에 있는
데도 추위를 느꼈다.

놀라서 달려온 종업원이 끼어들기 미안하다는 듯 머뭇거리며 말
을 걸기 전에 상빈에게서 등을 돌렸다. 그 자리에서 울 수는 없었
다.

레스토랑에서 점잖게 한해의 마지막 저녁 식사를 즐기던 사람들
의 호기심 어린 시선이 화살처럼 와서 꽂혔다. 상관없었다. 그녀는
레스토랑을 나와 급히 비상계단 쪽으로 걸음을 옮겼다.

"윤우야!"

막 비상계단으로 나가는 문 앞에 도착했을 때 뒤쫓아 나온 상빈
이 부르는 소리가 들렸다. 윤우는 돌아보지 않고 그대로 문을 열고
나갔다.

"윤우야, 얘기 좀 해."

계단으로 발을 내딛기 직전에 상빈에게 팔이 잡혔다. 자신의 몸
에 닿은 그의 손이 갑자기 뱀처럼 징그럽게 느껴졌다. 세차게 그
손을 뿌리쳤다. 몸이 휘청거렸다. 윤우는 간신히 벽을 짚고 섰다.

상빈의 얼굴을 보고 싶지 않았다. 그 자리를 벗어나고 싶었지만,
다리에 힘이 풀려 주저앉기 직전이라 걸음을 옮길 수 없었다. 윤우
는 제 앞에 죄인처럼 고개를 숙이고 선 상빈을 외면했다.

"……어떻게 알았어?"

"그게 중요해요?"

"……실수야, 그건. 정말 실수였어."

"당신이라는 인간 정말……."

구제 불능이라고 비난하려던 입을 다물며 입술을 꽉 물었다.

"윤우야 잘못했어. 내가 잘못했어……. 한 번만 용서해 줘."

"……한 번만?"

윤우는 자조하듯 그 말을 곱씹었다.

"너랑 헤어질 생각 없어. 한 번도 그런 생각한 적 없어."

상빈이 세차게 고개를 저었다. 2년 전에도 실수라고 해서 용서해 주었다. 완벽한 사람은 없으니까 한 번쯤 실수할 수 있다고 생각했다. 깊이 반성하는 모습을 보여 줬고 너무 자책하는 것 같아서 오히려 걱정까지 했다.

모두 제 탓이다. 쉽게 용서해 줬으니 우습게 알았겠지. 다시 그런 일 없을 거라던 그를 순진하게 믿었다. 누구에게든 버림받고 싶지 않다는 두려움이, 그에게 의지하고 싶은 마음이, 제대로 된 판단을 하지 못하게 했다.

윤우는 이를 물고 그를 노려보았다. 강아지처럼 순하게 처진 눈꼬리 때문에 선해 보이는 그 얼굴이 가면처럼 어색해 보였다.

"용서해 줘. 윤우야, 내가 미쳤었나 봐. 내가 정말……. 제발, 윤우야……."

"……다 끝났으니 그만둬요."

윤우의 말에 상빈이 갑자기 차가운 바닥에 무릎을 꿇었다. 떨어질 듯 숙인 고개가, 움츠린 어깨가, 초라했다. 윤우는 숨을 몰아쉬며 그를 피하듯 몸을 더 뒤로 물렸다.

"술 먹고 실수한 거야. 다시는……. 그런 일 없어. 맹세해."

"상빈 씨 2년 전에도 그 소리 했어요."

"그, 그때 그건……. 그건 아무것도 아니었어. 그때 다 말했잖아. 걔가 하도 쫓아다녀서 몇 번 만나 밥 사 준 게 다야. 아무 일도 없었다고."

"그걸 말이라고 해요?"

그 가볍고 헤픈 마음이 역겨웠다. 더는 상대하고 싶지 않아서 자리를 벗어나기 위해 걸음을 내디뎠지만, 상빈이 무릎걸음으로 그녀의 앞을 막았다.

"윤우야, 너도 알잖아. 내가 너 얼마나 사랑하는지."

윤우는 저도 모르게 헛웃음이 나왔다. 그가 바람을 피우고 저를 배신한 사실보다 그런 짓을 해 놓고도 용서해 줄 거라고 생각하는 그 뻔뻔함이 더 싫었다.

"그 여자가 전화한 거지?"

"……."

"……가끔 너무 피곤할 때 술 마시러 가던 바가 있는데. 거기서 우연히 알게 된 여자야."

"됐어요. 듣고 싶지 않아요."

"아니야. 너 들어야 해. 내 말 좀……."

상빈이 윤우가 기댄 벽에 손을 짚어 막으며 애원하듯 말했다.

"……."

"말도 잘 들어 주고……. 편했어. 몇 번 옆에 앉아 술 마시며 이 얘기 저 얘기 했는데, 딱 한 번……. 술을 너무 마시는 바람에……."

상빈이 떠올리기도 싫다는 듯 말끝을 흐리며 고개를 내저었다.

"마음이 있어서 그런 것도 아니고 실수였어. 당연히 다시 만날 생각도 없었고. 다시는 그 바에도 안 가려고 했어. 그런데 그 미친 여자가 뭐에 꽂혔는지 계속 전화를 하는 거야. 전화 안 받고 번호 차단했더니 다른 사람 전화로 전화해서 그러더라. 이런 식으로 나오면 너한테도 알리고 회사도 못 다니게 만들어 버리겠다고. 그래서 어쩔 수 없이 몇 번 더 만났는데…… 도저히, 너한테 못할 짓 같아서 더는 못 만난다고 했더니 이런 짓을 한 거야. 그 미친……"

"……"

윤우는 입술을 깨물었다. 더는 듣고 싶지 않았다.

"윤우야……. 사랑해. 한 번만 용서해 주면 이제 평생 너만 보고 살게. 맹세해."

무슨 놈의 맹세가 저렇게 쉬울까. 침 뱉듯 쉽게 내뱉는 사랑의 맹세는 한 줌의 무게도 느껴지지 않았다.

"가요. 제발."

"어머니 생각해서라도, 한 번만 용서해 줘. 응? 윤우야……."

"그만해요!"

윤우는 상빈 어머니의 자애로운 얼굴이 떠오르자 그의 따귀라도 한 대 올려붙이고 싶었다. 그의 어머니를 좋아했다. 어서 결혼해서 그 어머니와 한집에 사는 것을 꿈꿀 정도로 그분이 좋았다. 그걸 잘 아니까 상빈은 어머니까지 들먹인 것이다.

"……다시는 내 눈앞에 얼씬거리지 말아요. 소름 끼치니까."

"……"

상빈은 고개를 푹 꺾었다. 허벅지 위에 올려 둔 주먹 위로 눈물이 떨어지는 게 보였다.

"……나 너 없이 못 살아. 뭐든 할게. 헤어지자고만 하지 마. 이렇게 빌게……."

"제발……. 그만 좀……."

그를 더는 상대하고 있을 수가 없었다. 상빈이 눈물을 훔치느라 손을 거둔 틈을 타서 재빨리 그의 앞을 벗어나 계단을 내려가기 시작했다.

"윤우야!"

상빈이 곧바로 일어서 뒤따라와 그녀의 팔을 잡았다. 팔을 뿌리쳤지만, 윤우를 잡은 손에 더 힘이 가해질 뿐이었다.

"……내가 그런 실수한 거, 네 탓도 있어. 알아?"

그가 얼토당토않게 원망하듯 울부짖었다. 윤우는 대꾸하지 않고 이를 악물고 잡힌 팔을 빼려고 헛된 노력을 계속했다.

"나는 뭐 쉬웠는 줄 알아? 너 맞춰 주려고 내가 얼마나 많이 참고 노력했는지, 조금이라도 생각해 본 적 있어? 우리 결혼할 사이야. 사귄 지 4년이나 됐다고. 그런데 넌, 너는……. 뭐가 그렇게……."

"놔!"

윤우는 그에게서 벗어나려 팔을 비틀며 소리쳤다. 때마침 아래층 비상문이 열리며 누군가 비상계단으로 올라오는 소리가 들렸다.

"거기 무슨 일 있어요?"

실랑이하는 소리가 심각하게 들렸는지 아래층에서 묻는 소리가 들렸다. 놀란 듯 윤우를 잡은 상빈의 손에서 힘이 빠졌다. 윤우는 그 틈을 타 그의 손을 뿌리치고 계단을 뛰어 내려갔다.

"왜 그러세요? 무슨 일이에요?"

아래층 난간에서 올려다보던 청년 둘이 당장 도와주겠다는 표정을 지으며 윤우에게 물었다.

"저, 사람, 저 사람 좀⋯⋯."

윤우는 그들을 지나치며 아무렇게나 나오는 대로 말하고 계단을 뛰어 내려갔다.

"윤우야!"

뒤따라오던 상빈이 부르는 소리가 들렸지만, 곧 청년들에게 붙잡힌 듯 드잡이하는 소리가 들렸다. 윤우는 난간을 잡고 빠르게 계단을 내려갔다. 위층에서 웅웅, 울리는 고함 같은 것들이 점점 멀어졌다.

어디로 가는지도 모른 채 윤우는 사람들 속에 섞여 걸었다. 사람들과 어깨를 부딪치고 등을 밀리며 한참 동안 앞으로 나갔다. 어느 순간 그녀는 길거리 한복판에 멈추어 서 있었다. 미어터질 듯 그녀를 앞으로 밀어 주던 인파가 사라지고 없었다.

불어온 바람이 풀어헤쳐진 코트 자락 속으로 파고들었다. 그녀는 들고 있던 머플러를 목에 감고 주위를 둘러보았다. 어딘지 알 수 없었다. 집으로 가야겠다는 생각이 들어 도로가로 나갔다. 길이 막혀서 차가 느릿느릿 움직이고 있었다. 빈 택시가 없었다.

그녀는 한참 동안 길가에서 택시를 잡으려고 손을 들었다 내리던 것을 포기하고 걸음을 옮겼다. 버스나 전철을 타야겠다고 생각했지만 걸으면서 한 번도 버스 정류장이나 전철역을 찾지 않았다.

1시간 가까이 걷고 나서야 집으로 가야 한다는 자각이 들었다. 저만큼 앞에 버스 정류장이 보였다. 오래 걸어서 무거워진 걸음으로 버스 정류장으로 가서 기둥에 기대어 섰다.

걷는 내내 상빈이 밉고 원망스러운 한편으로 기가 막히게도 지금 그는 무얼 하고 있을까 궁금했다. 이제 저와 끝났다며 그 여자를 만나 희희낙락하고 있을지도 모른다는 생각이 들어 더 괴로웠다.

그런 일을 당하고도 또 이런 나약한 생각밖에 못 하는 자신이 구제 불능처럼 느껴졌다.

끊임없이 버스가 도착했다. 버스를 타고 내리는 사람들을 의미 없이 바라보았다. 어느 순간 눈앞을 막고 있던 긴 버스 행렬이 떠나자 도로 건너편에 금빛 성처럼 빛나는 커다란 건물이 눈에 들어왔다. 부채꼴로 완만히 휜 웅장하고 높은 건물 상단에 호텔 로고가 눈부시게 빛을 발하고 있었다.

자동으로 차 팀장의 얼굴이 떠올랐다. 퇴근 전 그가 전화로 약속을 잡던 장소인 포레는 눈앞에 보이는 호텔 21층에 있는 위스키 바였다.

멍하니 건너편 건물을 바라보며 집으로 가야 한다고 생각했다. 생각만 그럴 뿐 붙박인 듯 그 자리에서 꼼짝도 하지 못했다. 아무데도 갈 곳이 없었지만, 집에도 가기 싫었다. 어둡고 텅 빈 집에서 견뎌야 할 긴 시간이 끔찍해 움직일 수 없었다. 싸늘한 겨울바람이 코트 깃을 파고들었다. 춥고 발도 아팠다.

버스 도착 상황을 알려 주는 전광판에 있는 시계를 보니 9시가 막 넘어가고 있었다.

차 팀장은 지금쯤 건너편 호텔 바에 있을 것이다. 그런 아무 의미 없는 생각을 하며 길 건너 호텔 정원을 멍하니 바라보았다. 잘 다듬어진 마가목과 소나무에 장식된 전구들이 유혹하듯 반짝거렸다.

건널목 신호가 바뀌자 윤우는 걸음을 옮겼다. 그녀는 길을 건너 긴 진입로를 따라 호텔을 향해 걸어갔다.

자신이 왜 이 호텔에 들어가려 하는지 알 수 없어 호텔 정문 앞에서 잠깐 머뭇거렸다. 윤우는 결국 돌아서지 않았다.

엘리베이터를 타고 21층에 도착한 윤우는 약속이 있는 사람처럼 망설이지 않고 바 문을 열고 안으로 들어섰다. 음악과 뒤섞인 다소 들뜬 분위기의 실내를 둘러보았다. 높은 천장에 별처럼 작은 수백 개의 조명이 빛나고 있었다. 그 빛은 중간에서 안개처럼 옅어져 홀 바닥은 약간 어두컴컴해 보였다.

중후한 분위기의 가죽 소파와 매끄러운 체리목 테이블들이 놓인 넓은 홀은 빈자리가 보이지 않았다. 입구와 정면으로 배치된 메인 바 테이블에도 홀 테이블에도 사람이 가득했다. 윤우는 직원의 안내를 받아, 마침 빈자리가 난 바 테이블로 가서 앉았다.

윤우가 자리에 앉자 다른 손님이 주문한 칵테일을 만들던 바텐더가 잠시 기다려 달라는 친절한 눈짓을 보냈다. 윤우는 고개를 끄덕였다. 두 명의 바텐더는 모두 바빠 보였다.

바텐더가 제게 주문을 받으러 오길 기다리며 윤우는 바 탑에 맥없이 얹힌 제 손을 멍하니 내려다보았다.

집에는 가기 싫었고 갈 곳도 없었다. 그렇다고 이 시간에 혼자 아무 데나 들어갈 배짱도 없었다. 여기라고 '아무 데나'에 속하지 않는 것은 아니지만, 일단 이곳엔 차 팀장이 있다. 그가 이 장소 어딘가에 있다는 것만으로 안심이 되는 건 왜인지 모를 일이었다.

차 팀장을 떠올리고 이곳으로 오긴 했지만 그를 만날 거라는 생각은 하지 않았다. 일부러 그를 찾아 헤매지 않는 이상, 이 넓고 사람들로 가득한 곳에서 그를 만날 일은 없을 것이다.

아니 애써 찾아다닌다 해도 불가능했다. 차 팀장은 분명 그리스

신전을 본뜬 것 같은 거대한 기둥들이 늘어선 홀의 안쪽, 프라이빗 룸에 있을 테니.

이왕 왔으니 비싼 술이나 몇 잔 마시고 집에 가서 세상모르고 잠들고 싶었다. 술이 들어가면 떼쓰는 아이처럼 막무가내로 집에 가기 싫다고 버티는 제 속을 좀 달랠 수 있을 것도 같았다.

어느새 다가온 바텐더가 오래 알던 사람처럼 친근하게 인사를 건넸다. 술을 추천해 달라고 하자 바텐더는 서너 개의 칵테일을 추천하며 유래와 들어가는 재료 같은 것들을 설명해 주었다. 윤우는 라임 주스가 들어간다는 설명이 기억나 마가리타를 주문했다. 바텐더가 화려하고 능숙한 손놀림으로 칵테일을 만들기 시작했다.

잔설처럼 흰 소금 알갱이가 묻은 글라스 테두리에 레몬이 가니쉬로 꽂힌 연둣빛 칵테일이 앞에 놓였다. 칵테일을 한 모금 마셨다. 소금기가 남은 입안에 새콤하고 싸한 맛이 맴돌았다. 그녀는 기본 안주로 나온 과일 칩을 씹으며 턱을 괴고 천천히 술을 마셨다.

칵테일을 두 잔쯤 마시자 들뜬 주위 소음이 익숙해지고 혼자 술을 마시는 행위도 조금은 편해졌다. 알코올이 들어가서인지 꼿꼿하게 세우고 있던 등에서 힘이 빠지는 게 느껴졌다.

윤우는 저도 모르게 휴대 전화를 만지작거리고 있었다. 연락을 기다리듯이, 혹은 어딘가 연락할 곳이 있기나 한 듯이.

휴대 전화는 아까 전원을 끈 그대로였다. 휴대 전화를 켜면 꼭 어딘가로 전화를 하고 싶을 것 같아서 켤 수 없었다. 전화할 데가 한 군데도 없으면서.

술을 그만 마셔야 할 것 같다는 생각을 하면서도 윤우는 칵테일을 한 잔 더 시켰다. 빈속에 술이 들어가서인지 찢긴 쇠뭉치처럼 날카롭고 딱딱하던 신경이 빠르게 이완되었다.

바텐더에게 시간을 묻자 10시 30분이라고 가르쳐 주었다. 제야의 종이 울리는 자정이 다가올수록 실내는 떠들썩하게 느껴질 만큼 열기를 더해 갔다. 이제 일어서 집으로 돌아가야 한다고 생각하면서도 몸은 움직이지 않았다.

"일행이 있으세요?"

포크로 테이블 위에 떨어진 물방울을 찍어 의미 없는 선을 그리고 있는데 누군가 옆에서 말을 걸었다.

"……네?"

"혼자 오신 거 같아서요."

"……."

윤우는 초점을 모아 남자를 바라보았다.

"저도 혼자 한 잔 마시러 왔는데, 심심해서요."

몸에 딱 붙는 세련된 양복을 차려입은 남자가 부드럽게 웃었다.

"혼자 오셨다면, 술 마시는 동안만 서로 말동무하면 좋을 거 같은데. 어떠세요?"

낯선 남자가 예의 바른 말투로 다시 물었다.

"……."

윤우는 대꾸하지 않았다.

"저 이상한 사람 아닙니다."

남자는 기분 나쁘지도 않은지 싱글싱글 웃으며 다시 말을 걸었다.

"곧 일행이 올 거예요."

윤우는 귀찮다는 생각이 들어 아무렇게나 대꾸했다.

"일행분이 많이 늦으시나 보네요."

"……."

윤우는 남자의 말을 못 들은 척했다.

"다른 뜻이 있어서 그러는 거 아니니 너무 경계하지 않으셔도
돼요. 일행분 오실 때까지 만이라도 말동무나 하면 좋잖아요."

낯선 남자는 명품 로고기 선명한 명함 지갑에서 명함을 꺼내 그
녀에게 내밀었다.

"좀 전에도 말씀드렸지만, 저 이상한 사람 아니라는 거 알아주
셨으면 해서요."

명함만 있으면 그게 증명되기라도 한다는 듯 남자가 말했다. 남
자는 윤우가 받지 않자 명함을 그녀 앞에 내려놓았다. 윤우는 대표
이사라는 직함이 찍힌 명함을 멍하니 내려다보았다.

"혹시 게임 좋아하세요?"

"아뇨."

윤우는 알코올 덕에 낯선 남자에 대한 경계심을 계속 이어 가지
못하고 대답했다.

"'파이토'라고 들어 본 적 있으세요?"

"아니요."

"제가 운영하는 온라인 게임 제작 회사명입니다. 텔레비전 광고
도 하고……. 업계에서는 그래도 좀 알려졌는데, 게임에 관심 없는
분들은 잘 모르시더라고요."

"……."

남자가 쓴 안경에 조명이 반사되어 남자의 눈이 잘 보이지 않았
다. 윤우는 말없이 술을 한 모금 마셨다.

"처음에 친구들 세 명하고 회사 차렸을 때는 정말 힘들었어요.
넷이 개발하고 디자인하고 코딩하고 영업도 뛰고 일당백으로 일했

죠. 그렇게 창고 같은 사무실에서 먹고 자며 한 4년 버텼어요. 정신 차려 보니 어느새 직원이 쉰 명으로 늘어나 있더라고요. 오늘 직원들하고 송년회하고 헤어졌는데, 왠지 허전해서 한 잔 더 하려고 여기 들렀습니다."

남자는 묻지도 않은 제 일 얘기를 늘어놓기 시작했다.

"이렇게 술친구도 만나고 오길 잘했다는 생각이 드네요."

"……그러게요."

의미 없이 혼잣말하듯 중얼거렸다. 머리가 어지럽고 속이 답답했다.

"제가 이번에 제작한 게임 캐릭터가 있거든요. 벨리타라고, 강하고 독보적인 아름다움을 가진 여자죠. 그쪽 보자마자 왠지 낯익다는 생각이 들었는데 이미지가 비슷해서였어요. 벨리타랑."

"벨리타……."

윤우는 저도 모르게 생소한 이름을 중얼거려 보았다. 강하고 독보적인 여자라니, 자신과 너무 거리가 먼 얘기 아닌가. 윤우는 저도 모르게 피식, 웃고 말았다.

"혹시, 어떤 일 하시는지 여쭤봐도 될까요?"

윤우가 웃는 것을 긍정적인 의미로 받아들였는지 남자가 다시 물었다. 윤우는 대답하지 않고 낯선 남자를 바라보았다. 자신이 여기서 무얼 하고 있는지 알 수 없었다. 제정신이었다면 처음 보는 남자와 얘기를 주고받는 일은 상상할 수도 없었다. 그러니까, 상빈이 말한 고지식하고 방어적인 제 본모습이라면 있을 수 없는 일이었다. 눈앞이 핑 돌아 손으로 이마를 짚었다.

"괜찮으세요?"

옆에 남자가 한층 친근한 목소리로 물었지만, 윤우의 귀에는 그저 소음으로 들렸다. 이제 정말 집으로 가야 했다. 비틀거리며 집으로 들어가는 제 모습이 떠오르자 한심한 생각이 들었다. 그깟 연애가 다 뭐라고.

"속 안 좋아요?"

손으로 이마를 괴고 있으려니 아주 가까이에서 남자의 목소리가 들렸다. 윤우는 이제 정말 가야겠다고 생각하며 눈을 떴다. 고개를 드니 매끄럽게 웃고 있는 남자의 표정이 보였다.

"즐거운 시간 보내세요. 저는 이만……."

"아, 가시게요? 술도 꽤 드신 것 같은데 괜찮으시다면 제가 바래다드리고 싶군요."

남자가 썩 괜찮은 제안이지 않으냐는 듯 말했다. 윤우는 웃었다. 때와 장소와 의도에 맞지 않게 자꾸 웃음이 나오는 것을 보니 술에 상당히 취한 게 분명했다.

웃는 윤우를 보며 남자도 의미심장하게 따라 웃었다. 이 거머리 같은 남자는 도대체 뭘까, 속으로 생각하며 쳐다보고 있는데 웃고 있던 남자의 얼굴이 순간적으로 굳으며 경계하는 눈빛으로 그녀의 등 뒤를 쏘아보았다.

취한 와중에도 남자의 시선이 심상치 않아 윤우도 반사적으로 뒤를 돌아보았다.

"이윤우 씨."

바로 뒤에 차 팀장이 서 있었다. 윤우는 귀신을 본 듯 놀란 나머지 자리에서 벌떡 일어섰다. 급하게 일어서기도 했고 술도 꽤 취해서 필연적으로 비틀거릴 수밖에 없었다. 어느새 차 팀장의 단단한 손이 윤우의 팔을 잡고 있었다.

"여기서 뭐 해요?"

윤우가 겨우 바로 서자 팔을 놓아준 차 팀장이 무심히 물었다. 옆에 앉아 있던 낯선 남자는 차 팀장이 나타난 후 제 사냥감을 가로채일 위기에 놓인 이리처럼 불쾌한 얼굴로 두 사람을 지켜보고 있었다.

"……팀장님."

차 팀장이 어째서 제 눈앞에 있는지 잠시 이해할 수 없어 꿈을 꾸는 기분으로 그를 불렀다. 그리고 곧 그가 이곳에 약속이 있었다는 사실을 떠올렸다. 이 사람 때문에 이곳에 온 거나 마찬가진데 마주칠 거라고는 상상도 못 해서였는지 그만 잠시 잊고 있었다.

등 뒤에서 낯선 남자가 뭐라고 말을 건넸지만, 윤우는 알아듣지 못해 대답할 수 없었다. 사실 알아들었다고 해도 놀라서 신경 쓸 겨를이 없었을 것이다.

제 말들이 무시당하자 등 뒤의 남자가 뭐라고 투덜거리더니 의자를 거칠게 뒤로 밀고 자리를 떠나는 기척이 들렸다.

"앉아요."

차 팀장이 빈 의자에 앉으며 윤우에게 말했다. 윤우는 딱딱하게 굳은 얼굴로 머뭇거리며 자리에 앉았다.

"누구예요?"

차 팀장은 바텐더에게 위스키 온더록스를 한 잔 시킨 후, 낯선 남자가 사라진 쪽을 턱짓하며 물었다.

"……모르는 분입니다."

윤우의 대답에 차 팀장은 눈썹을 들어 올린 채 잠시 그녀를 바라보았다. 윤우는 잘못한 것도 없는데 왠지 죄지은 기분이 들어 그의 시선을 회피했다. 몇 분 전까지 술에 취해 몽롱하던 기분은 이미 사라지고 없었다.

"여기서 약속 있었어요?"

차 팀장은 윤우가 다른 사람과 약속을 잡지 않는 이상 혼자 이런데 술 마시러 올 사람이 아니라는 것을 확신하는 투로 물었다.

"……아니요."

약속이 있었던 건 아니라 사실대로 얘기했지만, 약속도 없이 자신이 왜 이런 곳에 와 있는지 스스로도 알지 못했으므로 추가적인 설명이 불가능했다.

"내가 방해한 거예요?"

차 팀장은 바텐더가 내준 위스키를 한 모금 마신 후 가죽 의자에 등을 기대며 말했다.

"예……?"

"헌팅하는 중이었던 거 같은데."

"……."

윤우는 그의 입에서 나올 거라고 예상하지 못한 단어에 놀라서 멍하니 그를 바라보았다. 차 팀장은 대답을 기다리는 듯 그녀를 빤히 바라보았다. 그 표정이 꽤 불량해 보였다.

왠지 억울한 생각이 들었지만, 뭐라고 대답해야 할지 알 수 없었다.

놀라서 달아났던 취기가 서서히 돌아오는지 눈앞이 어지러웠다. 겁도 없이 마신 술의 양이 실감 났다.

아랫입술을 잘근잘근 씹고 있는 윤우를 빤히 바라보던 차 팀장은 의미 모를 짧은 한숨을 내뱉으며 그녀의 얼굴에서 시선을 돌렸다. 그는 바텐더에게 손가락 두 개를 펴 보였다. 바텐더가 그와 윤우 앞으로 술잔을 하나씩 내놓았다.

"더 마시면 안 될 거 같으면 마시지 말고."

차 팀장이 말했지만, 목이 타는 것 같아 윤우는 잔을 들어 술을 한 모금 마셨다. 술이 지나간 입안과 목이 타는 듯 뜨거웠다. 두 사람은 아무 말도 하지 않고 천천히 술잔을 비웠다.

이 시간에 차 팀장과 위스키 바에 나란히 앉아 술을 마시고 있는 게 너무도 비현실적으로 느껴졌다. 홀을 가득 채운 사람들과 음악과 취기가 오른 쾌활한 대화들이 뒤섞인 소음이 아득히 멀어지는 것 같았다.

윤우는 턱을 괴고 술잔을 든 차 팀장의 손을 멍하니 바라보다가 문득 그와 눈이 마주쳤다. 차 팀장도 윤우의 시선을 피하지 않고 마주 바라보았다.

서로 꽤 오래 쳐다보고 있었다는 자각이 들자마자 윤우는 불에 덴 듯 놀라 고개를 휙 돌렸다. 심장이 철렁 내려앉고 얼굴이 화끈 달아올랐다. 누가 직장 상사와 그런 시선을 나눈단 말인가.

윤우는 해파리처럼 힘이 들어가지 않는 몸을 겨우 바로 잡았다. 정신을 가다듬고 그가 자신의 직장 상사라는 것을 다시 한 번 되새겼다. 이미 꽤 추태를 부린 것 같지만 더는 안 된다고 그녀는 고개를 저었다.

"이윤우 씨 집이 어디였죠?"

차 팀장이 물었다. 그는 의자에 비스듬히 기대앉아 정면 벽을 가득 메운, 투명하고 위태로워 보이는 유리잔들을 바라보고 있었다.

"흑석동……입니다."

"다른 볼일 있는 거 아니면 이거 마시고 나가죠. 가는 길이니까 내려 줄게요."

"……저는 괜찮습니다. 혼자 갈 수 있어요."

"지금 이 시각에 택시 잡기 힘들어요."

"⋯⋯오해하신 거예요."

엉뚱한 대답에 차 팀장이 고개를 돌려 그녀를 바라보았다.

"아까 그분⋯⋯. 헌팅한 거 아닙니다. 그냥 옆에 앉았는데 말을 걸어서 대화를 몇 마디 나눴을 뿐이에요."

"⋯⋯."

"약속도 없이 이 시간에 이런 데서 낯선 남자와 대화를 나누면 그런 오해를 살 수 있다는 거 알아요. 하지만 정말⋯⋯ 아니에요."

그만 입을 다물어야 한다고 생각했는데 입이 단독으로 의지를 가진 것처럼 자꾸 주절거렸다.

"⋯⋯제가 왜 여길 왔느냐 하면, 왜냐면⋯⋯. 사실은 아까⋯⋯. 너무 춥고 피곤했거든요⋯⋯. 너무 오래 걸어서 발이 아프고⋯⋯."

"걸었어요?"

"⋯⋯네."

"왜?"

서늘하고 차분한 눈빛이 윤우를 응시하고 있었다. 윤우는 외출하려는 정신을 붙잡기 위해 애썼다. 왜 걸었더라?

"얼마나 오래 걸었어요?"

"⋯⋯."

"여기 나 보러 왔어요?"

시험하듯 묻는 얼굴이 담담해 보였다. 윤우는 얼빠진 얼굴로 차 팀장을 바라보았다.

"내가 여기서 약속 있는 거 알고 있었잖아요."

"그게⋯⋯. 사실은, 제가⋯⋯."

남자 친구가 바람피운 것을 알게 되어서 이런 꼴로 앉아 있는 거라고 말할 뻔했다. 아무리 취했지만 차 팀장을 상대로 그런 구질구

질한 얘기를 할 수는 없었다.

그렇다고 다른 변명거리도 떠오르지 않아 결국 아무 말도 하지 못했다. 아마도 그의 말을 긍정하는 것으로 보였을 것이다. 그가 여기 있다는 것을 알고 온 건 맞지만 그를 만나러 온 건 아니다.

정말 그럴까? 애초에 왜 여길 왔을까. 차 팀장이 있다는 것을 알면서 와 놓고 진심으로 그와 마주치지 않을 거라고 믿었던 것일까. 어쩌면 이렇게 0.01%의 확률로 그와 마주치길 바란 것은 아닐까. 만약 저도 모를 무의식에 그런 생각이 있었다면 그 목적은 대체 무엇이란 말인가.

차 팀장이 여자들이 반할 만한 요소가 넘치는 사람이라는 건 아무도 부인할 수 없었다. 출신 배경이 뒷받침하지 않았더라도 그는 분명 어느 분야에서건 성공했을 것이다. 유능하고 자기 절제가 뛰어난 성실한 사람이었다. 아랫사람을 대하는 일관되고 공정한 마인드에 강한 리더십을 갖춘 완벽한 상사였다.

반한 적 없다고 말하는 건 거짓말이었다. 하지만 그건 직장 상사에 대한 신뢰 내지는 텔레비전에 나오는 연예인에게나 품을 법한 호감이었지, 이성으로서의 감정은 결코 아니었다.

차 팀장과 처음 만났을 때부터 남자 친구가 있었기 때문일 수도 있지만, 어쨌든 윤우는 사내 여직원들이 그에게 느끼는 특별한 감정과 제 감정은 완전히 결이 다르다고 확신했다.

하지만 일이 이렇게 되고 보니 알 수 없어졌다. 애인도 있었으면서 설마 마음속 깊은 곳에서는 다른 생각을 하고 있었던 것은 아닐까, 자신을 의심할 수밖에 없었다.

그녀가 정신없이 고개를 젓고 있는데 차 팀장의 건조한 목소리가 들려왔다.

"……같이 나갈래요?"

"……."

윤우는 서늘하고 완벽한 옆얼굴을 멍하니 바라보았다. 대답이 없자 차 팀장은 고개를 돌려 무심히 윤우를 바라보았다. 표정으로 봐서는 집에 데려다주겠다는 뜻으로 봐도 무방할 것 같았다. 하지만 술에 취한 상태라도 알 수 있었다. 그 말이 뜻하는 바를.

심장이 쿵쿵 뛰는 게 느껴졌다. 이래도 되는 것일까. 이건 아닌 거 같은데. 속으로는 아니라고 생각하면서 제가 고개를 끄덕이고 있는 걸 깨달았다. 아, 아니…….

그냥 집에 가야 한다고 생각했지만, 일어나 바를 나서는 순간 또다시 해일 같은 생각들이 밀려들어 잠도 잘 수 없을 걸 알고 있었다. 피곤했다. 오늘은 더 이상 아무 생각도 하고 싶지 않았다.

그를 따라간다면 적어도 오늘 자신을 괴롭히는 생각에서는 벗어날 수 있을 것이다. 윤우는 다시 고개를 끄덕였다.

그는 적어도 하룻밤 잔 일로 꼬투리를 잡아 괴롭히거나 질척거릴 사람은 아니었다. 원나잇 상대라고 친다면 차 팀장만큼 안전하고 완벽한 상대도 없을 것이다.

차 팀장은 윤우가 그렇게 나올 줄 알고 있었던 것인지, 혹은 이런 행위가 잦아서 익숙한 것인지 몰라도 표정에 아무 변화도 없었다.

"옷 가지고 올게요. 잠깐 있어요."

그가 따라 일어서려는 윤우에게 말하고 홀을 가로질러 창가 쪽 테이블로 가는 게 보였다. 그는 애초에 프라이빗 룸에 있었던 게 아니었다.

그의 일행들로 보이는 네댓 명의 사람들이 앉은 테이블은 바 테이블이 아주 잘 보이는 위치에 있었다. 홀보다 상대적으로 조도가 높은 바는 마치 무대처럼 잘 보였을 것이다.

우연히 마주친 게 아니라 어쩌면 그가 일찍부터 저를 지켜보고 있었던 게 아닌가 하는 생각이 들었으나, 알코올에 신경이 마비된 탓인지 일관된 주제로 생각을 이어 나갈 수 없었다. 아무래도 상관 없었다.

차 팀장이 체크인하는 동안 윤우는 응접실처럼 꾸며진 리셉션 룸의 소파에 앉아 기다렸다. 피곤했고 두통도 몰려왔다. 현실감이 느껴지지 않는 아주 이상한 한 해의 마지막 밤이었다.

"갑시다."

어느새 다가온 차 팀장이 말했다. 윤우는 순순히 일어나 그를 따라 엘리베이터를 탔다. 엘리베이터가 35층에 멈추었다. 내내 침착한 태도를 유지하던 윤우는 그 순간 잠에서 깬 사람처럼 정신이 번쩍 들었다.

갑자기 낯선 곳에 팽개쳐진 듯 어리둥절한 기분으로 엘리베이터에서 나가는 차 팀장의 벽처럼 단단해 보이는 뒷모습을 바라보았다. 의지나 판단력을 상실한 것처럼 아무 생각도 나지 않고 바닥에 붙은 듯 몸도 움직이지 않았다.

엘리베이터 밖에 선 차 팀장은 내리지 않는 윤우를 말없이 바라보았다. 긴장과 혼란으로 저절로 동공과 입이 벌어졌다. 윤우는 핸드백 손잡이를 꽉 쥐었다.

윤우가 요지부동 서 있는 동안 엘리베이터 문이 천천히 닫혔다. 문밖에 선 차 팀장도 안에 남은 윤우도 문이 닫히는 것을 보면서도 아무런 대처를 하지 않았다.

그의 시선에서 벗어나자 겨우 숨이 쉬어졌다. 몸에 힘이 풀려 그대로 주저앉을 뻔했다. 윤우는 간신히 벽에 몸을 기대며 이마를 짚고 숨을 몰아쉬었다.

아주 길게 느껴지는 몇 초의 시간이 흘러갔다. 미친 짓이다. 이제라도 그만둬야 한다. 윤우는 닫힌 엘리베이터 문을 바라보며 생각했다. 하지만 이런 식으로 사라지는 건 상대를 우롱하는 짓이다. 스스로 따라와 놓고 말도 없이 도망칠 수는 없었다.

그는 어쨌든 자신의 직장 상사였다. 가더라도 인사를 하고, 아니 적절한 사과를 하고 가는 게 맞다.

윤우는 정신을 차리고 몸에 힘을 주고 똑바로 섰다. 엘리베이터는 다행히 움직이지 않고 그대로 있었다. 심호흡하고 열림 버튼을 눌렀다. 불과 1분도 되지 않는 시간이 흘렀지만, 차 팀장은 이미 가 버리고 없을 것 같기도 했다.

문이 열렸다. 차 팀장은 그대로 있었다. 문이 닫혔을 때도 그러고 있었던 듯이 그는 바지 주머니에 손을 넣은 채 여전히 윤우를 바라보고 있었다. 이 사태에 대한 소회 같은 게 아예 없는 것처럼 표정에서 무엇을 읽을 수는 없었다.

"……돌아가고 싶어요?"

열림 버튼을 누른 채 선 윤우에게 차 팀장이 물었다. 그 말투로 미루어 보아 가겠다고 하면 순순히 보내 주겠다는 태도였다. 어쩐지 그냥 가겠다고 하길 바라는 것 같기도 했다. 이미 그냥 돌아가겠다고 마음먹은 주제에 선뜻 대답이 나오지 않았다.

"……."

"가겠다면 데려다줄게요."

마지막 기회였다. 가려면 지금 가야 한다. 갑자기 모든 게 지긋지긋해졌다. 굳이 왜 그래야 하는지. 왜 그렇게 병적으로 도덕적이려고 애쓰는지. 그럴 필요 없다. 윤우는 말없이 엘리베이터에서 내렸다.

맹렬히, 어서 이 자리를 벗어나라고 말하는 내면의 도덕 선생의 말을 윤우는 무시했다. 그녀는 가지 않기로 했다.

"들어와요."

차 팀장이 객실 문을 열며 말했다. 윤우는 마리오네트처럼 어색하게 그가 열어 준 문 안으로 들어섰다. 심장이 세차게 뛰었다. 윤우는 어떻게 행동해야 할지 알 수 없어 객실 현관 앞에 그대로 서 있었다.

등 뒤에서 문을 닫은 차 팀장은 서두르지 않고 윤우를 가볍게 벽으로 밀었다.

벽에 등이 닿는 것과 동시에 그의 몸이 부딪치고 얼굴이 다가왔다. 건조하게 입술이 맞닿았다. 입술 사이로 뜨거운 혀가 비집고 들어왔다. 그의 커다란 손이 블라우스 위로 가슴을 추켜올리듯 움켜쥐자 윤우의 입에서 저절로 신음이 새어 나왔다.

술 때문인지 무엇 때문인지 몸이 뜨거워졌다. 꽤 거칠게 느껴지는 손길이 닿는 곳마다 열기가 피어나듯 저릿했다. 윤우는 그의 목에 팔을 두르며 밀어붙이는 듯한 키스에 순순히 응했다.

치마가 걷어 올라가고 팬티 속으로 손이 들어왔다. 그의 손이 확인하듯 제 사타구니를 훑었을 때 윤우는 그대로 주저앉을 뻔했다. 허리를 밧줄처럼 단단히 얽고 있는 팔에 의지한 채 그녀는 숨을 몰아쉬었다.

무엇을 했다고. 벌써 제 몸에서 애액이 흘러 그의 손가락을 적시는 것이 느껴졌다. 술에 취해서인지 부끄러운 생각은 들지 않았다.

"하아, 시발……."

윤우의 목덜미를 짓씹던 그의 입에서 억눌린 소리가 들린 것도 같았다. 욕을 하는 차 팀장은 상상해 본 적 없었지만 상관없었다. 지금 저와 몸을 맞대고 있는 남자가 제 직장 상사라는 생각은 잠시 잊고 싶었다.

아무것도 생각하고 싶지 않았다. 윤우는 몸을 뒤로 휘며 그의 몸에 밀착했다. 그저 본능이 시키는 대로 저항 없이 따랐다. 그렇게 덮쳐 온 아찔한 감각은 그녀가 원하던 대로 다른 생각을 할 수 없게 해 주었다. 그거면 족했다.

맞붙어 얼얼하게 빨리던 혀가 놓여나자마자 몸이 돌려 세워졌다. 윤우는 반사적으로 양손으로 벽을 짚었다. 뒤로 내민 엉덩이에 묵직하고 딱딱한 것이 눌려 비벼졌다가 떨어졌다. 눈앞이 아찔했다. 버티고 선 다리가 부들부들 떨렸다.

스커트가 허리 위로 올라가고 뒤에서 버클이 열리고 바지 지퍼 내려가는 소리가 들렸다. 윤우는 몸을 떨며 숨을 헐떡였다. 그 어느 때보다 흥분한 제 상태에 정신없는 와중에도 당황했다. 한 번도 취한 채 섹스를 해 본 적이 없어서 그런 모양이었다.

차 팀장이 잠시 몸에서 손을 떼는 짧은 순간도 견딜 수 없는 이상한 기분이 들었다. 엉덩이 사이에 뜨겁고 단단한 살덩이가 비벼졌다. 저절로 헛숨이 새어 나왔다. 숨을 고르듯 커다란 성기가 엉덩이 골과 회음부를 따라 몇 번 문질러졌다.

이윽고 그의 굵은 페니스가 젖은 입구를 따라 몸을 가르며 밀려 들어왔을 때, 윤우는 숨 쉬는 법을 모르는 사람처럼 연속적으로 숨을 내뱉기만 했다. 등줄기를 타고 전율이 흘렀다. 복잡한 생각으로 가득하던 머릿속이 하얗게 비워졌다.

빠듯하도록 꽉 채우며 끝까지 밀고 들어온 그의 몸이 내부에서 그대로 느껴졌다. 윤우는 다급한 숨을 삼키며 본능적으로 몸에 힘을 주어 그것을 단단히 물었다. 골반을 틀어쥔 그의 손에 아플 정도의 힘이 들어가는 게 느껴졌다. 동시에 성기가 쓱 빠져나갔다가 거칠게 다시 들어와 박혔다.

"흐읏, 윽……."

저절로 숨넘어가는 소리가 새어 나왔다. 빠르고 거친 피스톤질이 이어졌다. 손을 짚은 벽에 가슴과 뺨이 짓눌려지고 굵은 성기가 젖은 소리를 내며 드나드는 음란한 소리가 모든 소음을 삼켰다.

몸속이 파들파들 떨리며 성기가 들어올 때마다 그것을 놓치지 않으려 저절로 달라붙는 제 내부를 느꼈다. 머릿속이 몇 번이나 아득해지고 눈앞이 자꾸 흐려졌다.

엄청난 힘으로 밀어붙이는 압박감과 충격으로 몸이 부서질 것 같은 공포심이 드는 한편에는 폭력적인 쾌락이 동반되었다. 그대로 몸이 녹아내릴 것 같았다. 그녀는 흐느끼는 신음을 내며 발끝을 세우고 더 빨리, 더 깊이 닿기 위해 그를 향해 엉덩이를 내밀었다.

술 때문인지, 관계의 배덕감 때문인지 한 번도 느껴 본 적 없는 쾌락이 위험할 정도로 빠르게 쌓여 갔다. 더없이 완벽하게 제 욕망을 채워 주고 있는데도 이상하게 매달리고 싶은 기분에 휩싸였다. 더 깊이, 더 빨리 해 달라고 사정하고 싶은 이해할 수 없는 욕망이 입 밖으로 나올까 봐 그녀는 입술을 깨물었다.

그의 몸이 깊이 들어와 박히는 것과 동시에 어깨가 세게 깨물렸을 때 윤우는 경험해 본 적 없는 까마득한 절정 속으로 떨어져 내렸다. 제 몸을 짓누르고 부술 듯 부딪쳐 오던 물리적인 힘이 언제 멈추어졌는지 윤우는 기억하지 못했다.

정신을 차렸을 때 그녀는 차 팀장에게 안겨 침실로 옮겨지고 있었다. 침대에서 이어진 두 번째 섹스는 처음과 달리 부드럽게 시작되었다. 그는 다리를 가두듯 무릎으로 윤우의 허벅지 양옆을 디딘 채, 아직 절정의 여운으로 몸에 힘을 주지 못하고 있는 그녀의 옷을 서두르지 않고 하나씩 벗겨 냈다.

브래지어를 벗길 때 그는 고개를 숙여 그녀의 젖무덤을 물었다. 아릿한 통증이 느껴질 정도로 강하게 가슴이 빨리고 유두가 혀에 굴려지는 느낌에 윤우는 다시 숨이 가빠졌다.

윤우를 내려다보며 그도 희미한 어둠 속에서 천천히 옷을 벗었다. 모든 기운을 다 쏟아부어 기진맥진한 탓인지 맨몸으로 누운 채 그의 시선을 받고 있는데도 부끄럽다는 생각조차 할 수 없었다.

옷을 벗은 그의 성기는 여전히 단단하게 발기해 있었다. 그는 윤우의 손을 끌어다가 제 성기를 감싸 쥐게 하고 그 위에 손을 겹쳐 몇 번 위아래로 천천히 움직였다.

한 손에 다 감기지 않는 커다란 젖은 물건은 너무도 생경해서 온몸의 세포를 일시에 다시 곤두서게 했다. 그녀는 어둠 속에서 눈을 질끈 감았다. 이건 분명 꿈이다. 그렇지 않고서야…….

감은 눈 위로 뜨겁고 부드러운 입술이 내려앉았다. 그는 훑듯이 눈자위와 광대뼈, 뺨을 따라 내려와 윤우의 벌어져 있던 입술에까지 입을 맞추고 떨어져 나갔다.

눈을 뜨자 아주 가까이에 차 팀장의 얼굴이 있었다. 그는 윤우의 얼굴에 시선을 고정한 채 제 성기를 잡고 있던 그녀의 손을 치우고 조금 전 제가 뿌린 정액이 그대로 남은 몸속으로 다시 성기를 느리고 부드럽게 밀어 넣었다.

몸속에 남은 정액 때문인지, 감각에 부드러운 것이 한 겹 덧씌워진 듯 은근한 자극이 발끝을 저리게 했다.

좋았다. 좋다고 생각하며 그녀는 제가 오늘 확실히 정상이 아니라고 생각했다. 어디서부터 비롯된 강박 관념인지 섹스를 즐기는 여자는 문란하고 나쁘다는 인식이 강하게 머릿속을 지배하고 있었다.

상빈과 사귀고도 1년이 넘도록 그에게 몸을 허락하지 못했다. 그가 한눈판 것에 대한 변명으로 그 핑계를 댔을 때 윤우는 정말 제가 그의 실수에 일조했을지도 모른다고 자책했다. 상빈이 그 이유로 저를 떠날지도 모른다는 두려움이 없었다면 아마도 결혼할 때까지는 절대 안 된다고, 그야말로 조선 시대 여자처럼 굴었을지도 모른다.

이제 아무래도 상관없었다. 도대체 누구에게 보이려고 그렇게 아등바등 도덕군자처럼 행세했는지 모를 일이었다. 이렇게 아무렇지도 않게 원나잇도 했으니 앞으로는 그렇게 살고 싶어도 그럴 수 없을 것이다. 이제 나도 막 살 거야.

그렇게 살라고 강요한 사람은 아무도 없었다. 모두에게 담을 치듯 저를 꽁꽁 싸맨 것은 제 선택이었는데 윤우는 누군가에게 반항이라도 하듯 그렇게 말도 안 되는 맹세를 했다.

"많이 아파요?"

차 팀장의 목소리에 윤우는 질끈 감고 있던 눈을 떴다. 어깨 옆을 짚은 채 부드럽게 허리를 움직이던 동작이 멈춰 있었다. 저를 내려다보고 있는 눈과 마주쳤다. 넓은 창으로 들어오는 희부연 빛 때문인지 어둠에 눈이 익어서인지 처음보다 실내가 선명해져 있었다.

"……"

"그러다 피 나겠어요."

차 팀장의 손이 그녀의 아랫입술을 엄지로 문질렀다. 윤우는 그제야 제가 인상을 쓴 채 있는 힘껏 입술을 깨물고 있었다는 것을 알았다. 땀에 젖어 이마 위에 헝클어져 있던 머리카락을 쓸어 넘겨주는 손길이 다정했다. 이유 없이 가슴이 먹먹했다.

차 팀장은 천천히 몸을 내려 그녀의 어깨를 끌어안으며 아랫입술을 어루만지듯 빨기 시작했다. 아랫도리의 부드러운 움직임과 사탕을 문 듯한 달콤한 키스가 이어졌다. 크고 단단한 몸에 온전히 갇힌 채 윤우는 꼼짝도 하지 못하고 그가 하는 키스를, 삽입을, 저항 없이 받아들였다.

적어도 제게는 사랑 없는 섹스는 있을 수 없다고 생각했다. 이런 상황이 기분 좋을 리 없어야 맞는데 그렇지가 않았다. 녹아내리는 듯한 쾌락으로 떠는 한편으로 슬픔이 차올랐다. 내 몸에는 역시 음란한 피가 흐르는 걸까.

하지만 오래 그런 생각에 붙들려 있을 수는 없었다. 밑에 짓눌려 통째로 삼켜져 사라질 것 같은 두려움과 질식할 것 같은 쾌락이 동시에 밀려들었다.

차 팀장은 윤우가 숨이 막혀 더는 참지 못하고 밀어내기 일보 직전에 입술을 떼어 주었다. 그녀는 물속에 오래 갇혀 있다 나온 사람처럼 다급하게 공기를 들이마셨다. 그사이를 못 참고 그가 다시 입술을 삼켰다.

달아오른 아랫도리로 굵고 단단한 것이 젖은 소리를 내며 밀고 들어왔다가 빠져나갔다. 버겁도록 크고 무거운 성기가 애액으로 매끄럽게 젖은 속살을 밀고 들어올 때마다 저절로 몸이 조여들었다.

꿈인지 생시인지 모를 정도로 정신이 아득한데 제 몸을 덮고 있는 커다란 남자에게, 아니 제 몸속을 드나드는 남자의 성기에 집중된 감각만은 너무도 생생해 마치 그곳만 단독으로 살아 있는 것처럼 느껴졌다.

"⋯⋯훗, 으. 더 빨리, 더⋯⋯."

윤우의 입에서 사정하듯 그런 말이 흘러나왔다. 의식을 거치지 않은 소리였다. 생전 접해 본 적 없는 순수한 쾌락에 아무것도 통제할 수 없었다.

의식을 틀어쥐고 지배하던 도덕 선생에게서 풀려난 몸은 자유롭고 가벼웠다. 윤우는 아무것도 의식하지 않고 몸이 시키는 대로, 느끼는 대로 그를 원하고 제 기쁨을 드러냈다.

윤우의 몸을 부술 듯 끌어안은 채 허리를 움직이던 그가, 긴 목을 핥아 올리던 그가, 치켜든 여린 턱을 깨물던 그가, 문득문득 어둠 속에서 제 얼굴을 바라보는 게 느껴졌다. 노려보는 눈이 무섭기도 했지만, 그 눈빛이 저와 다를 바 없이 꽉 쥐고 있던 끈을 놓친 눈빛이라 부끄러운 생각은 들지 않았다.

"⋯⋯."

만난 목적에 충실한 섹스였다. 아무것도 재지 않고 행위에 몰두했다. 제게 닿아 있는 몸에만 집중했다. 술을 마셔서인 걸까. 윤우는 낯설고도 까마득한 쾌락에 몇 번이고 정신이 아득하게 멀어졌다.

그는 새벽까지, 여러 번 그녀를 안았다. 지쳐서 잠깐씩 기절하듯 잠들었다가 아래로 밀고 들어오는 몸에 놀라 화들짝 깼다. 지친 몸과 수마에 쫓기는 정신으로도 기꺼이 다시 받아들였다.

사람 같지 않고, 짐승 같다고 마지막으로 생각했는데 그 주체가 자신인지 차 팀장인지 구분하지도 못했다.

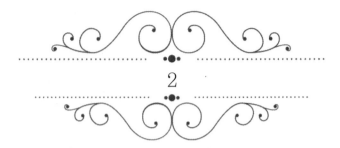

2

잠에서 깨자마자 두통과 함께 후회가 밀려왔다. 기억하고 싶지 않았지만 또렷하게 기억났다. 어젯밤 자신에게 일어난 일들이. 아니 일어난 일이 아니라 저지른 일이 맞겠지.

윤우는 억지로 눈을 뜨며 쪼개듯 욱신거리는 이마를 손으로 짚었다. 커튼이 드리워진 실내가 어둑했다. 아직 해가 뜰 시간이 안 된 것인지 아니면 날이 흐려서 밖이 어두운 건지 분간하기 어려웠다.

참 완벽한 새해의 시작이라고 그녀는 자조했다. 제 허리께에 둘려 있는 팔의 무게가 마음만큼이나 무겁게 느껴졌다. 모두 꿈이라면 좋겠다.

입술을 짓씹고 있던 윤우는 언제까지 누워 있을 수는 없어 저를 안고 있는 팔을 이불과 함께 조심스럽게 밀어내고 자리에서 일어났다. 이불이 걷힌 맨가슴에 와 닿는 공기에 솜털이 곤두섰다.

윤우는 몰랐던 사람처럼 제 맨몸에 놀라서 비명을 삼켰다. 재빨리 팔을 교차해 가슴을 가렸다. 옆에 누워 있던 남자가 뒤척이는 것이 느껴졌지만 차마 돌아볼 수 없었다.

지난밤 기억이 생생하게 머릿속을 스치고 지나갔다. 원나잇이라니. 그녀는 머리카락을 움켜쥐며 신음을 삼켰다.

어제는 살아온 많은 안 좋은 날 중 손에 꼽을 정도로 안 좋은 날이었다. 4년 사귄 애인이 바람피운 것을 알게 되고 평소라면 보자마자 피하기 급급할 상사가 있는 곳을 일부러 찾아간 것도 모자라 그와 잠을 잤다.

술에 취해서였다고, 실연당한 충격 때문에 저지른 실수라고 핑계를 대 보았다. 전혀 위로되지 않았다. 그런 일을 겪었다고 모두 자신처럼 행동하지는 않는다.

저는 그렇다 치고 도대체 차 팀장은 어떻게 된 것일까.

넘볼 생각조차 하지 못할 만큼 견고한 성 같은 남자였다. 공식적으로 발표가 난 건 아니지만 그에게 정혼자가 있는 것으로 안다. 가끔 인터넷 가십에 오르내리는 그녀는 여자가 봐도 감탄이 나올 만큼 아름다운 사람이었다. 내로라하는 재벌가 외동딸이었으며 마음조차 천사라고 소문이 자자했다.

그런 완벽한 정혼자를 두고 그는 어째서…….

그에게 사심을 품은 아가씨들은 많았다. 그럼에도 감히 아무도 접근할 시도조차 하지 못했던 것은 그래도 될 상대가 아니라는 것을 모두 알고 있어서였을 것이다.

그녀들은 여태 잘못 생각했는지도 모른다. 차 팀장도 술 취하면 옆에 있는 아무 여자나 데리고 잘 수 있는 상빈 같은 부류의 평범한 남자일 뿐인데.

윤우는 최대한 움직임을 작게 해 조심스럽게 침대 아래로 다리를 내렸다. 바닥에 아무렇게나 널브러진 옷가지들이 보였다. 그것을 보자 몸을 움직일 때마다 느껴지는 둔통과 함께 지난 밤, 이 호텔 방으로 들어와 옷을 벗고 그와 얽히던 제 모습이 떠올랐다.

윤우는 왠지 음란해 보이는 제 맨발을 내려다보았다. 남자는 사랑하지 않는 여자와도 잘 수 있고, 실수로도 그럴 수 있다던 상빈의 말을 생각했다. 그의 말은 틀렸다. 남자만 그럴 수 있는 게 아니라 여자도 그럴 수 있다.

약간의 스트레스와 몇 잔의 알코올이 20년이 넘는 세월 동안 지켜 온 가치관을 한순간에 무너뜨릴 수 있다는 사실도 알게 되었다. 앞으로 절대 술을 마시지 않으리라. 입술을 깨물며 다짐했다.

그녀는 옷을 되는대로 그러모아 차 팀장의 옷은 소파 등받이에 정리해 걸쳐 두고 뒤꿈치를 들고 욕실로 들어가 문을 잠갔다. 화장실로 들어갈 때까지 숨을 참고 있던 그녀는 한참 동안 문에 등을 대고 서서 숨을 몰아쉬고 있다가 이윽고 샤워기 아래로 가서 섰다.

뜨거운 물로 샤워를 하고 구겨진 속옷을 입었다. 스타킹은 찢어지고 엉망이 되어 있어서 휴지통에 버렸다. 아직 물기가 남은 맨몸에 스커트를 입고 블라우스도 입었다. 수건으로 최대한 머리를 말리고 조심스럽게 욕실을 나갔다.

이마에 팔을 얹고 있던 차 팀장은 윤우의 기척에 눈을 떴다. 이미 잠이 깨어 있었던 모양이었다. 눈이 마주치자 윤우는 몸에 밴 습관으로 저도 모르게 고개를 숙여 인사를 하다 말고, 이건 아니지 싶어서 얼굴이 달아올랐다. 겨우 눈을 들고 쳐다보니 그녀가 익히 알던 차분히 가라앉은 눈빛이 그녀를 담담하게 바라보았다.

지난밤 격렬하게 섹스를 나눈 상대에게 보낼 만한 눈빛은 결코 아니었다. 윤우는 알 수 없는 수치심을 느끼며 그의 시선을 피했다.

티가 나지는 않았지만, 어제 그는 술에 많이 취했던 게 분명했다. 한 사무실에서 일한 지 2년 가까이 되었지만, 그가 취한 모습을 본 적은 없었다. 분기에 한 번쯤 있는 부서 회식 자리에서도 송년회 자리에서도 그는 취하지 않았다.

팀장이었으므로 팀원들에게 한 잔씩 받는 술로 따지면 일행 중 가장 많은 술을 마신 사람은 그였을 텐데도 마지막까지 멀쩡했다. 주당인 김 과장과 박 대리가 작정하고 그에게 술을 권한 날에도 오히려 두 사람이 정신을 놓고 결국 업혀 나갔다.

겉으로는 태연해 보여도 어쩌면 그도 속으로는 어젯밤 제 실수에 적잖이 당황하고 있을지도 모른다. 부하 직원과 술에 취해 원나잇을 하다니 정말 그답지 않은 실수였다.

"가려고요?"

차 팀장은 객실 입구와 가까운 바닥에 아무렇게나 뒹굴고 있는 가방을 집어 드는 윤우에게 물었다. 아침이라 목소리가 평소보다 더 낮고 쉬어 있었다.

"네."

윤우는 최대한 자연스러워 보이려고 애썼으나 그럴수록 어색했다. 일단 그와 헤어지는 게 우선이었다.

"기다려요. 나도 씻어야 하니까."

그가 몸을 일으키며 말했다.

"……저는, 먼저 나가 보겠습니다. 천천히 준비하고 나오세요."

윤우는 그의 시선을 피하며 겨우 말했다. 어서 이 불편한 자리를 벗어나고 싶다는 마음뿐이었다. 생각이 뒤죽박죽이라 제가 어떻게 보일지, 어떻게 행동해야 할지 알 수 없었다.

"기다리세요."

차 팀장은 그녀의 말을 가볍게 묵살하고 침대에서 내려왔다. 그의 말투는 회사에서처럼 간결한 명령조였다. 윤우가 그의 말을 어길 리 없다고 생각하는 것 같았다. 윤우는 아니라고 고개를 젓던 그대로 몸이 굳어 버렸다.

미처 눈을 돌리지 못해 유려하게 근육이 잡힌 탄탄하고 긴 허벅지 사이에 반쯤 발기된 커다란 살덩이를 보고 말았다. 그녀가 놀라서 입을 반쯤 벌리고 굳어 있는 동안 팀장은 아무렇지도 않게 욕실로 들어가 버렸다.

윤우는 현기증이 나서 이마를 짚으며 엉거주춤 소파로 가서 주저앉았다. 그녀는 팔꿈치를 괸 손에 이마를 얹었다. 그의 벗은 몸을 보니 이 사태의 심각성이 실감 났다. 큰일 났다는 듯 심장이 마구 뛰어 댔다.

맨정신으로 그의 물건을 보고 난 후 그와 다시 어떤 얼굴로 마주해야 한단 말인가. 회사에서는 또 어떻고. 그녀는 두 손에 얼굴을 묻으며 신음을 내뱉었다.

윤우는 차 팀장이 가운 차림으로 욕실에서 나와 머리를 말리는 동안 손톱을 씹으며 애써 창밖으로 시선을 둔 채 기다렸다. 몇 번이나 도망치고 싶었지만, 몸에 밴 습관 때문인지 그의 말을 무시할 수가 없었다.

"와서 머리 말려요."

그가 드라이기를 든 채 말했다. 그제야 제 머리가 아직 젖어 있다는 것을 알았다. 그가 씻는 동안 말렸으면 됐을 텐데 그런 생각을 할 겨를도 없었다.

"내가 해 줄까요?"

차 팀장이 가볍게 물었다. 윤우는 세차게 고개를 젓고 그의 손에서 드라이기를 받아 들었다. 윤우가 머리를 말리는 동안 그는 옷을 하나씩 입었다.

"갑시다."

윤우가 머리를 다 말리고 가방에서 머리끈을 꺼내 대충 하나로 묶는 것을 지켜보던 차 팀장이 테이블 위에 놓인 자동차 키와 지갑을 집어 들며 말했다. 윤우는 고개를 숙이고 그의 뒤를 따라 객실을 나섰다.

차 팀장이 객실 키를 반납하는 동안 윤우는 출입구 가까이에서 등을 돌린 채 밖을 내다보고 있었다.

호텔 진입로에 심어진 관상수에 밤새 내린 눈이 쌓여 있었다. 윤우는 복잡한 감정을 추스르지 못해 흐린 하늘을 바라보며 여러 번 심호흡했다.

"가요."

어느새 다가온 차 팀장이 그녀를 스치듯 지나가며 말했다. 그는 무슨 일이 있었냐는 듯 평소와 다름없이 깔끔하고 단정했다. 윤우는 흐트러짐 하나 없는 그의 뒷모습을 멍하니 바라보다가 천천히 뒤를 따라갔다.

짙은 회색의 고급스러운 캐시미어 코트가 자로 잰 듯 반듯하게 넓은 어깨를 감싸고 있었다. 그때 그가 대기하고 있던 차 앞에서 잠시 멈추고 뒤따라오는 그녀를 돌아보았다.

윤우는 무궁화 꽃이 피었습니다, 놀이할 때처럼 저도 모르게 우뚝 걸음을 멈추었다. 남자 친구와 헤어지고 단 몇 시간 만에 다른 남자와 자다니, 방금 그 확실한 증거가 널린 객실을 나왔는데도 믿기지 않았다.

팀장은 멈춰선 그녀에게 어서 오지 않고 뭐 하냐는 듯 턱짓했다. 윤우는 겨우 정신을 차리고 다시 걸음을 옮겼다. 그의 차는 주인을 닮아 티끌 하나 없이 유리처럼 반짝이고 있었다.

도어맨이 조수석 문을 열어 주었다. 윤우는 어색하게 차에 올랐다. 운전석에 오른 차 팀장은 부드럽게 차를 출발시켰다.

"저희 집 주소는……."

"밥부터 먹고요."

차 팀장이 말했다. 윤우는 싫다고 말하고 싶었다. 지금 그와 마주 앉아 밥을 먹어야 한다고 생각하자 반드시 체할 것 같았다.

"저는 속이 별로 안 좋아서……."

실제로 속이 좋지 않았고 그와 밥 먹는 상황만은 피하고 싶었다.

"속 안 좋아요?"

"……네."

윤우가 들릴 듯 말 듯 대답했다. 그럼 할 수 없다며 그냥 집에 데려다주겠다고 말하길 기다렸으나 그는 별다른 말 없이 계속 운전했다.

"저는 그냥 집에, 집 주소……."

한참이 지나도 아무 말이 없기에 윤우는 다시 용기를 끌어모아 입을 뗐다. 말이 채 끝나기도 전에 차가 속도를 늦추더니 도로가에 멈추어 섰다. 그는 아무 말 없이 안전벨트를 풀고 차에서 내렸다.

윤우는 차 팀장이 편의점으로 들어가는 것을 멍하니 바라보았다. 잠시 후 나타난 그의 손에는 숙취 음료와 물, 그리고 스타킹이 들려 있었다. 그녀는 당황했다. 코트가 길고 종아리까지 오는 부츠를 신기는 했지만, 스타킹을 신지 않은 다리가 허전하고 선득하긴 했다.

"마셔요. 효과가 있는지는 먹어 본 적 없어서 모르겠지만."

놀라서 엉겁결에 받아 든 물건들을 들고만 있자 자신이 마실 물병 뚜껑을 열던 그가 윤우의 손에서 다시 음료 병을 뺏어가 뚜껑을 열어 그녀에게 내밀었다.

눈이 마주치자 그가 쓴 약을 마다하는 어린아이를 달래듯 고개를 끄덕였다. 그 얼굴이 퍽 다정해서 기분이 이상했다. 윤우는 음료수를 받아 들고 어쩔 수 없이 한 모금 마셨다. 쓰고 화한 맛이 입안에 퍼졌다.

차 팀장은 물을 반쯤 마시고 뚜껑을 닫아 컵 받침에 내려놓았으나 운전할 생각이 없는 사람처럼 운전대에 팔을 올리고 흐린 하늘을 살폈다. 그가 계속 차를 출발시키지 않았으므로 윤우는 어쩌라는 건지 알 수 없어 안절부절못했다.

"입에 안 맞아요?"

"네?"

"맛없어서 안 먹는 거예요?"

그가 고개를 돌리고 그녀가 든 숙취 음료 병을 바라보며 말했다. 그 눈에 웃음기가 어려 있어서 윤우는 또 움찔 놀랐다. 아마도 그는 윤우가 음료를 다 마시기를 기다리고 있었던 모양이다.

그녀는 급히 병을 입으로 가져갔다. 맛이고 뭐고 따질 겨를도 없이 얼른 병을 비우자 새로 딴 생수병이 건너왔다. 입을 헹구라는 것 같았다. 윤우는 물을 마시며, 뭐 이렇게 자상한가 싶어 당황스러웠다.

"나가 있을까요?"

그녀가 생수로 입을 헹구고 나자 차 팀장이 고개를 돌리고 그녀를 보며 물었다.

"네?"

"신어요."

당황해서 눈이 커진 그녀를 남겨 두고 그가 차에서 내렸다. 차 문에 기대 담배를 꺼내 무는 그의 뒷모습이 보였다. 윤우는 손에 들린 살구색 스타킹을 내려다보았다. 선팅이 짙어 밖에서 안이 잘 보이지 않을 걸 알고 있었지만, 선뜻 그것을 신을 용기가 나지 않았다.

일부러 사다 준 것을 안 신고 버티기도 뭐해서 그녀는 포장지를 뜯어 스타킹을 꺼냈다. 다행히 팬티스타킹이 아니라 허벅지까지 오는 사이하이 삭스였다.

그녀는 부츠를 벗고 한쪽씩 스타킹을 신었다. 무릎 위로 스커트를 걷어 올릴 때는 바깥을 살폈다. 차 팀장은 여전히 그녀에게서 등진 채 서서 담배를 피우고 있었다.

윤우가 부츠를 신고 옷매무새를 정리하고도 꽤 여유를 두고 팀장이 다시 차에 올랐다. 그에게서 차가운 바람 냄새와 섞인 알싸한 담배 냄새가 났다.

차는 10분쯤 달려 한옥 스타일로 지어진 고급스러워 보이는 한 정식집 주차장에 멈추었다.

"여기 해장국이 괜찮아요."

그는 차에서 내리기 전에 그렇게 설명했다. 윤우는 하는 수 없이 그를 따라 내렸다. 활짝 열린 솟을대문으로 들어가자 옛날 양반 가옥처럼 본채와 이어진 행랑채가 ㅁ자로 감싼 넓은 흙 마당이 나왔다. 기와를 인 담장과 작은 연못도 있었다. 연못은 누렇게 마른 연꽃 대를 안은 채 꽁꽁 얼어 있었다.

어떻게 알았는지 본채에서 흰 요리사 복장을 한 50대쯤으로 보이는 남자가 뛰어나와 그를 맞았다.

"어서 오십시오. 오랜만에 오셨습니다."

50대 남자가 차 팀장에게 정중히 허리를 숙여 인사했다. 식당 주인 같았다.

"잘 지내셨죠?"

"네. 저희야 덕분에 무탈하게 지내고 있습니다. 이사장님께서도 평안하시지요?"

윤우는 두 사람이 인사를 나누는 모습을 뒤에서 지켜보았다. 대화를 들어 보니 그저 단순히 단골손님과 식당 주인의 관계는 아닌 것 같았다.

"마침 어제 강릉 덕장에서 바로 거둬들인 신선한 황태가 올라왔습니다. 시간이 촉박해 오래 끓이지 못해서 깊은 맛은 좀 덜하겠지만 재료가 신선해서 드시기 괜찮으실 겁니다."

남자가 그들을 여러 개의 방 중 한 곳으로 안내하며 말했다. 주인의 말을 들어 보니 미리 음식 주문을 넣어 놓은 모양이었다.

"음식 바로 내오도록 하겠습니다."

남자가 인사를 하고 사라졌다. 좌식으로 된 방에는 통나무의 결을 그대로 살린 4인용의 테이블과 작은 꽃수가 놓인 누비 방석이 놓여 있었다. 먼저 방으로 들어간 차 팀장은 코트를 벗어 구석에 비치된 옷걸이에 걸고 윤우를 바라보았다.

윤우가 어색하게 서 있자 그가 손을 내밀었다. 윤우는 그제야 그가 자신이 코트를 벗길 기다리고 있다는 것을 깨닫고 얼른 옷을 벗었다. 그는 말없이 윤우의 겉옷을 받아 그의 옷 옆에 걸었다.

그가 자리에 앉자 윤우도 맞은편에 자리를 잡고 앉았다. 어색한 침묵이 흘렀다. 어찌할 바를 모르고 있는데 다행스럽게도 오래지 않아 음식이 담긴 트롤리를 밀고 두 명의 종업원이 나타났다. 그들은 잘 훈련된 절제된 동작으로 테이블에 음식이 담긴 탁한 금색의 유기그릇을 정갈하게 내려놓았다.

"먹어요."

종업원들이 물러가자 차 팀장이 수저를 들며 말했다.

"……잘 먹겠습니다."

윤우는 김이 오르는 맑은 황태 국물을 한입 떠먹었다. 국은 담백하고 구수했다. 따뜻한 국물이 들어가자 얼었던 몸이 녹으며 긴장도 좀 풀리는 기분이 들었다. 윤우는 되도록 앞에 앉은 사람을 의식하지 않으려고 애쓰며 식사를 했다.

"속은 좀 어때요?"

그가 물었다.

"괜찮아졌습니다. 약도 먹었고……."

실제로 약효가 나타났는지는 확신할 수 없었지만, 어쨌든 약을 사다 준 사람에 대한 예의로 그녀는 그렇게 말했다.

"다행이네요."

그의 입가에 보일 듯 말 듯한 미소가 어렸다. 윤우는 이유 없이 얼굴을 붉히며 얼른 국그릇으로 시선을 내렸다.

"아까 뵌 요리장님이 우리 집에서 일하시던 분인데 작년에 그만두시고 식당을 내셨습니다. 어릴 때부터 그분 음식을 먹으며 자라서 그런지 여기 음식이 제 입에는 제일 잘 맞아요. 윤우 씨 입맛에도 맞았으면 좋겠네요."

그의 말에 윤우는 눈이 휘둥그레졌다. 그런 사적인 얘기를 제게 하는 게 놀라워서였다.

"······저도 맛있습니다."

"많이 먹어요."

그가 부드럽게 말했다. 어째서 이렇게 다정한 것일까. 윤우는 아까부터 여러 번 했던 생각을 다시 반복했다.

식사를 마치고 차 팀장은 윤우를 집 앞까지 데려다주었다.

"······어제는, 어제는 정말 죄송했습니다."

윤우는 차에서 내리기 전에 아까부터 하고 싶었지만, 입이 떨어지지 않아 못 했던 말을 꺼냈다.

"······."

그는 정면을 향하고 있던 고개를 돌려 윤우를 바라보았다.

"술을······. 제가 술이, 취해서 실수가 많았습니다. 죄송합니다."

"사과할 필요 없습니다. 피차 마찬가지죠."

그가 별일 아니라는 듯 가볍게 대꾸했다. 아무것도 아니라는 듯한 그의 대답을 들으니 어젯밤, 그와 벌인 일이 그렇게까지 진지하게 생각하지 않아도 될 일처럼 느껴졌다.

이렇게 없던 일처럼 가볍게 넘기고 잊으면 될 것 같았다. 그가 부서를 떠날 때까지 조금 신경이야 쓰이겠지만 그 정도는 감당할 수 있을 거라고 그녀는 생각했다. 그렇게 생각을 정리하자 마음이 조금 가벼워졌다.

"내일 뭐 해요?"

윤우가 막 안전벨트를 풀고 있는데 차 팀장이 물었다.

"네?"

"별일 없으면 저녁이나 같이 먹을까요?"

"······."

윤우는 놀라서 눈이 커졌다. 잠시 이 상황이 이해되지 않았다.

"선약 있어요?"

윤우의 표정을 보고 그가 다시 물었다.

"네? 아, 그게……."

윤우는 당황한 표시를 그대로 드러내며 더듬거렸다.

"모레는 내가 일이 있어 안 될 거 같고. 알겠습니다. 그럼 월요일에 회사서 봅시다."

차 팀장은 잠시 생각하는 얼굴로 윤우를 바라보다가 고개를 끄덕였다. 저녁을 먹자고 한 것은 아마도 인사치레의 말이 아니었을까 싶었다. 부하 여직원과 자고 나서 그냥 헤어지는 게 매정하다고 여겼던 것일까. 태연한 척하지만, 그도 어쨌거나 여러모로 신경이 쓰이긴 할 것이다.

"데려다주셔서 감사합니다."

그녀는 침착하려고 애쓰며 인사를 한 후, 차에서 내렸다. 반쯤 내려진 창문에 대고 다시 고개를 숙였다. 고개를 드니 그의 차는 벌써 저만큼 멀어져 있었다.

윤우는 차 팀장의 차가 좌회전 신호를 받고 시야에서 사라지는 것을 멍하니 바라보다가 아무도 없을 집으로 천천히 무거운 걸음을 옮겼다.

가족들은 3일 날 밤늦게 제주도에서 돌아왔다. 정아가 공항에서 샀다며 귤과 차향이 가미된 초콜릿 상자를 건네주었다.

윤우는 잠자리에 누워서 어두운 천장을 바라보며 초콜릿 몇 개를 까먹었다. 이를 닦으러 욕실로 가는데 속이 녹아내리는 듯 아렸다. 출근하려고 일어났을 때 머리가 무겁고 배까지 아팠다.

윤우는 큰어머니가 차려 준 아침을 먹는 둥 마는 둥 하고 집을 나섰다. 연초부터 한파가 몰아닥쳐 도시는 꽁꽁 얼어붙었다. 도로 위에는 배기구에서 하얀 김을 내뿜는 차량 행렬이 길게 늘어서 있었다.

윤우는 머플러를 코 위까지 두르고 버스 정류장으로 갔다. 회사에 도착해 사무실로 올라가는 엘리베이터에서 그녀는 어쩔 수 없이 긴장했다. 회사 생활이 당분간 매우 불편할 거라는 것을 단단히 각오했지만, 차 팀장의 얼굴을 마주할 시간이 다가오자 도망치고 싶은 생각부터 들었다.

"안녕하세요?"

사무실 문을 열고 먼저 출근한 부서원들에게 인사를 했다. 팀장 자리를 의식하지 않으려 애썼지만 어쩔 수 없이 그쪽으로 눈길이 갔다. 다행히 그는 아직 출근 전이었다.

"좋은 아침이에요. 윤우 씨."

"근데 쉬고 와서 얼굴이 왜 그래? 어디 아파?"

"그러게. 윤우 씨 연휴 거하게 보냈나 보네. 얼굴이 반쪽이 됐어."

다들 핼쑥해진 윤우의 얼굴을 보고 한마디씩 했다.

"몸살이 좀 왔었는데 지금은 다 나았습니다."

윤우가 씩씩하게 대답하며 웃었다.

"그거 서 대리한테 감기 옮은 거 아니야? 서 대리 지난주 내내 콧물 훌쩍이고 다녀서 불안불안하더니."

"어머. 과장님, 아니에요. 저는 감기 아니고 알레르기성 비염이에요. 옮기다뇨?"

서 대리가 억울하다는 듯 고개를 저었다.

"자, 윤우 씨는 녹차 마셔. 이거 과장님이 사 오셨어."

안 주임이 테이크아웃용 트레이에 담긴 종이컵 하나를 꺼내 윤우에게 내밀었다.

"감사합니다. 과장님 잘 마시겠습니다."

윤우가 인사를 하고 녹차를 받아 들었을 때 뒤에서 문 열리는 소리가 들렸다. 출근할 사람이 차 팀장만 남아 있는 것도 아닌데 윤우는 직감적으로 그인 줄 알았다. 모두 자리에서 일어나 그에게 인사를 건넸다.

"팀장님, 나오셨습니까?"

"좋은 아침입니다."

"팀장님, 새해 복 많이 받으십시오!"

"고맙습니다. 여러분도 새해 복 많이 받으세요."

그가 가볍게 인사를 받으며 파티션으로 나뉘어 있는 자신의 자리로 갔다. 김 과장이 얼른 커피 하나를 들고 팀장의 자리로 가는 게 보였다. 남은 직원들은 각자 자리에 앉아 업무 준비를 했다.

"올해는 따로 시무식을 하지 않으니 편하기는 한데, 새해 첫날이 너무 조용해서 이상하다. 그죠?"

안 주임이 서 대리와 작게 대화하는 소리가 들렸다. 아닌 게 아니라, 전 직원이 대강당에 모여 시무식 행사를 해 시끌벅적했던 전년도에 비교해 분위기가 차분하고 조용했다. 이미 지난주에 시무식은 회장님의 새해 메시지 영상을 직원 이메일로 환송하는 것으로 대체한다는 공지가 있었다.

윤우는 컴퓨터를 켜고 개인 이메일을 확인하다가 상빈이 보낸 메일을 발견했다. 당황스럽게도 연휴 동안, 특히 오늘 아침에는 그를 까맣게 잊고 있었다는 걸 깨달았다. 윤우는 기분이 좀 묘했다.

상빈이 제게 한 짓을 생각하면 후유증이 몇 달은 가야 할 것 같은데 너무 쉽게 그에 대한 생각에서 벗어났다. 신기하기도 하고 이상하기도 했다. 며칠 전까지만 해도 그를 뺀 제 인생을 상상할 수 없었는데.

그와 오래 사귀면서 가졌던 애증들이 복잡하게 그녀를 얽매고 있었는데 며칠 사이에 모두 간단하게 정리가 된 기분이었다. 상빈에 대한 감정을 끊어 버리고 싶어서 일부러 차 팀장을 이용한 건 아니었지만, 어쨌든 그 일이 마음을 정리하는 데 도움이 된 것은 사실이었다.

미리 보기로 대충 훑어보니 전화를 왜 안 받느냐는 말과 만나서 얘기 좀 하자는 내용이었다. 윤우는 그제야 가방에서 3일 내내 꺼져 있던 휴대 전화를 꺼내 전원을 켰다. 부재중 전화와 문자가 수십 개 쌓여 있었다. 모두 상빈이 보낸 것들이었다. 윤우는 메일을 열지 않고 삭제하고 문자도 지우고 상빈의 번호를 차단했다. 이대로 그와 더는 마주치는 일 없이 끝나기를 바랐다.

오전 회의로 새해 업무가 시작되었다. 차 팀장은 사무실 한쪽에 있는 소회의실 테이블에 둘러앉은 팀원들에게 간단한 새해 인사와 함께 나누어 준 자료를 토대로 한 해의 업무 로드에 대해 간략히 설명했다.

"회장님 메시지에서 보셨다시피 올해를 변화와 혁신의 시작점으로 잡은 만큼 새로운 이슈들이 많이 나올 겁니다. 전년도보다 업무 강도가 세지겠지만 지금까지 해 오시던 대로 열심히 해 주시면 무난할 거로 생각합니다."

윤우는 앞에 놓인 프로젝트 시트에 시선을 고정한 채 고개를 들지 않았다. 차 팀장의 단단한 저음의 목소리가 오늘따라 더 선명하게 한마디씩 귀에 와 박혔다.

"나눠 드린 자료를 바탕으로 개인별 연간 업무 목표 설정해서 모레까지 제 메일로 보내세요. 출장 다녀와서 다음 주에 개별로 면담 진행하겠습니다."

"팀장님 출장 가십니까?"

김 과장도 모르고 있었던 듯 놀라서 물었다.

"계획에 없던 북미 출장이 잡혀서 이번 주에 자리를 비워야 할 거 같습니다."

모두 놀라서 그를 바라보았다.

"북미 출장이면 회장님 해외 공장 순시에 수행하시는 겁니까?"

김 과장이 물었다.

"그렇습니다."

차 팀장이 대답했다. 그의 외조부인 진석환 회장은 새해 첫 공식 스케줄로 해외지사와 현지공장을 둘러보기 위해 오늘 오후 비행기로 출국할 예정이었다.

진 회장의 해외 순시 스케줄은 이미 몇 달 전부터 계획되어 있었다. 수행인 명단에 차 팀장은 들어 있지 않는데, 갑작스러운 변동이 생긴 모양이었다.

"해서 불가피하게 이번 주 업무 일정이 좀 바뀌게 됐습니다. 메일로 각자 간략한 주간 업무 리스트 보내 드렸으니 궁금한 건 김 과장님께 물어보시고, 내 확인이 꼭 필요한 보고서는 메일로 보내세요. 피드백은 24시간 안에는 하겠습니다."

"팀장님, 그럼 내일 있을 최고 임원회의 프레젠테이션은 어떻게 되는 겁니까? 혹시 제가……."

박 대리가 당황한 얼굴로 물었다. 신사업 프로젝트 업무를 담당하고 있는 박 대리는 혹시 차 팀장 대신 제가 임원들 앞에서 프레젠테이션해야 하는 일이 벌어질까 봐 바짝 긴장한 얼굴이었다.

"임원 회의는 다음 주로 미뤄졌습니다."

팀장의 대답에 박 대리가 가슴을 쓸어내리며 안도의 한숨을 쉬었다.

"질문 있으면 하시고, 없으면 회의 끝내겠습니다."

차 팀장이 말했다. 서 대리가 손을 번쩍 들었다.

"말씀하세요."

앞에 놓인 서류를 정리하며 차 팀장이 말했다.

"팀장님, 얼핏 2월에 인사이동이 있을 거라는 얘기 들었는데……."

"그래서요?"

"이번에 팀장님께서 저희 팀 떠나게 되신다는 얘기가 떠돌던데, 사실입니까?"

"새해부터 좋은 소식 들으니 신나요?"

차 팀장이 조금 장난스러운 표정으로 말했다. 설마, 하는 얼굴로 그를 바라보던 팀원들이 모두 실망한 얼굴로 작게 탄식했다.

"팀장님께는 정말 축하드릴 일이지만, 팀장님 떠나시면 저희는 어떻게 되는 겁니까."

이 대리가 어깨를 늘어트리며 말했다.

"부서장 바뀌어도 기본 업무 내용은 달라지지 않습니다. 신경 쓰지 마시고 각자 맡은 일에 충실하시면 됩니다. 다만 새로 오시는 분의 업무 평가 기준이 다를 테니 저와 설정한 목표가 다소 수정될 수는 있을 겁니다. 그건 저와 계속 일한다 해도 회사 사정에 따라 얼마든지 바뀔 수 있는 부분이니 크게 고려할 사항이 아니기도 하고."

"아니, 그런 게 아니라. 저희는 너무 서운해서……."

"다른 회사로 옮기는 것도 아닌데 서운할 거 없습니다."

차 팀장은 자르듯 말하고 잠시 윤우 쪽을 바라보았다. 윤우는 예고 없이 부딪친 시선에 놀라서 얼른 그가 나누어 준 파일로 다시 눈을 내렸다.

"저는 11시까지 사무실에 있을 예정이지만 출장 준비로 바쁠 거 같아서 업무 관련해서 급한 일은 김 과장님과 의논하세요. 그만 회의 끝내도록 하죠. 수고하셨습니다."

"수고하셨습니다."

팀원들이 인사를 하고 파일을 챙겨 차례로 회의실을 나갔다.

"이윤우 씨."

윤우가 막 회의실 문을 나서려는데 뒤에서 차 팀장이 부르는 소리가 들렸다. 가슴이 철렁 내려앉았다.

"네. 팀장님."

"북미 지사 손익 현황표가 필요한데 좀 뽑아 줄래요?"

차 팀장은 자신의 자리로 돌아가지 않고 회의 테이블에 앉은 채 앞에 놓인 서류에 무언가를 빠르게 적어 넣으며 말했다. 급히 잡힌 출장 준비를 하느라 바쁜 것 같았다.

"네. 알겠습니다."

윤우는 자리로 돌아와 자료를 찾아 북미 지사의 3개년 실적 추이가 담긴 손익 현황표를 만들었다. 그가 시간이 별로 없는 것 같아 덩달아 마음이 급해 최대한 서둘렀다. 혹시 실수한 게 없나 인쇄한 서류를 다시 한 번 꼼꼼히 확인하고 회의실로 갔다.

문을 열자 차 팀장이 고개를 들어 그녀를 보았다. 그에게 가까이

가는 동안 걸음걸이와 숨 쉬는 것조차 의식되었다. 윤우는 사무적으로 보이기 위해 애쓰며 들고 간 파일을 그에게 내밀었다.

"말씀하신 북미 지사 손익 현황표입니다."

"잠깐 앉으세요."

차 팀장은 그녀가 내민 파일을 받아 들며 말했다. 윤우는 그의 앞에 마주 앉았다. 뭐 더 시킬 일이 있는 모양이라고 생각했다.

"연휴 동안 뭐 했습니까?"

당연히 업무 얘기를 할 줄 알았던 그의 입에서 아무렇지 않게 그런 말이 나왔다. 회사에서 대놓고 사적인 말을 듣게 될 줄 몰랐다. 회의실 밖으로 소리가 들리지 않는다는 것을 알면서도 저절로 다른 직원들이 신경 쓰여 그쪽으로 고개가 돌아갔다. 유리 너머로 보이는 팀원들은 각자 제 할 일에 몰두해 있었다.

윤우의 당황하는 얼굴을 보더니 차 팀장의 눈매가 보일 듯 말 듯 부드러워졌다. 침착하려고 애쓰던 마음이 속절없었다. 얼굴이 화끈거렸다. 분명 귀가 빨개졌으리라.

"……집에서 쉬었습니다."

"쉰 사람 얼굴이 왜 그래요?"

그가 한쪽 눈썹을 들어 올린 채 윤우를 보며 말했다. 윤우는 마른침을 꿀꺽 삼키고 그와 눈이 마주치는 것을 피하려고 시선을 내려 그의 손을 바라보았다.

"금요일 밤에 돌아올 겁니다."

차 팀장이 말했다. 윤우는 잠시 알아듣지 못했으나 그가 제 출장 일정을 말하는 것을 깨달았다.

"잘 다녀오세요."

무슨 말이든 해야 할 것 같아서 겨우 대꾸했다.

"토요일에 저녁 같이 먹을까요?"

"……."

"금요일에 봐도 되는데 비행 스케줄이 어떻게 변할지 몰라서 정확한 시간을 잡기 힘들 것 같네요."

그가 업무 얘기를 할 때처럼 태연하게 말했다. 설마 데이트 신청일 리는 없었다.

"예약하고 문자 주겠습니다."

"……저, 팀장님."

윤우는 거절의 말을 찾으며 그를 불렀다. 요즘 사내 성희롱 문제가 사회적 이슈로 떠오르고 있는 예민한 때라 팀장은 며칠 전 있었던 일이 어떤 빌미가 될까 걱정하고 있을 수도 있다. 그가 혹시 예의상, 혹은 뒷소문을 걱정해 에프터 서비스를 하는 거라면 그럴 필요 없다고 말해야 한다.

"……."

"급한 얘기 아니면 그때 할까요? 내가 지금 좀 바빠서."

윤우가 머뭇거리자 팀장이 손목시계를 보며 말했다. 말투와 비교하면 표정이 부드럽게 느껴졌다. 해야 할 말이 있었지만, 윤우는 바쁜 사람을 붙잡고 있을 수 없어 자리에서 일어섰다.

회의실을 나오는데 누가 본다면 분명히 이상하게 느낄 정도로 얼굴이 달아올랐다. 다행히 윤우를 주시하는 사람은 아무도 없었다. 윤우는 자리로 돌아와서도 한참 동안 일에 집중하지 못했다.

차 팀장은 11시쯤에 김 과장과 함께 직원들의 인사를 받으며 사무실을 떠났다.

"와, 다른 종 같더라. 사진으로 보던 거보다 더 예뻐."

공항에 의전을 나갔다 돌아온 김 과장이 오후 업무가 시작되기 전, 윤우의 옆자리에 앉은 이 대리와 커피를 마시며 하는 말이 들렸다. 윤우는 업무 준비를 하며 옆자리에서 하는 그들의 말을 흘려 들었다.

"그런데 회장님 출장에 왜 지서연 씨가 동행해요?"

이 대리가 묻는 소리가 들렸다. 지서연이라는 이름을 듣자 윤우는 저도 모르게 그들 쪽으로 귀가 쫑긋 섰다. 지서연은 차 팀장의 정혼자로 알려진 선진그룹 외동딸이다.

"비서실 얘기로는 지서연 씨가 세미나 참석차 미국 갈 일이 있는데 마침 일정이 겹쳐서 가는 김에 동행하는 거라고 하더라. 그런데 선진그룹이 딸 외유에 남의 전용기를 얻어 타게 할 집안은 아니잖아."

"그건 그렇죠."

윤우는 마우스를 딸깍여 엑셀 파일을 열었다. 모니터에 띄워진 플로차트를 들여다보았으나 두 사람의 대화에 신경이 분산되어 눈에 잘 들어오지 않았다.

"내가 봤을 때는 예정에 없이 팀장님을 갑자기 동행시키신 것도 그렇고, 회장님이 일부러 계획하신 거 같아. 팀장님이 워낙 바쁘시니까 일 핑계로 데이트라도 하라는 배려랄까?"

"회장님까지 나서시는 걸 보니 결혼도 멀지 않았다고 봐야겠네요."

"비서실 사람들이 얘기하는 거 얼핏 들었는데 팀장님 이번에 승진하시면 곧 결혼 발표 날 거라고 하더라고. 벌써 서른셋이시니 결혼하실 때 됐지."

"팀장님이 부럽네요. 그런 아름다운 분을 아내로 맞으시고."

"그것만 부러워? 딴 건 안 부럽고?"

"아니요. 다 부럽습니다. 나도 다시 태어날 때는 우리 팀장님으로 한번 태어나 보고 싶습니다."

두 사람의 장난스러운 대화를 들으며 윤우는 작게 한숨을 쉬었다. 모르고 있었던 사실도 아니고 제가 놀랄 일은 더더욱 아니다. 그녀는 괜히 신경을 곤두세웠던 게 우스워져서 다시 일에 집중하려 애썼다.

팀장이 없는 사무실은 팽팽하게 당겨졌던 줄이 풀어진 듯 분위기가 느슨해져 있었다. 남자 직원들은 다른 때보다 배는 자주 담배를 피우러 나가고 김 과장도 거리낌 없이 높은 소리로 사적으로 들리는 전화 통화를 했다.

다른 직원들도 옆 사람과 잡담을 하고 인터넷 쇼핑을 하는 사람도 눈에 띄었다. 아주 놀자판은 아니었지만, 꽤 헤이해진 건 사실이었다. 확연히 차이가 나는 사무실 분위기가 팀장의 존재가 이 팀에 끼치는 영향을 보여 주는 단적인 예 같아서 웃음이 났다.

윤우는 수요일에 오후 반차를 내서 이수동 집으로 갔다. 버스에서 내려 낡고 오래된 다세대 주택이 즐비한 골목을 걸어가다 막다른 길에 이르면 녹색 대문이 나왔다. 아버지 집으로 가기 전, 어머니와 열 살이 되던 해까지 함께 산 집이었다.

윤우는 나무껍질처럼 페인트칠이 벗겨진 대문에 열쇠를 꽂았다. 녹이 슬었는지 열쇠가 잘 돌아가지 않았다. 몇 번을 뺐다가 다시 꽂아 돌리기를 반복한 후에야 어쩔 수 없다는 듯 힘겹게 문이 열렸다.

마디가 꺾이는 듯한 음산한 소리를 내는 문을 열고 안으로 들어가니 시멘트 담을 따라 1m 폭으로 조성된, 이전에 텃밭이었던 곳에 잡풀이 가득 자라서 말라 있었다.

지난가을 세를 살던 사람이 이사를 나가던 날 와서 봤던 집과 또 달랐다. 계절 때문인지 비어 있던 곳이라 그런지, 집은 생각보다 훨씬 낡고 을씨년스러웠다.

윤우는 현관문을 열고 신발장 앞에 서서 집 안에 고인 오래된 공기 냄새를 맡았다. 어머니와 이 집에 살 때 행복했었던가? 떠올려 보았다. 그랬던 것 같다. 어머니와 함께 살 때 윤우는 해맑았고 행복했다.

어머니는 밝고 긍정적인 사람이었다. 나쁘게 해석하면 철이 없다고도 할 수 있었다. 처한 상황이 그렇게 즐거울 것 같지 않은데 늘 웃고 있었다. 어머니가 웃고 있으니 윤우도 즐거웠다. 아무 걱정도 없었다. 어머니는 어딜 가든 윤우를 데리고 다녔다. 반찬거리를 사러 시장에 갈 때, 옷가게에 갈 때, 심지어는 어린이가 볼 수 없는 영화를 보러 갈 때도 윤우를 데리고 갔다.

정기적으로 만나러 가던, 윤우는 한 번도 본 적 없는 친구를 보러 갈 때를 제외하면 어머니는 언제나 윤우와 집에 있었다. 특히 윤우가 학교에서 돌아올 시간에는 꼭 집에서 윤우를 맞아 주었다. 그녀는 거의 일을 하지 않았다. 어쩌다 동네 식당에서 일하기도 했지만 대부분 단기 아르바이트였다.

한 번도 뭔가 부족하다고 느낀 적은 없었지만, 어머니가 돈이 많지 않다는 건 어린 윤우도 알고 있었다. 어머니의 빈약한 경제 활동에도 불구하고 집이 남아 있었던 것은 아마도 아래층에서 나오는 월세와 아버지가 대 준 생활비와 어머니의 근검절약 덕분이었을 거라고, 윤우는 크고 나서 짐작했다.

아버지도 한 가정의 생계를 책임져야 하는 가장이었으므로 아마

많은 돈을 주지는 못했겠지만 어쨌든 윤우는 그런대로 부족함 없이 어머니와 행복하게 살았었다.

보육원에서 헤어진 이후로 어머니를 만난 적은 없었다. 언젠가 새로 꾸린 가정에서 자식을 두 명이나 낳고 잘 살고 있다더라는 얘기를 누군가에게 들은 것도 같은데, 윤우는 더는 알려고 하지 않았다. 자신을 보육원에 두고 떠났을 때부터 윤우는 어머니에게 아무것도 기대하지 않겠다고 결심했다.

집수리를 맡기기 위해 부른 설비업자는 제시간에 나타났다. 아들인 듯한 중년의 조수를 데리고 온 노인은 일흔은 되었을 것 같았다. 노인은 이리저리 집 안을 둘러보더니 말했다.

"집이 워낙 낡아서 수리할 데가 한두 군데가 아닌데요?"

그가 귀 옆에 꽂혀 있던 볼펜을 내려 수첩에 무언가를 끄적이며 말했다. 윤우는 노인이 어디를 어떻게 수리해야 하는지 설명하는 동안 마당에 선 감나무 가지를 바라보았다.

그 감나무는 윤우가 어릴 때도 그곳에 있었다. 가을이 되어 감이 익기 시작하면 마당에 놓인 평상에 앉아 아직 떫은맛이 나는 감을 깎아 윤우의 입에 넣어 주던 어머니의 고운 눈매가 떠올랐다.

어쩔 수 없이 이곳에 오면 옛날 일이 생각났다. 이런 곳에서 혼자 잘 살아갈 수 있을까. 그녀는 잠시 두려워졌다.

설비업자와 얘기를 끝내고 한참 동안 냉기가 가득한 집 안을 서성거리다가 거리로 나왔다. 아직 퇴근하기에는 이른 시간이었다. 이제 떠나야 하는 집이라고 생각해서인지 본가가 낯설게 느껴졌다. 남의 집처럼 자꾸 겉돌게 되었다.

윤우는 코끝이 시릴 때까지 공원을 걷고 상가를 서성이다가 집으로 가는 버스를 탔다. 차창에 기대 얼핏 졸고 있을 때 전화벨이 울렸다. 잠결에 본 액정에는 낯선 전화번호만 떠 있었다.

"여보세요?"

― 왜 이렇게 전화를 안 받아.

상빈은 아무 일도 없었던 사람처럼 나무라듯 말했다. 받지 말아야 할 전화가 있다는 것을 전화 받은 후에 깨달았다. 윤우가 제 전화를 피한다는 것을 알고 남의 휴대 전화로 전화한 것 같았다.

"……무슨 일이에요?"

잠긴 목에서 매끄럽지 않은 목소리가 나왔다.

― 잘 지내고 있어?

"안부 물으려고 전화했어요?"

― …….

"용건 없으면 끊어요."

― 윤우야. 좀 만나자.

"…….”

― 이렇게 끝낼 수는 없어.

"…….”

― 한 번만 만나 줘.

"만나서 뭐 해요."

― ……너는 아무렇지도 않아? 난 죽을 거 같은데.

"나도 죽어 가는지 확인하고 싶은 모양인데, 난 아무렇지도 않아요."

윤우는 대화를 지속할 의욕을 잃은 채 아무렇게나 대꾸했다.

― ……만나. 얼굴 보고 얘기해.

"전화하지 말아요. 이제."

― 윤우야. 너 왜 이렇게 냉정해. 너 정말…….

윤우는 그대로 전화를 끊었다. 별로 아쉽거나, 미련이 남거나, 심지어 마음이 아프지도 않았다. 그래서 조금 당황스러웠다. 상빈의 말마따나 자신이 정말 냉정한 사람이라는 생각이 들기도 했다.

잘 벼린 칼로 잘라내듯 깔끔하게 감정정리가 되었다는 게 의아했다. 아무리 그가 바람을 피웠다고는 해도 이렇게 아무렇지도 않은 게 맞는 건가? 자신이 정말 그를 좋아하기는 한 것인지 갑자기 의구심이 들었다.

수요일이었다. 출장 온 지 사흘째였다. 늦은 일정을 마친 도혁은 숙소로 올라가는 엘리베이터를 기다리다가 전화 한 통을 받았다. 비공식적으로 그의 비서 일을 맡은 최 실장의 전화였다.

— 팀장님, 일전에 말씀하신 식당, 토요일 7시로 예약해 두었습니다.

도혁은 이윤우와 함께 저녁 먹을 레스토랑을 예약해 달라고 출장 당일 공항에서 그에게 전화로 부탁해 두었다.

"어딥니까?"

— 우남동에 있는 프렌치 레스토랑입니다. 말씀하신 대로 번잡스럽지 않은 곳으로 예약했습니다.

"수고하셨습니다. 문자로 주소랑 식당 이름 보내 주세요."

— 네. 알겠습니다.

"그럼 돌아가서 보죠."

— 저, 팀장님.

도착한 엘리베이터에 오르며 도혁이 전화를 끊으려는데 최 실장은 뭔가 더 할 말이 있는 듯 그를 불렀다.

"말씀하세요."

– ……아무래도 팀장님께서 알고 계셔야 할 일인 거 같아서요.

최 실장이 어울리지 않게 머뭇거리며 말했다.

"뭘 말입니까?"

– 말씀드리기 전에, 토요일에 예약하신 식당에 동행하실 분이 누구신지 여쭤봐도 되겠습니까?

도혁의 미간에 주름이 잡혔다. 최 실장은 도혁을 위해 일한 지 6년쯤 되었다. 눈치 빠르고 영민한 사람이라 이런 오지랖을 부린 적은 없었다.

"왜요?"

– ……죄송한데, 토요일에 만나실 분이 이윤우 씨라면 아셔야 할 일이 있습니다.

도혁은 최 실장 입에서 나온 윤우의 이름에 눈썹을 찌푸렸다. 호텔 바에서 윤우를 만났던 날 그 장소에 최 실장도 함께 있었다. 그는 아마도 자신과 이윤우가 밤을 보낸 것도 알고 있을 것이다.

"뭡니까?"

카드키로 문을 열고 객실로 들어간 도혁은 넥타이 매듭을 당겨 풀며 물었다.

– 물론 팀장님께서 그분을 진지하게 만나실 거리고는 생각하지 않습니다만, 조심하실 필요가 있을 것 같습니다. 불필요한 구설에 휘말리실 수도 있다고 판단되어서요.

"서론 빼고 말씀하세요."

도혁은 목을 죄는 셔츠가 갑갑해 단추를 풀며 창가로 다가섰다. 멀리 밝은 주황색 조명이 비추는 스페이스니들이 보였다. 그는 차가운 창에 손을 짚고 화려한 빛무리가 모인 도시의 야경을 날 선 눈빛으로 쏘아보았다.

- 이윤우 씨는 현재 본사 영업팀 이상빈 사원과 사귀는 사이입니다.

도혁의 미간에 주름이 잡혔다. 뭔가 앞뒤가 맞지 않는 말을 들은 기분이 들었다.

- 우리 회사에 입사하기 전부터 만나 온 것 같습니다. 사귄 지는 4년 정도 되었고 양가에서 허락을 받고 결혼을 전제로 만나고 있는 것으로 알고 있습니다.

"……."

- 팀장님.

"사실입니까?"

- 네. 이상빈 씨 SNS 비밀 계정에 있는 두 사람의 대화 내용과 사진을 저희가 좀 입수했는데 필요하시면 보내 드리겠습니다.

"됐습니다."

그는 얼떨떨해졌다. 조금은 뒤통수 맞은 기분이 들기도 했다. 그날, 도혁은 우연히 포레의 출입문이 정면으로 보이는 자리에 앉았고, 동행인들의 얘기를 들을 때 의미 없이 출입문 쪽에 시선을 두고 있는 시간이 많았다. 그는 이윤우가 바에 들어올 때부터 그녀를 보고 있었다.

별로 현실감이 느껴지지 않는 등장이어서 조금 멍한 기분이었다.

처음에는 그저 닮은 사람이겠거니 했지만 조금 더 밝은 바 탑 쪽으로 가서 자리를 잡는 모습을 보고 분명히 그녀라는 것을 알았다. 몇 시간 전에 보았던 옷차림도 그대로였다. 그는 묘한 기분에 사로

잡혔다.

약속이 있나 싶었지만 1시간쯤 지켜본 결과 그런 것 같지도 않았다. 옆에 앉아 있던 남자가 한참 전부터 노골적으로 이윤우를 관찰하는 게 보였지만 그녀는 주위를 신경 쓰지 않고 술만 마셨다. 마침내 옆에 앉은 남자가 그녀에게 말을 거는 게 보였다.

도혁은 일행들이 나누는 대화의 맥락을 놓칠 정도로 이윤우와 남자에게 집중했다. 전혀 그런 타입일 거라고는 생각지 않았는데 이윤우는 낯선 남자와 계속 대화를 이어 갔다. 상황으로 봐서는 헌팅이었다.

그냥 웃어넘기고 못 본 척 넘어가면 될 일이었는데 그는 평소라면 하지 않았을 행동을 했다. 그녀에게 가서 먼저 아는 척을 한 것이다. 그답지 않은 행동이었다.

자신은 그녀를 데리고 무엇을 하고 싶었던 것일까. 설마 정말 그녀가 저를 구해 줄 거라고 믿었던 것일까.

– 아닐 거라고 생각은 합니다만, 만에 하나 그 여직원분에게 뭔가 다른 의도가 있을지도 모를 일이니까요. 경계를 좀 하시는 게 좋을 것 같습니다. 요새 워낙 비상식적인 일들이 많이 일어나서…….

침묵을 지키던 최 실장이 말했다.

"……."

창을 짚은 손바닥으로 냉기가 스며들었다. 무엇에 쫓기듯 필사적이던 것과 대비되는, 세게 쥐면 망가질 것처럼 여리던 여자의 새순 같던 몸이 떠올랐다.

– 주제넘었다면 죄송합니다.

최 실장은 머리가 좋다. 이제 알았으니 만나지 말라는 말을 돌려

하는 것이다.

"됐습니다. 쉬세요."

도혁은 전화를 끊고 욕실로 들어갔다. 빡빡한 일정 때문에 피곤했음에도 씻고 나와 침대에 누웠는데 잠이 오지 않았다.

시계를 확인하니 한국은 아침 시간이었다. 업무를 시작하기까지 15분쯤 남아 있었다. 그때쯤 이윤우는 이미 회사에 도착해 업무 준비를 하고 있다는 것을 알고 있다. 그는 휴대 전화에서 그녀의 번호를 찾아 눌렀다. 신호가 여러 번 울린 후 전화가 연결되었다.

- 네, 팀장님.

조금 숨이 찬 듯한 목소리가 들려왔다.

"출근했습니까?"

- 네.

"사무실이에요?"

- ……아니요. 지금 잠깐 나왔습니다.

자신에게 온 전화를 받기 위해 사무실을 급히 나오는 그녀의 모습이 눈앞에 그려졌다.

"너무 일찍 전화해서 미안합니다."

그는 잠시 제가 무슨 말을 하려고 전화했나 더듬어 보았다.

- 괜찮습니다. 그런데 무슨 일로…….

도혁이 토요일에 만나자고 한 얘기는 아예 없었던 것처럼 그렇게 말했다. 그새 그 말을 잊었을 리는 없을 테니 의도적인 행동이다. 그는 휴대 전화를 귀에 댄 채 모래가 낀 듯 빡빡한 눈자위를 눌렀다. 연기일까? 그래 보이지는 않는다.

그녀는 어째서 그날 그 바에 왔을까, 왜 순순히 호텔 객실로 자신을 따라왔을까.

"토요일에 같이 저녁 먹으려고 했는데 일이 생겨서 약속 못 지키게 됐네요. 미안합니다."

– 아, 네. 괜찮습니다.

머뭇거림 없이 곧바로 대답이 돌아왔다. 왠지 좀 안심한 듯한 느낌이 든 건 제 착각일까.

"앞으로도 바빠서 따로 만날 시간이 날 거 같지 않고."

– 네.

전혀 이의가 없다는 듯 유순한 답이 돌아왔다.

"할 얘기 없어요?"

– 무슨……

"뭐 바라는 거 있으면 말해요."

– ……제가, 팀장님께요?

별말 없이도 전화기 너머에 있는 사람이 당황했다는 것이 전해져 왔다.

"하룻밤을 함께 보낸 것에 대한 보상이 필요하다고 생각되거나 하면, 말하라는 겁니다."

– …….

"지금 당장은 아니라도, 생각나면 문자로 남기세요. 검토해 보고 합당하다고 생각되면 들어주겠습니다."

도혁은 애인도 있으면서 왜 딴 남자와 잔 거냐고 묻는 대신 그렇게 건드려 보았다. 제가 생각해도 좀 유치한 생각이 들었지만, 그냥 곱게 넘어가자니 속이 편치 않아 어쩔 수 없었다. 도혁이 아는 이윤우라면 아마도 충분히 모욕감을 느낄 만한 말이었다.

– ……저도 해야 하나요?

"무슨 말입니까?"

– 팀장님이 보상하시겠다면 저도 해야 할 거 같아서요.

도혁은 웃음을 터뜨릴 뻔했다. 가끔 이렇게 엉뚱하다.

"나는 됐습니다. 보상을 받아야 할 만큼 열심히 하지도 않아서."

– 저도 괜찮습니다. 잘 기억도 안 나고…….

그는 어이없어서 다시 헛웃음이 났다. 기억도 나지 않는다는 말이 남자에게 얼마나 큰 모욕인지 알고 한 말 같지 않아서 더 타격이 컸다. 그건 진심이라는 소리니까. 꿀밤 한 대 때리려다가 어퍼컷을 맞은 기분이었다.

그렇게 세게 한 대 얻어맞고 나니까 까칠하게 일어섰던 마음이 오히려 가라앉았다. 임자 있는 여잔데 뭘 어쩌겠는가.

"그럼, 그 일에 대해서는 이제 서로 언급하지 않기로 합시다. 그래도 되겠어요?"

– 네. 감사합니다.

"감사해요?"

그는 다시 삐딱하게 웃었다. 의도든 아니든 왠지 진 기분이 들었다. 꽤 궁금한 게 많았으나 스위치를 끄기로 했다.

"좋습니다. 그럼 좋은 하루 보내요."

– 팀장님도 좋은 하루 보내세요.

도혁은 전화를 끊은 손을 침대 위로 툭 떨어뜨리며 눈을 감았다. 한참이나 있다가 갑자기 웃음이 터졌다. 어이가 없었다.

퇴근해서 현관문을 여는데 늘 조용하던 집에서 여느 때와 다른 조금 수선스러운 분위기가 느껴졌다. 손님이라도 온 모양인지 주방 쪽에서 말소리와 웃음소리가 들렸다.

　윤우는 신발을 벗고 안으로 들어가며 인사를 했다.

　"다녀왔습니……다."

　인사를 하다 말고 그 자리에 우뚝 멈추어 섰다. 식탁에 상빈이 아버지와 마주 앉아 밥을 먹고 있었다.

　"늦었구나."

　아버지가 윤우에게 말했다. 상빈이 긴장한 얼굴로 윤우를 쳐다보고 있었다.

　"뭐 하고 섰어. 얼른 손 씻고 와라. 상빈이가 배고픈 거 같아서 먼저 먹고 있었다. 언니들은 오늘 둘 다 저녁 먹고 들어온단다."

　큰어머니가 일어나 국 냄비가 올려져 있는 가스레인지의 불을 켜며 말했다.

　"……여기서 뭐 해요?"

　윤우는 화를 눌러 참으며 상빈을 향해 말했다.

　"어, 윤우야. 그게……."

　상빈이 불안한 눈으로, 혹은 애원하는 듯한 눈빛으로 윤우를 바라보았다.

　"윤우 너는 무슨 말을 그렇게 해? 상빈이가 못 올 데 왔니?"

　큰어머니가 밥통을 열어 주걱으로 밥을 푸며 나무라듯 말했다.

　"나와요."

　가족들 앞에서 싸울 수도 없어서 윤우는 신발을 신고 밖으로 나가며 말했다.

　"왜 그래?"

　아버지의 놀란 목소리가 등 뒤에서 들렸지만 돌아보지 않았다.

　"저희가 좀 다퉈서……. 죄송합니다. 저녁 맛있게 잘 먹었습니다. 아버님, 어머님, 나중에 다시 찾아뵙겠습니다."

상빈이 그런 소리를 지껄이는 게 열린 현관문 틈으로 들렸다.

"아무리 싸워도 그렇지. 어른들 앞에서 무슨 버릇없는 행동이야?"

큰어머니의 언짢은 목소리가 들렸다. 윤우는 입술을 깨물며 허공을 노려보았다. 무슨 낯으로 뻔뻔하게 여기까지 찾아왔는지 모를 일이었다.

현관 밖에서 팔짱을 끼고 숨을 고르고 있는데 안에서 부모님과 부산스럽게 인사를 나누는 소리가 들리고 곧 상빈이 밖으로 나왔다. 윤우는 일단 집을 벗어나기 위해 계단을 내려와 빌라 밖으로 나갔다.

"무슨 짓이에요? 이게."

밖으로 나오자마자 윤우가 돌아서며 상빈에게 다그치듯 말했다.

"집까지 들어갈 생각은 아니었는데, 여기서 너 기다리다가 아버님을 만나서 어쩔 수 없었어……. 미안하다."

"여기는 왜 와요? 우리 헤어졌어요. 몰라요?"

"……난 너랑 못 헤어진다고 했잖아. 너한테 시간이 필요할 거 같아서 귀찮게 하지 않고 기다리려고 했는데, 못 하겠어. 피가 마를 것 같아. 그러니까, 윤우야……."

"상빈 씨랑 다시 만날 일 없어요. 다시 이런 짓 하면 회사에 알리겠어요."

"알리다니, 뭘?"

"우리가 왜 헤어졌는지 말이에요."

그는 대기업 대영 물산에 입사한 것을 매우 자랑스러워하는 사람이었다. 동기 중에서 제일 먼저 대리를 달 정도로 회사 일에 열의가 있었다.

그가 먼 미래까지 생각하는 야망가이며 그 때문에 제 이미지와 평판에 무척 신경 쓴다는 것을 윤우도 알고 있었다. 회사에 그런 추한 사생활이 알려지는 것을 그는 절대 용납하지 않을 것이다.

"왜 그걸 회사에……."

"못 할 거 같아요?"

"……."

"양심이라는 게 있긴 해요? 헤어질 원인을 제공해 놓고, 이게 무슨 짓이에요. 내가 싫다잖아요. 내가 헤어지고 싶다고 하면 상빈 씨가 무슨 마음이든 끝인 거예요. 상빈 씨 의견, 마음, 내가 알 바 아니란 말이에요."

"윤우야, 너 무슨 말을 그렇게……. 왜 그렇게 냉정하게……. 말은 그렇게 해도 너도 속마음은 진짜 헤어질 생각 없다는 거 알아. 그러니까, 부모님께도 아직 안 알린 거잖아."

"기회가 없었을 뿐이에요. 오늘 들어가서 바로 말씀드릴 거니까, 이제 이 근처에 얼씬도 하지 말아요."

"……."

"나한테 당신이 한 짓을 증명해 줄 사진도 있고, 통화 기록도 있다는 거 명심해요."

협박하듯 말하자 상빈은 허옇게 질린 얼굴로 아무 말도 하지 못하고 서 있었다.

윤우는 그대로 돌아서 공동 현관문을 열고 건물 안으로 들어섰다. 그가 이렇게 구질구질하게 매달리는 것은 이쯤 하면 용서하고 넘어가 주겠지 하는 경험치가 있어서일 것이다. 요즘 들어서는 상빈보다 과거의 저 자신에게 더 화가 나곤 했다.

그녀는 큰어머니에게 상빈과 헤어졌다는 얘기를 할 생각을 하자 마음이 더 무거워졌다. 평범하게 결혼해서 잘 사는 모습을 보여 주고 싶었는데, 그러긴 글렀다.

차 팀장의 출장으로 미루어졌던 개별 면담이 소회의실에서 시작되었다. 직원들이 차례로 스스로 설정한 연간 업무 목표가 담긴 자료를 들고 회의실로 들어가 차 팀장과 마주 앉았다.

윤우는 화면에 띄워진 업무 파일을 훑으면서도 자꾸만 시선이 회의실로 향했다. 창을 통해 회의 테이블을 사이에 둔 팀장과 고주임이 진지하게 얘기를 나누는 게 보였다.

자신의 순서가 다가올수록 긴장이 되었다. 둘 사이에 있었던 일에 대해서는 더는 언급하지 않기로 합의를 보았으니 말로만이 아니라 행동도 전과 다름없어야 한다.

그런데 막상 직접 얼굴을 마주하게 되자 이전처럼 사무적으로만 대하는 게 생각만큼 쉽지 않았다. 그가 의식되어 저절로 신경이 곤두서 하지 않던 실수를 연발하게 되고 일에 집중하기도 힘들었다.

특히, 오늘처럼 일대일로 마주 앉아 대화를 나누어야 하는 일이 생기자 긴장으로 입안이 바싹바싹 말라 왔다. 팀의 막내인 윤우의 순서는 맨 마지막이었다. 긴장한 채 기다리고 있던 윤우는 제 차례가 되자 심호흡을 하고 회의실 문을 열고 들어갔다.

윤우가 회의실에 들어갔을 때 차 팀장은 앞에 놓인 서류에 뭔가를 적어 넣고 있었다. 그녀가 자리에 앉자, 그는 윤우가 메일로 보낸 자료가 담긴 파일을 펼쳤다.

지난해, 목표를 높게 잡아 달성하지 못하는 것보다는 애초에 할 수 있는 것보다 조금 낮게 잡는 게 낫다는 선배들의 조언을 무시했다가 1년 내내 힘들었던 경험을 떠올리고 조금 여유롭게 시간을 짜고 목표치를 낮추었다.

그가 윤우의 연간 업무 목표 자료를 천천히 훑어보았다. 윤우는 긴장한 얼굴로 그를 바라보았다.

"좋습니다. 이대로 진행하면 큰 어려움은 없을 거 같네요."

차 팀장의 눈에 훤히 보일 얕은 잔꾀라는 것을 알면서 작성한 자료였다. 면담하면서 그의 피드백을 받고 적당한 선으로 조율하고 수정할 생각이었던 윤우는 당황했다. 그가 제 업무 능력을 정말 이 정도로 낮게 봤다는 것일까, 아니면 곧 팀을 떠나니 깊이 관여하기 귀찮아진 것일까. 어느 쪽이든 서운했다.

제 능력치를 낮춘 것은 저 자신이면서 윤우는 그런 엉뚱한 생각을 했다.

"……네."

"업무 진행하면서 느낀 문제점이나 보완이 필요하다고 생각되는 부분 있으면 말씀해 보세요."

차 팀장이 면담 마지막에 늘 하는 질문을 하며 눈을 들어 처음으로 윤우를 바라보았다. 눈빛이 차갑고 단단했다. 윤우는 마주친 시선을 내리며 대답했다.

"지금은, 없습니다."

"좋습니다. 그럼 면담 마치죠."

그가 들고 있던 펜을 내려놓으며 미련 없이 앞에 놓인 파일을 정리했다. 윤우는 자리에서 일어나 그에게 인사를 하고 회의실을 나왔다. 별일 없이 간단히 끝난 면담인데 진땀이 나서 등줄기가 선득했다.

그가 무뚝뚝하고 무심한 성격이라는 건 이미 알고 있었다. 그런데도 조금 더 냉정해진 것처럼 느껴지는 것은 제 사적인 감정의 개입 때문일 거라고 애써 생각했다.

하지만 면담 이후, 시간이 지날수록, 그가 이전과 미묘하게 달라졌다는 것을 느끼지 않을 수 없었다. 친절한 편은 아니었지만 어쨌든 그는 지나가다 인사를 하면 눈을 마주치며 인사를 받아 주는 사람이었다.

보고서를 올리면 마음에 안 드는 부분에 대한 피드백을 부사수 가르치듯이 세세하게 설명해 주고 수정 방향까지 제시해 주는 꼼꼼한 상사였으나, 본격적인 새해 업무가 시작된 이후 그런 일이 사라졌다.

사무실이나 복도에서 마주쳐서 인사를 하면 그는 인사를 받기는 했지만, 시선을 그녀의 턱 쪽을 향한 채 미세하게 고개를 끄덕이고 지나가 버렸다.

반려된 보고서에는 수정할 부분에 붉은 줄이 그어지고 단지 수정, 이라고 쓴 두 글자가 다였다. 곧 떠날 부서의 업무라 시들한 기분이 들어서 무성의해진 거라고 생각해 보았으나 윤우가 아는 한, 차 팀장은 그런 무책임한 스타일은 아니었다.

업무 용어가 외계어처럼 들리고 팩스를 보내는 일, 프린트 한 장 복사하는 것조차 헤매던 신입 때부터 차 팀장은 그녀가 알아들을 수 있는 용어로 구체적이고 상세한 업무 지시를 해 주던 상사였다. 그의 갑작스러운 무성의에 윤우는 당황했고 한편으로는 서운했다.

처음에는 저의 지나친 자격지심일까 싶었지만, 시간이 지나면서 윤우는 확신하게 되었다. 차 팀장은 그 일 이후 태도가 변한 것이다.

사적인 일로 태도가 달라지거나 불이익을 줄 사람이 아니라고 믿었던 것도 틀린 생각일 수 있었다. 물론 아직 무슨 눈에 보이는 불이익을 주지는 않았지만, 하는 행동으로 보아서 절대 그런 일이 없으리라는 보장도 없었다.

차 팀장이 그렇게 치사하게 나올지언정, 저는 이전과 다를 바 없이 행동하려고 애를 썼던 게 무색하게 어느 시점부터는 그를 마주하면 윤우도 반사적으로 얼굴이 굳어졌다.

윤우는 실망했고 화도 났다. 그에 대해 정도 이상 신경 쓰는 자신이 못마땅했지만 아무리 노력해도 차 팀장에게 완전히 무감해질 수가 없었다. 별다른 이유 없이 살이 빠지고 소화 불량에 시달린 것은 분명 그로 인한 스트레스 때문이었다.

새해 첫 정기 인사 발표에 차 팀장의 승진이 확정되고 그가 부서를 떠날 날이 정해지자 마음을 짓누르던 압박감이 사라진 듯 홀가분한 기분이 들었다.

"윤우 씨, 얼른. 다들 출발했어. 빨리 가자."

옆자리 안 주임이 아직 미적거리며 서류 정리를 하는 윤우를 재촉했다. 차 팀장이 기획팀에서 일하는 마지막 날이었다. 그래서 퇴근 후, 그의 승진 축하와 송별회를 겸한 회식이 잡혀 있었다.

이 회사의 좋은 점이라면 강제적인 회식 문화가 거의 없다는 것이다. 하지만 오늘은 싫어도 참석해야 했다. 생각 같아서는 무슨 핑계를 대서라도 빠지고 싶을 만큼 윤우는 그동안 팀장으로 인한 마음고생에 시달렸다.

그것은 마음고생을 하게 만든 당사자인 차 팀장을 포함해 아무도 알지 못하는 윤우 혼자만의 감정이었다. 저는 어째서 이렇게 남에게 잘 휘둘리는 성격인지 화가 나기도 하고 억울하기도 했다.

윤우는 가고 싶지 않은 마음을 억지로 누르고 짐을 챙겨 아까부터 옆에서 재촉하는 안 주임을 따라 마지막으로 사무실을 나섰다.

회식 장소는 회사에서 5분 정도 떨어진 소고기 전문점이었다. 식당에 도착하니 팀원들은 벌써 자리를 잡고 앉아 있었다. 윤우는 재빨리 눈으로 팀장을 찾았다. 되도록 그와 제일 먼 자리를 잡고 앉기 위해서였다. 하지만 팀장은 그 자리에 없었다.

"팀장님은 어디 가셨어요?"

윤우가 궁금했던 것을 안 주임이 먼저 물었다.

"오다가 엘리베이터 앞에서 곽 전무님한테 붙들렸어요. 하실 말씀 있으시다고. 곧 오실 거야."

누군가 대답해 주었다. 김 과장이 아무래도 차 팀장과 같은 테이블에 앉을 것 같아 윤우는 김 과장과 가장 먼 자리에 앉았다. 되도록 팀장의 눈에 띄지 않고 이 저녁을 보내기를 바랐다.

"오늘 팀장님 승진 턱이니까 기분 좋게 마음껏들 먹어. 이것 좀 봐, 마블링이 예술이네."

김 과장이 꼭 제가 사는 것처럼 생색을 내며 종업원이 내온 신선해 보이는 붉은 고기를 들어 보였다. 두툼하게 썰린 고기를 보자 윤우는 갑자기 허기가 졌다.

요 며칠 왠지 소화가 안 되는 것 같았는데 오늘 아침부터는 특히 체한 듯 속이 울렁거려 점심도 먹는 둥 마는 둥 했다. 차 팀장 때문에 몇 주 동안 괜히 불필요한 신경을 쓰느라 위염이 도진 것 같았다.

회식한다고 다들 간식도 건너뛰는 분위기라 종일 먹은 게 별로 없어서 배가 고프기도 했다. 평소 고기를 별로 좋아하지 않았는데 아직 굽지도 않은 생고기를 보고 군침이 돌았다. 옆 테이블에서 벌써 불판에 고기를 올렸는지 치이익, 맛있는 소리가 났다. 그 소리가 맛있게 들린다는 것을 윤우는 오늘 처음 알았다.

그녀가 앉은 테이블에는 서 대리와 안 주임, 그리고 1년 선배인 한성호 씨가 앉아 있었다. 막내인 윤우는 당연히 자신이 고기를 굽기 위해 얼른 집게를 잡았다.

"이리 내놔. 윤우 씨 다른 일은 잘 배우면서 고기 굽는 건 영 안 늘더라. 내가 오늘 고기 굽는 정석을 보여 줄 테니 잘 보고 배우도록."

친정이 갈빗집을 해서 방학 때마다 식당에서 고기를 구웠다는 안 주임이 윤우에게서 고기 집게를 뺏어 갔다. 과연 안 주임은 노련한 솜씨로 고기를 얹고 적절한 타이밍에 뒤집어 속에 아직 분홍빛이 남아 있는 고기를 세 사람의 접시에 차례로 놓아 주었다.

"너무 부드럽다. 고기가 살살 녹네."

"그러게요. 냄새도 안 나고. 와 비싼 고기는 다르네."

다들 한마디씩 하며 소금장에 고기를 찍어 입으로 넣기 바빴다. 맛있었다. 고기를 먹으면서 맛있다고 느껴 본 적이 없었는데 너무 맛있어서 깜짝 놀랄 정도였다.

"그나저나 팀장님이 늦으시네요. 전무님도 참, 웬만하면 내일 말씀하시지. 오늘 송별회라는 거 아시면서 이렇게 오래 붙잡고 안 놔주시다니."

김 과장이 고기를 씹으며 그렇게 말했을 때, 마침 주인공이 고깃집 문을 열고 들어섰다.

"어서 오세요, 팀장님. 고기가 나와서 먼저 먹고 있었습니다. 여기로, 여기 앉으십시오."

먹던 젓가락을 놓고 다들 벌떡 일어나 그를 맞았고 김 과장이 얼른 비워 둔 제 앞자리로 그를 안내했다. 그는 코트를 벗어 의자에 걸치고 자리에 앉았다.

"자, 자. 팀장님 오셨으니까 건배 한 번 합시다. 다들 잔 들어요."

김 과장이 팀장의 잔에 술을 따르고 제 잔도 채운 후 자리에서 일어서며 말했다. 짧은 순간 벌써 술이 좀 취한 건지 목소리가 평소보다 고조되어 있었다.

"팀장님 승진 축하드립니다!"

"축하드립니다!"

김 과장의 선창에 따라 모두 잔을 높이 들고 따라 외쳤다. 차 팀장은 그 과장된 분위기가 조금 우스웠는지 피식, 웃으며 가볍게 대꾸했다.

"고맙습니다. 많이들 드세요."

"팀장님 승진하신 것은 매우 기쁘지만, 한편으로는 서운하기도 합니다. 떠나시더라도 저희를 잊지 말아 주십시오."

김 과장이 정말 서운하고 아쉬운 얼굴로 말했다.

"잊고 싶어도 안 잊힐 거 같네요."

"좋은 의미로 하신 말씀이라고 알아들어도 되겠습니까?"

누군가 장난스럽게 물었다.

"둘 다."

팀장의 웃음기 어린 대꾸에 풀 죽은 야유가 쏟아졌다. 팀장은 가볍게 그 소리를 무시하고 말을 이었다.

"그동안 제 밑에서 일하시느라고 다들 수고 많으셨습니다. 고맙습니다."

"팀장님도 고생 많으셨습니다."

또 한 차례 건배가 이어졌다. 윤우는 건배로 물 잔을 비우고, 앞 접시에 놓인 고기를 열심히 집어 먹었다.

"윤우 씨, 한잔해."

서 대리가 윤우의 앞에 놓인 술잔이 그대로인 것을 보고 말했다.

"속이 별로 안 좋아서요."

윤우가 고개를 저었다.

"낼 쉬는데 한잔하고 푹 쉬지."

"오늘은 안 마실래요. 대리님 제가 한 잔 드릴게요."

윤우는 얼른 서 대리 손에 들린 술병을 받아 그녀의 빈 잔을 채워 주었다.

"그래, 고마워. 오늘 회식한다니까 남편이 술 먹지 말고 일찍 들어오라더라. 저는 맨날 2차, 3차까지 갔다가 새벽에 들어오면서. 오늘은 나도 흠뻑 취해서 12시 넘어서 들어가려고."

서 대리가 윤우가 채워 준 술잔을 훌쩍 비우며 주당처럼 호탕하게 말했다.

"흠뻑 취하시는 거야 가능하실 거 같은데, 주량이 소주 네 잔이시면서 12시까지는 어떻게 버티시려고요."

윤우가 장난스러운 얼굴로 한마디 했다.

"저번처럼 술 깨고 가신다고 우리 붙잡고 카페 돌면서 시간 때우려고 하심 안 돼요."

안 주임이 단호히 고개를 젓자 옆에 앉은 한성호 씨도 짓궂게 한마디 거들고 나섰다.

"저는 대리님 남편분 의견에 선적으로 동의합니다. 술 드시지 말고 일찍 귀가하시는 거."

서 대리가 과장되게 눈을 부라리며 같은 테이블에 앉은 세 사람을 노려보다 피식 웃고 말았다. 윤우는 서 대리와 안 주임의 남편 얘기, 자식 얘기에 간간이 장단을 맞춰 주며 열심히 고기를 집어 먹었다.

평소에는 몇 점 집어 먹으면 더는 들어가지 않는데 오늘은 이

상하게 계속 고기를 집어 먹고 있는 제가 신기했다. 그녀는 젓가락
질하며 서 대리의 남편 흉을 듣고 웃다가 고개를 들었다. 두 테이
블 건너 대각선 방향에 앉은 차 팀장과 눈이 마주쳤다. 우연히 눈
이 마주친 게 아니라 그가 자신을 계속 보고 있었다는 생각이 들어
심장이 철렁 내려앉았다.

윤우는 저도 모르게 얼굴이 굳어졌다. 차 팀장의 눈매가 미세하
게 휘는 것이 웃는 것처럼 보였다. 제 착각이 아니었다. 윤우는 표
정 관리도 잊고 조금 멍한 얼굴로 그를 바라보다가 퍼뜩 정신을 차
리고 그에게서 시선을 거두었다.

마음이 복잡했다. 그가 확실히 저를 보고 웃은 건 맞는데 그 웃
음의 이유를 아무리 생각해도 짐작할 수 없었다.

다들 슬슬 취기가 올라 각자 테이블에서 이루어지는 대화 소리
로 소란스러워 옆 사람 얘기도 잘 들리지 않았다. 의자에 걸쳐 둔
코트 주머니에서 휴대 전화가 진동하는 것을 알아챈 것은 회식 끝
무렵이었다.

휴대 전화를 들여다본 윤우의 얼굴이 심란해졌다. 상빈 어머니의
전화였다. 상빈과는 상관없이 한 번쯤 전화해 마지막 인사라도 드려
야 한다고 생각은 했다. 하지만 여태 차일피일 미루고만 있었다.

윤우는 휴대 전화를 들고 밖으로 나왔다. 식당 입구에는 방금 식
사를 마치고 나온 손님들로 북적여서 그녀는 건물 옆에 달린 주차
장 쪽으로 가면서 전화를 받았다.

"여보세요?"

― 윤우야.

전화를 받자마자 곧 상빈 어머니의 목소리가 들려왔다.

"……잘 지내셨죠? 제가 먼저 전화 드렸어야 했는데 죄송해요."

– 아니다. 아니야. 괜찮아. 윤우야…….

목이 멘 게 분명한 목소리가 전화기 너머에서 들려오자 윤우도 괜히 울컥 눈시울이 붉어졌다. 상빈과 결혼하면 그의 어머니와 함께 셋이 행복하게 잘 살 수 있을 거라고 생각했다.

다정하고 배려심 깊고 어른스러운 분이었다. 윤우는 그런 그녀를 좋아했다. 상빈보다 상빈 어머니와 인연을 끊어야 한다는 사실이 이제 와서는 조금 더 슬프게 느껴지기까지 했다.

– ……어제 상빈이한테 얘기 들었다. 그 얘기 듣고 내가 정말……. 너한테 면목이 없어. 얼마나 놀라고 기가 막혔니……. 내가 이렇게 억장이 무너지는데.

“…….”

그 얘기를 자신의 어머니에게 한 것을 보면 상빈이 이제 마음을 정리했구나 싶은 생각이 들어서 한편으로 마음이 놓였다.

– 그놈 새끼가 그런 짓을 하고 다닐 줄은 정말 몰랐구나. 자식 겉만 낳지 속 낳는 거 아니라지만 정말 그놈이 그럴 줄은……. 제복을 발로 차도 유분수지…….

목소리에 습기가 묻어 있었다. 윤우는 입김이 하얗게 부서지는 허공을 보며 어깨를 떨었다. ‘제발, 우리 아들 한 번만 봐주면 안 되니?’ 같은 말이 나오지 않기를 그녀는 빌었다. 아마도 그러면 분명 그의 어머니에게도 실망하게 될 테니까.

“전 괜찮으니 걱정하지 마세요.”

– 괜찮을 리가 있니……. 나쁜 놈. 어이구 등신 같은 놈. 내가 그런 놈을 낳고 미역국을…….

“어머니, 죄송한데 제가 지금 밖이라…….”

– 그래, 그래. 미안하다. 그냥 나는……. 너 잘 지내는지 궁금해

서 전화했어. 어디 아픈 데는 없지?

"네."

– 밥 잘 먹고, 아프지 말고…….

"네. 어머니도 건강하세요."

– 윤우야. 우리…….

상빈 어머니는 하던 말을 끊고 한참 동안 말이 없었다. 그 침묵 속에 미련과 아쉬움 같은 것들, 하고 싶지만 하지 못하는 말들이 모두 느껴졌다.

"그럼 잘 지내세요."

마음이 괴로워 윤우가 먼저 인사를 했다.

– ……나중에, 너 시간 될 때 전화 한번 해 주겠니? 마지막으로 얼굴이라도 한번 보고 싶구나.

"어머니……."

– 상빈이랑 다시 어떻게 해 보라고 이러는 거 아니다. 어떻게 그 러겠니. 그냥 너 밥이라도 한 끼 먹여서 보내고 싶어서 그래. 네가 내 식구가 되기를 진심으로 바랐는데 그냥 이렇게 보내기가 섭섭 하고 마음 아파서.

그게 진심인 것을 알아서 윤우는 차마 단호히 싫다고 대답할 수 없었다. 어째서 이분은 나를 이렇게 좋게 봐 주셨을까, 윤우는 속 으로 생각했다. 가족에게도 받아 보지 못한 사랑을 별 노력도 없이 받아서 처음에는 조금 두려웠다.

어떻게 받아들여야 할지 몰랐다. 아무 조건도 없이, 너무 쉽게 누군가의 사랑을 받는 일은 낯설고 무서웠다. 그게 거짓인데 제가 알아차리지 못할까 봐, 혹은 제가 그 마음에 의지하게 되었을 때 일방적으로 그것을 거둬 갈까 봐.

"네. 그럴게요. 나중에⋯⋯."

윤우는 거짓말했다. 자신이 상빈 모친에게 다시 전화하지 않을 걸 알고 있었다.

― 고맙다. 고맙다, 윤우야.

"잘 지내세요."

― 그래. 연락 기다리고 있을게.

윤우는 전화를 끊고 주차장 담에 기대섰다. 추워서 몸이 떨렸지만 바로 안으로 들어가 왁자한 회식 자리에 끼어들 기분이 들지 않았다. 그녀는 가슴 앞으로 팔짱을 낀 채 고개를 숙이고 어둠에 물든 제 발을 내려다보았다.

이로써 가장 가깝고 마음을 의지했던 두 사람과 완전히 단절되었다는 것을 느꼈다. 주차장은 춥고 어두웠다. 몸을 떨면서도 윤우는 그대로 서 있었다.

"여기서 뭐 해요?"

윤우가 이를 꽉 물고 제 발밑을 내려다보고 있는데 옆에서 느닷없이 낮은 목소리가 들려왔다. 윤우는 화들짝 놀라 고개를 들었다.

언제 왔는지 몇 발자국 떨어진 곳에 차 팀장이 서 있었다. 머리카락을 쓸어 올리는 그의 손가락 사이에 아직 불붙지 않은 담배가 끼워져 있었다. 담배를 피우러 나온 듯했다.

"술 많이 마셨어요?"

윤우가 대답하지 않자 그가 다시 물었다.

"아니요. 술은 안 마셨습니다."

"⋯⋯하긴, 술 마시는 건 못 본 거 같네요. 고기 먹는 건 많이 봤는데."

윤우는 어둠 속에서 얼굴이 빨개졌다.

"엄청 맛있게 먹던데."

"……죄송합니다."

"뭐가요?"

"맛있어서……. 많이 먹었습니다."

그가 고깃값 때문에 한 말이 아닌 건 알지만 왠지 부끄러운 건 어쩔 수 없었다. 허겁지겁 고기를 먹던 제 모습이 떠올랐다. 도대체 왜 그랬나 하는 생각이 들었다. 좋아하지도 않는 것을.

"맛있게 먹는 사람 보고 있으면 나도 배가 부르더라고요."

"아……."

윤우는 무슨 말을 해야 할지 몰라 입을 열었다가 그냥 닫았다. 윤우는 어둠 속에서 몸을 떨며 그를 바라보았다.

"잘 지내요."

그가 말했다. 마지막 인사였다.

"네. 팀장님도 건강하세요."

"그만 들어가요. 감기 걸립니다."

차 팀장은 얇은 블라우스 차림의 윤우가 어깨를 떠는 것을 보고 말했다.

"네."

윤우는 묵례하고 그의 앞을 지나쳤다. 등 뒤에서 딸깍, 라이터 켜는 소리가 들렸다. 윤우는 차갑게 언 손으로 식당 문을 열고 안으로 들어갔다.

이사하는 날이었다. 윤우는 아버지의 차를 타고 단출한 짐이 실린 이삿짐센터 트럭을 뒤따라갔다. 이사할 집에 도착해 30분도 걸리지 않아 집 안으로 짐이 다 옮겨졌다.

단둘이 뭔가를 해 본 적이 한 번도 없어서 아버지와 둘만 있는 게 너무도 어색했다. 아버지도 얼른 돌아가고 싶은 것 같았다.

"문단속 잘하고, 일찍일찍 다녀."

하릴없이 낡은 창문을 열었다 닫았다 해 보다가 아버지는 그 말을 남기고 떠났다. 드디어 혼자가 되자 홀가분하기도 하고, 허전하기도 했다.

짐 정리를 하고 청소를 끝내자 밤이었다. 생각해 보니 종일 먹은 게 없었다. 윤우는 커피포트에 물을 끓여 편의점에서 사 온 컵라면을 먹었다. 맛있어서 눈물이 날 것 같았다.

이사하고 일주일이 지났다. 윤우는 일찍 일어나 발목까지 오는 긴 패딩 코트를 껴입고 집을 나섰다. 바람이 세게 불고 공기가 차가운 날이었다. 토요일 오전의 거리는 조용했다. 집에서 가장 가까운 약국으로 간 그녀는 몸살감기약을 사고, 아직 집에 여유분이 충분한 치실과 밴드도 샀다.

"임신 테스트기도 하나 주세요."

윤우는 물건값을 계산하는 약사에게 말했다. 죄를 지은 것도 아닌데, 저절로 목소리가 작아졌다. 약사는 아무 말 없이 임신 테스트기를 가져와 그녀가 산 물건이 든 비닐봉지에 넣어 주며 사용 방법은 아시죠? 하고 물었다. 윤우는 고개를 끄덕였다. 몰랐지만 설명서에 있겠지 싶었다.

약국 이름이 찍힌 봉지를 주머니에 쑤셔 넣고 어깨를 움츠리고 집으로 돌아왔다. 패딩 코트를 벗어 거실 앉은뱅이 탁자에 아무렇게나 던져두고 방으로 들어가 다시 침대에 누웠다.

　윤우는 생리가 꽤 규칙적인 편이었다. 아닐 거라고 생각했다. 생리가 조금 늦는 것뿐이라고. 차 팀장과 밤을 보낸 날은 계산상 안전한 날이었다. 그럴 리 없다고 생각하면서도 과하게 늦어지는 생리와 몸의 이상 증상들 때문에 불안했다.

　창밖이 저물고 방 안이 어둑어둑해졌을 때 윤우는 침대에서 일어나 거실로 나갔다. 코트 주머니에서 꺼낸 봉지에서 작은 상자를 꺼냈다. 화장실로 들어가 포장을 벗기고 길쭉한 기구와 설명서를 꺼내 들었다. 그녀는 한참 동안 설명서를 한 자도 빼놓지 않고 다 읽었다.

　변기에 앉아 손에 든 기구를 눈도 깜빡이지 않고 들여다보았다. 아니라는 걸 알지만 그냥 한번 확인하는 차원이라고 생각하면서도 긴장이 되는 건 어쩔 수 없었다. 손에 든 임신 테스트기에 희미하게 줄이 생기기 시작했다. 윤우는 눈을 비비고 다시 들여다보았다.

　몸의 모든 기관이 사라지고 심장만 남은 듯했다. 급박하게 뛰는 심장 소리에 귀가 멀 것 같았다. 그녀는 눈을 감고 숨을 참았다. 이럴 리 없다. 눈을 뜨고 참았던 숨을 몰아쉬며 다시 손에 든 것을 내려다보았다. 잘못 보았기를 바랐지만 두 개의 붉은 줄은 그녀를 비웃듯이 선명했다.

　패닉에 빠져 아무 생각도 나지 않았다. 눈앞이 까매지고 모든 소리가 소멸한 듯 귀가 먹먹했다. 윤우는 천천히 두 팔을 교차해 제 몸을 끌어안았다. 어째야 좋을지 알 수 없었다. 왜 이런 일이 일어났을까. 끊임없이 그 의문만이 머릿속에 가득했다.

　윤우는 밤새 열에 들떠 앓았다. 꿈속에서 뜨거운 해가 내리쬐는 끝이 보이지 않는 하얀 흙길 위에 어린아이가 혼자 서 있었다. 아무 소리도 들리지 않고 오직 눈이 멀 것 같은 하얀 태양만이 머리 위에서 뜨겁게 작열하고 있었다. 온 세상에서 오직 혼자만 남은 듯한 공포와 외로움에 울지도 못하고 주위를 둘러보았다.

어디로도 갈 수 없었다. 발을 내딛는 순간 자신의 존재가 재처럼 흩어져 버릴 걸 알고 있었다. 어째서 자신이 거기 있는지, 거기가 어딘지 몰랐지만 단 한 가지만은 확실했다.

자신을 거기 버린 사람이 제 생모라는 사실. 윤우는 헛소리하며 잠에서 깼으나 이내 다시 혼몽하고 어지러운 꿈속으로 빨려 들어갔다. 새벽에 완전히 잠에서 깼을 때는 온몸이 땀에 젖어 있었다.

추워서 몸이 덜덜 떨렸다. 윤우는 힘이 들어가지 않는 허깨비 같은 몸을 움직여 잠옷을 갈아입고 젖은 시트와 이불을 걷어낸 후 새 이불을 꺼냈다. 그녀는 전기 포트에 물을 데워 온수 주머니에 담아 침대로 들어갔다.

좀체 몸의 떨림이 잦아들지 않았다. 뜨거운 물주머니를 안고 이불에 파묻혀 있는데도 얼음물 속에 몸을 담그고 있는 것 같았다.

윤우가 다시 눈을 떴을 때는 일요일 하루가 거의 지나 있었다. 손가락 하나도 움직일 수 없을 만큼 기운이 없는 와중에 허기가 느껴졌다. 거의 이틀 가까이 물 외에 아무것도 입에 대지 않았다.

그녀는 겨우 일어나서 냉동실에 든 식빵을 꺼내 토스터에 넣고 우유를 머그잔에 따라 전자레인지에 돌렸다. 그녀는 따뜻한 우유가 든 잔을 두 손으로 모아 쥐고 식탁 의자에 두 발을 올리고 무릎을 안고 앉았다.

속이 쓰릴 정도로 배가 고팠는데 막상 우유를 마시려고 하니 그 특유의 비린내가 역해서 속이 울렁거렸다. 윤우는 구운 식빵을 한 입 베어 물었다. 사막처럼 말라 있던 혀가 감각을 잃었는지 아무

맛도 느껴지지 않았다.

아무리 씹어도 넘어가지 않아 밀쳐 두었던 우유를 집어 들어 억지로 삼켰다. 겨우 빵 반쪽과 우유 두 모금을 마시고 윤우는 화장실로 가서 땀에 젖고 다시 마르기를 반복한 몸을 씻었다.

씻고 나오니 거실의 한기가 한꺼번에 몰려들었다. 윤우는 거실 한복판에 전기스토브를 켜고 그 앞에 앉아 머리를 말렸다. 이불을 거실로 가지고 나와 몸에 둘둘 말고 스토브 앞에 앉았다. 주황색의 따뜻한 빛을 바라보다 세운 무릎에 얼굴을 묻었다. 제게 닥친 현실을 잠시도 잊을 수 없었다. 무섭고 두려웠다.

너무 괴로우니 누군가에게 털어놓고 어떻게 하면 좋겠냐고 의논이라도 하고 싶었다. 친구 미소가 떠올랐다. 미소는 지금 행복한 신혼 생활 중이다. 통화할 때마다 아기를 갖고 싶다고 노래를 부르는 아이다. 미소에게 그런 의논을 할 수는 없다. 큰어머니나 언니들에게 꺼낼 수 있는 얘기도 아니었다.

마지막으로 떠오른 얼굴은 어이없게도 상빈의 어머니였다. 말도 안 되는 일이므로 그녀는 고개를 저었다. 사실 누구에게 의논하고 말고 할 것도 없다. 선택의 여지가 없는 일이다.

만약 상빈의 아이였다면 어땠을까. 아이를 위해 상빈의 잘못을 눈감고 그와 결혼하려고 했을지도 모른다. 아마도 그랬을 것 같다. 끔찍한 일을 저지르는 것보다 분명히 그편을 선택했을 것이다. 하지만 차 팀장이라니. 윤우는 고개를 저었다.

회사에는 도혁의 약혼이 임박했다는 소문이 돌고 있었다. 구체적인 장소와 날짜까지 사원들 입에 오르내리는 것을 들었다.

윤우의 마음과 닮은 거센 바람이 밤새 창문을 흔들고 귀신이 부는 휘파람 같은 소리를 냈다. 잠을 설친 윤우는 혹시 출근하지 못

할 정도로 몸이 좋지 않을까 봐 상전 눈치 보듯 제 몸 상태를 살폈다. 다행히 지난 이틀보다는 컨디션이 괜찮았다.

그 와중에 배가 고파 윤우는 요구르트에 바나나와 시리얼을 섞어 식탁에 앉았다. 몇 숟가락 떠 넣고 씹다가 그녀는 발작하듯 숟가락을 내동댕이치고 그 손에 얼굴을 묻었다. 이런 상황에서 먹을 게 목으로 넘어가나 싶다가, 그것이 아이를 밴 몸의 본능이라는 데 생각이 미치자 울음이 터질 것 같았다.

한참 만에 고개를 드니 점성이 있는 흰 요구르트가 식탁과 바닥에 어지럽게 흩뿌려진 게 보였다.

어떻게 해 볼 사이도 없이 제 두 손에 잡혔던 페니스의 커다랗고 딱딱한 촉감이 되살아났다. 뜨겁고 미끈거리던 액체의 냄새와……

윤우는 그대로 자리에서 벌떡 일어나 화장실로 들어가 양치질을 했다. 거울에 비친 얼굴을 보고 흠칫 놀랐다. 눈 밑에 검게 내려앉은 다크서클과 파리한 얼굴은 누가 봐도 병자 같았다. 윤우는 다른 때보다 진하게 화장을 하고 그래도 티가 나는 것 같아 평소에는 거의 하지 않던 블러셔까지 했다.

화장의 힘을 빌려 얼굴은 멀쩡해 보였으나 어디라고 딱 집어 말할 수 없이 온몸에 불쾌한 증상들이 잇따랐다. 윤우는 그것을 무시하고 집을 나섰다.

버스 정류장으로 걸어가는데 어지럽고 속이 울렁거렸다. 오한이 나는가 하면 온몸이 쑤시듯 아팠다. 눈에 초점이 흐려지고 바닥이 흔들리는 것 같아 잠시 담벼락을 짚고 서서 눈을 감았다.

머릿속이 진공관이 된 것처럼 기분 나쁜 이명이 웅웅, 울렸다. 이러다 길바닥에 쓰러지는 게 아닌가 하는 생각이 잠시 들었지만, 상관없었다. 차라리 그렇게 되는 것도 나쁘지 않다고 생각했다. 죽으면 모든 문제가 해결되고 편해질 거라는 생각이 들었다.

어째서 그런 멍청한 실수를 저지른 것일까. 미쳤어. 미쳤어. 그녀는 정말 미친 사람처럼 혼잣말을 짓씹으며 버스를 탔다. 생전 겪은 적 없는 멀미에 된통 시달린 후, 겨우 회사에 도착했다.

사원증을 태깅하고 보안 게이트를 통과해 엘리베이터를 기다렸다. 그대로 주저앉고 싶었다. 이마의 식은땀을 훔치다가 언뜻 고개를 드는데 옆쪽에서 강렬한 시선이 느껴졌다. 굳이 고개를 돌려 확인하지 않아도 옆에 상빈이 서 있다는 것을 알 수 있었다.

윤우가 끝까지 쳐다보지 않자 그가 몸을 움직이는 척하며 한 발 더 다가와 작게 헛기침을 했다. 윤우는 무시하고 도착한 엘리베이터에 올랐다. 상빈은 윤우의 앞에 섰다. 일부러 그랬을 것이다.

거의 닿을 듯 가까이에 상빈이 서 있었지만, 윤우는 신경 쓸 여력이 없었다. 여러 향수 냄새와 체취가 섞인 답답한 엘리베이터에서 어서 내리고 싶은 생각밖에 없었다.

그런 상태로 일을 제대로 마칠 수 있을지 자신도 의심스러웠지만, 다행히 무사히 퇴근 시간까지 버텼다. 물론 종일 무슨 정신으로 일했는지 꿈을 꾼 것처럼 기억이 흐릿했다.

머릿속이 뒤죽박죽 얽히고 몸도 아팠지만, 윤우는 계속 출근했다. 출근하면 내일은 병가를 내고 쉬어야지, 내일은…… 하고 별렀다. 다음 날 아침이 되면 좀비처럼 일어나 회사에 갈 준비를 하고 집을 나섰다.

아마도 회사를 쉬게 되면 반드시 뭔가를 결정해야 하고 그 결정에 따른 행동도 해야 한다는 것을 알아서였을 것이다. 그녀는 필사적으로 회사에 출근했다.

그렇게 일주일이 지나는 동안 윤우는 딱 한 번 회사 로비에서 차 팀장, 아니 차 상무를 보았다. 그는 비서와 함께 임원용 엘리베이터에서 내렸다. 마주친 사람들이 그에게 인사를 했고 윤우도 그 사람들에 섞여 고개를 숙였다.

가벼운 묵례로 사람들의 인사를 받은 그가 지나가자 모두 고개를 돌리고 그를 바라보았다. 윤우도 돌아보고 싶은 것을 제 발끝을 내려다보며 참다가 마지막에 결국 자석에 이끌리듯 뒤를 돌아보았다.

비서와 함께 거울처럼 반짝이는 넓은 로비를 가로질러 회사 밖으로 사라지는 그의 뒷모습을 보는데 가슴이 미어질 듯 아파서 당황했다. 자신과 제 몸속에 자리 잡은 생명과는 아무 상관 없는 사람이라는 것을 알고 있었는데, 눈으로 보니 더 확실하게 느껴졌다.

윤우는 심장을 짓누르는 듯한 통증을 눌러 참으며 이를 물고 급히 그 자리를 벗어났다. 하루빨리 이 일을 해결해야 했다. 무섭다고, 외면한다고 해결될 문제가 아니었다. 갑자기 시간이 급박하게 숨통을 죄어 오는 기분이 들었다.

그날 퇴근 전에 윤우는 며칠째 미루던 연차 신청서를 냈다. 더는 미룰 수 없었다. 그녀는 도망치듯 사무실을 나오며 자신이 다시 회사에 나올 때는 지금의 저와는 다른 사람이 되어 있을 거라는 예감을 했다. 손끝이 얼음처럼 차가워졌다.

연차를 낸 금요일에 병원 몇 군데를 들러 한 곳에서 다음날로 예약을 잡고 돌아왔다. 집에 돌아온 윤우는 외부의 모든 것을 차단하듯 방으로 들어가 이불을 뒤집어쓰고 누웠다. 몸을 애벌레처럼 작게 말고 두 손으로 귀를 막았다. 그러다 또 가끔은 입을 틀어막았다. 길고 고통스러운 밤이 지나갔다. 날이 밝고 나서야 어렴풋이 잠이 들었다.

잠든 지 3시간도 되기 전에 윤우는 자지 않았던 사람처럼 자리에서 벌떡 일어나 샤워를 하고 집을 나섰다. 공기가 유리처럼 맑고 차가운 날이었다.

윤우는 버스에서 내려 예약이 된 병원 건물로 천천히 걸어갔다. 산부인과가 있는 3층으로 올라가는 엘리베이터를 탔다. 엘리베이터 안에 달린 거울에 비친 저를 윤우는 애써 외면했다. 엘리베이터는 순식간에 3층에 도착했다.

문이 열리자 앞에 만삭의 임산부가 서 있었다. 임산부는 감당할 수 없이 부른 배를 양손으로 받치듯 안은 채 남편인 듯한 남자와 머리를 맞대고 초음파 사진을 들여다보고 있었다. 화장기 없는 흰 얼굴이 행복하게 웃고 있었다.

임산부와 남자는 윤우를 지나쳐 엘리베이터에 올랐다. 윤우는 산부인과 문을 향해 걸어가다가 잊어버린 약속이 생각난 사람처럼 걸음을 틀어 급히 계단을 뛰어 내려갔다.

도망치듯 계단을 내려온 윤우는 1층 계단참에서 걸음을 멈추었다. 조금 전 엘리베이터 앞에서 보았던 부부가 건널목을 건너고 있었다. 윤우는 유리문을 통해 그들의 뒷모습을 멍하니 바라보았다.

그때 코트 주머니에 든 휴대 전화가 진동했다. 그녀는 휴대 전화를 꺼내 들여다보았다. 병원에서 온 전화였다. 예약 시간이 다 되어 가고 있었다. 윤우는 전화를 받았다.

"……."

– 여보세요? 이윤우 씨 휴대 전화죠? 여기 보문 산부인과입니다.

"……네."

– 오시는 중이신지 확인 전화 드렸어요.

"네, 병원 앞이에요."

– 알겠습니다. 도착하시면 바로 알려 주세요.

전화가 끊겼다. 윤우는 눈을 감고 숨을 깊이 들이마시고 뛰어 내려왔던 계단을 다시 천천히 올라갔다. 3층에 도착해 숨을 고르며 불이 켜진 병원 안을 바라보았다. 카운터에 앉은 간호사가 보였고, 진료를 기다리는 임산부와 보호자가 대기실 소파에 앉아 있었다.

그녀는 결국 병원으로 들어가지 못하고 다시 건물을 나왔다. 건물에서 멀어질수록 걸음이 빨라졌고 나중에는 제가 뛰고 있는 걸 알았다. 숨이 턱까지 차서 더는 뛸 수 없을 때쯤, 저만큼 작은 공원이 보였다.

윤우는 숨을 헐떡이며 공원 안으로 들어가 나무 밑에 있는 벤치에 주저앉았다. 앞에 줄지어 서 있는 운동기구에서 등이 꼿꼿한 할아버지가 팔을 힘차게 움직여 열심히 활차머신을 돌리고 있었다.

주머니 속에서 다시 휴대 전화가 울렸다. 윤우는 전화를 받지 않았다. 목덜미와 등에서 흐른 땀이 식으며 몸이 으슬으슬 추웠다. 윤우는 강아지를 산책시키러 나온 학생과 선캡을 쓴 중년 아주머니가 공원을 도는 것을 멍하니 눈으로 좇았다.

그녀는 얼마나 오랫동안인지 알 수 없는 시간 동안 공원 벤치에 앉아 있다가 천천히 일어나 집으로 돌아왔다. 아무 생각도 하지 말지고 다짐했다. 하지만 집 안으로 들어가지마자 현관문에 등을 기댄 채 미끄러지듯 바닥에 주저앉았다.

앞날에 대한 두려움, 특히 아이의 앞날에 대한 생각들이 벼르기라도 한 것처럼 한꺼번에 공격하듯 달려들었다. 어깨에 메고 있던 가방이 아무렇게나 현관 바닥에 떨어져 뒹굴었다.

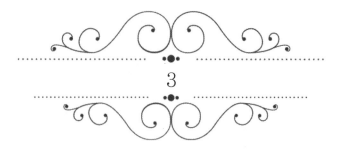

3

본가에 도착했다. 떠난 지 보름 만에 온 집이었다. 윤우는 들고 있던 케이크 상자와 선물이 든 쇼핑백을 고쳐 들고 벨을 눌렀다.

"왔니?"

정은이 문을 열어 주고 윤우가 든 케이크를 받아 들었다.

"네, 언니. 잘 지내셨어요?"

"어. 너 사는 데 가 보려고 했는데 시간이 안 나네."

"결혼 준비하시느라 바쁘시잖아요."

"그래. 나중에 한번 놀러 갈게."

둘 다 알고 있었다. 그녀가 윤우가 사는 곳에 오는 일은 없을 것이다.

"아빠, 윤우 왔어요."

정은이 거실 소파에 앉아 텔레비전을 보던 아버지에게 말했다.

"얼굴이 왜 그래? 밥 안 챙겨 먹고 다니냐?"

윤우가 고개를 숙여 인사를 하자 흘끗 그녀를 쳐다보고 다시 텔레비전 화면으로 시선을 돌리며 아버지가 말했다.

"저 왔어요."

윤우는 주방에서 식사 준비를 하던 큰어머니에게 인사를 했다.

"이제 아버지 생신이나 되어야 얼굴 볼 수 있구나."

큰어머니가 쳐다보지도 않고 대꾸했다. 집에 오지 않는 것 또한, 배은망덕한 짓이라는 듯한 어투였다. 윤우는 대꾸하지 않고 가방을 내려놓고 주방으로 들어갔다. 접시에 잡채를 담던 정아가 그녀를 흘끗 보았으나 아무 말도 하지 않았다. 윤우는 손을 씻고 식탁에 숟가락을 놓았다.

생일상이 차려지고 윤우가 사 온 수제 케이크가 식탁 가운데에 놓였다. 촛불에 불을 붙이고 생일 축하 노래를 불렀다. 생일상 받은 자리답지 않게 분위기가 딱딱하고 어색했다.

그게 꼭 자신 때문인 것 같아서 자리가 불편했다. 원래 함께 살 때도 그렇기는 했지만, 지금은 완전히 남이 된 기분이었다. 그들의 화목을 방해하는 기분이 싫어서 윤우는 얼른 이 자리를 벗어나고 싶었다.

"이런 건 뭐 하러 사 오고 그래. 돈 아까운 줄 모르고."

아버지가 윤우가 사 온 골프웨어를 들여다보더니 한마디 했다.

"뭘 내 거까지 있니? 고맙다."

큰어머니는 윤우가 아버지 선물을 사는 김에 함께 산 스카프를 꺼내 보고 그렇게 말했다. 식사가 시작되자 아무도 입을 열지 않았다. 식탁 위에는 숟가락 부딪치는 소리와 음식 먹는 소리만 이어졌다.

"애 갈 때 먹을 거 좀 싸 줘. 혼자 산다고 밥도 안 챙겨 먹나 본데."

식사를 마친 아버지가 거실로 가면서 지나가는 말처럼 한마디 했다.

"그러려고 했어요."

큰어머니가 대답했다. 목소리가 차가웠다. 식사가 끝나자 정아와 둘이 싱크대에 나란히 서서 설거지를 했다.

"이사 가니 어때?"

정아가 그릇을 세제로 닦으며 물었다.

"뭐가 어때?"

"좋냐고."

"좋기도 하고, 안 좋기도 하고."

윤우는 정아가 닦은 그릇을 물에 헹궈 식기 건조대에 차곡차곡 엎으며 대꾸했다.

"안 좋은 것도 있어?"

정아가 흘끗 그녀를 보며 물었다. 비꼬는 것인지 뭔지 알 수 없는 물음이었다.

"그럼."

윤우는 억지로 웃었다.

"뭐가 안 좋은데? 나 같으면 날아갈 것 같겠다."

"……."

내가 이 집에 있는 걸 그렇게 싫어했었느냐고 물으려다가 그만뒀다.

"나도 독립하고 싶은데 엄마가 시집갈 때까지는 절대 내보낼 수 없대. 그러든지 말든지 나도 취직하면 바로 탈출할 거야."

정아가 혼잣말처럼 투덜거렸다. 자신에게 스물일곱이니 이제 독립할 때 됐다고 말하던 큰어머니 얼굴이 떠올랐다. 나이로 따지면 정아보다 제가 어리다. 그런 걸 비교하고 있는 게 바보 같아서 윤우는 속으로 한숨을 쉬었다. 당연한 일에 자꾸 생각이 많아지고 마음이 쓰이는 것은 아무래도 제 신상에 생긴 변화 때문일 것이다.

설거지를 마치고 거실에서 차를 마신 후 일어섰다. 큰어머니는 몇 가지 음식들을 싸서 쇼핑백에 넣어 주었다. 인사하고 집을 나서는데 집 밖에 고인 어둠 속으로 선뜻 발이 떨어지지 않을 정도로 외로운 한편, 안도의 숨이 새어 나왔다.

나와 살아 보니 확실히 알 수 있었다. 자신이 얼마나 오랫동안 제 자리가 아닌 곳에 아픈 가시처럼 박혀 있었는지를.

점심시간이 되자 윤우는 사무실을 나와 회사에서 조금 떨어진 편의점으로 갔다. 손에 잡히는 대로 빵 하나와 우유를 사서 바로 앞에 있는 놀이터로 갔다. 미끄럼틀과 그네가 있는 놀이터에는 아무도 없었다.

윤우는 볕이 잘 드는 나무 벤치에 앉았다. 빵 포장지에 적힌 원재료명과 제조 일자 같은 것들을 꼼꼼히 들여다보다가 하릴없이 그대로 옆에 내려놓았다.

윤우는 바람에 혼자 흔들리는 그네를 바라보며 코트 주머니에서 휴대 전화를 꺼냈다. 한참 동안 검은 액정의 손자국을 엄지로 문질러 없애는 동작을 반복하던 그녀는 마침내 차 팀장의 번호를 찾아 눌렀다.

도저히 아이를 없앨 수는 없었다. 아이를 낳겠다고 생각했으나 두려웠다. 도혁에게 전화하는 것은 일종의 구조 신호였다. 어떤 방

식으로든 그가 자신을 구해 주길 바랐다.

곧 다른 여자와 약혼하게 될 그 사람 입장은 일단 생각하지 않기로 했다. 그런 생각을 한다면 애초에 전화하면 안 된다는 것을 알기 때문이다. 지금은 아이만 생각하기로 했다.

신호음이 길게 이어졌다. 그가 제 전화를 받지 않을 수도 있다는 생각이 들자 갑자기 초조하고 다급한 기분이 들었다. 주먹 쥔 손에 뼈마디가 하얗게 불거졌다. 전화를 끊지 않고 버티는 것이 감당할 수 없는 무게를 들고 견디는 기분이었다.

– 여보세요.

더는 견딜 수 없다고 느꼈을 때쯤 마침내 신호음이 뚝 떨어지며 전화가 연결되었다. 심장이 터질 것 같았다.

"……."

– 여보세요?

"……안녕하세요? 저 이윤우입니다."

윤우는 떨어지지 않는 입을 떼 가까스로 말했다.

– …….

"전략 기획팀 이윤우입니다."

윤우는 입이 바싹 마르는 것을 느끼며 고쳐 말했다.

– 네. 무슨 일입니까?

칼로 자르는 듯한 사무적인 대답이 돌아왔다. 놀라지도 않으니 더 당황스러웠다.

"……드릴 말씀이 있어서 전화했습니다."

– 말씀하세요.

"전화로 말씀드리기는 좀 어렵고 시간 나실 때 좀 뵐 수 있을까요?"

– 업무 관련 일입니까?

밖에 있는지 전화기 너머로 멀리서 자동차 소음이 들렸다.

"……아닙니다."

– 우리가 만나기까지 해서 나눌 사적인 얘기가 있을까요?

"있습니다."

윤우는 눈을 감았다가 뜨며 작게 대꾸했다. 몸에서 피가 모두 빠져나가는 듯했다.

– 그 얘기는 그때 끝내기로 한 거 아닌가요?

"그게 아니고……."

– 내가 지금 좀 바빠서 만나기가 어려울 거 같은데.

"그, 그럼 제가 나중에 다시 전화 드리겠습니다."

– 5분 후에 미팅이 있습니다. 할 얘기 있으면 지금 하세요.

5분이면 충분하다는 투로 그가 말했다. 그 목소리에 미미한 귀찮음이 묻어 있었다. 휴대 전화를 든 손이 잘게 떨렸다.

– …….

그가 곧 전화를 끊을 것 같아 마음이 다급해졌지만 무슨 말을 꺼내야 할지 입이 떨어지지 않았다.

– 이제 들어가 봐야 합니다.

시계를 보며 시간을 재고 있기라도 한 것처럼 그가 말했다. 단단한 거부감이 느껴지는 예의 바른 목소리였다.

이대로 전화가 끊어지면 죽을 것 같았다. 절망과 두려움에 떨며 필사적으로 그를 붙잡았다.

"상무님께 부탁드릴 게 있습니다."

막다른 길에 내몰린 기분이었다. 울음이 터져 나올 거 같아 그녀는 급히 입을 틀어막았다. 두려운 와중에도 수치스러워 당장 전화를 끊고 싶었지만, 그것이 제 유일한 목숨 줄인 양 휴대 전화를 꽉 붙잡았다.

– 무슨 부탁?

"제가……. 제가 지금 너무 곤란해져서……. 그, 그러니까 제가 이, 임……."

더는 입이 떨어지지 않았다. 손이 사시나무처럼 떨렸다.

– ……돈 필요해요?

잠시 후, 그런 답이 돌아왔다. 그 목소리에 환멸조차 없었다. 절대 닿을 수 없는 우주만큼의 거리가 도혁과의 사이에 가로 놓인 기분이었다.

"……상무님."

– 최 실장님한테 전화하라고 하겠습니다.

예고 없이 그대로 전화가 끊겼다. 그는 절대 제 요구를 들어주지 않을 것이다. 절망이 온몸을 짓눌렀다. 얼음처럼 굳어 꼼짝도 하지 못하는 어깨와 꽉 쥔 손 위로 눈이 멀 것 같은 햇빛이 하얗게 쏟아지고 있었다.

모르는 번호로 몇 번이나 전화가 왔지만, 윤우는 받지 않았다. 아마도 도혁이 말한 최 실장의 번호일 것이다. 도혁은 윤우가 그와 잔 걸 대가로 돈을 뜯으려 한다고 생각하는 것 같았다.

하긴 그로서는 차라리 돈을 요구하는 게 나을 수도 있었다. 아이를 미끼로 결혼해 달라고 하는 것보다는 말이다. 도혁의 태도로 미루어 보아 자신의 바람이 실현될 가능성은 아주 희박해 보였다.

아이를 지킬 사람은 저밖에 없으니 정신을 차려야만 했다. 종일 머릿속으로 계획을 세웠다 지우기를 반복했다. 언제까지 허둥거리고 있을 수만은 없었다.

아이를 낳아서 어떻게 기를지. 아니 당장 언제까지 회사에 다니다가 그만둬야 할지, 언제부터 다시 일할 수 있을지 생각해 보았다. 일하는 동안 아이를 맡길 곳을 생각해 보았다. 가진 돈을 계산해 보았다.

생각하면 할수록 머릿속이 복잡하게 얽히고 두려움이 밀려왔다. 제가 하려는 일이 너무도 무모하게 느껴져서 자꾸 겁이 났다. 하지만 혼자 힘으로는 할 수 없는 일이라는 건 명확했다. 도움 받을 수 있는 사람들의 얼굴을 하나씩 떠올렸다.

아버지를 떠올리자마자 윤우는 고개를 저었다. 아버지는 제가 낳은 자식도 제대로 돌보지 못한 사람이다. 큰어머니는 두말할 것도 없었다. 윤우가 바라는 종류의 도움을 줄 사람은 아니었다. 미소는 제게 실질적인 도움을 줄 수 있는 유일한 사람이었지만 먼 외국에 있다. 윤우는 불안하게 흔들리는 눈빛으로 빈 모니터를 노려보며 손톱을 잘근잘근 씹었다.

종일 다른 데 정신을 뺏긴 채 하지 않던 실수를 연발하며 일과를 마쳤다. 회사를 나와 버스 정류장으로 걸어가며 윤우는 여전히 진전 없는 생각에 몰두해 있었다.

버스 정류장에 도착했을 때 누군가 윤우의 어깨를 가볍게 두드렸다. 그녀는 놀라서 고개를 돌렸다. 뿔테 안경을 쓴 키 큰 남자가 옆에 서 있었다.

"미안합니다. 몇 번이나 불렀는데 못 들으신 거 같아서요."

남자가 윤우의 어깨를 건드린 것에 대해 변명을 하듯 말했다. 윤우는 굳은 얼굴로 남자를 바라보았다.

"최태식 실장입니다."

남자가 보일 듯 말 듯 고개를 숙이며 명함을 내밀었다. 반사되는 안경 너머 차가운 눈이 웃고 있었다. 어제 도혁이 최 실장을 언급했을 때는 정신이 없어 미처 생각하지 못했지만, 윤우는 전부터 그에 대한 소문을 들어 알고 있었다.

그는 '차 팀장의 사람들'로 불리는 이 중 가장 핵심으로 알려진 인물이었다. 4년 전 차 팀장의 입사 전후로 대영 본사에는 특채를 통해 각 분야의 전문가로 알려진 인재들이 대거 스카우트되어 주요 부서에 포진하는 일이 있었다.

글로벌 시대를 선도하기 위한 인적 쇄신이라는 명목을 내세우기는 했지만, 그런 대규모 특채가 흔하게 있는 일이 아니라 당시에는 여러 뒷말과 추측이 나돌았다고 했다.

초기에는 회장의 장녀인 대영유통 부회장 진정화가 제 아들인 정인호 전무의 입지를 강화하기 위해 끌어온 인재라는 설이 유력했다. 하지만 중간 간부급으로 영입된 그들이 진 부회장 쪽 사람들과 자주 부딪치고 대치하는 상황이 벌어지자 그 추측도 흐지부지되었다.

기존 세력들의 견제에도 불구하고 그들은 빠른 시간 안에 회사 내 시스템을 장악하고 진 부회장 쪽 사람들이 좌지우지했던 주요 결정권에도 영향을 미치기 시작했다.

그들이 자타가 공인하는 실력자들이라는 것은 모두 알고 있었지만, 그것만 가지고는 설명되지 않는 부분들이 많았다. 그들이 두각을 나타낼수록 온갖 소문이 떠돌았다. 그중에는 그들이 모두 차도혁의 사람들이라는 소문도 포함되어 있었다. 특채로 들어온 사람 중 해외파가 많았고 그중에서도 차도혁과 동문이 꽤 된다는 것을 알아낸 누군가가 만들어 낸 얘기였다.

하지만 그 소문이 신빙성이 낮은 헛소리로 취급된 이유에는 여러 가지가 있었다.

우선 도혁은 대영에서 근무하는 오너 일가 중 나이가 제일 어렸다. 그룹 내에는 이미 도혁의 큰 이모인 진정화 부회장을 비롯해 외삼촌인 진태규 사장, 그리고 도혁보다 나이가 많은 외사촌들이 줄줄이 자리 잡고 있었다.

차도혁은 그저 이름 없는 작은 계열사 하나쯤, 물려받게 될 막내 도련님 정도로 인식되었었기 때문에 그 소문에 신경 쓰는 사람은 아무도 없었다.

하지만 머지않아 가능성이 제일 희박하다고 여겼던 그 소문에 힘이 실리기 시작했다. 입사 3년 만에 팀장으로 승진한 차도혁이 조용하면서 강력하게 존재감을 드러내면서부터였다.

얼마 지나지 않아 도혁을 정식 후계자로 삼기 위해 진석환 회장이 오래전부터 물밑 작업을 해 왔다는 사실이 밝혀졌다. 가장 큰 충격을 받은 것은 당연히 차기 회장 후보로 유력했던 도혁의 큰 이모와 외삼촌이었다.

위기의식을 느낀 기존 세력이 도혁을 끌어내리기 위해 벌이는 모략과 견제가 첩보 영화를 방불케 한다는 소문이 연일 공공연한 비밀처럼 사내에 나돌았다.

가족 간에 일어날 것 같지 않은 비정하고 살벌한 얘기 속에 차도혁 다음으로 많이 등장하는 인물이 바로 최태식이었다. 그는 도혁을 위해 무슨 짓이든 하는 감정 없는 냉혈한으로 묘사되었는데, 직접 마주하고 보니 들은 만큼 피도 눈물도 없는 인물처럼 보이지는 않았다. 어쩌면 계속 웃고 있어서 그렇게 보였을 수도 있다.

"어디 조용한 데 가서 말씀 나누시겠습니까?"

경계하는 얼굴로 바라보는 윤우에게 최 실장이 말했다.

"……아니요."

윤우는 고개를 저었다.

"하실 말씀 있으신 거로 압니다."

"사적인 일이라 다른 분께 말씀드릴 수 없습니다."

"부담 갖지 마시고 제게 말씀하시면 됩니다."

최 실장은 부드러운 표정을 바꾸지 않고 달래듯 말했다. 나는 돈을 바라는 게 아니라고 말해 주고 싶었지만 생각해 보니 그것도 아니었다. 아이를 위해 그와 결혼해야겠다고 생각했지만, 가능성이 없다는 것을 알고 있었다. 안 될 것을 알면서 전화를 한 건 자신의 목적도 결국 돈이 아니었을까?

윤우는 제가 애초에 도혁에게 전화하려던 의도가 정말 순수했는지 점점 자신이 없어졌다.

"장소를 옮겨 말씀 나누시죠."

최 실장이 다시 권했다. 어차피 돈만 받을 거라면 굳이 도혁과 직접 만날 필요가 없을지도 모른다. 윤우는 비참한 마음으로 고개를 끄덕였다.

최 실장은 근처 지리에 익숙한 듯 윤우를 데리고 이면 도로에 있는 중국 음식점으로 들어갔다. 개별 룸을 잡은 그는 윤우에게 요리를 주문하라고 말했다. 전혀 음식을 먹을 기분이 아니라 고개를 저었다. 최 실장은 더 권하지 않고 두 개의 요리를 주문했다.

"날이 한동안 푸근하더니 갑자기 추워졌네요."

종업원이 방을 나가자 그는 냅킨으로 입을 막고 한차례 재채기를 하더니 그렇게 입을 열었다. 윤우는 대꾸하지 않았다.

"그럼 아까 하던 얘기 마저 해 볼까요?"

"……."

"어렵게 생각 마시고 하고 싶은 얘기를 하시면 됩니다."

윤우는 머리가 복잡했다. 혼란스러웠고 또, 두려웠다. 아무 말도 할 수 없었다.

"말씀해 주셔야 제가 해결해 드릴 수 있습니다."

"……죄송합니다. 아무래도 상무님과 직접 얘기하는 게 맞는 것 같아요."

갑자기 왜 이 자리에 따라와 앉아 있는 건지 알 수 없어졌다. 그녀는 급히 자리에서 일어섰다. 아이가 생겼으니 결혼해 달라는 요구도 터무니없었고, 돈을 내놓으라고 하는 것도 우스웠다. 그중에서 그 요구를 당사자가 아닌 제삼자에게 말해야 하는 이 상황이 가장 우스웠다.

"앞으로 전화는 물론이고 상무님과 직접 소통은 불가능하다고 생각해 주십시오. 무슨 말씀이든 필요하다고 생각되면 제가 대신 전해 드릴 수는 있습니다."

"……."

도혁이 이제 제 전화를 받지 않을 거라는 말은 사실일 것이다. 도혁과 통화할 때도 이미 예상했던 일이었다. 이마에 맺힌 식은땀이 선득했다. 윤우는 불가능이라는 단어를 씹다가 맥없이 다시 자리에 앉고 말았다.

"상무님과는 이제 상관없는 일이라고 생각하는 게 마음 편하실 겁니다."

최 실장이 위로인지 충고인지 모를 말을 했다. 윤우는 하얗게 질린 얼굴로 테이블 가운데 버들강아지 꽃이 꽂힌 넓은 수반을 바라보았다. 이제 어떻게 해야 할까. 그를 직접 보는 것도 어려운데 결혼이라니. 어이가 없다.

"터무니없는 숫자가 아니라면 최대한 맞춰서 보상해 드리겠습니다."

"……보상이라니요. 제가 몸이라도 팔았나요?"

모욕감에 얼굴이 달아올랐다. 하지만 곧 벌어질 결과가 결국 그것과 다르지 않을 거라는 생각이 들자 더 수치스러웠다.

"어감이 기분 나쁘셨다면 죄송합니다."

최 실장은 순순히 사과해 놓고 바로 덧붙였다.

"상무님께 데이트 신청을 하려고 전화하신 건 아닐 것 같아서요."

조롱하는 건가 싶어서 바라본 최 실장의 얼굴은 진지했다.

"만약 그렇다면 미리 말씀드리지만 그건 불가능합니다. 상무님은 곧 약혼하실 예정이니까요."

"……."

"이윤우 씨한테도 따로 남자 친구가 있다고 알고 있습니다."

최 실장의 말에 윤우는 깜짝 놀랐다.

"그, 그걸 어떻게……."

이미 헤어졌으니 남자 친구 같은 거 없다고 대답해야 하는 게 먼저였을 텐데 당황한 나머지 그런 판단도 할 수 없었다.

"그건 기본적인 정보에 속하죠."

최 실장이 아무렇지 않게 말했다. 너무 대수롭지 않은 말투라 남을 뒷조사하고 사생활을 까발리는 게 아주 흔하고 자연스러운 일로 여겨질 정도였다.

"남의 사생활을 그렇게……."

따지려다가 무의미한 생각이 들어 입술을 물었다.

"······상무님도 알고 계신가요?"

"보고드렸으니 당연히 알고 계십니다."

"······."

감정적으로든 물리적으로든 조금의 접점도 없는 세계에 사는 남자에게 결혼을 요구하려는 자신이 점점 더 우스꽝스러워졌다.

어차피 불가능하다. 이런 상황에서 아이가 있다는 것을 밝히는 것이 과연 잘하는 일인지 알 수 없었다. 막장 드라마나 신파 영화에서처럼 아이만 데려가겠다고 할 수도 있다. 아니면, 아이를 낳지 못하게 막거나.

아이를 낳아 기르려면 어느 정도의 돈이 필요할까. 도와줄 사람 하나 없이 혼자 아이를 낳아 기르려면······.

임신한 사실을 숨기고 최 실장이 말하는 보상을 받아 혼자 아이를 키우는 상상을 하니 발밑이 꺼질 것 같은 절망이 엄습했다. 어머니와 저, 저와 배 속 아기의 운명이 겹쳐 보여 윤우는 눈을 질끈 감았다.

아이를 저와 같은 처지로 만들고 싶지 않아서 죽을힘을 끌어모아 차 상무에게 전화한 거였는데 결국 소용없는 일이 되었다.

"상무님께서 저를 보내신 건 그래도 부하 직원이었던 이윤우 씨를 배려하시는 차원이라는 걸 알아 주셨으면 좋겠습니다. 무슨 잘못을 하셔서시기 이닙니다. 이윤우 씨 본인이 잘 아시디시피 강제성이 있었던 것도 아니고, 쌍방 합의로 진행된 일이지 않습니까?"

최 실장의 묻는 소리가 아주 멀리서 들리는 것 같았다. 가슴이 무거운 바윗덩어리에 짓눌린 듯 숨이 잘 쉬어지지 않았다. 온몸의 피가 모두 빠져나간 것처럼 정신이 아득했다. 절대 어머니처럼 살지 않겠다는 생각만 머릿속에 가득했다.

"······."

"무슨 큰 약점이라도 잡은 거로 오해하지 않기를 바라서 드리는 말씀입니다. 저희도 좋은 방향으로 일을 해결하고 싶지만, 그렇지 않다고 해도 딱히 상관없습니다."

"······저 임신했습니다."

"예?"

최 실장의 얼굴이 처음으로 차갑게 굳었다. 낭패한 빛이 역력했다. 그가 무슨 말인가 하려고 입을 벙긋거릴 때, 문이 열리고 주문한 요리가 들어왔다.

종업원이 두 명이 먹기에도 많아 보이는 요리가 담긴 접시를 세팅해 주고 다시 방을 나갔다. 느끼한 기름 냄새가 잊고 있던 구토감을 불러일으켰다. 윤우는 울렁거리는 속을 참기 위해 숨을 골랐다.

"사실입니까?"

최 실장이 의심스러운 눈빛으로 물었다.

"······네."

윤우는 시선을 피하지 않고 그를 바라보며 대답했다. 그녀는 턱 관절이 아프도록 이를 물고 다짐했다. 무슨 일이 있어도 내 아이는 절대 혼외자식으로 만들지 않겠다고.

"임신?"

집무실 책상에 앉아 결재 서류에 서명하던 도혁이 고개를 들고 최 실장을 바라보았다. 잘못 들었겠지, 하는 얼굴이었다.

"그렇게 들었습니다."

"그래서요?"

"……일단 상무님을 직접 뵙고 싶다고 합니다."

도혁은 미간을 모으고 최 실장을 바라보았다. 눈도 깜빡이지 않고 쳐다보는 통에 최 실장은 주먹으로 입을 가리며 작게 헛기침을 했다. 꽤 놀란 모양이다. 그러게 왜 안 하던 짓을 해서는…….

"지금으로서는 정말 임신을 했는지 그것도 확실하지 않은 상황이고, 설령 임신이 사실이라고 해도 그 아이가 정말 상무님의 아이인지 그것도 알 수 없는 일입니다."

"……."

무슨 생각을 하는지 도혁은 한참을 말이 없었다. 머리가 복잡하기도 할 것이다. 지서연과 결혼하라는 진 회장의 강요가 몇 년을 이어졌는데도 꿈쩍도 않다가 뜻을 굽힌 지가 겨우 열흘 전이었다.

구체적인 날짜까지 나온 건 아니지만 상반기 안에 약혼식을 한다는 것은 기정사실이었다.

선진그룹의 외동딸 지서연의 짝사랑은 유명했다. 그녀는 우연히 도혁과 같은 비행기를 탔고 말 한마디 나눈 적 없고 눈길 한번 마주친 적 없는 상태에서 사랑에 빠졌다고 했다.

어린 소녀들이라면 그러려니 했겠지만, 그녀는 이미 20대 중반의 나이였다. 도혁이 시각적으로 눈에 띄는 사람인 건 인정하지만 그저 외모만 보고 사랑에 빠져 소 닭 보듯 하는 사람을 몇 년을 쫓아다닌다는 게 최 실장으로서는 이해할 수 없었다.

현실이 결여된 어린아이 같은 면을 배제하면 지서연은 훌륭한 신붓감이었다. 아니, 사실 재계서열 다섯 손가락 안에 드는 재력을 물려받게 될 여자에게 정신 연령이 어린 게 무슨 흠이 되겠는가. 오히려 순수하다고 좋게 봐 주면 장점일 수도 있었다. 결혼 적령기에 든 자식을 둔 재벌가에서 그녀를 며느리로 맞고 싶어 온갖 수를 다 내고 있다는 건 비밀도 아니었다.

하지만 도혁은 지서연이 무슨 짓을 하든, 진 회장이 어떤 압력을 넣든 들은 척도 하지 않았다. 좋아하는 사람이 따로 있는 것도 아니면서 지서연 같은 여자가 상사병으로 앓아누울 정도로 좋다는데 콧방귀도 뀌지 않는 도혁도 정상은 아니라고 최 실장은 생각했다.

"……사실 여부를 떠나 어떻게 해서든 조용히 해결하는 게 우선이라고 봅니다. 악의적으로 루머를 퍼뜨리기라도 하면 파장이 만만치 않을 겁니다. 회장님께서 워낙 그런 구설수에 민감하신 면도 있고 또, 지서연 씨 쪽에서 알게 되면……."

최 실장은 헛생각을 걷어치우고 현재 닥친 문제의 해결 방안에 대해 입을 열었다.

"회장님이 그런 일에 예민한 건 자기 콤플렉스 때문이겠죠?"

결혼을 세 번이나 하고, 세간을 떠들썩하게 만들며 혼외자 스캔들까지 일으킨 외조부의 어울리지 않는 결벽증이 가당치 않다는 투였다.

"회장님께서는 올해 안에 지배 구조 변경을 끝내시겠다는 의지가 확고하십니다. 그건 후계 작업을 마무리 지으시겠다는 뜻이기도 합니다. 중요한 시기이니만큼 최대한 잡음이 일지 않도록 신경 쓰시는 게 좋을 거 같습니다."

"곤란하게 됐네요."

최 실장의 말에 도혁이 대꾸했다. 말의 내용과는 달리 표정은 매우 평화로웠다.

"혹시나 저쪽이 개입했을 가능성에 대해서도 알아보는 중입니다."

"이모님이요? 글쎄……."

도혁은 회의적인 얼굴이었지만 더한 일도 했던 사람들이니 안심할 수 없었다.

"이 일이 저쪽과 무관하다고 해도 얘기가 들어가면 어떻게든 이용하려 들 겁니다. 그쪽은 지금 막다른 길에 몰렸다고 생각하고 있어서 무슨 짓이든 할 가능성이 큽니다."

최 실장은 도혁이 조금 더 경각심을 갖기를 바라서 그렇게 말했다. 여태 수도승처럼 지내다가 갑자기 이 중요한 시기에 여자 문제를 일으킨 그를 이해할 수 없기도 했다.

"일단 이윤우 씨를 만나 보죠."

최 실장의 마음을 아는지 모르는지 도혁은 태연히 말했다. 왠지꽤 즐거운 것처럼 보이기도 했다. 몇 년을 가까이에서 보좌해 왔지만 도통 속을 알 수 없을 때가 많았다.

"내일은 일정이 꽉 차 있어서 시간 내시기 어렵고, 싱가포르 출장 다녀오신 이후로 약속 잡아야 할 것 같습니다."

"그러세요."

"저, 만에 하나, 정말 상무님 아이라 해도……. 힘드시겠지만, 조용히 덮는 쪽으로 유도하시는 게 후유증이 적을 거로 생각합니다."

최 실장은 태블릿을 열어 일정을 체크하고 메모한 후에 마지막으로 조심스럽게 말했다.

"어떻게 조용히 덮어요?"

"없던 일로……."

구체적인 단어를 입 밖으로 내기가 어려워 최 실장은 얼버무리듯 돌려 말했다. 도혁은 미간을 모으고 최 실장을 쏘아보았다. 도혁은 입보다 더 확실하게 눈으로 욕하는 법을 알고 있었다. 잘못은 자신이 해 놓고 욕을 하니 최 실장으로서는 억울하지 않을 수 없었다. 틀린 말을 한 것도 아닌데.

도혁은 짧게 한숨을 쉬더니 천천히 창 쪽으로 돌아앉았다. 한참을 기다려도 미동이 없어 최 실장은 허리를 숙여 인사하고 그의 집무실을 나왔다.

"윤우 씨, 자료 준비 멀었어?"

새로 들어온 오영호 팀장이 미어캣처럼 고개를 쑥 빼고 윤우를 바라보며 물었다.

"다 되어 갑니다."

윤우는 손을 바쁘게 움직이며 대답했다. 30분 후에 임원을 대상으로 보급사업 진행에 대한 중간 보고가 예정되어 있었다. 기획팀으로 발령 난 이후 첫 프레젠테이션이라 오 팀장은 긴장한 얼굴이었다.

"서 대리, 우리 먼저 가서 준비해야겠다. 이윤우 씨는 자료 준비 끝나는 대로 바로 회의실로 가져오고."

40대인데 벌써 눈에 띄게 탈모가 진행 중인 오 팀장이, 형광등 빛을 받아 반짝이는 넓은 M자 이마를 손바닥으로 훑어 올리며 손목시계를 보더니 말했다. 서 대리가 업무용 노트북과 태블릿을 챙겨 들고 급히 팀장을 따라 나갔다.

자료에 수정 사항이 생겨 회의 1시간 전에야 최종 자료를 건네받을 수 있었다. 다시 복사해서 분류하고 제본하는 데 30분이 걸렸다. 윤우는 급히 프레젠테이션 자료를 안아 들고 대회의실로 갔다.

넓은 회의실에서 오 팀장과 서 대리가 빔프로젝터 스크린에 슬라이드를 띄워 놓고 최종 점검을 하고 있었다. 윤우는 들고 간 자료를 임원들이 앉을 자리에 한 부씩 올려 두고 음료수를 사 온 한성호 씨를 도와 자리마다 생수와 음료수 병, 컵을 비치했다.

모든 준비를 마쳤을 때는 회의 시작 10분 전이었다. 그 회의에 도혁은 참석하지 않는다는 것을 알면서도 혹시나 그와 마주치게 될까 봐 마음이 조마조마했다.

최 실장을 만난 지 사흘이 지났다. 그동안 아무 일도 일어나지 않았다. 어떤 식으로든 반응이 오지 않을까 마음의 준비를 하고 기다린 게 무색했다. 매분 매초 고슴도치처럼 신경을 곤두세우고 있었지만, 거짓말처럼 조용했다.

우연히라도 도혁과 회사에서 마주치게 되면 표정 관리를 제대로 할 자신이 없었다. 그의 연락을 기다리면서도 필사적으로 피하고 싶은 이중적인 마음이 들었다.

재빨리 할 일을 마친 윤우는 회의 참석자 세 사람에게 인사를 하고 급히 사무실로 돌아왔다. 자리에 앉자 온몸의 힘이 죽 빠졌다. 그녀는 이마에 맺힌 식은땀을 닦으며 엑셀 파일을 열었다.

작성하다 만 보고서 초안을 들여다보고 있는데 휴대 전화에 문자 수신음이 작게 울렸다.

[퇴근하시는 대로 지하 3층 주차장으로 내려오세요. 기다리고 있겠습니다.]

최 실장의 문자였다. 적어도 이번에는 도혁이 직접 연락하지 않을까 생각했는데 아니었다. 윤우는 휴대 전화를 내려놓고 하던 일을 계속했다. 여러 복잡한 생각들로 마음이 어지러웠지만, 애써 업무에 집중하려 노력했다.

퇴근 시간이 되어 지하 주차장으로 내려가니 입구 바로 앞에 차가 주차되어 있었다. 윤우가 가까이 다가가자 차의 유리창이 조금 내려가고 그 사이에서 최 실장의 얼굴이 보였다.

"타세요. 상무님께서 기다리고 계십니다."

최 실장이 말했다. 윤우는 그토록 도혁을 만나겠다고 주장하던 주제에 갑자기 도망치고 싶어졌다. 그녀는 마음을 진정시키려 애쓰며 떨리는 손으로 조수석 문을 열고 차에 올랐다. 차는 회사에서 멀지 않은 고급 오피스텔 주차장으로 들어갔다.

보안카드로 열리는 엘리베이터를 타고 맨 꼭대기 층으로 올라갔다. 최 실장을 따라 집 안으로 들어가니 커다란 통창으로 화려한 야경이 내려다보이는 복층 구조의 넓은 거실이 나왔다.

"저쪽에 앉으십시오."

최 실장이 거실 가운데 놓인 등받이가 낮은 회색 소파를 가리켰다. 말을 마친 그는 계단을 통해 2층으로 올라갔다. 그의 뒷모습이 완전히 사라지고 나자 윤우는 엉거주춤 소파에 앉았다. 바깥 어둠에 반사된 창에 층고가 높은 거실에 앉아 있는 자신의 모습이 비쳤다. 천장에 매달린 수만 가닥의 가는 금실이 늘어진 샹들리에가 머리 위에서 빛나고 있었다.

윤우는 불안감을 가라앉히려 몇 번이나 심호흡했다. 꽤 긴 시간이 흐른 후, 발소리가 들렸다. 고개를 돌리니 도혁과 최 실장이 2층에서 내려오고 있었다. 윤우는 반사적으로 자리에서 벌떡 일어섰다.

도혁은 막 씻은 듯 머리가 젖어 있고 흰 티셔츠에 회색의 느슨한 슬랙스를 입고 있었다. 늘 자를 대고 그린 듯 딱 떨어지는 정장 차림의 모습만 보다가 편한 옷을 입은 그를 보니 더 낯설었다.

"앉아요."

도혁이 소파에 앉으며 말했다. 윤우는 그를 따라 자리에 앉았다.

2층에서 함께 내려온 최 실장은 도혁에게 고개를 숙여 보이고 말 없이 밖으로 나갔다. 도혁은 등받이에 몸을 기대며 윤우를 바라보았다. 그의 시선이 와 닿은 얼굴이 따끔거렸다.

윤우는 시선을 테이블에 고정한 채 무릎에 올려 둔 주먹을 꼭 쥐었다. 그에게 하려고 준비해 둔 말들을 빼놓지 않고 해야 한다. 호랑이 굴에 들어온 초식동물처럼 떨면서 그녀는 생각했다.

"임신했다면서요?"

도혁은 일상적인 얘기를 하듯 아무렇지 않게 말을 꺼냈다. 윤우는 기습을 당한 듯 놀라 숨 쉬는 것도 잊었다.

"그날?"

"……네."

"확실해요?"

되묻는 말에 윤우는 비난을 받는 기분이 들었다. 그날 밤, 객실을 잡은 그가 콘돔을 사 오겠다고 했을 때 안전한 날이라고 말한 건 자신이었다.

"네……. 제 계산으로는 분명히…… 괜찮은 날이었는데……."

사실이었지만 그는 믿지 않을 것이다. 결과가 이렇게 되었으니.

"그래서 내가 뭘 해 주면 되겠습니까?"

더 추궁할 거라는 예상과 달리 그는 심플하게 물었다. 윤우는 입술을 짓씹으며 시선을 내렸다. 무릎에 놓인 손끝이 떨리는 게 제 눈에도 확연히 보였다. 그녀는 두 손을 말아 쥐었다.

"생각한 게 있을 거 아니에요. 말해 보세요."

"……말하면 들어주시나요?"

"먼저 들어 봅시다. 뭘 원하는지 알아야 나도 결정을 하지."

"아이를 낳을 겁니다."

"그럼, 내게 원하는 건 양육비겠군요."

"아니요."

윤우는 주먹을 꽉 쥐고 그를 똑바로 바라보았다. 그가 아무것도 읽을 수 없는 눈으로 건너다보았다.

"그럼?"

"아이가 일반적인 가족 형태 안에서 태어나게 하고 싶습니다."

"무슨 뜻이에요?"

도혁이 비스듬한 시선으로 윤우를 바라보았다. 현미경 렌즈 아래 짓눌려 관찰당하는 기분이 들었다.

"저는……. 상무님과 결혼하기를 원합니다."

윤우는 제 입으로 내뱉은 말이 낯설어 새삼 어깨가 움츠러들었다. 제가 들어도 너무 허황하고 말도 안 되는 요구였다. 그의 시선을 마주할 용기가 없어 저절로 시선이 바닥으로 떨어졌다.

아무 반응도 없어 윤우는 억지로 눈을 들어 그를 바라보았다. 그 얼굴에 의미가 분명하지 않은 미소가 어려 있었다.

"재미있네요."

"상무님 아이예요. 아이를 위해 그렇게 해 주세요. 결혼해 주신다면 뭐든 다 하겠습니다."

"……."

"상무님도 상무님 아이가 사생아로 자라는 걸 원하지는 않으실 거라고 생각해요."

그는 기이한 빛이 도는 눈으로 잠시 그녀를 빤히 쏘아보았다. 두려워서 몸이 떨렸다.

그에게 정혼자가 있다는 사실이 떠오르자 죄책감으로 심장이 오그라드는 것 같았다. 그래도 어쩔 수 없었다. 그 여자는 아직 임신한 건 아니니까.

"이윤우 씨 남자 친구의 아이일 가능성은 없어요?"

갑작스러운 도혁의 물음에 윤우는 흠칫 놀라 더듬거리며 대답했다.

"어, 없습니다."

"백 퍼센트 확실한 건 아니잖아요."

도혁이 가시를 삼킨 것 같은 표정으로 그녀를 바라보며 물었다. 실낱같은 희망이라도 잡고 싶은 심정일 것이다. 윤우는 그의 바람을 외면했다.

"확실해요……. 생리한 후에 잠자리를 한 사람은 상무님밖에 없습니다."

윤우의 대답에 도혁은 아무 말도 하지 않았다. 그 길고 숨이 막힐 듯한 침묵을 견디는 자신의 존재가 벌레처럼 하찮게 느껴졌다. 자라오면서 수시로 느꼈던, 아주 익숙한 느낌이었다. 윤우는 입술 속살을 피가 나도록 꽉 물고 모멸감을 삼켰다.

"지금 상황에서 내가 이윤우 씨 말을 완전히 신뢰할 수 없다는 건 이해할 겁니다. 어쨌든 이윤우 씨에게는 애인이 있는 상태니까."

"……그 사람과는 헤어졌지만, 만약 그 부분이 마음에 걸리신다면 아이가 태어난 후에. 유전자 검사를 한 후 상무님 아이가 맞다는 결과가 나올 때까지 기다리겠습니다. 출생 신고는 한두 달쯤 미루어져도 괜찮으니까……."

"헤어졌어요? 언제요?"

"……그날."

"그날?"

"네, 그날. 상무님과 만났던 날……"

"그러니까 내가 화풀이 상대였다는 말이군요."

"……네?"

"남자 친구랑 다툰 김에 화나서 나랑 잤다는 얘기잖아요. 지금."

도혁이 희미하게 웃고 있었다. 화가 난 건지 어이가 없는 건지 알 수 없는 얼굴을 멍하니 바라보다가 윤우는 겨우 정신을 차리고 그가 한 말을 정정했다.

"다툰 게 아니라 헤어졌어요."

"이런 경우에는 그냥 냉전 중이라고 하는 게 맞지 않나요? 헤어진 게 아니라."

"무슨 말씀인지 잘 모르겠습니다."

"이상빈 씨가 오늘 아침에도 자신의 SNS에 이윤우 씨 사진을 업로드했다던데, 무슨 뜻이겠습니까?"

도혁의 말에 윤우는 뒤통수를 얻어맞은 기분이 들었다.

"그건, 저는 모르는 일입니다. 저와는 상관없어요."

윤우는 떨리는 목소리로 간신히 대답했다. 상빈의 SNS라면 아마도 비밀 계정일 텐데, 그걸 아무렇지 않게 뚫고 들어가 훔쳐보는 족속에 대한 거부감은 상빈에 대한 분노 때문에 거의 힘을 발휘하지 못했다.

"내년에 결혼할 계획이었던 거 같은데, 무슨 일로 싸웠는지는 모르지만 그만 화해하는 게 어때요?"

"상무님……."

"연애하다 보면 사소한 일로 싸우고 화해하고……. 그런 일이야 다반사죠."

윤우는 입을 반쯤 벌리고 도혁을 바라보았다. 그가 무슨 말을 하고 싶은 건지 알 수 없었다.

"이윤우 씨는 예정대로 내년에 남자 친구와 결혼할 기회가 아직 있습니다."

"……."

"홧김에 충동적으로 한 실수 때문에 인생을 바꿀 필요는 없어요."

"저보고, 저보고 그 사람과 결혼하라고요?"

윤우는 파랗게 질려서 도혁을 바라보았다. 제 아이를 가진 여자에게 다른 남자와 결혼하라고 말하다니. 과연 그동안 자신이 알고 있던 차도혁이라는 사람의 입에서 나온 말이 맞는지 의심스러웠다.

그가 이렇게 비열하고 무책임한 사람일거라고는 상상도 못 했다. 하긴 제가 그에 대해 알면 뭘 얼마나 안다고.

"일이 이렇게 복잡하게 꼬였는데 아이를 낳지 않는 선택에 대해서는 생각해 본 적 없어요?"

"상무님."

"아이를 낳지 않는다 해도 내가 책임져야 할 부분에 대해서 모른 척하지는 않을 겁니다. 없던 일로 하고 윤우 씨는 남자 친구한테 돌아가요."

그가 떠보기라도 하듯 비스듬한 시선으로 바라보며 말했다. 그가 내뱉은 말이 끔찍해서 억장이 무너질 것 같았다.

"그렇게 말씀하지 마세요. 저는 절대로…… 그렇게는 할 수 없습니다."

"윤우 씨 위해 하는 말입니다. 조금 더 쉬운 길도 있다는 걸 알려 주는 거예요."

"제가 아니라, 상무님께 쉬운 길이겠죠."

윤우는 화가 나서 입술을 물고 그를 노려보았다.

"……."

도혁은 그런 윤우의 시선을 담담히 마주 보았다. 무슨 말을 해도 들어줄 것 같지 않은 단단하고 차가운 눈빛이었다. 절박함에 숨이 막힐 것 같았다.

"제 아이를 사생아로 만들 수 없어요. 아이를 위해서라면 뭐든 할 거고……. 만약 상무님께서 거부하신다면 저는…… 최후의 수단을 쓸 수밖에 없습니다."

"최후의 수단은 뭐예요?"

도혁이 궁금하다는 듯 물었다.

"……언론에 이 일을 알리겠습니다."

"뭐라고 알릴 겁니까? 임신했는데 누구 아인지 모르겠다고?"

조롱 섞인 목소리가 들렸다.

"상무님 경력에 치명적일 흠집을……. 영원히 잊히지 않을 정도로 지저분한 얘기를 만들어 내겠습니다."

윤우는 진짜 몇 초 뒤에 기자 회견장에 끌려 나가야 할 상황에 직면한 사람처럼 덜덜 떨리는 목소리로 말했다.

"존나 무섭네."

"……."

머리 위에서 낮은 웃음소리가 들려왔다. 입술이 바싹 말랐다. 허벅지 위에 맞잡은 창백한 손이 두려움으로 와들와들 떨리고 있었다.

4

아무렇지 않다가 갑자기 이상한 것에 비위가 뒤틀리곤 해서 윤우는 구내식당으로 향하는 팀원들과 함께 밥 먹는 것을 포기하고 혼자 회사 밖으로 나왔다. 뭘 먹고 싶은 생각이 들지 않았지만 굶을 수는 없었다.

그녀는 편의점으로 들어갔다. 진열대에 놓인 즉석 음식들을 보는데 멀미처럼 속이 울렁거렸다. 윤우는 두 개로 포장된 바나나와 생수를 사서 편의점 한쪽에 놓인 테이블로 가서 앉았다. 바나나 껍질을 벗겨 한입 베어 물었다. 바나나가 이렇게 달고 느끼한 과일이었던가.

속에서 치미는 거부감을 무시하며 그것을 먹었다. 바나나를 한 입 먹고 물을 세 모금 삼켰다. 2월이 열흘도 남지 않은 도시는 여전히 삭막한 겨울이었다.

편의점 옆길로 앙증맞은 사이즈의 분홍색 패딩점퍼를 입고 마스

크와 귀 덮개가 달린 폭신한 모자를 쓴 서너 살쯤 되어 보이는 여자아이가 지나가고 있었다. 그 아기를 따라 윤우의 시선이 자동으로 움직였다.

짧은 팔을 한껏 위로 뻗어 엄마 손을 잡고 인형이나 신을 것 같은 조그만 부츠를 신은 발을 야무지게 움직여 걷고 있었다. 윤우의 입가에 저도 모르게 미소가 지어졌다. 전에는 크게 주의를 기울이지 않았던 아이들이 이제 아무 때나, 아무 곳에서나 눈에 들어왔다. 마치 배 속 아이가 한 시도 제 존재를 잊지 못하게 메시지를 보내는 것 같았다.

모자 아래로 나온 거미줄처럼 가는 밝은 갈색 머리카락이 작은 걸음을 내디딜 때마다 나풀나풀 움직이는 뒷모습이 골목을 꺾어 사라졌다.

오피스텔로 부른 날 도혁은 그녀의 되지도 않는 협박에도 특별한 반응을 보이지 않고 윤우를 그대로 돌려보냈다. 분명히 화가 났을 텐데 그에 대해 어떤 응수도 하지 않아 더 불안하게 했다.

도혁의 경력에 흠집을 낼 만한 루머를 만들어 내서 외부에 알리겠다고 협박한 것은 두고두고 부끄럽고 어이가 없었다. 그는 그런 협박이 통할 사람도 아니었고 자신은 실제로 그런 일을 할 용기도 없다.

그저 마음이 너무 절박해서 내뱉고 나니 후회만 남았다. 도혁이 제 뜻대로 해 줄 가능성은 거의 없었지만 그 말을 함으로써 그 희박한 가능성도 사라져 버린 것 같았다.

이틀이 지난 오늘까지 아무 일도 일어나지 않았다. 알아서, 네 맘대로 하라는 것일까. 그가 이대로 관심을 끊을 수도 있는 것일까? 제 아이가 생겼다는 것을 알면서 아무 상관도 하지 않을 수도 있을까? 만약 그러면 이제 어떻게 해야 할까. 윤우는 온갖 생각으로 머리가 터질 것 같았다.

다음 날 오전, 윤우가 대회의실에서 관련 부서와 회의를 마치고 사무실로 돌아왔을 때 자리에 커다란 꽃바구니가 놓여 있었다. 스트레스가 정점에 달하는 기분이었다.

자신에게 이런 꽃바구니를 보낼 사람은 상빈밖에 없었다. 그대로 아래층 상빈이 근무하는 부서로 내려가 그 뻔뻔한 얼굴에 꽃바구니를 집어 던지는 상상을 했다. 분노가 폭발할 것 같아 그녀는 책상 모서리를 틀어쥐며 간신히 몸을 가누었다.

"어, 누가 이런 걸 보냈어요? 윤우 씨 연애해요?"

이 대리가 지나가며 아는 척을 했다.

"뭐야, 뭐야? 누군데? 윤우 씨 남자 친구 생긴 거야?"

안 주임이 꽃바구니에 얼굴을 들이대고 냄새를 맡으며 호들갑을 떨었다. 다행히 꽃바구니에 카드 같은 건 없었다.

"그, 글쎄요. 이런 거 보낼 만한 사람이 없는데……. 친구가 보냈나? 작년에 결혼해서 외국 간 친구가 있거든요. 생일 가까웠다고 아마……."

"친구가 이런 걸 보낸다고? 말도 안 돼. 둘러댈 생각 말고 얼른 이실직고하시지."

서 대리도 어느새 옆에 와서 꽃바구니 속에 카드라도 찾는지 뒤적이며 짓궂게 캐물었다. 당장 내다 버리고 싶은 걸 꾹 눌러 참으며 꽃바구니를 책상 밑으로 내려 최대한 구석으로 밀었다.

등나무 바구니가 발밑에서 걸리적거릴 때마다, 그 꽃향기가 몸에 밸 정도로 진하게 후각을 자극할 때마다 윤우는 새로운 분노에 사로잡혔다. 정말 돌아 버리기라도 했나 싶었다. 잘못한 주제에 사람을 이런 식으로 괴롭히는 상빈의 무신경과 뻔뻔스러움에 치가 떨렸다.

이렇게 나온다면 윤우도 가만히 있을 수 없었다. 윤우는 휴대 전화를 열어 상빈의 번호를 찾다가 도로 내려놓았다. 그의 번호는 이미 차단해서 전화번호부에 없었다. 물론 번호를 기억하고 있기는 했지만 지금 흥분한 상태로 그에게 문자나 전화를 하는 건 좋은 생각이 아니었다.

우선 머리를 식혀야 했다. 어떻게 대처해야 할지 냉정하게 정리를 한 후에 행동하지 않으면 안 된다.

혹시 상빈이 저와 사건 일을 떠벌이려는 게 아닐까 두려웠지만, 곧 그가 그렇게 대범하게 행동하지는 못할 거라고 결론짓고 애써 마음을 가라앉혔다. 상빈은 회사 내 평판에 과도하게 신경 쓰는 사람이었다. 둘이 사귀었다는 게 알려지면 제가 한 부도덕한 짓도 함께 알려질 걸 모르지 않을 것이다.

다시는 마주하고 싶지 않았지만 일단 다시 한 번 알아듣게 얘기해야겠다고 생각했다.

점심시간이 다가오고 있었다. 오전에 끝내야 할 업무가 진척 없이 그대로 남았다. 입맛도 없을뿐더러 뭐든 먹으면 체할 것 같아서 점심은 거르기로 했다. 오전에 못다 한 일은 점심시간에 끝내면 될 것 같았다.

"오늘은 또 뭘 먹나?"

점심시간을 5분쯤 남겨 두고 오 팀장이 기지개를 켜며 자리에서 일어섰다.

"팀장님, 오리탕 어떠십니까? 날씨도 쌀쌀한데 뜨끈한 국물 있는 게 좋을 것 같습니다."

김 과장이 얼른 팀장을 따라 일어서며 말했다. 오리탕 얘기만 들었는데 속이 울컥 뒤집혔다. 기름이 둥둥 뜬 국물을 생각하자 금방이라도 토할 것 같았다.

윤우는 이를 꽉 물고 코로 심호흡을 했다. 당장이라도 화장실로 뛰어가고 싶은 걸 사력을 다해 참았다. 팀원들이 다들 한마디씩 거들었지만 하나도 귀에 들어오지 않았다.

"윤우 씨는 오리고기 못 먹는다고 했으니까 다른 거 먹어. 삼계탕 같은 거도 같이 팔 거야."

옆자리 안 주임이 그녀의 어깨를 두드렸을 때야 고개를 들었다.

"아⋯⋯. 저는 오늘 그냥 사무실에서⋯⋯."

윤우는 말을 하다 말고 입을 다물었다. 안 주임이 갑자기 너무도 티 나게 놀란 얼굴로 두 손으로 입을 가리며 출입문 쪽을 보았기 때문이다. 윤우도 반사적으로 고개를 돌려 뒤를 돌아보았다. 막 열린 문을 통해 도혁이 사무실 안으로 들어서고 있었다.

윤우는 입을 벌린 채 멍하니 그를 바라보았다. 그는 이 사무실에서 일하던 때처럼 자연스러운 모습이었다.

"아이구, 상무님께서 여기까지 어떻게⋯⋯. 어서 오십시오."

느릿한 동작으로 재킷을 꿰입던 오 팀장이 펄쩍 뛸 듯이 놀라 도혁에게로 황급히 다가가며 허리를 숙였다. 조카뻘은 될 것 같은 나이 차이 같은 건 이미 회사에서 의미가 없었다.

팀원들도 다급히 자리에서 일어나 소란하게 인사했다. 윤우도 엉거주춤 일어나 고개를 숙였다. 사무실 전체를 훑으며 인사를 받던 그의 시선이 잠시 윤우의 얼굴에 머문 것 같았다. 그녀는 재빨리 시선을 떨구어 그와 눈이 마주치는 것을 가까스로 피했다.

"상무님, 여기서 뵈니까 정말 좋습니다. 옛날 생각도 나고."

김 과장이 상기된 표정으로 말했다. 도혁이 승진해 기획실을 떠난 후 부서에 직접 온 건 처음이었다.

"벌써 옛날이 된 겁니까?"

도혁이 웃었다.

"상무님 자주 들러 주십시오. 너무 뵙고 싶었습니다."

박 대리가 기쁜 얼굴로 말했다. 박 대리뿐만 아니라 모두 진심으로 반가운 표정이 역력했다. 김 과장과 오 팀장은 하루에 한두 번은 결재나 회의 때문에 그를 볼 수 있었지만, 그 밑에 있는 직원들은 도혁을 직접 만나는 일이 그렇게 잦지 않았다.

"보고 싶으면 찾아오지 그랬어요. 멀리 있는 것도 아닌데."

"상무님, 정말 업무랑 관련 없이 그냥 찾아뵈어도 만나 주십니까?"

서 대리가 반은 장난으로 물었다.

"물론입니다. 필요하면 언제든 오세요."

"상무님 바쁘신 거 잘 아는 사람들이 왜들 이래? 상무님이 한가롭게 자네들 상대해 주실 시간이 나시겠나? 그나저나 상무님, 모처럼 이렇게 오셨는데 선약 없으시면 저희와 점심이라도 같이 드시면 안 되겠습니까?"

오 팀장이 팀원들을 나무라고 얼른 앞으로 나서며 말했다.

"그렇지 않아도 기획실 팀원분들과 점심 먹으려고 일부러 왔습니다."

도혁의 말에 사무실에 환호가 일었다. 그것은 상사가 던지는 웃기지도 않는 농담에 억지로 웃는 그런 가식적인 반응은 아니었다. 다들 진심으로 기뻐서 내는 감탄의 소리였다.

윤우 혼자만 어쩔 줄 모르고 혼란에 사로잡혔다. 그렇지 않아도 속이 안 좋은데 도혁이 있는 자리에서 밥을 먹어야 한다니. 어떻게든 그 자리를 빠지고 싶었다. 하지만 그건 너무 눈에 띄는 행동이 될 것이다.

모두 분주히 나갈 채비를 하기에 윤우도 어쩔 수 없이 지갑과 휴대 전화를 챙기고 의자에 걸쳐 두었던 코트를 집어 들었다. 온몸으로 그가 의식되어 식은땀이 흘렀다.

"꽃이 마음에 들지 않아요? 왜 저런 구석에 처박았습니까?"

윤우가 막 코트에 팔을 꿰는데 바로 뒤에서 그런 소리가 들렸다. 윤우는 깜짝 놀라서 옷을 입다 만 그대로 뒤를 돌아보았다. 언제 다가왔는지 바로 뒤에 도혁이 서 있었다. 그는 윤우의 책상 밑에 있는 꽃바구니를 내려다보고 있었다.

"상무님, 우리 윤우 씨 애인 생긴 것 같습니다. 누가 보냈는지 물어도 대답도 안 해 주고. 아주 수상합니다."

김 과장이 떠벌리는 소리를 들으며 윤우의 귀가 빨갛게 달아올랐다.

"어차피 다 알게 될 텐데 뭘 숨깁니까?"

잠시 윤우를 바라보던 도혁이 싱긋 웃으며 그렇게 말했다. 윤우는 당황해서 어떤 표정을 지어야 할지 알 수 없었다. 자신과 상빈이 사귀었다는 게 회사에 알려지면 그에게 유리하다고 판단한 것일까?

그렇다고 해도 굳이 직접 까발리려고 하다니 썩 현명한 태도는 아니었다. 그런 소문이 나게 만드는 건 그가 나서지 않아도 식은 죽 먹기일 텐데. 윤우의 머릿속으로 짧은 시간 수많은 생각이 스치고 지나갔다.

"상무님 말씀이 맞습니다. 윤우 씨, 연애하는 게 무슨 흉인가? 숨기지 말고 탁 털어놔 봐요. 선배들한테 연애 코치도 받고 하면 좋잖아요."

오 팀장까지 나서서 보탰다. 팀원들이 어쩔 줄 모르고 있는 윤우를 바라보며 재미있다는 듯 웃고 있었다. 그쯤에서 그냥 넘어가길 바랐으나 도혁은 그럴 생각이 없어 보였다.

나갈 준비를 마친 팀원들이 모두 도혁의 옆으로 다가와 기다리고 있는데도 그는 움직이지 않았다. 현기증이 났다. 그대로 도망치고 싶은 것을 온 힘을 다해 참았다.

"그냥 말하지 그래요."

도혁이 여전히 미소 띤 얼굴로 말했다. 그 웃는 얼굴이 오싹할 정도로 무서웠다. 자신의 아이를 가졌다는 걸 알면서도 태연하게 곤경에 빠뜨리려는 그의 태도에 경악했다.

"우리 윤우 씨 이러다 기절하겠어요. 제가 나중에 개인적으로 알아내서 보고 드리겠습니다. 그만 식사하러 가시죠."

당황한 윤우가 안돼 보였던지 김 과장이 나서서 너스레를 떨었다. 그 정도 했으면 그만하고 이제 나갈 때가 됐다고 생각하고 모두 움직이려 했으나, 도혁은 여전히 그대로 서 있었다.

"뭐가 그렇게 부끄러워요?"

그가 윤우를 바라보며 다정하다고밖에 해석할 수 없는 목소리로 말했다.

"사, 상무님……."

윤우는 절망을 느끼며 불안하게 흔들리는 눈빛으로 그를 바라보았다. 입술이 마르고 목이 탔다. 제가 무슨 말을 하려고 했는지도 알 수 없었다. 뭔가 분위기가 이상하다는 것을 느꼈는지 팀원들도 더는 입을 여는 사람이 없었다. 십여 명 가까이 있는 사무실에 기묘한 침묵이 흘렀다.

"저 꽃 내가 보냈습니다."

이윽고 도혁이 말했다. 모두 눈이 커지고 제가 잘못 들었나 싶었는지 서로 얼굴을 바라보았다. 눈알 굴러가는 소리가 들릴 정도로 사무실 안에 숨 막힐 듯한 정적이 돌았다. 윤우는 다리에 힘이 풀려 의자 등받이를 꽉 잡았다.

"상무님. 그게 무슨 말씀이신지……."

오 팀장이 겨우 정신을 차린 듯 입을 열었다.

"식사하면서 말씀드리려고 했는데 이렇게 됐으니 미리 말씀드려야겠네요. 윤우 씨 저와 만나고 있습니다. 여러분께는 다른 경로를 통해 아시게 하는 것보다 제가 직접 말씀드리는 게 좋을 거 같아서요."

도혁이 턱을 조금 든 채 윤우를 내려다보며 말했다. 그 얘기의 주인공 중 한 명이면서 그는 꼭 구경하는 사람 같은 태도였다. 윤우는 주저앉고 싶은 것을 겨우 버텼다. 머릿속에 벌이 날아다니듯 윙윙거리고 눈앞이 어지러워 정신을 차릴 수 없었다.

"어머, 윤우 씨. 괜찮아? 얼굴이……."

하얗게 질려서 식은땀을 흘리고 있는 윤우를 보고 옆에 섰던 안 주임이 깜짝 놀라 그녀의 팔을 잡았다. 윤우는 쓰러지기 직전에 의자에 주저앉았다.

"미안합니다. 점심은 다음에 같이 먹기로 하죠. 먼저 가서 점심

들 드세요."

도혁이 윤우에게서 시선을 떼지 않은 채 말했다.

"……네. 네. 상무님, 그, 그럼 다음에 같이……. 자, 자. 얼른들 밥 먹으러 갑시다."

눈치 빠른 오 팀장이 재빨리 넋이 반쯤 나간 팀원들을 휘몰아서 사무실을 나갔다. 순식간에 텅 빈 사무실에는 도혁과 윤우만 남았다.

"괜찮아요?"

"……왜 이런 식으로……. 제게 미리 말씀을 좀……."

"미리 알리면 재미없죠."

"……."

윤우는 당혹스러운 얼굴로 그를 올려다보았다.

"프러포즈 대신입니다."

도혁이 윤우의 발끝에 놓인 꽃바구니를 턱짓으로 가리키며 말했다.

"……프러포즈요?"

"이왕 이렇게 된 거 한 번에 회사에도 알리고 말입니다."

도혁이 좋은 생각 아니냐는 듯 웃었다.

"이렇게 공개적으로……. 저는 이런 건 싫습니다. 되도록 비밀로, 대외적으로 알리지 말고……."

"나와 결혼하겠다면서 그런 걸 바라면 안 되죠."

도혁이 어림없다는 얼굴로 말했다. 윤우의 얼굴에서 다시 핏기가 가셨다. 갑자기 숨이 막힐 것 같았다. 차도혁, 대영 그룹을 이을 후계자인 차도혁의 아내라니.

"굳이 이렇게 알리실 필요는 없잖아요. 저 아직 계속 회사 다녀야 하는데…… 이제 어떡해요."

그런 공인된 자리라는 것을 전혀 몰랐던 것처럼 놀라서 손이 덜덜 떨렸다. 도대체 자신이 무슨 짓을 한 것인지 알 수 없었다.

"기자 회견을 하려던 배짱은 어디 갔어요."

도혁이 비웃듯이 물었다. 윤우는 속이 울렁거려 아무 대꾸도 할 수 없었다.

"평생 남을 오명을 뒤집어쓰는 것보다는 나을 거 같아서 내린 결정이니까 이윤우 씨도 자신이 한 말을 책임져야죠."

"……"

윤우의 고개가 죄인처럼 깊이 내려갔다.

"……그렇게 진저리를 치는 것을 보니 내 아내라는 역할이 그렇게 즐겁지 않으리라는 건 알고 있는 모양이네요. 윤우 씨 같은 성격의 사람에게 맞지 않을 거라는 생각은 이미 했었습니다만. 그래도 스스로 선택한 일이니까 최선을 다해 주길 바랍니다."

"상무님, 저는……."

제가 저지른 짓이 새삼 두려워 입술이 바싹 타들어 갔다. 지금쯤 이미 회사 전체에 소문이 퍼지고도 남았을 것이다.

"나를 협박하던 마음가짐을 잊지 않는다면 그렇게 어렵지는 않을 거예요."

도혁은 눈썹의 개수라도 셀 듯이 그녀의 얼굴을 내려다보며 말했다. 윤우는 곧 울음이 터질 것 같아 입술을 물었다.

"……"

"이제 점심 먹으러 갑시다."

도혁은 아무 일 없었다는 듯 손목시계를 들여다보더니 말했다.

"……아니요. 저는 조금 이따가, 지금은…… 못 먹어요."

윤우는 고개를 저었다. 점심이고 뭐고 당장 그 자리에서 토할 것 같았다.

"밥은 먹어야죠."

"나중에…… 먹겠습니다."

도혁은 식은땀을 흘리고 있는 윤우를 내려다보더니 고개를 끄덕였다.

"알겠습니다."

그는 그렇게 말하고 별다른 인사도 없이 등을 돌렸다. 황급히 자리에서 일어섰을 때 그는 이미 문을 열고 나가고 있었다. 윤우는 멍하니 닫힌 문을 바라보다가 다시 자리에 주저앉았다.

혼자 남자 두려움과 불안이 부글부글 끓어오르듯 속이 치받쳤다. 그녀는 가쁜 숨을 내쉬며 책상에 엎드려 속이 가라앉길 기다렸다.

몇 주간 숨통을 죄어 오던, 더는 버틸 수 없다고 느낄 만큼 그녀를 괴롭히던 문제가 해결되었지만 조금도 기쁘거나 후련하지 않았다. 또 다른 무거운 짐을 바꿔 진 기분이었다.

도혁이 기획실에 다녀간 후 보지 않아도, 듣지 않아도 회사가 발칵 뒤집힌 걸 알 수 있었다. 다른 사람도 아니고 도혁과 사귄다고 말이 났으니 그 여파가 만만치 않을 것을 윤우도 예상했다.

"윤우 씨, 도대체 어떻게 된 일이야?"

점심을 먹고 돌아온 팀원들이 그녀를 빙 둘러싸고 대놓고 물었다.

"와, 어떻게 나한테까지 이렇게 감쪽같이 속일 수가 있어? 정말 서운하다."

안 주임이 과장되게 뽀로통한 얼굴로 가슴 앞에 팔짱을 끼며 장난스럽게 째려보았다.

"아, 그게……. 죄송합니다."

"죄송은 무슨, 비밀로 하는 거야 당연한 일이지. 상무님하고 사귀는 걸 떠벌리고 다니는 게 더 이상한 일 아니야?"

서 대리가 안 주임을 핀잔하듯 말했다.

"그래, 둘이 언제부터 그렇게 된 거야?"

"누가 먼저 대시 했어?"

"당연히 상무님이 하셨겠지. 윤우 씨는 아무리 좋아한다고 먼저 고백하고 그럴 스타일은 아니잖아."

"정말 의외야. 상무님이 윤우 씨를……. 창사 이래 최고 충격적인 사건이야."

대답할 틈도 없었다. 그 주제로 누가 더 많은 말을 할 수 있는지 꼭 경쟁하는 것 같았다.

"아니, 근데 상무님. 그 지서연 씨랑 곧……."

누군가 그렇게 입을 열었고, 또 누군가는 그런 말을 꺼낸 사람에게 눈치를 주어 입을 막았다. 각자 하고 싶은 말을 하느라 사무실이 시장 바닥 같았다.

"지금 생각해 보면 이상하긴 했어. 상무님이 윤우 씨한테 유난히 신경을 많이 쓰셨잖아. 그렇게 다정한 성격도 아니신 분이 말이야. 난 또 막내니까 챙기시나 보다 했지 윤우 씨한테 사심이 있어서 그러실 거라고는 상상도 못 했네. 지금 생각해 보면 다 이유가 있었던 거였어."

"맞아요. 실수하면 혼도 많이 내셨지만, 혼내고 나면 꼭 옆에 붙들고 꼼꼼히 피드백해 주시고 세세한 업무 요령이랑 프로세스까지 일일이 가르쳐 주시고. 그래서 사수인 내가 할 일이 별로 없었다니까. 상무님이 바쁜 나를 배려해서 그렇게 해 주시나 했는데 내 착각이었어. 생각해 보면 우리 중 누구한테도 안 그러셨는데 왜 몰랐지?"

일이 이렇게 되었다고 아무 말이나 막 갖다 붙이는 것을 윤우는 넋이 반쯤 빠져서 듣고 있었다.

"설마 했지. 설마 상무님이……."

누군가 대답하다가 황급히 입을 다물었다. 그랬을 것이다. 왜곡된 기억을 윤색하고 과장한 얘기였지만, 그 말이 전부 사실이라고 해도 아무도 그런 의심을 하지는 못했을 것이다. 설마, 도혁이, 이 회사를 물려받게 될 사람이, 지서연 같은 정혼자를 둔 사람이 자신에게 관심을 둔다는 게 말이 되지 않았으므로.

윤우는 저를 겹겹이 둘러싼 사람들 울타리를 뚫고 도망치고 싶었지만, 꾹 참았다. 예의를 모르는 사람들이 아닌데 얼마나 놀라고 궁금하면 저럴까 마음을 다잡았다.

윤우는 혹시나 상빈과 사건 일이 밝혀졌을 때 오해를 받게 될까 봐 조금만 구체적인 질문이 날아오면 입을 다물 수밖에 없었다. 윤우의 입에서 나간 모든 말은 공개적인 인터뷰를 한 것처럼 빠르게 퍼져 나갈 것이다. 사람들 앞에 사생활이 낱낱이 까발려지고 재단되고 입에 오르내리는 상황은 너무 괴로웠다.

점심시간이 끝날 때까지의 십여 분이 수 시간처럼 길게 느껴졌다. 오후 업무가 시작되자 겨우 사람들에게서 풀려나 안도한 것도 잠시, 20분도 지나지 않아 최 실장에게서 전화가 왔다.

– 지금 지하 주차장으로 좀 내려오시겠습니까?

"무슨 일이신지 여쭤봐도 될까요? 지금 업무 시간이라……."

윤우는 저도 모르게 작은 소리로 말했다.

– 오동희 팀장님께 양해를 구해 두었으니 지금 바로 내려오시면 될 겁니다. 기다리고 있겠습니다.

전화가 끊겼다. 윤우는 당황해서 휴대 전화를 내려놓았다. 무슨 일인지 몰라도 업무와 관련된 일은 아닐 것 같다는 예감이 들었다. 그렇지 않아도 모두 촉각을 곤두세우고 저를 주목하고 있을 텐데, 보란 듯이 업무 시간에 최 실장 같은 사람의 부름을 받고 자리를 비워야 한다고 생각하자 곤혹스러웠다.

어쩔 수 없이 허락을 받기 위해 일어서는데 오 팀장은 이미 윤우를 보고 있다가 눈이 마주치자마자 다녀오라는 손짓을 해 보였다. 윤우는 이유 없이 얼굴이 달아올라 인사를 하고 얼른 사무실을 나왔다.

지하로 내려가니 일전에 그녀를 기다리던 그 자리에 최 실장의 차가 주차되어 있었다. 다른 점이 있다면 최 실장이 차에서 내려 깍듯하게 차 뒷문을 열어 준 것이었다. 윤우는 당황해서 얼결에 뒷자리에 올랐다. 태도가 눈에 띄게 정중해졌다. 당연하겠지만 도혁과 자신의 결혼이 결정되었다는 것을 그도 안다는 뜻이리라.

"어디로 모실까요?"

운전석에 오른 최 실장이 물었다.

"네?"

할 얘기가 있다며 오라고 해 놓고 어디로 갈지 자신에게 정하라니 어리둥절했다.

"식사를 안 하셨다고 하시던데요. 상무님은 오후 스케줄 때문에

시간을 내시기 힘드셔서 제가 대신 왔습니다. 드시기 편한 걸 말씀
해 주시면 모시겠습니다."

최 실장이 고개를 뒷좌석으로 조금 돌리고 말했다. 그러니까 도
혁이 시켰다는 말이었다.

"아니요. 괜찮습니다. 이미 사무실에서 간단히 먹었습니다."

임신 중인데 아주 끼니를 거르는 건 왠지 안 될 일 같아서 점심
시간이 끝나기 직전에 무가당 두유를 한 팩 먹었다. 윤우의 말에
최 실장은 난감한 얼굴이었지만 더는 권하지 않았다.

"그 일 때문에 부르신 거면, 그만 올라가 봐도 될까요?"

윤우가 물었다.

"아닙니다. 점심 드시면서 드릴 말씀도 있어서 뵙자고 한 건데,
그럼 대화를 나눌 만한 다른 장소로 옮기겠습니다."

"무슨 말씀이신지, 여기서 말씀하시면 안 될까요? 업무 시간이
라 자리를 오래 비울 수 없어서요."

"시간은 걱정하지 마십시오. 조금 전에 말씀드렸지만 이미 오
팀장님께 말씀드렸습니다."

"괜찮으시다면, 그냥 여기서 듣겠습니다."

"그게 편하실 거 같으면 그렇게 하십시오."

최 실장이 어쩔 수 없다는 듯 윤우 쪽으로 몸을 돌렸다.

"지금 상황에서 이윤우 씨가 우선 알아 두셔야 할 것부터 말씀
드리겠습니다."

"……네."

윤우는 마른침을 삼키며 작게 대답했다.

"두 분의 일이 알려지기 시작하면 여러 잡음이 발생할 겁니다.
알고 계실지 모르겠습니다만 상무님께서는 지금 매우 중요한 위치

와 시기에 서 계십니다. 상무님을 견제하는 쪽에서는 없는 꼬투리라도 만들어서 끌어내리려고 벼르는 상황이죠."

"⋯⋯."

최 실장의 말에 윤우는 대번에 긴장해서 몸이 굳었다. 몇 년 사이에 갑작스럽게 후계 서열의 맨 앞자리에 올라선 도혁이 일가로부터 견제를 당하고 있는 얘기라면 이미 알고 있었다.

입사 때는 그런 대단한 사람을 상사로 모시고 일해야 한다는 부담감 외에 아무 생각도 없었다. 그 일이 저와 직접 연관될 줄은 상상으로도 해 본 적 없었다.

"차기 회장 후보로 상무님이 누구보다 우위에 서 계신 건 맞습니다만, 아직 완전히 확정된 건 아닙니다. 지금은 회장님이 상무님 쪽에 힘을 실어 주고 계시지만 언제든 마음이 바뀌실 수 있는 문제이고요."

얘기를 들을수록 윤우의 표정이 굳어졌다. 자신은 그저 저와 아이만을 생각했고 이제 다른 건 아무래도 좋다고 생각했는데, 막상 일이 이렇게 되고 보니 단순한 문제가 아니었다.

"⋯⋯지금 하시는 말씀은, 그러니까 저 때문에 상무님 위치가 흔들릴 수도 있다는 말씀이신가요?"

"회장님께서는 이미 상무님의 결혼을 이용해 사업적으로 최대한의 이익을 얻을 수 있는 계획을 세워 놓으셨죠. 이번 일이 알려지면 회장님의 심기가 편치 않으실 거라는 건 상상하기 어렵지 않습니다."

"⋯⋯."

"회사에서 오래 입지를 쌓은 다른 후계자들이 여럿 버티고 계신 상황이고⋯⋯. 어쨌든 상무님께서 쉽지 않은 길을 선택하셨다는 정도로 이해하고 계시면 될 거 같습니다."

윤우는 문득, 대영 그룹에 입사하기 한참 전 인터넷 기사에서 보았던 자극적인 제목을 단 기사와 사진 한 장이 떠올랐다. 녹색의 잔디가 깔린 넓은 정원에 차려진 저녁 식탁이 폭탄을 맞은 듯 엉망이 되어있고 흰 테이블보에는 붉은 핏자국이 선명한 선정적인 사진이었다.

진 회장은 한 달에 한 번 모든 가족을 불러 자신의 집에서 저녁을 먹었다. 그런데 그 자리에서 사촌 간에 시비가 붙어 한쪽이 턱뼈가 나가 대수술을 받아야 할 정도로 다쳤다는 신문 기사가 대문짝만하게 실렸다.

진석환 회장은 첫 번째 결혼에서 딸과 아들을 한 명씩 얻었고, 두 번째 결혼에서도 딸 하나를 얻었다. 본처에게서 얻은 첫째 딸과 둘째 아들, 그리고 그들의 자식들 모두 경영에 참여하고 있었다.

사이좋게 계열사를 하나씩 차지한 그들은, 구설이 끊이지 않는 다른 재벌가에 비해 꽤 모범적으로 외부에 비쳤다.

그룹에서 정기적으로 내보내는 홍보 기사에는 그들 일가가 사회 취약 계층에 관심을 두고 많은 투자와 기부를 하고, 바쁜 일정 속에서도 봉사 활동을 하는 등 사회에 공헌하는 모습을 꾸준히 보였다. 게다가 공식 행사 때 언론에 공개되는 사진들에서도 아버지 진석환 회장을 중심으로 다정한 가족의 모습을 연출했기 때문에, 그들의 실상이 드러났을 때 놀란 사람들이 많았다.

그들이 사실은 같은 자리에 앉아 평화롭게 밥 한 끼도 먹지 못할 정도로 사이가 좋지 않다는 것이 세상에 알려진 순간이었다.

자식들의 싸움 이후 자숙하는 분위기이던 양쪽이, 이번에는 그들의 부모인 진정화 부회장과 진태규 사장 간의 싸움으로 비화하였다. 진태규 대영 홀딩스 사장이 누나인 진정화 부회장이 공을 들이고 있던 백화점 인수전에 뛰어든 것이다.

같은 그룹 내에서 엄연히 구분된 사업 영역의 침범이었다. 진 회장의 중재로 진태규가 입찰을 포기하기는 했지만, 이 일이 알려지면서 그들이 물밑에서 서로를 엿 먹이려고 사력을 다한다는 여러 증거가 쏟아져 나왔다.

그런 와중에 나타난 것이 차도혁이었다. 그는 진 회장이 두 번째 결혼에서 얻은 딸인 대영 교육재단 진선영 이사장이 낳은 아들이었다. 모자는 경영은 물론 가족들이 모두 참석하는 회사 창립 기념일 같은 행사에도 잘 나타나지 않을 정도로 외부로 노출되지 않았다.

그것을 두고 세간에서는 진선영 이사장이 본처의 자식이 아니라 권력의 중심에서 완전히 낙오했다는 소문이 나돌았다. 차도혁이 4년 전 갑자기 대영 그룹 본사에 입사했을 때만 해도 그를 주목하는 사람은 거의 없었다. 그의 모친이 경영과는 완전히 먼 행보를 이어왔고, 또 도혁이 사촌들과 비교하면 나이가 너무 어렸기 때문이다

아무도 차도혁이 그룹 내에서 이미 자리를 굳힌 막강한 친척들을 대적할 만한 상대가 될 거라고는 생각하지 못했다.

하지만 도혁이 입사 후 짧은 시간에 존재감을 드러내기 시작하고 그의 뒤를 받쳐 주는 이가 다름 아니라 진 회장이라는 소문이 돌기 시작했다. 생각하지도 못했던 다크호스의 등장에 남매는 휴전하고 공동의 적을 물리치기 위해 당연한 듯이 손을 잡았다.

권력 다툼의 2막이 오른 것이다. 교묘히 도혁을 깎아내리는 소문들의 뒤에 누가 있는지 당사자인 도혁도, 그것을 흥미진진하게 지켜보는 구경꾼들도 모두 알고 있었다.

지금까지 겉으로나마 점잖을 떤 것은 도혁의 공식적인 지위가 낮아 대놓고 이를 드러내기에는 모양새가 이상했기 때문이다. 일개 팀장 자리에 있는 조카를 경계한다는 인상을 주는 것은 오히려 그의 위상을 높여 주는 꼴이라는 것쯤은 그들도 알고 있었다.

　"너무 걱정하지 마십시오. 상무님께서도 이 일의 여파를 모르고 이런 결정을 하신 건 아닐 겁니다. 자신의 선택에 대해서는 책임지는 분이니 감수하시겠죠."

　윤우의 심각한 얼굴을 보던 최 실장이 말했다. 언뜻 위로처럼 들렸으나 표정과 말투, 말의 내용 모두 위로와는 거리가 멀었다. 오히려 윤우를 긴장시키고 겁주는 말에 가까웠다. 그도 이 상황이 싫고 못마땅하다는 뜻의 간접적인 표현일 것이다. 윤우는 무릎 위에서 맞잡고 있던 손에 힘을 주었다.

　겁먹고 도망치기에는 이미 늦었고 그럴 수도 없었다.

　"제가, 어떻게 해야 할까요? 어떻게 하면 상무님께……."

　입을 뗐지만 자신도 알고 있었다. 제가 도혁에게 도움 될 일이 아무것도 없다는 것을.

　"상무님께 조금이라도 도움이 되고 싶으시다면 이윤우 씨는 이 일로 파생될 잡음을 최소화하는 일에 협조해 주셔야 합니다. 불필요한 소문으로 상무님의 부담이 가중되는 일은 피하는 게 좋습니다."

　"……네."

　"회사에 벌써 소문이 퍼졌을 테니, 지금부터 언행을 각별히 조심해 주십시오."

　최 실장의 말에 윤우는 긴장한 얼굴로 고개를 끄덕였다.

　"우선 외부로 알려지게 될 내용은 서로 말이 맞아야 하니까 그것부터 정리하고 넘어가겠습니다."

"네."

"이상빈 씨와는 그날, 상무님과 바에서 만났던 날 헤어졌다고 들었는데 맞습니까?"

"네."

목소리가 저절로 기어 들어갔다. 스스로 생각해도 제 처신이 기가 막혔다. 얼마나 한심해 보일까 싶어 얼굴을 들 수 없었다.

"그 사람과 왜 헤어졌는지 여쭤봐도 될까요?"

"……."

윤우는 얼굴이 달아올라 죄 없는 입술만 짓씹었다. 상빈이 바람을 피운 건 제 잘못이 아님에도 왠지 수치스러운데다가, 홧김에 맞바람 피우듯 그날 바로 원나잇을 하다가 이런 지경에 이른 것을 제 입으로 털어놓으려니 입이 떨어지지 않았다.

"혹시 두 분이 헤어진 이유 중에 상무님과 관련된 일이 있습니까?"

윤우가 머뭇거리자 최 실장이 질문을 바꾸어 다시 물었다.

"아니요. 없습니다."

윤우는 고개를 저었다. 최 실장은 더 추궁하지 않고 알겠다는 듯 고개를 끄덕이며 태블릿에 무언가를 적어 넣었다. 제 치부를 속속들이 알고 있는 사람 앞에 앉아 취조를 당하려니 낯 뜨겁고 비참한 기분이 들었다. 어서 이 자리를 벗어나고 싶은 생각이 굴뚝같았다.

"이상빈 씨는 아직 이윤우 씨에게 미련이 남아 있는 것처럼 보이던데 상무님과 이윤우 씨 관계를 알게 되면 어떻게 반응할지 모르겠군요."

최 실장은 큰 문제라는 듯 심각한 얼굴로 말했다. 윤우는 꼭 죄인이 된 것 같아 아무 대꾸도 하지 못했다.

"……."

"일단 이상빈 씨와 헤어진 시기에 대해서는 변화를 줄 수 없는 사항이니 혹시 두 사람이 사귄 일이 알려지게 되면 사실대로 말씀하시면 됩니다. 그리고 상무님과 만난 시기는……."

윤우는 긴장한 얼굴로 그의 말에 귀를 기울였다.

"한 2주 전쯤으로 하는 게 좋을 거 같습니다. 이상빈 씨와 헤어진 시기와 상무님을 만난 텀이 좀 더 길면 좋은데, 지금 그럴 수가 없는 상황이라 최대한 날짜를 벌리면 그 정도일 거 같네요."

"하지만 그렇게 되면 아기……. 임신한 시기가 맞지 않는데요."

임신한 시기가 알려지게 되면 필시 자신이 양다리를 걸쳤다는 오해를, 도혁이 부하 직원의 애인을 가로챘다는 오명을 뒤집어쓰기 딱 맞을 것 같았다.

"이윤우 씨가 임신하신 걸 누구누구 알고 있습니까?"

"……없어요."

"가족분들도 모르신다고요?"

최 실장이 의외라는 듯 윤우를 바라보며 물었다.

"네."

윤우는 왠지 부끄러운 부분을 남에게 내보인 것 같은 기분으로 작게 대답했다. 최 실장은 전자펜으로 태블릿에 다시 무언가를 빠르게 적어 넣더니 고개를 끄덕였다.

"진료 받으러 다니신 병원은 어딥니까?"

"아직, 병원 진료를 정식으로 받은 적은 없습니다."

"다행이네요."

최 실장이 안도하는 표정을 지었다. 윤우는 이마에 식은땀이 나는 것을 느꼈다. 갑자기 아이를 지우러 갔던 병원이 떠올라 몸이 떨렸다.

"그런데……."

이런 얘기도 해야 하는 걸까? 윤우는 잠시 망설였다.

"말씀하세요."

"아이를……. 아이를 유산시키려고……."

"예?"

최 실장이 깜짝 놀란 얼굴로 태블릿을 내려다보고 있던 시선을 들어 윤우를 바라보았다. 윤우는 그와 눈이 마주치지 않게 얼른 시선을 내렸다.

"……그 문제로 병원에 가서, 상담 받고 예약한 적은 있습니다."

"……."

차 안에 어색한 침묵이 흘렀다.

"그 일이…… 문제가 될까요?"

"……이윤우 씨의 신상을 비롯해 구체적인 내용이 회사 밖으로 알려지는 일은 없을 테니 그건 괜찮을 겁니다. 문제는 이상빈 씨와 관련된 회사 내에서 빚어질 일들인데. 이윤우 씨가 임신한 것을 아무도 모르니 큰 문제는 없을 것 같네요."

윤우는 저도 모르게 안도의 숨을 내쉬었다.

"아직 이윤우 씨가 임신한 사실을 누구도 알아서는 안 됩니다. 이윤우 씨의 임신 시기는 앞으로 3주 정도 후로 생각하고 계시면 됩니다. 이왕 이렇게 되었으니 가족분들께도 그때까지 비밀로 하시는 걸 권해 드립니다. 아는 사람이 많을수록 외부로 말이 새 나갈 확률이 높아지니까요."

"……아기를 낳으면 어차피 출산 시기를 유추할 수 있을 텐데요."

"한두 달 일찍 출산하는 일도 꽤 있으니까요. 병원은 저희 쪽에서 믿을 만한 곳으로 섭외해 둘 테니 그 문제는 걱정하지 않으셔도 됩니다."

윤우는 겨우 두세 번 본 낯선 남자와 이런 내밀한 얘기를 나누고 있는 상황이 기가 막히기도 하고 두렵기도 했다. 이 사람은 믿어도 되는 걸까.

"그럼, 일단 오늘은 이 정도만 알아 두시면 될 거 같습니다."

"……네."

"수고하셨습니다. 전달 사항이 생기면 다시 연락드리겠습니다."

윤우는 최 실장과 인사를 하고 차에서 내렸다. 엘리베이터를 기다리는데 현기증이 일었다. 눈을 감고 벽에 이마를 기댔다. 모든 일이 갑자기 휘몰아쳐서 정신을 차릴 수가 없었다. 감당할 수 없는 거대한 해일과 마주 선 기분이었다.

퇴근하고 회사를 나오는 동안 스쳐 가는 모든 사람이 제 얘기를 수군거리며 손가락질하는 것 같았다. 가끔 대놓고 윤우를 빤히 쳐다보는 사람들도 있기는 했지만, 대개는 그녀가 누군지도 모를 것이다.

그걸 알면서도 윤우는 꼭 발가벗겨진 채 거리에 내몰린 기분이 들었다. 도망치듯 회사 정문을 나서자마자 휴대 전화가 울렸다. 액정에 상빈의 전화번호가 떠 있었다. 윤우는 전화를 받지 않았다. 지금은 그와 대화할 기분이 아니었다.

버스 정류장에 도착하자마자 마침 집으로 가는 버스가 들어왔다. 퇴근 시간이라 버스에는 사람이 많았다. 점심을 걸러서 그런지 어지럽고 이마에 식은땀이 났다. 윤우는 사람들 틈바구니에 끼어 버스 손잡이를 잡고 간신히 버텼다.

버스에서 내릴 때 어지러워 무릎이 꺾일 뻔했다. 윤우는 그대로 몇 걸음 걷다가 메마른 은행나무 가로수를 짚으며 걸음을 멈추었다. 이렇게 스트레스를 받고 몸이 힘들면 아이에게 좋지 않을 거라는 생각이 들자 두려웠다.

아이를 위해서라도 좀 더 담담하고 의연해질 필요가 있었다. 외부의 모든 자극에 정신없이 휘둘리면 안 된다. 그녀는 눈을 감고 천천히 심호흡했다.

"윤우야."

그때 갑자기 뒤에서 누군가 부르는 소리가 들렸다. 윤우는 깜짝 놀라서 돌아보았다. 상빈이 굳은 얼굴로 뒤에 서 있었다. 윤우는 귀신이라도 본 듯 얼굴이 하얗게 질렸다.

"어디 아프니? 괜찮아?"

상빈이 걱정하는 얼굴로 물었다.

"여긴 어떻게 왔어요?"

"전화도 안 받고, 회사 근처 길에서 말 걸기도 그렇고 해서 따라왔어."

윤우는 화를 참으며 숨을 골랐다.

"여기서 무슨 약속 있어? 왜 여기서 내렸어?"

그는 윤우가 집에서 독립한 것을 모르고 있다. 하마터면 그에게 혼자 사는 집을 들킬 뻔했다.

"……왜 따라왔어요?"

"회사에서 나도는 얘기 뭐야?"

"……."

"그게 사실이야?"

"그게 상빈 씨와 무슨 상관이에요?"

"왜 상관이 없어?"

상빈이 화가 난 듯 심각한 얼굴로 되물었다. 윤우는 어이가 없어서 그를 쏘아보았다.

"무슨 상관이 있는데요?"

"왜, 네가 벌써 다른 사람을 만난다는 소리가 들리는지 나는 이해할 수가 없어……. 말이 안 되잖아."

"내가 누구처럼 애인을 두고 바람을 피운 것도 아니고 솔로인데 연애하는 게 왜 말이 안 돼요?"

그는 잠시 침묵하더니 다시 입을 열었다.

"헤어지자는 네 말에 끝까지 대응하지 않은 건 그것을 받아들이겠다는 뜻이 아니었어. 그냥, 너한테 시간을 줘야겠다고 생각했을 뿐이야. 난 너와 헤어지겠다는 생각한 적 없어."

"상빈 씨가 받아들이고 허락해 줘야 헤어질 수 있어요? 당신이 무슨 짓을 하든 허락해 주지 않으면 나는 평생 당신을 떠날 수 없는 사람이에요?"

윤우는 여러 스트레스가 쌓이고 쌓여 정점에 도달한 기분이었다.

"……이렇게 허무하게 너와 헤어질 수는 없어."

"도대체 뭐 하자는 거예요?"

윤우는 분노로 새파랗게 타오르는 눈으로 그를 노려보았다.

"너 나한테 화나서 지금 제정신 아니야. 제발 정신 차려. 윤우야."

"상빈 씨나 정신 차려요."

"내 잘못을 부정하는 거 아니야. 나도 알고 있어. 내가 할 말 없는 처지라는 거. 아무리 그래도 너 이렇게 쉽게 다른 남자 만날 사람 아니잖아."

"이거 범죄예요."

"뭐?"

"헤어진 사람 따라다니고 찾아와서 괴롭히는 거 범죄라고요."

상빈이 어이없다는 듯 코웃음을 쳤다. 윤우는 더는 그와 상대하고 싶지 않아서 돌아섰다. 상빈이 얼른 윤우의 앞을 막아섰다.

"비켜요."

"그 사람, 어떻게 만났는데? 언제부터 만났어?"

상빈이 제게는 알 권리가 있다는 듯 따져 물었다.

"어떻게 만났든, 언제부터 만났든 남의 일에 웬 간섭이에요. 제발 가요. 가서 본인 연애나 신경 써요."

"무슨 연애? 하룻밤 실수한 거라고 했잖아."

"나랑 헤어지겠다고 기다려 달라고 사정했다면서 이제 와서 왜 발뺌이에요. 가요. 제발."

"……그런 적 없어. 걔가 거짓말한 거야. 나는 그런 말 한 적 없어."

상빈이 시침을 뗐다. 그의 뻔뻔함에 윤우는 할 말을 잃었다. 막아선 그를 피해 걸음을 옮겼지만 상빈은 다시 그녀의 앞을 막았다.

"그 사람도 알아? 너랑 나, 4년이나 사귀었고 결혼하려던 사이라는 거 아느냐고."

"알아요."

"거짓말."

그는 핏발 선 눈으로 고개를 저었다. 그러더니 비웃듯 물었다.

"그게 말이 돼? 그걸 알면서 그 사람이 너를 만난다고? 왜? 그렇게 잘난 사람이 뭣 때문에? 내가 내일 한번 찾아가서 물어봐도 돼?"

"도대체 뭔데 이래요?"

윤우는 진저리가 나서 소리쳤다. 바람을 피우는 인간이라는 것은 알았지만 그가 이렇게 비정상적인 면을 가진 사람이라는 것을 여태 알지 못했다. 이런 일이 없었다면 결혼할 때까지도 몰랐겠지. 윤우는 팔뚝에 소름이 일었다.

"그 사람과 어떻게 사귀게 된 건지는 모르지만, 네 진심 아닌 거 알아. 나한테 보여 주려는 거면 이쯤에서 그만둬. 내가 잘못했어. 응? 잘못했다고!"

윤우는 가만히 그를 바라보았다. 정말 볼썽사납다.

"조금 전에 상빈 씨 입으로 한 말과 너무 앞뒤가 안 맞잖아요."

"……뭐가?"

"왜 내 진심이 아니라고 생각해요? 얼마나 잘난 남자인지, 여자들이 얼마나 선망하는 사람인지, 상빈 씨도 잘 아는 거 같은데."

윤우가 조소하듯 말했다. 그 말이 그에게 매우 잔인하게 들릴 것을 알아서 일부러 그렇게 말했다. 예상대로 상빈의 얼굴이 처참하게 일그러졌다. 그는 화가 난 듯 입술을 꾹 다물고 윤우를 노려보다가 물었다.

"설마, 너 혹시 나랑 사귀면서도 그 사람한테 마음 있었니? 그렇지 않고서야 어떻게 이렇게 기다렸다는 듯이 만날 수가 있어?"

"사귀는 중에도 다른 여자 만난 사람이 할 말은 아니잖아요."

"……"

그는 어처구니없게도 원망하는 눈으로 그녀를 쏘아보았다. 억울하다는 듯이.

"다시 이런 식으로 찾아와 질척거리면 스토커로 경찰에 신고할 거예요."

"신고? 그러다 회사에 우리 사귄 거 알려지면 어쩌려고? 그 사람이 과연 그런 상황을 좋아할까? 곧 회사 오너가 될 인간이 제 발밑에서 기라면 기고 죽으라면 죽는 시늉까지 할 부하 직원과 붙어먹던 여자와 사귄다는 소문이 퍼지면 퍽 좋아하겠다."

악에 받친 듯 천박한 말이 아무렇게나 그의 입에서 튀어나왔다. 이렇게까지 밑바닥을 드러내고 끝을 본다는 게 서글펐다.

"알리고 싶으면 얼마든지 알려요. 나는 아무 상관 없으니까."

창백한 얼굴로 자신을 쏘아보고 있는 그를 두고 돌아섰다. 말은 그렇게 했지만, 사실 상빈의 말은 어느 정도 맞았다. 최 실장이 가장 걱정하는 부분도 상빈과 자신이 사귄 게 알려지는 것이었다.

상빈의 말대로 그렇게 되면 도혁의 위신이 깎일 것이고 필연적으로 여러 추문이 따를 것이다. 이전까지는 도혁이 자신의 요구를 받아들이지 않을 것만 걱정하면 되었다. 그가 이런 곤란을 겪게 될 거라는 건 조금도 염두에 두지 않았었다.

어쨌든 그 일이 알려지면 저에게도 타격이 올 거라는 것을 상빈이 깨닫기를 바라는 수밖에 없었다. 정말 소문을 낸다고 해도 어쩔 수 없는 일이기도 했다. 그를 만난 과거를 지울 수 없으니.

마음이 복잡해 잠시 상빈의 존재도 잊고 무작정 걷다가 문득 놀라서 돌아보니 다행히 상빈은 더는 따라오지 않았다. 그래도 혹시 몰라 윤우는 먼 길을 돌아서 정말 상빈이 없다는 것을 확인한 후에야 집으로 돌아갔다.

"평창동으로 가세요."

퇴근길 차 안에서 걸려온 전화를 끊은 도혁이 운전 중이던 최 실장에게 말했다.

"네, 알겠습니다."

최 실장은 대답하고 차선을 바꾸어 좌회전 신호 대기 줄 뒤로 이동했다. 룸미러로 보니 도혁은 차창 턱에 팔꿈치를 괴고 생각에 잠긴 얼굴로 밖을 내다보고 있었다.

"회장님께서 부르시는 걸 보면, 아무래도 회사에서의 일이 보고된 것 같습니다."

"그런 모양이네요."

"어떻게 대처하실 생각이십니까?"

"뭐, 대처랄 게 있겠습니까?"

별일 아니라는 듯 도혁이 대꾸했다. 최 실장은 룸미러로 그의 표정을 살폈다. 정말 별생각 없는 얼굴이었다.

"너무 세게 밀고 나가시면 역효과가 날 수 있습니다. 회장님께서 타협안을 제시하시면 수용하는 제스처를 취하시는 것도 일을 부드럽게 진행하는 방법 중 하나일 것 같습니다."

다음 신호에 걸려 차가 멈추었을 때 최 실장이 어렵게 다시 입을 열었다. 도혁이 이 사태를 그다지 심각하게 받아들이지 않는 것 같아 걱정되었다.

"회장님이 어떤 타협안을 내놓으실 것 같습니까?"

"……예를 들면, 아이만 호적에 올린다든지."

도혁은 대꾸하지 않았다. 그가 무슨 생각을 하는지 알 수 없어 최 실장은 답답했다. 도혁이 이윤우와 결혼하겠다고 했을 때 최 실장은 뒤로 넘어갈 뻔했다. 그의 시나리오 플래닝 중에 그런 건 없었다. 그건 차려진 밥상을 엎겠다는 소리였다.

"이 일로 큰일을 그르칠 수는 없지 않겠습니까."

"……."

"이번 일은 회장님께서도 쉽게 물러나지 않으실 겁니다. 어쩌면 최후의 카드를 꺼내 드실 수도 있습니다."

"어쩔 수 없죠."

도혁이 남의 얘기 하듯 무성의하게 대꾸했다. 속이 타서 룸미러로 도혁을 보다가 눈이 마주쳤다.

"썩은 동아줄 잡은 것 같아 불안합니까?"

"……죄송합니다."

최 실장은 변명하려다가 그만두고 고개를 숙여 사과했다. 도혁은 신호가 바뀌고 차가 저택에 도착할 때까지 더는 아무 말도 하지 않았다.

차에서 내린 도혁이 넓은 정원 건너편에 자리한 거대한 저택을 잠시 바라보다가 걸음을 옮겼다. 최 실장은 정원을 성큼성큼 가로질러 걸어가는 그의 뒷모습을 근심 가득한 얼굴로 지켜보았다.

현관 앞에 도착하자 진 회장의 세 번째 부인인 신경희 여사가 나와 도혁을 기다리고 있었다. 그녀 뒤에 줄지어 섰던 고용인들은 도혁에게 인사를 하고 지시를 받은 듯 모두 밖으로 나갔다.

"편안하셨습니까?"

"어서 오게. 상무실로 옮겼다는 얘기는 들었는데 축하 인사가

173

늦었네."

신경희 여사가 고운 눈매를 접으며 다정하게 도혁의 인사를 받았다.

"감사합니다."

관계를 따지면 외할머니였지만 나이는 도혁의 모친인 진선영 이사장 또래였다.

"방에서 기다리고 계셔."

신경희 여사의 안내로 도혁은 진 회장의 방으로 갔다.

"회장님, 차 상무 도착했어요."

미닫이문 앞에서 말하자 안에서 들어오라는 노인의 목소리가 들렸다. 도혁은 신경희 여사가 열어 준 문 안으로 들어가 좌탁 앞에 정좌하고 앉은 진 회장에게 고개를 숙여 인사했다.

진 회장은 흰 면 수건으로 앞에 놓인 수석을 닦으며 도혁을 쳐다보지도 않았다.

"차를 내올까요? 회장님?"

도혁을 따라 들어간 신 여사가 물었다.

"됐어. 자네는 나가 있어."

진 회장의 말에 신경희 여사는 고용인처럼 인사를 하고 방을 나갔다. 도혁이 진 회장의 맞은편에 자리 잡고 앉은 후에도 노인은 한참을 그가 없는 사람이라는 듯 제 할 일에 몰두했다.

화가 난 강도만큼 그 침묵이 길어지는 것을 도혁은 경험으로 잘 알고 있다. 그는 점점 자라는 것 같은 외조부의 희고 굵은 눈썹을 바라보았다. 빗어 올린 듯 위로 향한 철사 줄 같은 눈썹은 그를 늙은 호랑이처럼 보이게 했다.

진 회장은 웅장하게 솟은 거봉들 사이로 흰 폭포가 쏟아져 내리는 형상을 수만 분의 일로 축소한 것 같은 수석을 검버섯이 핀 주름진 손으로 닦고 또 닦았다.

"오만방자한 놈."

도혁이 다른 생각에 빠졌을 때쯤 진 회장이 마침내 입을 열었다. 언성을 높이지도 않고 표정도 변함이 없었다. 하지만 그 속에 든 노여움은 그대로 전달되었다.

"벌써 이 자리가 네 놈 거 같냐?"

"아닙니다."

"아니면 내가 이제 네 놈 손에 주물러질 거처럼 물렁해 보이더냐?"

"……아닙니다."

"누구 마음대로 회사에서 그런 짓을 벌여. 회사가 네 놀이터야?"

진 회장이 소리를 버럭 질렀다.

"죄송합니다."

진 회장은 전혀 죄송해 보이지 않는 새파랗게 젊은 손자 놈의 흔들림 없는 얼굴을 잠시 노려보았다.

"이제 어쩔 셈이야? 무슨 생각이 있으니 일을 키웠겠지."

"결혼할 생각입니다."

도혁이 아무렇지 않게 대답했다. 진 회장은 혈압이 쇠꼬챙이처럼 목덜미를 꿰뚫는 것을 느꼈다. 그는 옆에 놓였던 수석의 나무 받침을 들어 도혁을 향해 던졌다.

받침대가 도혁의 이마를 맞추고 바닥으로 나뒹굴었다. 흠결 하나 없는 보석처럼 매끈한 이마에서 피가 뚝뚝 떨어지는 것을 진 회장은 노여운 눈으로 노려보았다. 화난 와중에도 오른손에 들었던 수석을 내려놓고 나무 받침대를 던진 것을 다행으로 생각했다. 저 고지식한 놈은 수석을 던졌어도 피하지 않았을 것 같다.

영민하고 타고난 재능을 가졌지만 어려서부터 한번 고집을 부리면 누구도 꺾을 수 없었다. 여태까지는 그가 부리는 고집이 많이 양보하고 숙고하고 나면 대체로 수긍이 가지 않는 것도 아니라 봐주고 넘겼다. 하지만 앞날을 위해서라도 이쯤에서 한번, 꺾어 줄 필요를 느꼈다.

"살다 보면…… 한 번쯤 실수할 수 있어. 실수했으면 그것에 맞게 일을 처리해야지 결혼 얘기가 왜 나와?"

"실수 아닙니다."

"그럼 계획적으로 한 일이냐?"

"계획한 일도 아니지만, 충동적인 실수는 아닙니다. 제가 호감을 느끼던 사람이고 마음을 따랐습니다."

"이런 정신 나간 놈. 네가 지금 네 사심이나 충족하면서 살아도 되는 처지야? 네 사소한 행동 하나하나에 몇 십만 명의 밥줄이 달렸다는 사명 의식을 가지고 신중해지라고 그렇게 가르쳤는데. 아직도 그런 헛소리나 하고 있어!"

진 회장은 다시 노발대발해서 좌탁을 쾅 내리쳤다.

"벌써 잊었어? 내가 네놈 역량만 보고 이 자리에 앉히겠다고 결심한 거야? 네 놈도 동의한 일이잖아. 할애비가 짝지어 주는 사람하고 결혼하겠다고."

"별일 없었다면 그러려고 했습니다. 하지만 이제 선택할 수 있는 문제가 아닙니다."

"별일이 있기를 바라고 한 짓은 아니고?"

진 회장이 도혁을 노려보며 일갈했다.

"……."

"포기해. 너만 포기하면 뒷일은 할애비가 어떻게든 해결할 테니."

"그게 가능했다면 회장님께서 아시기 전에 제 선에서 해결했을 겁니다."

"그래서 서진을 공짜로 먹을 기회를 지금 걷어차 버리겠다는 거야? 고작 그런 여자애 하나 때문에?"

"회장님……."

"이게 얼마나 좋은 기회인지 몰라서 다 된 밥에 재를 뿌려? 사업하는 놈이 사적인 감정에 얽매여 하늘이 준 기회를 헌신짝 버리듯 버리겠단 말이냐? 정신 차리지 않으면 바로 도태되는 게 이 바닥이야. 서진 그룹과 결혼으로 맺어지면 얻게 될 이익을 생각은 해 봤어? 우리가 온 힘을 다해 몇 십 년을 뛰어도 그런 성과를 낼 수 있을지 장담할 수 없어. 알아, 몰라?"

"알고 있습니다."

"아는 놈이 이런 짓을 해서 할애비를 실망시켜? 우리가 저쪽에 굽히고 들어간 것도 아니고 서연이가 너 좋다고 제 발로 걸어왔는데. 제정신이 있는 놈 같으면 그 기회를 차 버려?"

"……."

"내가 너 말고는 다른 대안이 없어서 다루기 까다로운 놈 끼고 앉아 가르친 줄 알아?"

진 회장이 파랗게 노기 띤 얼굴로 도혁을 노려보았다. 도혁은 주머니에서 손수건을 꺼내 눈썹 아래로 흐른 피를 닦았을 뿐 아무 대꾸도 하지 않았다.

"일 더 복잡하게 만들지 말고, 여기서 마무리 지어. 회사에 소문

난 거야 시간 지나면 묻힐 거고. 임신한 건 아무도 모른다니 아이 낳으면 데리고 들어오면 돼."

"그럴 수 없습니다."

도혁은 모든 일을 예상한 사람처럼 담담히 대꾸했다.

"그럴 수 없다니, 그럼 어쩌겠다는 소리야? 끝까지 네 멋대로 하겠다는 거야?"

"도의를 저버리고 얻을 이익이 세 사람의 인생을 희생할 만큼 크지는 않을 거라고 생각합니다. 시간이 좀 더 걸리더라도 회장님께서 뜻하시는 바를 이룰 수 있도록 제가 더 노력하겠습니다."

"겨우 이 정도밖에 안 되는 놈을 내가……. 내가 그동안 애먼 놈 데리고 시간 낭비한 거냐? 그런 거야? 이렇게 한 치 앞도 분간 못하는 어리석은 놈을 내가 그동안 애지중지 끼고 앉아 헛짓거리한 거였어? 이 배은망덕한 놈!"

진 회장은 끓어오르는 화를 주체할 수 없어 수석을 들었다 놨다 하며 언성을 높였다.

"……."

한동안 실내에 팽팽한 침묵이 흘렀다. 진 회장은 입을 꾹 다물고 있는 손자 놈이 무슨 생각을 하는지 짐작할 수 없었다. 모든 것을 체념한 것 같기도 하고, 그래 봤자 어쩌겠느냐는 오만 같기도 한 얼굴을 노인은 잠시 노려보았다.

"다 널 위해서 하는 일이야."

진 회장은 어떻게든 뜻을 관철하기 위해 화를 삭이고 달랬다.

"……."

"훗날 할애비 말 들은 거 잘했다는 생각이 들 거다. 묘지 앞에서 울지 말고 하라는 대로 해."

"……죄송합니다."

"싫다는 말이냐?"

도혁은 대답하지 않았다. 진 회장은 그의 차가운 얼굴을 건너다 보았다.

"좋다. 그래. 그렇다면 어쩔 수 없지."

진 회장은 어깨를 들썩이며 숨을 고른 후, 최후통첩을 했다.

"결정해. 할애비 말을 듣든지, 아니면 다 내려놓고 회사를 나가든지. 네 마음대로 하고 살고 싶다면 나가서 멋대로 하고 살아. 다시는 내 얼굴 볼 생각 하지도 말고."

도혁의 야망을 알고 있는 진 회장의 마지막 카드였다. 녀석이 이 자리까지 오기 위해 어떤 노력을 했는지 알고 있었다. 아마도 현재 제가 가진, 앞으로 거머쥐게 될 것들을 쉽게 포기하지는 못하리라.

"괜히 해 보는 소리가 아니야. 도의? 그따위 마인드로는 회사 물려받아도 제대로 꾸려 가기 글렀어. 그동안 들인 내 정성이 아깝다만 재목이 아니라면 이쯤에서 바로잡는 것도 회사를 위해 나쁘지 않지."

"회장님……."

"가서 며칠 숙고해 보고 결정되면 알려."

진 회장은 도혁이 다른 말을 하기 전에 급히 말을 막았다. 그가 여기서 다시 엉뚱한 소리를 하면 일이 돌이킬 수 없어질 것 같았다. 도혁은 진 회장을 말없이 바라보고 있었다. 그 눈빛에 수그러들 기색 같은 건 전혀 보이지 않았다.

"꼴 보기 싫어. 나가!"

잠시 후, 도혁은 자리에서 일어나 고개를 숙여 보이고 방을 나갔다. 진 회장은 돋보기를 벗어 던지듯 내려놓고 뒷덜미를 주무르며 끙, 앓는 소리를 냈다.

❖

아버지 진 회장에게서 걸려온 전화를 끊고 난 진선영 이사장은 손바닥으로 심장을 꾹 눌렀다. 너무 놀라서 아무 말도 할 수 없었다. 진 회장으로부터 설명을 들었는데도 제대로 이해되지 않았다. 초조하게 방 안을 서성이다가 고용인으로부터 도혁이 도착했다는 소리를 전해 듣고 얼른 현관으로 나갔다.

도혁이 집 안으로 들어올 때까지 그녀는 놀란 마음을 가라앉히려 여러 번 심호흡했다. 잘 달래서 말을 듣게 하라는 진 회장의 지시가 없었어도 진 이사장은 도혁을 닦달하는 모습을 내보이지는 않았을 것이다.

마음먹은 일을 못 하게 말리면 되레 오기를 부려 끝까지 제 뜻을 굽히지 않는 아들의 성격을 잘 알기 때문이다. 침착하려 애썼지만, 현관에 들어선 도혁을 본 순간 진 이사장은 놀라서 펄쩍 뛰지 않을 수 없었다.

아들의 흰 셔츠 칼라 한쪽이 붉은 피로 물들어 있었다. 그것은 도혁의 눈썹 윗부분의 찢어진 피부에서 흐른 것이 분명했다. 상처에서는 아직도 굳지 않은 피가 흐를 듯 검붉게 맺혀 있었다.

"세상에. 이게 무슨 일이야? 어쩌다 이랬어? 병원엘 갔어야지 이러고 집으로 오면 어떡해? 빨리 병원부터 가자."

진 이사장이 하얗게 질려서 벌벌 떨며 위층으로 올라가려는 도혁의 팔을 잡아 세웠다.

"별거 아니에요. 조금 긁힌 거뿐입니다."

"어쨌든 병원부터 가. 이게 도대체 무슨 일이니? 차 사고라도 났어?"

"아니요."

"차 사고가 아니면, 누구랑 싸웠어? 세상에 이렇게 피가 나도록……. 최 실장은? 최 실장 같이 왔다더니 어디 있니?"

"퇴근했습니다."

"너 이렇게 된 걸 보고도 그냥 퇴근했다고? 도대체 뭐 하는 인사야? 네가 이렇게 되도록 최 실장은 뭘 하고 있었던 거야?"

"제가 그 사람 보호를 받아야 하는 어린아이입니까?"

도혁은 어이가 없다는 듯 모친을 바라보며 웃더니 그대로 2층으로 올라가 버렸다. 진 이사장은 이런 작은 일도 제 뜻을 따라 주지 않는 무정한 아들의 뒷모습을 황망하게 바라보다가 얼른 대영 의료원 원장의 휴대 전화로 전화를 걸어 의사를 보내 달라고 부탁했다.

도혁이 순순히 병원으로 가지 않을 걸 아는 까닭이었다. 진 이사장은 여전히 놀라서 펄떡대는 심장을 진정시키며 응급처치라도 해 주려고 고용인에게 구급약 상자를 찾아오라고 시켰다.

2층에 올라가 보니 도혁은 이미 욕실로 씻으러 들어가고 없었다. 진 이사장은 하는 수 없이 다시 아래층으로 내려오며 최 실장에게 전화를 걸었다.

"최 실장, 도대체 어떻게 된 일이야? 도혁이 어쩌다 저렇게 다쳤어?"

진 이사장은 최 실장이 전화를 받자 고함이라도 치고 싶은 것을 간신히 누르며 물었다.

– 회장님 뵙고 나오셨는데 그렇게 다쳐 계셨습니다.

"그게 무슨 소리야? 아버지가 그러셨다고?"

— 네.

진 이사장은 놀라서 할 말을 잃었다. 아무리 화가 난다고 장성한 손자를 피가 나도록 패다니. 휴대 전화를 든 진 이사장의 손이 떨렸다.

"그나저나, 회사 여직원 얘기는 도대체 뭐야? 그런 일이 있었으면 나한테도 알려야지. 일이 이렇게 되도록 자네는 뭘 하고 있었나?"

진 이사장은 어쩔 수 없이 최 실장에게 화풀이를 했다.

— 상무님께서 다른 분께 따로 보고 드리는 일을 엄금시키셔서요. 그건 앞으로도…….

"누가 도혁이 알게 알리래? 몰래 하면 되잖아. 몰래."

진 이사장은 답답해서 소리쳤다.

— 제가 상무님 지시를 어길 수 있는 위치가 아님을 이사장님께서 헤아려 주십시오.

"뭐? 이 사람이 진짜……."

진 이사장은 뒷목을 잡으며 소리를 질렀지만, 그 일로 계속 실랑이할 수도 없었고 그래 봐야 소용없다는 것을 깨달았다. 어디서 꼭 저 같은 놈을 데려다가 옆에 세워 뒀는지 기가 막혔다.

"그 아가씨는 도대체 어떻게 된 거야? 기획실 사원이라면서? 자네는 둘이 그런 사이인 줄 몰랐던 거야?"

— 상무님께서 기획실에 계실 때 저는 재무팀에서 근무하고 있었습니다.

"그걸 지금 말이라고 하나? 어쨌든 자네는 차 상무 최측근에 있는 사람인데 일이 이렇게 되도록 눈치를 못 챘다는 게 말이 돼?

– 상무님께서 속 얘기를 쉽게 하시는 분이 아니신 건 이사장님께서도 잘 알고 계시리라 생각합니다. 특히 사적인 영역에 관한 얘기는 거의 하지 않으셔서……. 저도 말씀을 하지 않으시면 모를 수밖에 없습니다.

"그게 사적인 일로 보이나? 도혁이 보좌하려고 거기 들어간 사람이 이런 큰일이 벌어지도록 몰랐다고 그렇게 당당히 말하는 건, 자네 능력이 그 정도밖에 안 된다는 걸 스스로 인정하는 건가?"

진 이사장은 이 모든 사달이 최 실장 탓이라도 된다는 듯 화가 나서 언성을 높였다.

– 죄송합니다.

최 실장은 앵무새처럼 같은 말을 되풀이했다.

"죄송이고 뭐고……. 둘이 어쩌다가 그런 사이가 되었어? 아무리 같은 사무실에서 오래 일했다고 해도 도혁이가 그렇게 쉽게 아무 여자나 만날 애가 아닌데. 도대체 어떤 애야?"

– 죄송합니다. 저도 그분에 대해서는 아직 자세히 모릅니다. 상무님께 직접 물어보시는 게 좋을 거 같습니다.

"뭐어?"

진 이사장은 다시 한 번 뒷목을 잡았다. 뭐 이런 꽉 막힌 인간이 다 있는지 혈압으로 쓰러질 것 같았다. 이 마당에 여자애에 대한 정보가 없을 리 만무했다. 자신에게 따로 보고하고 싶지 않다는 뜻이리라.

도혁이 부하 직원 하나는 충직한 사람으로 잘 뽑아 났다고 기뻐해야 할지, 자신을 기만하는 행위에 화를 내야 할지 헷갈렸다.

"알겠네. 그만 끊게."

그녀는 소리를 지르려다가 애써 감정을 억누르고 전화를 끊었다. 최 실장을 상대로 정보를 얻어내느니 자신이 직접 알아보는 게 속 편할 것 같았다. 얼른 일을 수습해야만 했다. 진 회장이 아직은 도혁에 대한 믿음을 버리지 않고 있었지만, 도혁이 끝까지 말을 듣지 않는다면 앞날을 장담할 수 없었다.

어떻게 해야 고집 센 아들놈이 제 말을 듣게 할지 한창 궁리하고 있는데 대영 병원 원장이 보낸 젊은 의사가 도착했다.

의사를 데리고 2층으로 올라가니 도혁은 서재에서 누군가와 통화를 하고 있었다. 그는 진 이사장 옆에 선 낯선 남자를 보자 못마땅하다는 듯 미간에 주름을 잡았다. 그의 눈썹 위에 살구색 밴드 하나가 붙어 있었다.

진 이사장이 가져다 놓은 구급상자에 있던 걸 아무렇게나 붙인 것 같았다. 밴드에는 아직도 붉게 피가 배어나고 있었다.

"약하게 긁힌 상처라 굳이 봐 주지 않아도 됩니다. 어머니께서 놀라셔서 부르신 모양인데 늦은 시간에 번거롭게 한 거 같네요."

전화를 끊은 도혁이 짜증을 누른 얼굴로 의사에게 말했다.

"피를 그렇게 많이 흘렸는데 그게 무슨 소리야. 얼른 앉아서 제대로 치료받아."

진 이사장은 안절부절못하며 그를 달랬다.

"이왕 왔으니 제가 한번 봐 드리겠습니다."

의사가 들고 온 가방을 책상에 내려놓으며 부드럽게 말했다. 도혁은 일부러 온 사람 앞에서 고집을 부릴 수 없었던지 내키지 않는 얼굴로 의자에 앉았다.

"다행히 상처가 깊지는 않네요. 상처 부위가 작아 보여도 열상이 깊으면 봉합해야 하는 일도 있거든요."

의사는 준비해 온 소독제와 거즈로 상처를 소독하며 말했다. 도혁의 상처를 바라보던 진 이사장의 인상이 저절로 찡그려졌다. 어렸을 때도 작은 흉터 하나 만들지 않고 잘 키웠는데 서른이 넘어서 얼굴에 상처가 나다니.

"흉이 지지는 않겠죠?"

진 이사장이 걱정되어 의사에게 물었다.

"상처가 얕아도 잘못 관리하면 흉터가 남을 수 있습니다. 며칠 내로 병원에 내원하셔서 주기적인 관리를 받으시는 게 좋습니다."

드레싱을 마친 의사의 말에 진 이사장이 들었지? 하는 얼굴로 도혁을 바라보았으나 그는 아무 반응도 보이지 않았다. 의사가 돌아가고 나자 진 이사장은 노골적으로 피곤한 티를 내는 도혁을 끌어다 마주 앉았다.

"할아버지 전화 받고 너무 놀랐다. 갑자기 이게 무슨 일이야?"

"조만간 말씀드리려고 했습니다."

"할아버지 말씀이 다 사실이니?"

이미 눈앞에 벌어진 일을 보면 그런 질문이 소용없다는 것을 알지만, 아니기를 바라는 심정으로 진 이사장은 그렇게 물을 수밖에 없었다.

"……"

도혁은 꼭 딴생각에 빠진 사람처럼 아무 대꾸도 하지 않았다.

"……정말, 그 여자애, 그 여직원이 네 아이를 가졌어?"

"네."

"어쩌다 그랬어? 응? 도대체 생각이 있니, 없니?"

다그치면서도 아들의 눈치를 살폈다. 도혁은 무뚝뚝한 얼굴로 묵묵히 앉아 있었다. 변명도, 심지어는 설명도 할 생각이 없는 얼굴이었다. 빌어먹을 놈. 진 이사장은 제 속을 시꺼멓게 태우면서도

185

태연한 게 미워서 속으로 욕을 하며 다시 물었다.

"그래, 이제 어쩔 생각이니?"

"할아버지께 말씀 못 들으셨어요?"

"……."

"결혼 날짜는 한 달 안으로 잡을 예정이고 되도록 조용히 치를 생각입니다."

"네 마음대로? 너야말로 할아버지 말씀 못 들었어? 그 일 정리하고 원래 계획한 대로 하지 않으면……. 할아버지 어떤 분이신지 몰라서 그래?"

그 순간만큼은 진 이사장도 참을 수 없어 격앙된 목소리가 튀어나왔다.

"어머니."

"어쩌다 그런 실수를 했니? 응? 아니, 아니다. 그런 얘기 할 것도 없고 사람이 살다 보면 실수도 하고 그런 거지. 다음부터 같은 실수 하지 않으면 되는 거야. 이번 일 잘 수습해서 마무리하자. 그래야 해."

"회장님께도 말씀드렸지만, 실수 아닙니다."

"실수가 아니면? 일부러 그랬다는 말이니? 너 서연이랑 결혼하는 거 안 내켜서 그래? 그렇다고 이렇게 어깃장을 놓아? 사춘기 애도 아니고."

"……."

"정 서연이가 싫으면 다른 애들도 많잖아? 왜 하필 그런……."

"제가 그 사람을 좋아합니다."

"뭐?"

진 이사장은 도혁이 태어난 이후 그 입에서 누구를 좋아한다는 말을 처음 들었다. 진 이사장은 놀라고 어안이 벙벙해졌다.

"언제부터 말이니?"

"2년쯤 되었을 겁니다."

"둘이 만나 온 지가 그렇게 오래되었단 말이야?"

진 이사장은 기함한 얼굴로 물었다.

"아니요."

"아니라니?"

"저 혼자 좋아했습니다. 만난 건 지난달부터였고요."

"뭐?"

진 이사장의 눈이 다시 커졌다.

"그럼 서연이랑 결혼하겠다고 한 건 뭐야? 지난달부터 그 애를 만나기 시작했다면서?"

"……."

도혁은 짜증을 참는 얼굴로 아무 대꾸도 하지 않았다.

"설마, 그냥 하룻밤……. 그랬는데 애가 생겼다는 거냐?"

"사귈 생각이었어요."

"그런데?"

"사정이 있어서 뜻대로 되지 않았습니다."

"무슨 사정?"

"언제까지 제 사생활을 일일이 보고드려야 합니까?"

도혁이 더는 얘기하고 싶지 않다는 듯 자리에서 일어서려고 했다.

"일이 이 지경이 되었는데 그게 어떻게 사생활이야?"

진 이사장은 아들의 팔을 잡으며 화를 냈다.

"그래서 그 애와 기어이 결혼하겠다는 거야?"

"……해야죠."

"지금까지 힘들게 이룬 것들, 생각해 봤니? 그거 다 물거품이 될 수도 있어."

"제 아이를 가진 여자를 버릴 수는 없지 않습니까."

도혁이 차분해진 얼굴로 담담히 대꾸했다. 여태껏 속 한번 썩인 적 없는 착실한 아들이었다. 학창 시절 내내 타고난 좋은 머리와 성실함으로 늘 전교 수석을 놓치지 않았다. 고등학교를 마치고 미국에서도 손꼽히는 여러 명문 학교의 입학허가서를 놓고 골라서 대학을 갔다.

그녀는 그런 아들이 자랑스러웠다. 이복 언니와 오빠에게 짓눌려 살아온 제 그늘진 삶이 특출 난 아들로 인해 보상받는 기분이었다. 도혁을 자랑스럽게 생각한 것은 진 이사장만이 아니었다.

세 자식은 물론 외손자들을 기부금을 퍼부어서 명문 대학에 겨우 입학시켰고, 아쉬운 거 모르고 자란 인사들답게 끊임없이 크고 작은 문제들을 일으킬 때마다 그것을 덮기 위해 무던히 골머리를 앓았던 진 회장이 도혁을 아끼는 것은 어쩌면 당연한 일이었다.

진 회장의 막내 손자 사랑은 유명했다. 그는 도혁이 아직 고등학생일 때부터 사적인 모임 자리나 너무 경직되지 않은 공식 행사 같은 곳에 도혁을 데리고 다니길 좋아했다. 모두에게 외손자를 자랑하고 싶어서였다.

별다른 뒷받침 없이도 당연하다는 듯 전교 수석을 하고 승마나 수영 같은 스포츠에도 능해서 선수 권유를 받을 정도인 데다가 190cm에 육박하는 큰 키에 얼굴까지 수려했다. 어느 자리든 옆에 데리고 있는 것만으로 진 회장의 가슴이 활짝 펴졌다.

이복 언니인 진정화 부회장은 진 회장에게 도혁은 과시용으로 들고 다니는 비싼 백이나 명품 손목시계 같은 액세서리가 아니겠냐고 비꼬는 것으로 불편한 마음을 드러내기도 했다. 도혁이 어렸고 자신들의 입지가 탄탄했기 때문에 아니꼬워했을지언정, 위협으로 느끼지는 않았다. 진 회장의 특별 대우를 그저 막내 손자에 대한 애착쯤으로 여겼던 것이다.

도혁이 진 회장의 뒤를 이어 기업을 경영해 보겠다고 마음먹은 것은 그렇게 어린 시절부터 외조부를 따라다니며 보고 들었던 것들이 영향을 주었을 것이다.

누가 시킨다고 싫은 일을 할 성격이 아니었으므로 도혁이 이 자리까지 온 것은 순전히 자신의 선택이고 노력이었다. 남들은 도혁이 모든 것을 너무 쉽게 얻었다고 생각했지만, 그런 일들이 어떻게 저절로 얻어질 수가 있을까.

지금까지 들인 노력과 인내가 아깝지도 않은지 별 미련 없어 보이는 아들을 진 이사장은 기막힌 얼굴로 바라보았다.

혼자 점심을 먹고 사무실로 돌아갔다. 안 주임을 비롯한 몇 명의 동료들이 김 과장을 둘러싸고 무슨 얘기를 주고받다가 윤우가 들어오는 것을 보사 황급히 입을 다물었다.

"윤우 씨 점심 맛있게 먹었어?"

안 주임이 어색하게 웃으며 자신의 자리로 와서 앉았다.

"네. 주임님도 맛있게 드셨어요?"

"응, 오늘 구내식당 메뉴 좋더라. 윤우 씨는 뭐 먹었어? 왜 자꾸 혼자 먹어? 벌써 우리랑 어울리기 싫은 거야?"

안 주임이 턱 밑에 꽃받침을 하고 장난스럽게 눈을 깜빡이며 물었다. 악의가 있어서 하는 말이 아님은 잘 알고 있었다. 그럼에도 그들 눈에 자신이 그렇게 보일 수도 있다는 생각을 하자 얼굴이 달아올랐다. 밥 먹다가 혹시 입덧이라도 할까 봐 혼자 먹은 것뿐인데 설명할 수가 없었다. 이 모든 상황이 윤우로서는 견디기 힘들었다.

도혁과 사귄다고 소문이 난 후, 며칠 동안 아침마다 회사에 출근하는 게 지옥으로 걸어 들어가는 일 같았다. 이제 어딜 가나 그녀는 가장 주목받는 사람이 되었다.

로비에서도 엘리베이터에서도 구내식당, 복도를 지날 때도 사람들의 시선이 집요하게 들러붙었다. 어릴 때부터 어디에 있든 없는 사람처럼 지내 왔고 그게 편하고 습관이 된 윤우로서는 견디기 힘든 날들이었다.

최 실장은 임신한 사실을 들킬 수 있으니 되도록 빨리 회사를 그만두길 권했다. 윤우도 회사를 오래 다닐 수 없음은 알고 있었다. 하지만 죄지은 사람처럼 도망치듯 그만둘 수는 없었다. 하던 일을 잘 정리하고 규정대로 인수인계도 마치고 그만두고 싶었다. 어렵게 들어온 회사를 이런 식으로 쉽게 그만둔다는 게 아깝고 그만두고 싶지 않은 마음이 컸다.

하지만 며칠 회사에 다닌 후 생각이 바뀌었다. 팀에서 막내로 잡일을 도맡아 해 왔던 윤우에게 동료들은 갑자기 잡무 시키는 일을 부담스러워했다. 이제 그녀는 팀원들에게 쉽게 복사를 부탁하고 커피 심부름을 시키고 공용 휴지통을 비워 달라고 부탁할 수 있는 팀의 막내가 아니었다.

동료들이 불편해하는 것이 보이니 견디기 힘들었다. 최대한 이른 시간 안에 회사를 그만두는 게 모두를 위하는 일이라는 생각을 하고 있는데 옆에서 시선이 느껴졌다.

윤우가 고개를 돌리니 안 주임이 윤우를 빤히 바라보다가 눈이 마주치자 애매하게 웃었다. 윤우도 마주 웃어 보이고 다시 고개를 돌리려는데 그녀가 의자를 윤우 쪽으로 밀어 가까이 다가오며 조심스럽게 입을 열었다.

"저기 말이야……."

윤우는 또 도혁과 관련된 걸 캐물을 것 같아 저도 모르게 긴장했다. 티를 내지는 않았지만 안 주임이 자신에게 섭섭함을 느끼고 있다는 것을 알고 있었다.

그동안 사무실에서 윤우와 가장 가깝게 지냈다고 자부하는 안 주임은 도혁과 연애하게 된 사정을 자세하게 털어놓기를 바랐을 것이다. 그녀의 기대를 윤우는 조금도 충족시키지 못했다. 구체적인 내용을 얘기하려면 필히 거짓말을 동원해야 하는데 제대로 된 거짓말을 할 자신이 없었다. 어쩔 수 없이 스스로 그녀에게 거리를 둘 수밖에 없었다.

안 주임 입장에서 보면 충분히 서운해 할 만했다. 그래도 내색하지 않고 전과 다름없이 대하려고 애쓰는 마음이 고마웠다. 이번에는 또 뭘 물어보려고 그러나 긴장하고 있는데 그녀가 어렵게 입을 뗐다.

"이런 거 물어보는 거 윤우 씨가 달가워하지 않는 건 아는데……."

"……."

"상무님 지방에 있는 계열사로 발령 나셨다며? 어떻게 된 일이야?"

윤우는 놀라서 눈이 커다래졌다.

"어, 어디서 들으셨어요?"

윤우는 저도 모르게 물었다.

"아, 응. 아직 공문이 나온 건 아니고……. 비서실에서 흘러나온 얘기를 누가 들은 모양이야. 사실이야?"

안 주임은 아마도 이제 윤우가 동료가 아니라 말조심을 해야 하는 사주 쪽 사람이라는 것을 깨달은 듯 조금 당황한 얼굴이었다. 윤우는 윤우대로 놀라서 안 주임의 시선을 피해 무릎에 놓인 손을 꽉 쥐었다. 갑자기 발령이라니.

"저도 잘……."

윤우는 제 얼굴을 살피는 시선이 느껴져 작게 얼버무렸다. 외부적으로는 사귀는 사이라고 알려졌는데 그런 큰일에 대해 아무것도 모른다는 것을 드러낼 수는 없었다.

"승진하신 지 한 달도 채 안 됐는데 이게 무슨 일인지 모르겠네. 노후 준비하는 임원들이나 가시는 지방 계열사라니. 누가 봐도 좌천……."

안 주임은 말을 하다 말고 윤우의 표정을 보더니 입을 다물었다.

"……."

"……윤우 씨 너무 속상해하지 마. 곧 다시 복귀하시겠지."

안 주임은 어색하게 윤우의 어깨를 토닥였다. 윤우는 이마에 식은땀이 나는 것을 느꼈다. 자신과 사귄다고 알려지면 여러 파장이 있을 거라던 최 실장의 말이 떠올랐다. 아무래도 도혁의 갑작스러운 인사 발령은 자신과 관련 있을 것 같았다. 안 주임의 태도도 그랬고.

도혁에게 문자를 보내려던 그녀는 다시 휴대 전화를 내려놓았다. 무슨 용건이든 간에 아무렇지 않게 문자를 보낼 만큼 그와 가까운 사이가 아니라는 것이 떠올라서였다. 그녀는 입술을 짓씹으며 내려놓은 휴대 전화의 검은 액정을 노려보고 있다가 화들짝 놀랐다. 때마침 전화가 왔다는 표시가 뜨며 휴대 전화가 길게 진동했다.

최 실장이었다. 윤우는 얼른 휴대 전화를 들고 사무실을 나와 인적이 드문 복도에서 전화를 받았다.

"여보세요?"

― 최 실장입니다.

"네……."

― 알고 계셔야 할 사안이 생겨서 전화 드렸습니다.

윤우는 아랫입술을 씹으며 최 실장의 말을 기다렸다. 그가 하려는 말이 조금 전 자신이 알게 된 그 일일 것 같다는 예감이 들었다.

― 상무님의 인사이동이 있을 겁니다. 곧 회사에도 알려질 테니 알고 계시는 게 좋을 것 같습니다.

"그렇지 않아도 전화 드리려고 했습니다. 어떻게 된 일이에요?"

― 알고 계셨습니까? 오전에 결정된 일인데, 빠르군요. 당황하셨겠네요. 좀 더 빨리 알려드렸어야 했는데 죄송합니다.

"제 일 때문에 그렇게 되신 건가요?"

― …….

최 실장은 아무 대꾸도 하지 않았다. 긍정의 침묵이었다. 현기증이 났다. 상황이 점점 복잡하게 꼬여 가고 있었다. 이런 사태까지는 미처 생각하지 못했다.

"앞으로 상무님은 어떻게 되시는 건가요?"

― 글쎄요. 지금으로서는 뭐라고 말씀드리기 어렵습니다. 그건 그렇고, 이윤우 씨는 괜찮으십니까?

"……뭐가요?"

— 회사에 계속 출근하시기 힘드실 거 같은데요. 되도록 빨리 그만두시는 게 어떠십니까? 상무님께서도 그러시길 바라시고요.

"그렇게 하겠습니다."

— 잘 생각하셨습니다.

"상무님은 그럼 언제부터……."

— 발령 나신 계열사가 마산에 있어서 아마도 내일 그쪽으로 내려가실 겁니다.

"그럼 이제 계속 거기서……."

윤우는 입술이 바짝 말랐다. 하룻밤 실수의 대가가 그에게 너무 가혹하다는 생각이 들었다. 생각지도 못했을 아이와 원하지 않는 결혼, 그리고 순식간에 그룹의 후계자에서 한직으로의 좌천까지.

— 다른 변수가 생기지 않는 이상 앞으로 마산에서 지내시게 될 겁니다.

고저 없는 최 실장의 대답에 윤우는 아무 말도 할 수 없었다. 도혁에게는 그저 미안하다는 것만으로는 복잡한 마음을 다 표현할 수 없었다. 전화를 끊은 윤우는 화장실로 가서 한참 동안 마음을 추스른 후에야 사무실로 돌아올 수 있었다.

오후 업무가 끝날 때까지 윤우는 갈등했다. 도혁에게 문자라도 보내 볼까 하다가 제가 무슨 낯으로 그럴까 싶어 그만두기를 반복했다. 그녀는 결국 아무것도 하지 못하고 퇴근 시간을 맞았다.

도혁은 업무를 정리하는 데 오후 시간을 보냈다. 승진한 후 진행

된 일은 아직 초기 파악 단계라 비교적 간단히 마무리되었다. 기획실에 있을 때 그의 손에서 탄생해 한창 진행 중인 프로젝트에 대해서는 자신이 없어도 차질이 생기지 않도록 부서장들을 불러 일의 진행 상황을 보고받고, 다시 한 번 업무 방향에 대해 꼼꼼히 점검하느라 시간이 좀 걸렸다.

가지고 갈 서류와 짐을 상자에 정리하고 나니 퇴근 시간이 가까워져 오고 있었다. 그는 오늘 이윤우와 저녁을 먹어야겠다고 생각했다. 마산으로 내려가면 당분간 만나지 못할 것이다.

최 실장이 윤우와 관련된 일들을 매일 보고해서 그녀가 어떻게 지내는지는 잘 알고 있었다. 이런 상황에서 회사에 계속 나가는 건 별로 현명해 보이지 않았지만, 회사를 그만두라고 강제할 수도 없었다.

책임감이 강하다는 건 함께 일하면서 이미 알고 있었다. 맡은 일이 사소해도 소홀히 넘기지 않고 최선을 다하던 사람이니 아무리 괴로워도 절차도 없이 일을 그만두는 것을 원하지 않으리라.

윤우에게 전화하기 위해 막 휴대 전화를 들었을 때, 노크 소리가 들렸다. 문을 연 내근 비서가 난감한 듯 그를 바라보았다.

"무슨 일입니까?"

"손님이 찾아오셨습니다."

"약속이 있었나요?"

그가 알기로 오후에는 따로 잡은 약속이 없었다.

"죄송합니다. 약속을 잡으신 건 아니고 꼭 만나 뵈어야 할 중요한 일이라고 하십니다."

아직 앳된 얼굴의 내근 비서는 막무가내로 들이닥친 손님을 제선에서 해결하지 못한 게 마음에 걸렸는지 당황한 얼굴이었다.

"누군데요?"

"영업팀 사원 이상빈 씨라고 합니다."

도혁의 미간이 저도 모르게 좁아졌다. 그는 시계를 들여다보았다. 퇴근 시간이었다. 최 실장을 통해 오늘 윤우가 야근하지 않는다는 건 이미 들었다. 지금쯤 아마 사무실을 나서고 있을 것이다.

"들여보내세요."

하는 수 없이 그가 말했다. 비서는 고개를 숙여 보이고 다시 밖으로 나갔다가 곧 남자를 뒤에 달고 나타났다. 비서가 나가고 나자 남자는 어두운 얼굴로 그를 향해 걸어와 고개를 숙여 인사했다.

"안녕하십니까? 상무님, 영업1팀 소속 이상빈 사원입니다."

"무슨 일입니까?"

도혁이 물었다.

"상무님께 드릴 말씀이 있어서 실례를 무릅쓰고 찾아뵈었습니다."

"짧게 끝낼 수 있는 얘기면 거기서 하고, 아니면 앉으세요."

도혁의 말에 당황한 듯 머뭇거리던 남자는 곧 소파로 가서 앉았다. 긴장한 남자의 얼굴은 플라스틱처럼 빳빳하게 굳어 있었다. 도혁은 자리에서 일어나 남자가 앉은 소파의 상석으로 가서 앉았다.

"말씀하세요."

"……."

남자의 이마에 식은땀이 배어나고 있었다. 그의 어깨가 눈에 띄게 위아래로 움직이는 게 보였다. 도혁은 다시 시계를 들여다보았다. 윤우가 버스에 타기 전에 만나기는 틀린 것 같았다.

"……상무님."

남자는 어렵게 입을 뗐지만 이내 다시 침묵했다. 도혁은 짜증을 느꼈다. 그는 인내심을 가지고 기다렸다. 남자의 입을 막을 수는 없으니 할 말이 있다면 들어 줄 수밖에 없다.

"……."

도혁은 팔걸이에 손을 내려놓으며 그를 말없이 바라보았다. 여자들에게 모성애를 자극할 것 같은 부드럽고 단정한 얼굴이 금방 쓰러질 듯 핏기가 없었다.

"사, 상무님께 개인적으로 부탁……드릴 일이 있습니다."

"내게 말입니까?"

"……네."

"내가 이상빈 씨의 개인적인 부탁을 들어줘야 할 근거가 뭐가 있을까요?"

"……."

"이왕 왔으니, 말은 해 보세요. 들어주겠다는 약속은 못 하겠지만."

"그, 저……. 이윤우 씨……."

남자는 그렇게 말을 꺼내 놓고 다시 입을 다물고 고개를 푹 숙였다. 도혁은 답답함을 참으며 작게 한숨을 쉬었다.

"이, 이윤우 씨와 제가 사귀는 사이라는 거 상무님도 알고 계신다고 들었습니다."

"말이 잘못됐네요. 사귀었던 사이겠죠."

"……놓아주십시오."

상빈은 허벅지 위에 놓였던 손을 꽉 쥐며 핏발 선 눈으로 도혁을 쳐다보았다. 도혁은 말없이 남자를 바라보았다. 남자의 태도를 보아하니 자신의 추측대로 가벼운 사랑싸움을 하고 냉전 중이었던 것이 맞는 모양이었다. 아이가 생기지 않았다면 이윤우는 지금쯤

저 남자와 화해하고 잘 만나고 있을 것이다.

금방 다시 화해할 가벼운 사랑싸움으로 그는 애인을 잃은 것이다.

납득할 수 없는 이유로 헤어지게 되었으니 억울하고 괴로우리라.

"지금 윤우는…… 화가 난 상태입니다. 홧김에 마음에도 없는 짓을 벌이고 있는 겁니다."

"본인이 그래요? 마음에 없다고?"

"예? 아니, 그건…… 아닙니다."

"이상빈 씨 독심술도 할 줄 알아요?"

"그게 아니고, 천성이……. 그렇게 짧은 시간에 마음을 이리저리 바꿀 수 있는 사람이 못 됩니다. 마음을 주는 것도 오래……. 아주 오래 걸리고 마음을 거두어 가는 것도 쉽게 못 하는……. 그런 사람입니다."

"내가 두 사람 사랑싸움에 이용당하고 있다는 말처럼 들리네요."

비웃듯 말했지만 도혁은 그 말이 틀린 말이 아님을 알고 있었다. 어쨌든 윤우는 홧김에 저와 잤던 게 맞고, 지금 상황도 그녀의 마음과는 상관없이 진행되고 있었다.

"아무것도 모르시는 상무님만 중간에서 입장이 우스워지실 거 같아서 사실을 말씀드리는 게 맞다고 생각했습니다."

"그 와중에 내 생각까지 해 주니 고맙네요."

도혁이 웃자 남자는 모욕이라도 당한 사람처럼 목덜미가 붉어졌다. 그는 잠시 입술을 깨물고 있다가 비장한 목소리로 다시 말했다.

"상무님께서 윤우를 놓아주십시오."

"내가 강제로 잡고 있는 거 같아요?"

"부탁드립니다. 저는, 저는 윤우를 많이 사랑합니다. 그건, 윤우도 마찬가지일 거라고 생각하고요……. 상무님을 만나는 건 윤우의 진심이 아닙니다. 그 애가 제 자리로 돌아올 수 있도록 해 주십시오."

"이상빈 씨, 지금 굉장히 무례한 행동을 하고 있다는 건 알고 있습니까? 물건도 아닌 사람을, 그것도 엄연한 남의 애인을 돌려 달라니. 제정신입니까?"

도혁은 감정을 속으로 갈무리했지만 완벽하게 숨길 수는 없었다. 남자의 동공이 심하게 흔들리고 있었다.

"……제가 얼마나 윤우를 사랑하는지 그 애는 알고 있습니다. 정신을 차리면 곧 저한테 돌아올 겁니다. 저는 알고 있습니다."

남자가 고개를 숙인 채 한마디씩 힘을 주어 확신하듯 말했다.

"그럼 걱정할 거 없겠네요."

도혁의 말에 상빈이 고개를 휙 들고 도혁을 쏘아보았다. 당장 도혁의 멱살을 잡아 흔들고 싶은 감정과 그것을 억눌러야 하는 감정의 격렬한 다툼이 그 얼굴에 그대로 드러났다.

"……상무님께서는 윤우가 아니어도 되지 않습니까?"

"……."

"저희 4년이나 사귀었고 올해 결혼할 예정이었습니다. 식만 올리지 않았을 뿐 이미 결혼한 거나 다름없이 지냈습니다."

"그래서요?"

"왜 굳이, 부하 직원과 사귄 여자와 만나려고 하시는지 이해가 안 됩니다."

"이윤우 씨가 얼마나 매력 있는 사람인지는 이상빈 씨도 잘 알고 있는 것 같은데, 그게 왜 이해가 안 됩니까? 이윤우 씨 매력이 이상빈 씨 눈에만 보였을 리 없잖아요."

도혁은 언짢은 감정을 누르며 담담히 말했다. 윤우가 제 아이를 가졌지만, 여전히 이 남자를 좋아하고 있다는 것은 이미 알고 있던 사실이었다. 그럼에도 남자와 마주 앉아 있는 동안 점점 열이 받았다.

제 안에서 일어나는 감정의 화학 반응을 명확하게 설명하기는 어려웠다. 남자의 같잖은 도발에 넘어가서 화가 난 건지, 아니면 다른 남자를 좋아하는 여자와 결혼해야 하는 상황이 화가 나는 건지. 또는 단순한 질투인지…….

"상무님, 제발 부탁드립니다. 윤우를 돌려주십시오."

상빈이 갑자기 소파에서 미끄러지듯 바닥으로 내려오더니 그 앞에 무릎을 꿇었다. 도혁은 속으로 짜증을 눌렀다.

"뭐 하는 짓입니까."

"결혼도 하셔야 하고……. 어차피 오래 만나지도 못하실 거 아닙니까. 윤우가 상처받지 않도록 해 주십시오. 지금도 아마 이런 소문이 나서 많이 힘들고 곤란할 겁니다. 윤우에게 조금이라도 진심이 있으시다면 이쯤에서 마무리 지어 주십시오."

"본인이 이런 식으로 행동하는 게 이윤우 씨를 가장 곤란하게 하는 일입니다. 헤어졌으면 깔끔하게 물러나요."

"……헤어지지 않았습니다. 저는 윤우 없이 살 수 없습니다."

"그런 얘기는 나한테 해 봐야 소용없어요. 병원 가서 상담을 받아 보는 게 더 나을 겁니다."

도혁의 친절한 충고를 듣던 남자가 무릎 위에 놓인 주먹을 꽉 쥐었다.

"……."

"다른 할 말 있으면 마저 하세요."

1초라도 빨리 남자를 눈앞에서 치워 버리고 싶은 마음을 가라앉히고 말했다. 남자는 고개를 숙인 채 아무 말도 하지 않았다.

도혁은 잠시 기다린 후, 자리에서 일어섰다. 그는 집무 책상의 인터컴을 누르고 차를 대기시키라고 말했다. 곧 최 실장이 들어왔다. 그는 바닥에 꿇어앉은 상빈을 보고 미간을 찌푸렸다. 최 실장이 도혁의 짐이 든 상자를 들고 나갈 때까지 상빈은 그대로 앉아 있었다.

도혁은 옷장에서 옷을 꺼내 들었다. 상빈은 그새 울기라도 했는지 손바닥으로 뺨을 훔치며

마지못한 듯 자리에서 일어섰다.

"오늘 야근합니까?"

도혁이 상빈을 향해 무슨 일이 있었느냐는 듯 평이한 목소리로 물었다.

"네? 아, 네……."

"그럼 그만 가서 일하세요. 사적인 일로 근무 시간 낭비하지 말고."

상빈의 얼굴이 눈에 띄게 시뻘게졌다. 아마도 도혁의 말이 그와 저의 위치를 새삼 깨닫게 만든 모양이었다. 상빈은 어깨를 들썩이며 잠시 숨을 고르더니 고개를 숙여 인사를 하고 감정을 주체하지 못한 듯 급한 걸음으로 비틀거리며 집무실을 나갔다.

도혁은 땅거미가 내려앉은 창밖을 잠시 내다보다가 휴대 전화를 열어 윤우의 번호를 찾아 눌렀다.

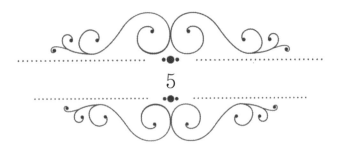

5

윤우는 퇴근길에 큰어머니가 좋아하는 스콘을 사기 위해 전에 살던 동네에 있는 빵집에 들렀다가 본가로 향했다. 이제 더 미룰 수 없어서 도혁에 관한 얘기를 해야겠다고 생각했다. 상빈과 헤어진 지 얼마 되지도 않아 다른 남자를 만나고, 그와 결혼할 거라는 말을 가족들에게 꺼낼 생각을 하니 벌써 등줄기에 식은땀이 흘렀다.

퇴근 시간이라 차가 많이 막혔다. 손잡이를 잡은 채 멍하니 밖을 내다보고 있는데 코트 주머니에 든 휴대 전화가 울렸다. 액정을 확인하니 도혁이었다. 그가 내일 회사를 떠나게 되었다는 사실이 다시금 무겁게 가슴을 짓눌렀다.

"여보세요."

― 아직 밖이에요?

마침 버스 정차 안내 방송이 나왔고 도혁이 그 소리를 들었는지 물었다.

"네. 지금 집에 가는 버스 안입니다."

윤우가 작게 대답했다.

– 저녁 안 먹었죠?

"……네."

– 도착하는 데 몇 분쯤 걸릴 것 같아요?

"한 30분 정도 걸릴 것 같은데…….

윤우는 남은 정거장을 세어 보고 겨우 대답했다.

– 알겠습니다. 집 근처에 가 있을 테니 도착하면 전화하세요.

"네."

이유 없이 심장이 쿵쿵 뛰기 시작했다.

– 집에서 기다리시지 않게 저녁 먹고 들어간다고 연락하고요.

"아, 네……."

머뭇거리는 사이 전화가 끊겼다. 윤우는 입술을 물고 끊어진 휴대 전화를 들여다보았다. 정확히 35분 후에 집 앞 버스 정류장에 도착했다. 버스에서 내리니 저 멀리 도로가에 주차된 도혁의 차가 보였다. 윤우가 다가가자 그가 안쪽에서 문을 열어 주었다. 윤우는 차에 올랐다.

"어디 들렀다 오는 거예요?"

그가 물었다.

"빵집에……."

"이 동네에도 빵집 몇 군데 있던데, 다른 데서 샀어요?"

그가 베이커리 로고가 찍힌 종이봉투를 보며 말했다.

"네. 전에 살던 동네에 있는 빵집인데 어머니가 거기 빵 좋아하시거든요. 이사한 지 1년 정도 되었는데 가끔 그 가게 빵이 생각나시나 봐요."

"지금 도착한 거 보니 꽤 먼 데 있는 동네인가 보네요."

"그렇게 멀지는 않은데 퇴근 시간이라 차가 막혀서 좀 오래 걸렸어요. 많이 기다리셨죠?"

그가 하도 꼬치꼬치 물어서 기다리느라 짜증이 났나 싶었다.

"안 힘들어요? 종일 일하고."

"괜찮습니다. 퇴근길에 잠깐 들러서 사 오면 되니까."

"무리하지 말아요. 지금 조심해야 될 시기라고 하던데."

"……."

걱정하는 투라 윤우는 어색해서 얼굴이 붉어졌다.

"뭐 먹을까요?"

"그, 글쎄요."

"먹고 싶은 거 말해 봐요."

"……."

"그럼 거슬리는 음식은 뭐예요? 생각만 해도 토할 것 같다, 이런 거."

도혁이 차를 출발시키며 물었다.

"별로…… 그럼 고기 먹을까요?"

딱히 떠오르는 게 고기밖에 없어서 그렇게 말하고 나니, 갑자기 도혁의 승진 축하 겸 송별회 때가 떠올랐다. 평소에 좋아하지 않던 고기가 그날따라 이상하게 맛있었다. 지금 생각해 보니 입덧 증상이었던 것 같다. 지금도 떠오르는 음식이 고기밖에 없는 것도 그렇고.

"임신하면 입맛이 바뀌기도 한다던데 윤우 씨도 그런가 봐요. 이윤우 씨 고기 별로 좋아하지 않았잖아요."

부드럽게 차선을 바꾸며 도혁이 말했다. 그런 건 어떻게 알았나 싶어 놀라서 그의 옆얼굴을 쳐다보았다. 시선을 느꼈는지 도혁이 고개를 돌려 그녀를 보았다. 눈이 마주치자 그의 눈꼬리가 미세하게 부드러워졌다.

"그쪽 분야에 대해 완전히 무지해서 요즘 공부하고 있습니다."

도혁이 말했다. 그가 어째서 제 식성을 알고 있는지가 더 궁금했지만 대놓고 묻기는 민망해서 그냥 웃었다.

"입덧은 없어요?"

"네."

"다행이네. 살이 빠진 거 같아서 입덧 때문인가 했어요. 심한 사람들은 밥도 못 먹을 정도라고 하던데."

"……"

"아무 때나 갑자기 뭐가 먹고 싶고, 그런 적은 없어요?"

"……저는 없었습니다."

"아직 그럴 때는 아닌가?"

도혁은 기억을 더듬듯 미간을 모았다. 그와 그런 얘기를 하고 있자니 생판 관계없는 남자와 제 임신 얘기를 나누는 것처럼 민망했다.

"회사 가는 거 여러 가지로 힘들 텐데 되도록 빨리 퇴사하는 게 좋을 겁니다."

"그렇지 않아도 오늘 팀장님께 퇴사하겠다고 말씀드렸습니다. 인수인계 마치려면 2주 정도 걸릴 거예요."

"그래요. 잘했어요."

그가 고개를 끄덕였다. 목소리가 너무 다정하게 들려서 윤우는 괜스레 목덜미가 붉어졌다.

"얘기 들었죠? 나 마산 내려가게 된 거."

잠시 후, 저만큼 건널목 앞에서 신호가 바뀌자 도혁은 천천히 속도를 줄이며 말했다.

"……."

윤우는 왠지 선뜻 입이 떨어지지 않아서 입술만 달싹이다가 결국 아무 대답도 하지 못했다.

"못 들었어요? 최 실장님이 아직 말 안 했나?"

"……들었습니다."

"그래서 말인데……."

"죄송합니다."

윤우는 죄인처럼 저절로 고개가 떨어졌다.

"죄송하라고 얘기한 건 아니고."

"……."

"우리 어머니도 알게 되셨으니 조용히 계시지는 않으실 거 같고, 앞으로 윤우 씨한테 번거로운 일이 좀 생길 거예요. 필요한 일 있으면 주저 말고 최 실장님한테 연락해서 도움 받으세요."

"최 실장님은 같이 안 내려가시나요?"

"최 실장님은 서울에 있을 겁니다."

"상무님 비서분인데 왜…… 같이 안 내려가시나요?"

"그 사람은 서울에서 할 일이 많습니다."

비서도 떼어 놓고 가야 하다니 윤우는 새삼 마음이 무거웠다. 모두 제 탓만 같았다. 아니 제 탓이었다.

"죄송합니다. 저 때문에……"

운전대에 팔을 기대고 가로등이 켜진 바깥의 짙은 청회색 허공을 바라보던 도혁이 윤우 쪽으로 고개를 돌렸다.

"이윤우 씨 때문이 아닙니다. 굳이 잘잘못을 따지자면 내 잘못이니까, 이제 사과는 그만하세요."

"⋯⋯그때 제가 괜찮다고 말씀드려서 생긴 일인 걸요. 그때 계산으로는 정말 괜찮은 날이었는데⋯⋯."

윤우는 말하다 말고 갑자기 떠오른 기억에 당황해서 입을 다물었다. 귓가에 와 닿던 뜨겁고 거친 호흡과 제 가슴을 움켜쥐던 커다란 손의 악력이 솜털이 곤두설 정도로 생생하게 되살아났다. 질식시키듯 짓눌러 오던 무게와 체취, 크고 딱딱한 페니스가 몸속으로 거세게 밀려들던 야만적인 느낌.

얼굴로 피가 몰려들었다. 차 안이 어두워 다행이었다. 제가 무슨 생각을 하는지 도혁이 눈치 챌까 봐 윤우는 눈도 깜빡일 수 없었다.

"윤우 씨 말 믿어서가 아니라 상관없어서 그냥 한 겁니다."

"⋯⋯네?"

"⋯⋯됐습니다. 지나간 얘기고."

도혁이 더 얘기할 생각이 없다는 듯 말을 잘랐다. 상관없어서 그냥 했다니 무슨 뜻인지 알 수 없었다. 임신해도 상관없다는 얘기는 물론 아닐 테고, 신경 쓸 겨를이 없을 만큼 술에 취했었다는 말일까?

그날 도혁은 안전한 날이라는 윤우의 말에 두 번 확인하지 않았다. 생각해 보면 도혁의 성격에 원나잇 상대인 여자의 말만 믿고 피임을 그렇게 소홀히 했다는 게 이상하기는 했다. 여자가 임신이라도 하게 되면 벌어질 일을 예측하지 못할 리 없을 텐데.

아무리 생각해도 알 수 없었지만 오래 신경 쓰고 있을 새도 없었다. 차가 막혀 가다 서다를 반복해서였는지 속이 점점 불편해지기 시작했다. 신호를 두 번이나 기다려 교차로를 지날 때는 참기 힘들 정도로 속이 울렁거리기 시작했다.

윤우는 바깥바람을 쐬면 좀 나을까 싶어서 창문을 열었다. 역효과만 났다. 후각이 민감해져서 도로의 매연 냄새가 끼쳐 오자마자 울컥 구토가 치밀었다. 윤우는 급히 고개를 돌리며 입을 막았다. 당장 토할 것처럼 헛구역질이 사정없이 밀려왔다. 혹시나 그의 차에 토하게 될까 봐 겁이 덜컥 났다.

"차 좀……. 차 세워 주세요."

윤우는 식은땀을 흘리며 겨우 말했다. 놀란 도혁이 급히 차선을 바꿔 도로변에 차를 세웠다. 뒤차들의 경적이 요란하게 울렸다. 차가 서자마자 차에서 뛰어내려 굵은 플라타너스 나무 아래 무릎을 접으며 주저앉았다. 참을 수 없는 구역질이 연거푸 터져 나왔다. 그 와중에도 도혁 앞에서 토하는 참사만은 막고 싶어 두 손으로 입을 꽉 막았다.

"괜찮아요?"

놀란 목소리가 들리고 등을 쓸어 주는 커다랗고 따뜻한 손이 느껴졌다. 추한 모습을 보이기 싫어 이를 물고 숨을 참았다.

"토해도 되니까 숨 쉬어요."

도혁의 목소리가 아주 멀리서 들리는 것 같았다. 도혁은 입을 막은 윤우의 두 손을 떼어 냈다. 윤우는 결국 토했다.

겨우 속이 진정되고 구토감이 잦아들었다. 속이 뒤집히는 고통으로 까마득하게 멀어졌던 정신이 돌아왔다. 모든 것을 지켜보고 있었을 도혁을 생각하자 자괴감이 들어 숨고 싶은 생각뿐이었다.

도혁이 차에서 물티슈를 가지고 와 윤우의 손과 얼굴을 꼼꼼히 닦아 주었다. 윤우는 경황도 없고 당황해서 그가 하는 대로 맡기고 있었다.

"입 헹굴래요?."

그가 물었다. 윤우가 고개를 끄덕이자 도혁이 생수를 가지고 와 그녀의 손에 쥐어 주었다. 입을 헹구자 도혁이 들고 있던 티슈로 턱에 흐른 물을 닦아 주었다. 타인에게 보일 수 없는 극히 사적인 영역을 들킨 것 같은 기분이었다.

그의 얼굴을 볼 용기가 안 나서 윤우는 그대로 무릎에 이마를 대고 눈을 감은 채 잠시 앉아 있었다.

"좀 어때요?"

잠시 후 걱정하는 게 분명한 도혁의 목소리가 들렸다.

"……이제 괜찮아요."

윤우는 계속 앉아 있을 수도 없어서 하는 수 없이 다리에 힘을 주고 일어섰다. 도혁은 불안한지 윤우의 팔을 붙잡았다. 윤우는 도혁의 부축을 받아 다시 차에 탔다.

"물 마셔요."

도혁이 생수병 뚜껑을 열어 건네주었다. 그것을 받아 든 윤우의 핏기 없는 손이 맥없이 떨렸다. 물병을 들고만 있자 도혁이 마시라고 다시 말했다. 윤우는 떨리는 손을 들어 물을 몇 모금 마셨다.

"입덧……. 원래 이렇게 심했어요?"

"……."

"회사에서는 어떻게 했어요. 이럴 때."

"……회사에서는 이런 적 없었어요. 오늘은 차를 좀 오래 타서 멀미랑 겹친 거 같아요."

윤우는 그를 안심시키기 위해 애써 웃었다. 아직은 임신 사실이 알려지면 안 되는데 회사에서 이런 상황이 전개될까 봐 걱정될 게 분명했다.

"입덧 없다면서?"

나무라듯 묻는 소리가 들렸다.

"참으려고 하면, 참을 수 있는 정도였는데……."

"오늘 종일 굶었어요?"

도혁의 물음에 윤우는 작게 고개를 저었다.

"뭘 제대로 안 먹나 봐요. 그렇게 토했는데 나오는 게 없어."

윤우는 그 앞에서 토한 생각이 나 다시 수치스러웠다. 옆얼굴에 시선이 느껴져 얼굴이 달아올랐다. 도혁이 좀체 시선을 거두지 않아 윤우는 안절부절못했다. 심장이 제멋대로 뛰어 대서 숨도 제대로 쉴 수 없었다.

"의자 젖혀 줄까요? 좀 누워서 쉴래요?"

한참을 바라보던 그가 금방이라도 손을 뻗을 듯 몸을 기울이며 물었다. 윤우는 급히 고개를 저었다. 시간이 지날수록 점점 목이 졸리는 것처럼 숨쉬기 어렵고, 불이 난 듯 얼굴이 뜨거워 견딜 수 없었다.

"……상무님."

"말해요."

"저녁은 나중에 먹어야 할 거 같아요. 지금은 아무것도 못 먹을 것 같아서……."

그는 내일 마산으로 내려가는데 함께 밥이라도 먹는 게 맞겠지만 그와 있으면 바보처럼 실수만 할 것 같았다. 그 앞에서 더는 험한 꼴을 보이고 싶지 않았다.

"그래요."

"죄송합니다. 배고프실 텐데……."

"내 걱정까지 할 필요 없어요."

"……."

"조금 더 있다가 출발할까요?"

"아니요. 이제 괜찮습니다."

"속 안 좋으면 바로 말해요."

"네……."

차가 다시 출발했다. 그가 본가로 차를 모는 것을 알았지만, 윤우는 아무 말도 하지 않았다. 집에서 독립한 얘기를 지금 꺼내면 많은 설명을 해야 할 테고 윤우는 더는 말할 기운이 없었다.

집으로 가는 동안 도혁은 아주 천천히 조심스럽게 운전했다.

"전화할게요."

도혁은 윤우를 집 앞에 내려 주며 말했다. 그는 다음 날 마산으로 떠났다.

종업원의 안내를 받아 카펫이 깔린 복도를 지나 개별 룸 안으로 들어갔다. 개별 룸 안에 전실이 따로 있어서 종업원이 윤우의 코트를 받아 옷걸이에 걸어 주었다. 불투명 유리로 된 밀문 앞에서 다시 한 번 옷매무새를 살폈다.

윤우는 깊이 심호흡했다. 종업원이 열어 준 문 안에 그린 듯이 단정하고 아름다운 중년 여인이 앉아 있었다. 그녀는 윤우가 들어선 것을 알면서도 이쪽을 쳐다보지 않았다. 윤우는 그녀의 옆얼굴에 대고 허리를 숙여 인사했다. 심장이 불규칙하게 뛰었다.

"앉아요."

도혁의 모친은 여전히 윤우를 보지 않은 채 말했다. 자신에 대한 그녀의 반감이 공기 중에 녹아 있었던 것처럼 숨을 쉴 때마다 온몸으로 스며들었다. 숨이 막힐 것 같았다.

조용히 그녀의 맞은편에 앉았다. 윤우는 눈을 들지 못했다. 내리깐 눈썹 끝에 여인의 가느다란 손이 겨우 보였다. 힘이 들어가는 어떠한 일도 해 본 적 없을 것 같은 여인의 손은 위태롭도록 가날팠다. 약지에 낀 반지가 무거워 보였다.

"차가 많이 막히던가요?"

실제로는 1, 2분 정도였을 테지만 윤우에게는 몇 시간처럼 느껴지던 침묵을 깨고 도혁의 모친이 입을 열었다.

"퇴근 시간이라 조금 막혔습니다. 늦어서 죄송합니다."

윤우는 자신이 그녀를 너무 많이 기다리게 한 거라고 생각했다. 그녀의 비서인 듯한 여자로부터 전화를 받고 택시를 타고 이곳에 도착하기까지 1시간 가까이 걸렸다.

"약속 시각을 정해 둔 건 아니었으니까 늦었다고 할 수는 없죠."

그녀가 처음으로 윤우와 시선을 맞추며 말했다. 도혁의 차가운 눈매가 어머니를 닮은 것을 알게 되었다. 연약해 보이는 턱선만 제외하면 높은 콧대와 단정한 입매, 가파른 광대뼈 같은 것들이 두 사람이 영락없는 혈연관계임을 말해 주었다.

"나이가 어떻게 돼요?"

그녀가 물었다. 모르고 묻는 것 같지는 않았다.

"스물일곱 살입니다."

"입사한 지는 얼마나 됐어요?"

"2년 됐습니다."

"입사하자마자 기획실에서 근무했나요?"

"네."

"차 상무와 2년 동안 한 사무실에 있었다는 말이군요."

"네."

윤우의 대답에 그녀가 짧게 한숨을 내뱉었다. 다시 침묵이 흘렀다. 도혁의 모친 입장에서 자신이 어떻게 보일지 너무 잘 알고 있었다. 마음이 바짝 졸아드는 것 같았다.

노크 소리와 함께 음식이 서비스되었다. 채소와 끓인 생선 스튜와 에스카르고, 반쯤 익힌 푸아그라, 기름으로 익힌 오리 콩피 같은 낯선 음식들이 테이블에 한꺼번에 놓였다. 윤우는 치미는 구역질을 참기 위해 숨을 멈추었다.

"기다리다가 내가 임의로 시켰어요. 시간이 너무 지체될 거 같아서 한꺼번에 내오라고 했고."

천천히 먹는 코스 요리 식당이었다. 저에게 예의 따위 차리고 싶지 않다는 표현이었고 오래 마주 앉아 있고 싶지 않다는 뜻이었다.

"먹어요."

그렇게 말하면서도 그녀는 정작 의자 등받이에 등을 기댄 채 꼼짝도 하지 않고 윤우를 바라보고 있다가 나가려는 종업원을 불러 말했다.

"커피 한 잔 가져다줄래요?"

종업원이 상냥하게 웃으며 알겠다고 대답하고 나갔다. 윤우는 식은땀이 흐르는 것을 느꼈다. 음식을 주문해 놓고 갑자기 커피라니.

"뭐 해요? 종일 일하고 와서 배고플 텐데 얼른 먹어요."

무난한 음식이어도 이런 상황에서 먹기 힘들 텐데, 테이블에 놓인 음식 하나하나가 윤우의 비위에 거슬렸다. 도혁의 모친이 제 식성을 알 리도 없는데 일부러 못 먹는 음식들을 주문했을 리는 없었다.

"어머니도…… 드세요."

"난 속이 좋지 않아서 못 먹겠네요."

"……많이 안 좋으세요? 소화제 같은 거라도 가져다 달라고……."

"나는 신경 쓰지 말고."

그녀가 차갑게 잘라 말하며 뭔가를 참는 듯 긴 숨을 토하고 그녀에게서 얼굴을 돌렸다. 왠지 익숙했다. 어디로든 치워 버리고 싶은데 그것을 꾹 눌러 참으며 억지로 상대하고 있는 얼굴이 어딘가 큰어머니와 닮아 보였다.

먹으라고 시켜 준 음식을 안 먹을 수도 없어 윤우는 억지로 수저를 들어 양파 수프를 조금 떠먹었다.

"아가씨가 지금 어떤 기분인지는 잘 알고 있어요."

"……네?"

"로또 맞은 기분이겠지."

"……."

"아가씨 같은 부류의 사람이 로또를 맞았는데 그걸 버리라고 하면 너무 잔인하게 들릴 거라는 거 알아요."

종업원이 내온 커피를 마시며 도혁의 모친이 차분한 어조로 말했다. 윤우는 억울했다. 자신이 그려 본 미래에는 한 번도 돈 많은 남자와 결혼해야겠다는 목표 같은 건 없었다. 특히 차도혁 같은 사람의 아내가 되고 싶은 생각은 추호도 없었다.

그 자리가 저와 맞지 않을 거라는 건 굳이 힘들게 유추할 필요도 없었다. 모든 사람의 시선이 집중되고 사생활이 없는 이런 삶은,

윤우에게는 여러 곤욕을 참아 가며 얻을 만한 가치가 없었다.

아이 문제가 없었다면, 도혁이 진심으로 구애를 했다고 해도 도망치고 말았을 것이다. 하지만 현재 자신의 모습은 그런 진심과는 거리가 멀었다. 그것을 해명할 방법도 없고 한다고 해도 공허한 위선으로 보일 거라는 것을 잘 알고 있었다.

"아가씨 때문에 지금 차 상무가 어떤 처지에 놓였는지 알기나 해요?"

"……."

"……어려서부터 하고 싶은 것도 많고 재능도 많은 아이였는데 모두 포기하고 선택한 길이에요. 이제 겨우 한 발자국 남았는데."

자신을 바라보는 도혁 모친의 눈에 비친 적의를 윤우는 보았다. 차마 오래 마주 볼 수 없어 고개를 숙였다. 아이를 저 같은 사생아로 만들지 않을 수만 있다면 어떤 괴로움도 달게 받으리라고 결심했었는데 쓰지 않은 괴로움이 있을 리 없었다.

"그 애의 노력이, 인내가, 시간이, 다 물거품이 되게 생겼다고. 아가씨 때문에."

"……죄송합니다."

"어떤 사고 방식을 가지고 있으면, 그럴 수가 있어요? 응? 남자 친구랑 헤어진 지 며칠 되지도 않았다면서……. 어떻게 바로 다른 사람과……."

도혁 모친은 불쾌해 견딜 수 없다는 듯 눈을 감으며 고개를 절레절레 흔들었다. 윤우는 다시 한 번 깨달았다. 도혁과 관련된 일들은 모두에게 공유된다는 사실을. 수치스러웠다. 모든 사람에게 낱낱이 까발려지고 공유되는 삶이라니. 끔찍했다.

"지금이라도 없던 일로 되돌려 준다면, 그에 상응할 만큼 충분히 보상해 줄 수 있어요."

도혁의 모친이 하는 말이 무슨 뜻인지 알고 있었다. 모든 사람으로부터 존재를 거부당해야 하는 배 속의 아이가 가여웠다.

"……어머니."

"싫으니까."

도혁의 모친이 잇새로 내보내듯 한 자씩 끊어 말했다.

"어머니라고 부르지 말아요."

놀라서 바라보자 그녀가 경멸과 혐오가 뒤섞인 눈으로 윤우를 노려보고 있었다. 윤우는 입술을 물며 고개를 숙였다. 조금 가라앉았던 심장이 다시 가파르게 뛰기 시작했다. 도혁의 모친은 윤우가 자신의 말을 듣지 않으리라는 것을 이미 알고 있는 것 같았다.

음식 위로 구겨진 냅킨이 던져지고 의자가 거칠게 밀리는 소리가 났다. 도혁의 모친이 자리에서 벌떡 일어섰다. 윤우가 서둘러 따라 일어섰지만, 그녀는 일별도 하지 않고 그대로 룸을 나가버렸다.

점심시간의 여자 화장실은 붐볐다. 거울 앞에는 이를 닦고 화장을 고치며 수다를 떠는 여직원들이 몰려 있었다. 휴게실도 마찬가지였다. 사무실에도 지켜보는 눈이 있어 편하지 않았다.

윤우는 자신을 알아보는 사람이 드문 다른 층의 여자 화장실에 가서 이를 닦고 화장실 칸으로 들어갔다. 변기 뚜껑을 덮고 앉아 잠시 숨을 고르다가 거기서도 자신의 얘기가 화제인 것을 들을 수밖에 없었다.

"나 오늘 걔 봤잖아."

"누구?"

"차도혁 꼬신 애."

"정말? 어디서?"

"엘리베이터에 같이 탔어. 고 대리가 걔라고 가르쳐 줘서 알았어. 나도."

"어떻게 생겼어? 그렇게 예뻐? 걔 직접 본 애들이 그럴 만하더라고 하던데, 정말 그래?"

"피부가 좀 깨끗하다, 그 정도? 얼굴은 내가 더 예쁠걸? 차도혁 눈이 그렇게 낮을 줄 알았으면 나도 한번 도전해 볼 걸 그랬어."

"설마. 엄청 청순하고 예쁘다고 난리던데."

"화장 안 하고 머리 길면 다 청순하대. 바보들."

여자가 비웃는 소리가 들렸다. 윤우는 도혁이 왜 일을 얼른 그만두라고 했는지 알 것 같은 심정으로 이러지도 저러지도 못하고 자신에 대한 긴 뒷담화를 듣고 있어야 했다.

"차도혁 이번에 마산 내려간 것도 걔 때문이잖아. 원래 지서연하고 결혼 얘기 다 끝났는데 갑자기 엉뚱한 애랑 연애한다고 하니까, 회장이 꼭지가 돌아서 펄펄 뛰었는데 물러서지 않아서 좌천된 거래."

"대영 후계자 자리도 차 버릴 정도면 차도혁 걔한테 완전 미쳤나 보다."

"그러게. 제정신이 아닌 건 확실한 듯."

"걔 곧 회사 그만둘 거라던데. 나도 그 전에 한번 직접 보고 싶다."

"운도 좋은 년. 그냥 입사했는데 재벌 3세랑 같은 부서라니. 매일 같은 공간에서 생활하니 꼬시기는 식은 죽 먹기였겠지. 나도 같은 부서였으면 차도혁이랑 사귈 수도 있었는데. 으, 억울해."

"그건 아니지. 차도혁 철벽이라고 소문 장난 아니던데. 같은 부서 여직원이 꼬리 쳤다가 다음 날 바로 다른 부서로 옮겨졌다는 얘기도 있고. 고백 같은 걸 했다가는 당장 퇴사 각 재야 할 분위기였다던데?"

"흥, 사람 나름이지."

"암튼, 부럽다. 재벌 애인 생기니 좆같은 회사 미련 없이 그만둬 버릴 수도 있고."

"얼마나 사귈 줄 알고 회사를 덥석 그만둬? 한 달 뒤에 버려질지 두 달 뒤에 버려질지 어떻게 알고?"

"그만한 보상이 있겠지. 한 달을 사귀든 두 달을 사귀든."

"하긴⋯⋯."

그녀들의 대화는 오래 이어졌다. 윤우는 화장실이 조용해지고도 한참을 더 그곳에 앉아 있다가 나왔다. 회사 어디에도 쉴 곳이 없었다.

인수인계를 마치고 그만두기로 한 날짜까지 하루하루 힘겹게 버텼다. 임신을 숨겨야 하는 상황이 아니라면 충분히 더 다닐 수 있는데 아쉽다고, 혹은 어렵게 들어온 회사를 겨우 2년 다니고 그만두는 게 아깝다고 생각했던 마음은 이미 온데간데없었다.

마지막 날이 되자 오랜만에 기쁜 마음이 들기까지 했다. 이제 회사에 나오지 않아도 된다는 안도감이 그렇게 컸다. 그녀는 아쉬워하는 동료들과 인사를 하고 자신의 짐이 든 쇼핑백을 들고 회사를 나왔다. 미리 집으로 가져올 물건들을 조금씩 옮겨 놓아서 쇼핑백에 담긴 물건은 많지 않았다.

엘리베이터에서 내려 보안 게이트를 향해 걷던 윤우는 저만큼 높은 유리로 된 정문 앞에 임원의 차인 듯한 검은 세단이 서 있고, 경비 업체 직원들과 회사 직원들이 그쪽에 몇 명 모여 선 것을 보았다. 윤우는 재빨리 몸을 돌려 후문 쪽으로 걸어갔다.

윤우가 도혁과 사귄다는 소문이 난 후, 굳이 직접 찾아올 일도 아닌데 일 핑계로 일부러 찾아오는 부서장들이나, 한 번도 본 적 없는 임원들이 지나는 김에 들렀다며 기획실에 와서 굳이 인스턴트커피를 얻어 마시며 팀장과 팀원들을 벌세우고 간 적이 여러 번 있었다.

그들이 윤우를 보기 위해 왔다는 것을 모두 알고 있었다. 그들은 팀장과 얘기를 나누면서도 흘끔거리며 윤우를 훔쳐보다가 혹시 시선이라도 마주치면 사람 좋은 눈인사를 건넸다. 윤우로서는 정말 곤혹스러운 순간들이었다.

윤우는 이제 사람이 모인 곳을 피하는 게 습관이 되었다. 누구든 모여서 얘기를 하고 있으면 꼭 제 얘기를 하는 것 같았다. 자의식 과잉이라는 생각이 들기도 했지만 짧은 시간 동안 든 습관에 몸이 반사적으로 반응했다.

후문을 지키던 보안 직원에게 가볍게 묵례를 하고 밖으로 나오니 막 3월로 접어든 계절은 아직 바람이 차가웠다. 시린 공기를 크게 들이마시자 숨통이 트였다. 그녀는 큰 건물을 돌아서 버스 정류장으로 향하는 광장으로 나갔다. 이제 일을 그만두었으니 종일 무얼 하면서 보낼까, 조금 막막한 기분이 들기도 했다.

새벽반에 끊어 두었던 어학원을 낮으로 옮기고 그동안 시간이 부족해 엄두 내지 못했던 자격증 같은 걸 따는 것도 좋을 것 같았다. 그녀가 앞으로의 계획을 이리저리 구상하며 걷고 있는데 검은 그림자가 옆으로 슥, 다가왔다. 윤우는 깜짝 놀라 걸음을 멈추었다.

최 실장이었다. 그녀는 얼결에 고개를 숙여 인사를 했다. 최 실장도 정중히 인사했다.

"주십시오."

최 실장이 윤우가 든 쇼핑백 쪽으로 손을 내밀었다.

"아닙니다. 무겁지 않아요."

윤우는 고개를 저었다. 그가 어째서 여기 있는지 어리둥절했다.

"차로 가시죠."

최 실장이 이미 지나온 회사 건물 쪽을 가리키며 말했다.

"괜찮습니다. 저는 버스 타고 가겠습니다."

윤우는 고개를 저었다. 문득 도혁이 잘 지내는지 궁금했지만 물을 수 없었다. 순식간에 회사에서 밀려난 사람이 잘 지내면 얼마나 잘 지낼까 싶었다.

"바쁘실 텐데 일 보세요. 그럼 나중에 또 뵙겠습니다."

윤우가 인사를 하고 다시 걸음을 옮기려는데 최 실장이 난감한 표정으로 막아서듯이 그녀 옆으로 다가와 다시 손을 내밀었다.

"상무님이 기다리고 계십니다."

윤우는 놀라 최 실장이 빼앗듯 제 짐을 받아 들고 따라오라고 팔을 뻗는 것을 바라보았다. 도혁이 기다리고 있다니 안 갈 수도 없었다.

윤우는 분수가 있는 광장을 지나서 다시 회사 정문으로 걸어갔다. 그녀가 회사 로비에서 보았던 차가 아직 그곳에 서 있었다. 멀리서 뒷좌석 문이 열리고 도혁이 차에서 내리는 게 보였다.

그는 차 옆에 서서 민망하게도 다가가는 윤우를 계속 바라보았다. 윤우는 알 수 없는 부끄러움으로 얼굴이 붉어졌다. 주위에 서서 자신들을 지켜보는 시선이 많았다. 가까이 다가간 윤우는 고개를 숙여 인사를 했다.

"타요."

도혁이 조수석 문을 열어 주었다. 윤우는 경비 업체 직원들과 몇 명의 간부들, 그리고 외근을 나가는 직원들이 지켜보는 가운데 그가 문을 잡아 주는 차에 올랐다.

곧 도혁이 운전석에 올랐고 최 실장이 윤우의 짐을 트렁크에 실었다. 지켜보던 사람들의 인사를 받으며 차가 출발했다.

"왜 그쪽으로 나갔어요?"

도혁이 후문 쪽을 턱짓하며 물었다.

"그, 그냥요."

"내가 기다리는 거 알고 일부러 그랬어요?"

"네?"

윤우는 놀라서 절대 아니라는 뜻으로 세게 고개를 저었다. 도혁의 입가에 미세한 웃음기가 어렸다. 진심으로 그렇게 생각하는 건 아닌 것 같아서 일단 안심이 되었다.

"무거운 짐까지 들고 멀리 돌아가는 이유가 뭐예요?"

후문으로 나가면 버스 정류장까지 가는 길이 두 배는 멀었다. 누가 생각해도 이상한 행동이 아닐 수 없었지만 설명할 수는 없었다.

"……."

"사람들 시선에 익숙해지는 노력을 해야죠, 이제."

그가 말했을 때 윤우는 다시 놀랐다. 그는 자신이 왜 후문으로 나갔는지 다 알고 있었다. 윤우는 복잡한 감정을 느꼈다. 어른스럽지 못한 행동이 부끄럽기도 하고 그런 걸 알아채는 그의 섬세함이 신기하기도 했다.

"상무님은 여기 어떻게……."

윤우는 그가 이 시간에 왜 여기 있는지 물으려다 그만 입을 다물었다. 설마 자신을 태워 주러 온 건 당연히 아닐 것이다. 게다가 저로 인해 본사에서 쫓겨난 사람에게 아무렇지 않게 그렇게 묻는 게 무신경한 짓인 것도 깨달았다.

"오전에 서울에 볼일이 있기도 했고, 윤우 씨 회사 그만두는 날이라고 해서 보고 가려고 기다렸어요."

"……네."

"어머니 만났다면서요?"

"네."

"왜 얘기 안 했어요?"

"네? 아, 죄송합니다. 미처, 생각을 못 해서……."

윤우는 그런 얘기를 그에게 보고해야 한다는 생각을 하지 못했다.

"힘든 일은 없었어요?"

도혁의 질문에 윤우는 뭐라고 대답해야 할지 알 수 없었다. 처음부터 다 힘든 일투성이였다. 너무 괴롭고 고통스러운 자리였다.

"네. 없었습니다."

"그래요?"

도혁이 뜻 모를 웃음을 지었다. 그는 잠시 말없이 운전하다가 덧붙였다.

"서운한 게 있었어도 윤우 씨가 조금만 참아 주세요. 본래 나쁜 분은 아니니까."

서운한 건 없었다. 이 상황에서 그의 어머니로서는 당연한 반응이었다.

"네. 감사합니다."

"뭐가 감사해요?"

"……그렇게 말씀해 주셔서요."

"……."

그는 윤우를 흘끗 보더니 어이가 없다는 듯 웃었지만 별다른 말
은 하지 않았다. 제가 한 말이 이상했나 되짚어 보았지만 알 수 없
었다.

"입덧은 어때요?"

"거의 없습니다. 그날만 이상하게 좀 심했던 거 같아요."

그가 지방으로 내려가던 날 아침, 출근하려고 집을 나서는데 최
실장이 집 앞에서 기다리고 있었다. 회사 그만두는 날까지 출퇴근
을 시켜 주겠다고 했다. 물론 도혁의 지시였을 것이다.

폐를 끼치고 싶지 않기도 했고, 지켜보는 눈도 많은데 그런 식으
로 이목을 끌고 싶지 않아서 윤우는 펄쩍 뛰며 거절했다. 도혁이
저녁에 전화해서 설득했지만, 윤우는 듣지 않았다.

다른 생각에 잠겨 있다가 윤우는 뒤늦게 차가 본가를 향해 가고
있다는 것을 깨달았다.

"상무님, 저……."

"왜요?"

"저 이수동으로 이사했습니다. 미리 말씀드려야 했는데……. 죄
송합니다."

이미 본가가 있는 동네로 접어든 후여서 꽤 돌아가야 하는 게 미
안해 윤우는 얼굴을 붉히며 말했다.

"이사? 언제요?"

"한 달쯤 되었습니다."

"왜 말 안 했어요."

"경황이 없어서……"

"주소 입력하세요."

때마침 건널목 앞에서 신호가 바뀌자 차를 정지시키며 그가 말했다. 윤우는 내비게이션에 외우고 있던 주소를 입력했다.

"흑석동으로 이사한 지 얼마 안 됐다고 하지 않았어요? 이사를 자주 하네요."

"가족들은 흑석동에 있고, 저 혼자 독립했습니다."

"독립?"

도혁이 의아한 듯 윤우를 돌아보았다. 그는 잠시 입을 다물고 있다가 다시 물었다.

"집에서 나온 거 우리 일과 관련 있어요? 그러니까, 임신한 거 말이에요."

"그 일 알기 전에 나왔어요."

"언니들도 독립했어요?"

"아니요. 언니들은 집에……."

"윤우 씨만 집 나와서 사는 거예요?"

"……."

"왜요?"

뭐라고 대답해야 할지 알 수 없었다. 그 복잡한 상황에 대해서 그에게 설명하는 건 불가능했다. 도혁에게 자신의 가정사에 대해 굳이 알려야 되나 싶기도 했다.

지금 갑자기 제가 혼외자라고 밝히면 꼭 그 이유로 집에서 나온 것처럼 보일 것 같았다. 그게 사실이긴 하지만 왠지 제 치부 같아서 쉽게 입이 떨어지지 않았다. 윤우가 대답이 없자 그는 더 묻지 않았다.

차가 집 앞 대로변에 멈춰 섰다. 윤우가 안전벨트를 풀며 인사를 하려고 그를 돌아보는데 그는 이미 차에서 내리고 있었다. 도혁은 트렁크에 있던 윤우의 짐을 꺼냈다.

"데려다주셔서 감사합니다."

윤우는 도혁에게서 짐을 받아 들기 위해 손을 내밀며 인사를 했다.

"들어다 줄게요."

"괜찮습니다. 무겁지 않아요."

윤우는 고개를 저었다.

"가요."

도혁은 안내하라는 눈빛을 보냈다. 하는 수 없이 그를 데리고 보도블록이 고르지 못한 골목길을 걸어 낡은 주택의 대문 앞으로 갔다.

"……감사합니다."

윤우는 짐을 받기 위해 그에게 손을 내밀며 말했다.

"차 한 잔 마시고 가도 되죠?"

그가 물었다. 윤우는 당황해서 얼른 대답하지 못했다. 도혁이 자신이 사는 집에 들르는 일이 생길 거라고는 미처 생각하지 못했다. 머릿속으로 급히 집 안 상태를 점검해 보았다.

아침에 출근하느라 대충 던져 둔 젖은 수건과 잠옷, 시리얼을 먹은 씻지 않은 그릇 같은 것들이 떠올랐다.

"……그럼 카페에서 제가 차 사 드릴게요."

윤우가 골목 밖 대로변을 가리키며 말했다.

"그럴 시간은 없습니다."

그는 가볍게 윤우의 대안을 묵살했다. 시간이 없으면 차 마시지 말고 그냥 가면 될 거 같은데.

윤우는 잠시 난감한 얼굴로 그를 바라보다가 도어락 비밀번호를 누르고 대문을 열었다. 도혁이 성큼 마당으로 들어섰다. 그는 마당에 서서 40년도 넘은 고옥의 낡은 외관을 천천히 훑어보았다. 윤우는 그가 어떤 표정을 짓는지 보고 싶지 않아 서둘러 2층으로 올라갔다.

집 안으로 먼저 들어간 윤우는 식탁 의자에 걸린 수건과 침대 위에 아무렇게나 벗어 둔 잠옷을 걷어 얼른 옷장에 넣고 흐트러진 침대 위의 이불을 대충 폈다. 거실로 나가니 도혁이 현관에 서서 집 안을 둘러보고 있었다.

"들어오세요."

그는 말없이 현관문을 닫고 안으로 들어왔다.

"여기 앉으세요."

윤우는 2인용 식탁의 의자를 빼며 말했다. 도혁은 윤우가 가리킨 의자에 앉았다. 다행히 이사 나올 때 큰어머니가 챙겨 준 차가 있었다. 그게 아니었다면 우유나 생수를 내주어야 했을 것이다. 물이 끓는 동안 윤우는 도혁을 등지고 있었다. 뒤통수가 따끔거렸다.

뒤에 있는 도혁 쪽으로 신경이 모두 빨려 가는 느낌이었다. 그가 들어선 것만으로 이 낡고 좁은 공간은 꿈속처럼 비현실적으로 느껴졌다.

윤우는 찻주전자에 우려낸 차를 거름망에 걸러 찻잔 두 개에 나누어 담았다. 쟁반에 얹힌 찻잔을 들고 돌아섰을 때 도혁이 팔을 뻗어 전등 스위치를 눌렀다. 윤우는 그때야 자신이 집 안에 들어와

불을 켜지 않은 걸 알았다.

찻잔을 식탁에 내려놓고 맞은편에 앉았다. 앉고 보니 식탁이 너무 좁았다.

그와의 거리가 지나치게 가까웠다. 다행히 도혁은 다리를 현관 쪽을 향한 채 몸을 옆으로 돌려 벽에 등을 대고 앉아 있었다.

도혁은 정말 차를 마실 목적으로 온 사람처럼 별말이 없었다. 공기 중에 은은한 차향과 침묵이 안개처럼 퍼졌다. 시간이 지나자 마음이 조금 가라앉았다. 아무래도 제집에 있다는 안정감 때문일 것이다.

"여기 원래 이렇게 춥습니까?"

차를 반쯤 마셨을 때 도혁이 물었다. 눈이 마주쳤다. 윤우는 자리에서 벌떡 일어나 보일러 컨트롤러 앞으로 가 온도를 올렸다.

"외출하느라 온도를 내려놓아서……."

"창문 때문에 열 손실이 크겠어요."

그는 베란다 쪽으로 난 창문과 고개를 돌리면 볼 수 있는 안방 창문을 천천히 둘러보며 말했다. 오래된 창들은 나무 문틀이 비틀어져서 조금씩 아귀가 맞지 않았고 그 사이로 차가운 바깥바람이 사정없이 들어왔다. 그의 말대로 단열 상태도 양호하지 않아서 보일러 온도를 아무리 올려도 실내 온도가 잘 올라가지 않았다.

"보안에도 문제가 있어 보이고, 왜 이런 데 집을 얻었어요?"

당연히 그 말은 집을 비하하는 말은 아니었을 것이다. 알면서도 윤우는 움츠러드는 기분이 들었다.

집에 대한 그의 반응에 순간적으로 저항감이 들었던 이유는 무의식적으로 집과 자신의 정체성을 동일시하고 있어서였는지도 모른다. 그의 시선에 비칠 제집이 오늘따라 볼품없이 느껴졌다. 하기는 어디에 산들 그의 눈에 찰까.

"결혼할 때까지 내 오피스텔에서 지내는 게 어때요? 무엇보다 보안이 걱정됩니다."

"……얼마 전에 방범창이랑 현관문 바꿔서 괜찮아요."

"홀몸도 아닌데 따뜻하게 지내야죠."

"얼마 안 남았으니까 그냥, 이대로 지내고 싶어요."

자신이 이런 데 산다는 게 알려지면 그의 입장이 곤란해지는 것일까.

도혁의 체면을 생각하면 그의 말을 따라야 한다는 걸 알았다. 그래도 그렇게 하고 싶지 않았다. 결혼식을 올린 후 떠나는 것과 집이 초라하다는 이유로 버리고 떠나는 건 다른 얘기였다.

"내 오피스텔 비어 있습니다. 윤우 씨 지내는 동안 나도 드나들지 않을 거고."

"그냥 여기 있을게요. 최대한 사람들 눈에 띄지 않도록 조심하겠습니다."

윤우의 대답을 들은 도혁은 뭔 소리냐는 듯 쳐다보았으나 더 권하지는 않았다.

"부모님께 곧 인사도 드려야죠."

"……네."

윤우의 얼굴이 저절로 어두워졌다. 도혁이 마산으로 가기 전날 가족들한테 얘기하려다 미루어졌고 아직도 얘기하지 못했다. 그 생각만 하면 가슴에 돌덩이를 얹은 듯 무거웠다. 곧 정은의 결혼식인데 어쩌면 그보다 먼저 결혼하게 될지도 모른다고 말을 꺼내면 큰어머니는 어떤 표정을 지으실까.

"부모님이 많이 놀라셨죠? 뭐라고 하세요?"

"그게……. 아직 상무님에 관한 말씀을 못 드려서……."

윤우의 말에 도혁의 미간이 좁아졌다.

"……."

"오늘 저녁에 말씀드리려고요."

"임신한 거 가족들도 모른다면서요?"

"……네."

"어머니께라도 말하지 그랬어요. 혼자 힘들 텐데."

도혁은 그 얘기를 가족들에게조차 말하지 않은 게 의아한 모양이었다. 그런 힘든 일이 생기면 일반적으로 어머니든, 자매든 누군가에게 털어놓고 의논하는 게 정상일 것이다. 그는 자신의 집안 사정을 모르니 이상해 보이는 게 당연했다. 어쨌거나 윤우는 대답할 말이 없어 입을 다물고 있었다.

"전 남자 친구와 헤어진 얘기도 아직 안 한 건 아니겠죠?"

그가 설마, 하는 얼굴로 물었다.

"……그 얘기는 했습니다."

윤우는 갑작스럽게 튀어나온 상빈의 얘기에 당황해서 작게 대답했다. 상빈과 사귀었던 일이 까마득하게 느껴졌다. 겨우 두어 달 전인데 그런 일이 있었다는 게 새삼스러울 지경이었다.

"남자 친구랑 헤어진 지 얼마 되지 않으니 아무래도 내 얘기 꺼내기 어려울 거라는 거 이해합니다."

그가 조금 심란한 표정으로 윤우를 바라보았다.

"……."

"그래도 부모님께 얼른 말씀드리세요. 더 미루지 말고."

"네."

"차 잘 마셨습니다."

그는 차를 다 마시고 자리에서 일어섰다. 윤우가 배웅하기 위해 신발을 신으려고 하자 손을 들어 말리고 현관문을 닫았다. 미처 인사할 틈도 없었다. 윤우는 잠시 닫힌 문 앞에 서 있다가 거실 베란다 창문 앞으로 갔다.

키가 큰 그가 고개를 숙이고 대문을 나갔다. 대문 너머 골목으로 걸어가는 뒷모습이 보였다. 오래되고 낡은 동네의 우중충한 골목과 대비되는 흐트러짐 하나 없는 완벽한 모습이었다.

도혁이 걸어가면서 주머니에서 담배를 꺼내 불을 붙이는 게 보였다. 그는 골목 끝에 도달하자 걸음을 멈추더니 뒤를 돌아보았다. 윤우는 깜짝 놀라 얼른 벽으로 붙어 섰다. 괜히 심장이 쿵쿵, 뛰었다.

그 거리에서 본다면 유리 창문의 빛 반사로 제가 보일 리 없다는 확신이 든 후에야 다시 고개를 조금 내밀어 밖을 내다보았다. 그는 여전히 이쪽을 바라보며 담배를 피우고 있었다.

윤우는 저도 모르게 다시 숨고 말았다. 잠시 후 내다본 밖에는 그의 모습도, 도로가에 세워져 있던 차도 보이지 않았다.

늦잠을 자 보겠다는 계획은 생각보다 실천하기 어려웠다. 몸에 밴 습관 때문에 7시도 되기 전에 저절로 눈이 떠졌다. 방이 썰렁했다. 창문 가장자리를 따라 서리가 하얀 띠처럼 둘러져 있었다.

밤에 일정하게 보일러 온도를 맞춰 놓고 자도 외풍이 세서 아침이 되면 집이 냉골이 되었다. 윤우는 웅크린 자세 그대로 이불을 코까지 덮고 성에 낀 창문을 가만히 바라보았다. 문득 행복하다는 생각이 들었다. 자신이 언제 깼는지, 무엇을 하는지 아무에게도 증명할 필요가 없는 이런 무용하고 게으른 시간이 좋았다.

누가 보고 있지 않아도 잠에서 깬 후에는 침대에서 벌떡 일어나 씻고 책상 앞에 등을 꼿꼿이 펴고 앉아 있어야 마음이 놓였던 시간이 떠올랐다. 그 당시에는 그게 힘든 줄 몰랐는데 혼자 살면서 뒤돌아보니 본가의 작은 방과 책상만 생각해도 숨이 막힐 것 같았다.

큰어머니는 질서 정연한 상태를 좋아하는 부지런한 분이었다. 윤우는 아버지 집에 들어가고 나서 큰어머니에게 생활 습관에 대해 철저히 교육을 받았다. 아침에 일찍 일어나 침대 위의 이불을 펴서 정리하고, 창문을 열어 놓고 먼지를 닦고 방 청소를 했다. 씻고 나서 시간이 남으면 문제집을 풀다가 아침을 먹고 학교에 갔다.

집에 돌아오면 손발을 씻고 저녁 먹을 때까지 책상 앞에 앉아서 숙제하거나 책을 읽다가 저녁을 먹고 설거지를 하고 가족들과 거실에 앉아서 잠깐 텔레비전을 보았다. 방으로 돌아올 때는 큰어머니가 빨아 놓은 자신의 수건과 옷을 챙겨 와서 가르쳐 준 대로 주름을 펴고 각을 맞춰 개서 침대 옆에 있는 장에 단정하게 정리했다.

씻으면서 그날 신었던 양말과 속옷을 손으로 빨아 널고 잠자기 전까지는 공부하지 않아도 책상 앞에 앉아서 시간을 보냈다. 일요일이나 방학처럼 학교에 가지 않을 때도 그 패턴은 변하지 않았다.

언니들은 큰어머니의 잔소리를 들어도 아무렇지 않게 침대에서 휴대 전화를 보거나 소파에 길게 누워 텔레비전을 보았지만, 윤우는 큰어머니의 가르침을 한 번도 어기지 않았다. 저에게는 그럴 권리가 없다는 것을 자신도 큰어머니도 알고 있었다.

윤우는 한참 동안 뿌옇게 서리가 낀 창을 통해 검게 마른 감나무

가지를 바라보다가 웅크리고 있던 몸을 펴고 침대 밖으로 나왔다. 침대 발치에 놓였던 올이 성글고 따뜻한 회색 카디건부터 껴입었다.

거실 앉은뱅이 탁자 옆에 놓인 전기스토브를 켜고 화장실을 다녀왔다. 냉장고에서 우유를 꺼내 전자레인지에 데우고 전기스토브 앞에 자리를 잡고 앉았다. 탁자에 놓인 그릇에서 귤을 집어 들었다. 귤을 까며 임신, 출산, 육아의 모든 것, 이라는 제목의 백과사전처럼 두꺼운 책을 펼쳤다. 어제 읽었던 부분을 다시 읽으며 귤을 입에 넣었다. 금방 양치질을 해서인지 귤 맛이 썼다.

윤우는 시험공부 하듯 열심히 책을 읽으며 중요하게 여겨지는 내용을 노트에 메모했다. 가끔 손끝이 시려 볼펜을 내려놓고 스토브에 손을 쬐며 창밖을 내다보았다. 해가 뜬 하늘이 맑았다.

날이 따뜻하면 어학원에 다녀오는 길에 공원에서 산책이라도 해야겠다고 생각하고 있는데 휴대 전화 진동음이 울리는 소리가 작게 들렸다. 윤우는 침대 옆에 두었던 휴대 전화를 가지러 방으로 들어갔다. 액정에 최 실장의 이름이 떠 있었다. 8시 10분이었다. 이렇게 이른 시간에 무슨 일일까, 전화가 반갑지 않았다.

"여보세요?"

─ 아침 일찍 죄송합니다. 주무시고 계셨습니까?

"아니요. 깨어 있었습니다. 무슨 일 있으신가요?"

─ 전해 드릴 게 있어서 댁에 잠깐 들러야 하는데, 괜찮으실까요?

"……지금요?"

─ 네. 20분쯤 후에 도착할 거 같습니다.

20분 미리 전화하는 건 그를 만났을 때 민망하지 않도록 준비를 하라는 배려 같았다.

"네. 알겠습니다."

윤우는 전화를 끊고 옷을 갈아입었다. 머리를 빗어 묶었다. 20분이 조금 넘었을 때 대문 밖에 차가 와서 멈추는 게 보였다. 윤우가 현관문을 여는데 차에서 내리는 최 실장의 모습이 보였다. 그도 윤우를 발견하고 멀리서 묵례를 해 보였다.

윤우는 서둘러 계단을 내려가 대문을 열었다.

"안녕하십니까?"

뚜껑이 덮인 종이 상자를 든 최 실장이 고개를 숙여 인사했다.

"네, 안녕하세요?"

"안으로 좀 들어가겠습니다. 이걸 옮겨야 해서."

"그게…… 뭔가요?"

윤우는 얼떨결에 옆으로 비켜서며 물었다.

"우선 들어가시죠."

최 실장이 앞장서 계단을 올라갔다. 집 안까지 들어가겠다고 할까 봐 긴장했는데 다행히 그는 상자를 현관 앞에 내려놓고 허리를 폈다.

"오늘 드실 음식입니다."

"네?"

"오늘은 제가 왔지만, 내일부터는 다른 사람이 올 겁니다. 아마 지금보다 이른 시간에 올 테고 일일이 대문 열어 수고받는 게 번거로우실 테니, 대문 비밀번호를 알려 주시면 현관문 앞에 놓고 갈 겁니다."

"왜, 이런 걸……"

"혼자 계시면 제대로 챙겨 드시기 힘드실 거라고 말씀하셨습니다."

"저 잘 챙겨 먹고 있습니다."

윤우는 진심으로 당황했다.

"저는 그저, 지시에 따르는 것뿐이라서요."

최 실장이 작게 헛기침을 하며 시계를 들여다보더니 옆구리에 끼고 있던 서류 봉투를 꺼내 그녀에게 내밀었다.

"뭔가요?"

윤우는 봉투를 받으며 물었다.

"대문 비밀번호는 문자로 보내 주세요."

최 실장은 대답 대신 그렇게 말하고 고개를 숙여 인사를 하더니 계단을 내려갔다. 윤우는 대문 앞에 세워졌던 차가 떠나는 것을 바라보다가 발아래 놓인 상자와 손에 든 봉투를 보았다. 윤우는 일단 상자를 들고 안으로 들어갔다. 식탁 위에 상자를 올리고 뚜껑을 열었다. 그 안에는 하루 먹을 세 끼 식사와 간식으로 먹을 과일과 녹즙 같은 것들이 들어 있었다.

물건들 위에 놓인 작은 메모지를 들여다보았다. 메모지에는 세 개로 나누어 담긴 음식들의 영양성분과 데워 먹어야 하는 음식에 대한 설명이 세세하게 적혀 있었다. 마지막 줄에 적힌 휴대 전화번호와 먹고 싶은 것이 있다면 문자로 알려 달라는 말끝에 달린 웃는 이모티콘을 윤우는 한참 들여다보았다. 글에서 다정한 말투가 들리는 듯했다.

윤우는 메모지를 내려놓고 옆에 놓인 봉투를 열었다. 봉투에서 은행 통장과 카드, 비밀번호인 듯한 숫자가 적힌 종이가 나왔다. 통장에는 그녀가 직장 생활을 하며 10년쯤 한 푼도 안 쓰고 저축해야 모을 수 있는 큰돈이 들어있었다.

윤우는 그것을 상자 위에 내려놓았다. 이런 거 필요 없다고 당장

도혁에게 전화를 걸고 싶은 생각이 제일 먼저 들었다. 윤우는 휴대 전화에서 도혁의 번호를 불러냈으나 막상 전화를 걸지는 못했다. 그녀는 멍하니 액정 속에 '차도혁 상무님'이라고 저장된 글자들을 내려다보았다.

장학금으로 대학을 다녀 학자금 대출 같은 빚이 없었고, 대학 내내 틈틈이 아르바이트해서 모은 돈과 취업한 후 월급은 큰어머니에게 생활비로 드린 돈과 최소한의 용돈 외에는 모두 저금했다.

상빈과의 데이트 비용은 용돈만으로 충분했다. 친구를 만나거나 여행을 다니지도 않았고, 옷이나 화장품에도 관심이 없었기 때문에 돈 쓸 데가 별로 없었다. 많은 액수는 아니었지만 그렇게 모은 돈이 통장에 있었다.

아직 아이에게 돈이 들어가는 것도 아니고 당장은 그렇게 큰돈이 필요 없었다. 그에게 이런 식으로 돈을 받는다는 게 모욕감까지는 아니었지만, 심란한 기분이 들었다. 윤우는 마음이 복잡해 잠시 멍하니 앉아 있었다.

도혁은 엊그제 윤우가 어학원에 다니고 있다는 것을 알고 어학원 가는 시간에 맞추어 기사 달린 차를 보내 주었다. 그것을 돌려보내느라 진땀을 흘렸고, 도혁과 전화로 한참 실랑이를 해야 했다.

다시 도혁과 그 일을 반복해야 한다고 생각하니 벌써 기운이 다 빠지는 기분이었다. 어쨌든 그에게 전화하긴 해야 했다. 시간을 확인하니 아직 9시도 되기 전이었다. 전화하기에는 너무 이른 시간이었다.

아침 일찍 일어나 혼자만의 조용하고 평화로운 시간을 즐기던 기분은 사라지고 없었다. 윤우는 휴대 전화를 쥔 채 식탁에 엎드렸다. 조금만 더 있다가 도혁에게 전화해야겠다고 생각했다. 잠시 후, 제 휴대 전화의 진동 소리에 번쩍 정신이 들었다. 어느새 잠이 든 모양이었다. 저린 손으로 식탁에 엎어져 있던 휴대 전화를 집어 들었다. 도혁의 전화였다.

윤우는 정신을 가다듬으며 시간을 확인했다. 잠깐 눈만 감고 있었다고 생각했는데 벌써 1시간이 지나 있었다.

"여보세요?"

전화를 받는데 자다 깨서 목소리가 잔뜩 잠겨 나왔다.

– 어디 아파요?

당장 걱정하는 목소리가 건너왔다. 혼자 지낸다는 것을 안 이후 그가 자신에게 필요 이상으로 신경 쓰는 것을 알고 있었다.

– 이윤우 씨.

윤우가 잠시 목소리를 고르느라 대답이 늦어지자 조금 급해진 목소리가 다시 건너왔다.

"네, 상무님. 그렇지 않아도 전화 드리려던 참이었어요."

그가 보낸 물건을 받고 그가 먼저 전화하게 만든 게 무안해 변명했다.

– 목소리는 왜 그래요? 감기 걸렸어요?

"아니요. 잠깐 잠이 들어서……."

– 자는 걸 깨웠군요.

얼결에 잤다고 이실직고해 놓고 혼자 당황했다. 퇴사하지 않았다면 지금쯤 회사에서 열심히 일할 시간이었다. 그런 시간에 자고 있었다는 걸 직장 상사였던 사람에게 알린 게 조금 부끄러웠다.

"깊이 잔 건 아니고, 잠깐…… 졸았어요."

대답하고 나니 구차했다.

– 임신하면 시도 때도 없이 졸린다면서요?

그가 왠지 귀여운 것을 상상하는 투로 말하고 웃었다. 윤우는 공연히 귓불이 달아올랐다.

"그게……"

– 추운 데서 웅크리고 졸지 말고 침대에서 편하게 누워서 자요. 밤에 못 잘 정도로 오래 자지는 말고.

지켜보고 있기라도 한 듯 그가 말했다.

"저, 아침에 최 실장님이 다녀가셨어요."

윤우는 다정한 목소리를 의식하는 저를 의식하지 않으려 얼른 화제를 돌렸다. 그런 것에 의미를 부여하지 않으려 해도 자꾸 신경이 쓰이는 것을 막을 수 없었다. 지금 상황도 충분히 복잡하고 혼란스러운데 새로운 고민까지 만들면 안 된다고 윤우는 다시 다짐했다.

– 알고 있습니다.

"음식은 제가 해 먹겠습니다. 시간도 많고 해서 요리 학원에 등록했거든요. 배운 거 집에서 만들어 먹어 보려고요."

– 너무 무리하는 거 아니에요? 요리 학원까지 다니려면 힘들 텐데.

"일주일에 두 번만 가는 거예요. 어학원에서도 가까워 끝나면 바로 갈 수 있고요."

– 보내 주는 차 타고 다니면 안 되겠어요?

"저 버스 타는 거 좋아해요. 운동도 되고 사람도 구경하고……."

– 이상한 취미네요.

도혁이 마땅치 않다는 듯 말했다.

"그리고……. 저 돈 있어요. 카드는……."

– 돈 없을까 봐 주는 거 아니에요. 회사도 그만뒀으니까 생활비

하라고. 나랑 같이 만든 아이잖아요. 나한테도 뭔가 하게 해 줘야
죠.

"……."

– 사소한 일에 일일이 스트레스 받지 말아요. 몸에 해롭습니다.

"……네. 감사합니다."

하긴 그의 말대로 회사를 그만두었고, 언제 다시 돈을 벌게 될지
모르는 상황에서 그 돈을 안 받겠다고 고집을 부리는 건 위선이라
는 생각이 들었다. 도혁에게 돈을 받는다는 게 왠지 거부감이 느껴
져 내내 기분이 좋지 않았는데, 그의 말 몇 마디로 가라앉아 있던
기분이 한결 가벼워졌다.

그래, 그도 이 일의 공모자였지. 혼자가 아니라는 사실을 돈 때
문에 느낀 게 좀 우스웠지만 윤우는 왠지 처음으로 마음이 좀 놓였
다.

– 음식 해 주시는 분이 요리 잘하는 분입니다. 먹기 나쁘지 않을
거예요. 학원에서 배운 건 연습해서 맛만 보고 보내 주는 거 먹어
요. 임신하면 특히 영양에 신경 써야 하잖아요.

"멀쩡한 음식을 어떻게 버려요. 배운 거 안 잊어버리게 열심히
연습할 거고 제가 다 먹을 거예요."

수화기 너머로 짧은 한숨 소리가 건너왔다.

– 고집 세네요.

"……죄송합니다."

– 알겠습니다. 그럼 신경 써서 골고루 잘 챙겨 먹어요.

그가 어쩔 수 없다는 듯 말했다.

"네."

– 오늘 어학원 가는 날이죠?

"네."

그가 그런 사소한 것들을 일일이 기억하는 게 고맙기도 하고 힘들기도 했다.

– 다녀오면 문자 하세요. 잘 들어갔다고.

"네."

– 점심 맛있게 먹고.

"상무님도 맛있게 드세요."

끊어진 휴대 전화를 들여다보던 윤우는 검은 액정 화면에 비친 제가 웃고 있는 것을 보았다. 물건이라도 훔치다 걸린 사람처럼 윤우는 덜컥 놀라서 얼른 휴대 전화를 내려놓았다. 누가 볼세라 급히 올라간 입꼬리를 갈무리했지만, 억지로 누른 웃음은 사라지지 않고 부푼 비눗방울이 되어 몸속 여기저기를 건드리며 간질이는 기분이 들었다.

"무슨 말인데 그렇게 뜸을 들여?"

큰어머니가 답답하다는 듯 윤우를 재촉했다. 저녁을 먹고 할 얘기가 있다고 가족들을 불러 앉혔지만, 차마 입이 떨어지지 않아 쉽게 말을 꺼내지 못했다.

아버지와 정은은 과일을 씹으며 틀어 놓은 텔레비전 화면에 시선을 두고 있었다. 정아는 휴대 전화로 문자를 주고받으며 보지도 않고 과일을 집느라 접시 위에서 몇 번이나 포크로 헛손질을 해서 달그락거리는 소리를 냈다.

"저……. 보, 봄에 결혼하게 될 거 같아요."

윤우는 힘겹게 입을 열었다.

"뭐?"

모두의 고개가 윤우를 향해 돌려졌다. 아버지의 손에 들렸던 포크에서 사과가 바닥으로 툭 떨어졌다. 상빈과 헤어진 지 얼마 되지도 않은 상황이니 다들 놀라는 게 당연했다.

"상빈이랑 화해했니?"

큰어머니가 물었지만, 상대가 상빈이 아니라는 말이 쉽게 나오지 않았다.

"……다시 생각해라."

윤우가 대답하기 전에 침통한 얼굴로 아버지가 말했다.

"……."

"그놈은 안 된다. 바람피우는 놈을 다시 만나서 뭘 어쩌려고?"

아버지 말에 큰어머니가 작게 콧방귀를 뀌었다. 바람피워서 아이까지 낳은 당사자가 그런 말을 하니 우스웠던 모양이다.

"상빈 씨가…… 아니에요."

"뭐?"

윤우의 말에 다들 입을 반쯤 벌린 채 아무 말도 하지 못했다.

"상빈이 아니라고? 그럼 누구라는 말이야?"

큰어머니가 기가 막힌다는 듯 물었다.

"같은 부서에서…… 일했던 사람이에요."

"같은 부서? 아니, 상빈이랑 헤어진 지 얼마나 됐다고……."

망측하다는 듯 큰어머니가 눈살을 찌푸렸다. 얼굴이 달아올랐다. 더운 피를 가진 년이라고 생모를 욕하던 큰어머니 자매들의 목소리가 귓가에 들리는 듯했다. 윤우도 그 피를 물려받았으니 얌전히 살지는 못할 거라던 그녀들의 저주를 윤우는 기억한다.

어릴 때는 그 말이 틀렸다는 것을 꼭 증명해 보이겠다고 생각했다. 헤프다는 말을 들을까 봐 잘 웃지도 못했다. 본의 아니게, 콧대 높고 잘난체한다는 비아냥을 들으며 자랐지만 그런 말을 들으면 오히려 안심되었다.

나이가 든 후에는 철없을 때 제가 했던 여러 강박적인 행동들이 우습게 여겨지기도 했지만, 이런 순간에는 어김없이 그때의 소심하고 부끄러움 많던 소녀가 조금도 자라지 못한 채 제 속에 그대로 남아 있음을 느끼곤 했다.

"뭐가 급해서 벌써 남자를 사귀어?"

아버지가 못마땅한지 얼굴을 찌푸렸다.

"사귀는 거야 그렇다고 치고 결혼 말이 왜 이렇게 급하게 나와?"

큰어머니가 체념에서 비롯된 담담한 얼굴로 물었다.

"……그분이 지방으로 발령이 나서 되도록 빨리 결혼식 했으면 하셔서요. 저도 그게 좋을 거 같고요."

미리 준비해 간 말이었지만 거짓말을 하려니 얼굴이 따끔거리는 기분이었다.

"이해가 안 가. 어떻게 만난 지 며칠도 안 된 사람하고 결혼할 생각을 할 수가 있니?"

정은이 못 말릴 종자라는 듯 고개를 절레절레 흔들었다.

"너 상빈이 때문에 열 받아서 홧김에 사고 쳤지? 혹시 임신한 거 아니야?"

정아가 의심스럽다는 듯 추궁했다. 윤우가 뜨끔해서 아무 말도 못 하고 입술을 달싹이고 있는데 큰어머니가 경멸 어린 표정으로 싹둑 잘라 말했다.

"망측한 소리 좀 하지 마. 상빈이랑 헤어진 지 얼마나 됐다고. 그게 말이 돼? 짐승도 아니고……."

짐승이라는 말에 윤우는 얼굴이 하얘졌다가 다시 붉게 달아올랐다

"혹시 너도 양다리였던 거 아니야?"

정아가 호기심이 가득한 눈으로 다시 물었다.

"아, 아니에요."

윤우는 황급히 고개를 저었다.

"아니, 그렇잖아. 네 성격에 며칠 만에 남자 갈아탔다는 것도 이상한데 갑자기 웬 결혼?"

정아의 말이 그럴듯해서였는지 모두 고개를 돌리고 의혹의 시선으로 윤우를 바라보았다.

"그 사람과는 2년이나 같은 부서에서 일해서 좋은 사람이라는 거 이미 알고 있었어요. 그분도 저에 대해 좋은 감정을 갖고 계셨기 때문에 만난 시간은 별로 문제가 되지 않았어요. 저도…… 얼른 안정된 생활을 하고 싶기도 하고요."

"하긴 회사 계속 다니면 어쩔 수 없이 상빈이랑 계속 마주쳐야 할 테니 얼른 결혼해서 일 그만두는 게 나을 수도 있지."

큰어머니가 알 만하다는 듯 혀를 찼다.

"엄마도 참, 얘가 뭘 잘못해서 회사를 그만둬요? 잘못은 그 새끼가 했는데."

정아가 어이없다는 듯 말했다.

"잘못해서가 아니라, 그냥도 껄끄러울 텐데 같은 회사 사람을 또 사귀게 됐으니 하는 말이야. 서로 얼마나 난감해?"

"그 사람도 너랑 상빈이에 대해 아니?"

정아가 설마 하는 얼굴로 물었다. 윤우는 이를 꽉 물고 있다가 하는 수 없이 보일 듯 말 듯 고개를 끄덕였다. 큰어머니와 아버지가 탄식하는 소리가 천둥소리처럼 들렸다. 정은은 기가 막힌다는 듯 작게 콧방귀를 뀌었다.

"알면서도 결혼을 하재?"

"……."

"언제부터 사귀었는데?"

정아가 다시 물었다.

"……한 달 좀 넘었어요."

"한 달? 너 상빈이랑 며칠 전에 헤어진 거 아니었어?"

"지난번에도 말씀드렸잖아요. 상빈 씨랑은 작년 연말에 헤어졌어요. 상빈 씨가 못 받아들이고 계속 쫓아다닌 것뿐이에요."

"뻔뻔한 놈 같으니라고. 그런 짓을 해 놓고 무슨 낯짝으로 집에까지 드나들어? 내 다시 보면 가만두나 봐라."

아버지가 얼굴이 시뻘게져서 소리쳤다.

"애까지 낳아서 데리고 들어온 사람에 비하면 걔 정도는 양반이죠."

큰어머니가 코웃음 치며 작게 중얼거렸다.

"뭐? 이 사람이 지금, 무슨 소리를 하는 거야? 지금 그게 할 소리야?"

"당신, 아까부터 하는 말이 너무 기가 차서 그래요. 똥 묻은 개가 겨 묻은 개 나무란다더니."

큰어머니의 말에 아버지는 대꾸하지 못하고 큼, 헛기침했다.

"그래서 결혼은 언제 한다는 거니?"

정은이 부모들의 신경전이 듣기 싫었는지 신경질적인 목소리로 물었다.

"봄……에요."

"나 가을에 결혼한다는 소리 못 들었어?"

"……죄송해요."

"너 나랑 무슨 원수 졌니?"

정은이 짜증 난 얼굴로 윤우를 쏘아보았다. 화가 날 만도 했다. 평생 한 번뿐인 결혼식인데 자신의 결혼에 집중하고 싶은 것은 당연했다.

"제 결혼식은…… 신경 쓰지 않으셔도 돼요. 그쪽에서도 최대한 간소하게 하길 원하고요."

어서 이 대화를 끝내고 집으로 돌아가고 싶은 생각에 윤우는 그렇게 말했다. 그런 걸 의논한 적은 없지만, 허울뿐인 결혼이니 형식적인 것들이 크게 중요할 것 같지 않았다. 도혁 쪽에서는 오히려 모두 생략하자고 하면 좋아할 수도 있다.

"신경 쓰지 말라고? 여태 힘들게 키운 내 노력마저 물거품으로 만들고 싶어서 그러는 거냐?"

큰어머니가 괘씸하다는 듯 벌컥 역정을 냈다.

"……그게 아니고, 언니 결혼식도 신경 쓰셔야 하고 어머니 힘드실 거 같아서요."

"고양이가 쥐 생각해 주는구나."

큰어머니가 차갑게 내뱉었다. 윤우는 더 할 말이 없어서 입을 다물었다.

"데리고 와 봐. 어떤 놈인지 봐야 허락을 하든 말든 할 거 아니야."

한 손으로 이마를 괴고 꿈쩍도 하지 않고 있던 아버지가 말했다.

"얘가 지금 허락해 달라는 거로 보여요? 통보하는 거잖아요. 통보."

큰어머니가 남의 일이라는 듯 코웃음을 쳤다.

"어쨌든 봐야 할 거 아니야? 얼굴도 안 볼 거야, 그럼?"

아버지도 언성을 높였다. 얘기가 끝나고 집을 나왔을 때 윤우는 도혁의 배경에 대해 가족들에게 얘기하지 않은 것을 깨달았다. 어쨌든 가족들도 알고 있어야 할 정보였는데 다른 신경 쓸 게 너무 많아서 미처 생각해 내지 못했다. 다시 들어가 그 얘기를 하는 건 우스운 일이라 윤우는 다음을 기약하고 골목을 나왔다.

버스를 기다리고 섰는데 식은땀을 흘려 찬바람에 등골이 서늘했다.

그녀는 이 모든 일이 겨우 시작에 불과하다는 사실에 눈앞이 캄캄했다.

윤우는 어학원에 다녀오는 길에 꽃집에 들러 창가에 놓을 작은 화분 두 개를 샀다. 처음 이사 올 때는 봄이 되면 현관과 연결된 2층 테라스에 채소나 여러 가지 꽃을 심어 보려고 했다.

예전에 생모와 살 때도 거실 창가와 바깥의 돌난간을 따라 크고 작은 화분들이 즐비하게 놓여 있었다. 생모는 외출하고 돌아올 때 자주 화분을 사서 왔다. 식물 키우는 게 취미였던 거 같다. 어린 윤우는 거실에 배를 깔고 엎드려 숙제하다가, 혹은 책을 읽다가 열린 현관으로 어머니가 화분에 물 주는 걸 멍하니 구경하곤 했다.

그때의 생모는 특히 아름다웠다. 물뿌리개에서 나온 가는 물줄기가 화분에 심어진 식물들 위로 떨어지며 옅은 무지개를 만들었다. 물줄기를 맞은 싱싱한 이파리들이 만족하는 소리가 들리는 듯도 했다.

생모의 가는 허리에 나비매듭으로 단정히 매어진 잔꽃 무늬 앞치마를 떠올리면 아직도 아련한 슬픔이 느껴졌다.

윤우는 꽃집 주인으로부터 물 주는 횟수와 주의할 점을 꼼꼼히 듣고 손잡이가 달린 봉투에 든 화분을 들고 꽃집을 나왔다. 집으로 들어가는 골목이 저만큼 보일 때쯤 가방에 든 휴대 전화가 울렸다.

윤우는 담장 아래 화분 두 개를 내려놓고 휴대 전화를 꺼냈다. 큰어머니였다.

"여보세요?"

ㅡ 내일 데리고 와.

아무 설명도 없이 큰어머니가 퉁명스럽게 말했다.

"네?"

ㅡ 결혼할 사람 말이야. 점심 같이 먹게 데려오라고.

"아, 그게……."

ㅡ 왜?

"전화해 볼게요. 다른 스케줄이 있을지도 몰라서……."

윤우는 당황했다. 도혁에게 물어보지도 않고 일방적으로 날짜를 잡는 것도 그랬고 게다가 바로 하루 전에 통보하는 것도 문제였다.

ㅡ 다른 약속 있어도 취소하고 와야지. 그 정도도 못 맞춰?

"저, 어머니."

ㅡ 왜?

"저 그 사람에 대해 말하지 않은 게 있는데……."

ㅡ 뭔데 그러니?

"그분, 그 사람, 우리 회사 오너 외손자분이세요."

– ……뭐?

"그러니까 회장님 외손자……."

잠시 깜깜한 침묵이 흘렀다.

– 그걸 왜 지금 얘기하는 거니?

마침내 큰어머니가 차갑게 물었다.

"네?"

윤우는 어안이 벙벙해서 되물었다.

– 회장 외손자면 우리가 그쪽 스케줄을 맞춰야 한다는 거니?

"아, 아니요. 그런 뜻이 아니라 말씀드려야 할 거 같아서……. 제가 지난번에 잊어버리고 미처 말씀을 못 드렸어요."

– 잊어버리고?

"……네."

작게 코웃음 소리가 들린 것도 같았다. 윤우는 큰어머니의 냉담한 반응에 당황했다. 말을 꺼낸 타이밍이 좋지 않았다. 나중에 말할걸. 뒤늦게 후회했지만 이미 늦었다.

– 내일이 아니면 나도 시간 없다. 다음 주에는 경철이도 와서 밥 먹기로 했고, 그다음 주에는 교회 행사도 있고, 정은이 예단 준비하러 가기로 예약한 것도 있고 주말마다 약속이 꽉 차 있어.

큰어머니가 데리고 오든지 말든지 맘대로 하라는 투로 말했다. 번거롭고 귀찮은 기색이 역력했다. 윤우는 입술을 물고 제 손바닥을 내려다보았다.

별로 무거운 물건도 아니었는데 화분 봉투를 들었던 손가락 부분에 붉게 자국이 패어 있었다. 윤우는 허벅지에 손바닥을 문지르며 흐린 하늘을 쳐다보았다. 3월인데 눈이라도 올 것 같은 날씨였다.

"일단…… 전화해 볼게요."

– 내일 안 된다고 하면 바로 전화해. 30분 있다가 장 보러 갈 거다.

"네."

전화가 끊겼다. 윤우는 끊어진 전화를 내려다보며 잠시 어쩔 줄 모르고 서 있었다. 오후 3시. 그는 지금 무얼 하고 있을까. 통화가 가능하긴 할까. 본사에 있을 때 그의 스케줄이 시간 단위로 짜이고 주말에도 빈틈이 없었던 것을 윤우는 기억한다.

계열사라고 해서 크게 다르지 않을 것이다. 직장 상사였던 사람에게 자신의 스케줄에 맞춰 달라고 말하는 것 자체가 무례하게 느껴졌다. 윤우는 내려놓았던 화분을 들고 집으로 들어갔다.

집 안으로 들어가자마자 휴대 전화를 꺼내 들었지만 쉽게 전화할 수 없었다. 전화하기조차 이렇게 어렵다. 그녀는 심호흡을 한번 하고 떨리는 손끝으로 통화 아이콘을 터치했다. 심장이 쿵쿵 뛰었다.

– 여보세요.

신호가 두 번 울렸을 때 도혁이 전화를 받았다. 너무 빨리 받아서 더 놀랐다.

– 여보세요?

대답이 없자 그가 확인하듯 다시 말했다.

"안녕하세요? 저 이윤우입니다."

윤우는 당황해서 그렇게 대답했다.

– 무슨 일 있어요?

그의 목소리가 평소보다 낮게 들렸다. 옆에서 무언가를 발표하는 듯한 남자의 목소리가 선명하게 들렸다. 회의 중인 듯했다.

"지금 통화 가능하세요?"

윤우는 전화를 끊어야 하나 걱정하며 물었다.

– 가능합니다. 말해 보세요.

"저, 어머니가 내일……. 내일, 집으로 인사드리러 왔으면 하시는데 혹시 시간이 되시는지 몰라서……"

– 내일?

"……네."

– 몇 시예요?

"12시쯤……."

– 알겠습니다.

"괜찮으세요?"

– 괜찮습니다. 별일 없죠?

"네."

– 내일 이수동으로 데리러 갈게요.

"아니요. 저는 집에 미리 가 있을게요. 흑석동으로 바로 오시면 될 거 같아요."

– 알겠습니다. 내가 지금 회의 중이라서 오래 통화하지 못하겠네요.

그가 미안하다는 듯 그렇게 말했다. 미안한 건 오히려 이쪽이었다.

"죄송합니다."

– 뭐가 또……. 아니, 됐습니다. 내일 봅시다.

"네. 수고하세요."

전화를 끊었다. 손바닥에 땀이 차 있었다. 맥없이 식탁 의자에 주저앉았다. 단지 전화 통화만으로 기가 다 빨려 나간 것 같았다.

이마에 맺힌 식은땀을 손으로 문지르다가 깜짝 놀라서 다시 휴대
전화를 집어 들었다.

윤우는 급히 큰어머니에게 전하해서 토익이 내일 인사하러 갈
수 있다는 애기를 전했다.

토요일 아침 일찍 본가에 도착하니, 집안에 고소한 기름 냄새가
가득했다. 새벽부터 음식을 했는지 주방에는 잔치에나 쓸법한 음
식들이 채반이나 큰 통에 푸짐하게 담겨 있었다. 도와주러 왔는지
큰어머니의 둘째 여동생도 와 있었다.

대외적으로 윤우를 위해 무언가를 해야 할 때 큰어머니는 과하
다 싶을 정도로 정성을 다했다. 억지로 친구를 초대하게 한 후 차
려 낸 생일상이라든가, 입학이나 졸업식의 옷차림 같은 것들.

그게 위선이라고 생각한 적은 없었다. 큰어머니가 자신을 위해
새벽같이 일어나 차린 생일상을 받고, 쇼핑을 고역으로 여기는 사
람이 몇 시간씩 옷가게를 돌아다녀 골라온 옷을 입을 때 윤우는 어
쩠거나 고맙다는 생각뿐이었다.

무슨 이유로 그랬든 자신을 위해 그렇게 해 줄 사람은 큰어머니
밖에 없었다. 그것 외에는 조금의 곁도 내주지 않는 큰어머니에게
이상할 정도로 집착하며 사랑받고 싶어 노력한 것은 아마도 그래
서였을 것이다.

저렇게 차갑고 퉁명스럽게 대해도 어쩌면 속으로는 자신을 위하
는 마음이 조금은 있는지도 모른다고 생각했다. 제 속에 가지고 있
는 것처럼 큰어머니에게도 자신을 향한 애정이 있을 거라고 믿고

싶은 부질없는 마음. 늘 그 희망을 버릴 수 없었다.

11시 50분쯤에 도혁에게서 집 앞에 도착했다는 전화가 왔다.

윤우는 서둘러 밖으로 나갔다. 그의 검은색 세단이 골목 어귀에 주차하는 게 보였다. 긴장으로 온몸이 딱딱하게 굳는 것 같았다.

"어서 오세요."

차에서 내리는 도혁에게 윤우는 고개를 숙여 인사했다. 그런 윤우를 바라보며 도혁이 웃었다.

"좀 더 자연스러워져야겠어요. 너무 직장 상사 대하는 거 같네요."

"아, 네⋯⋯."

그의 지적에 얼굴이 빨개졌다. 도혁은 자동차 트렁크에서 자색 바탕에 은색 빗살 문양이 새겨진 비단 보자기에 싸인 상자와 쇼핑백과 과일 바구니를 꺼냈다.

윤우가 짐을 하나 받아 들려고 했으나 도혁은 얼른 올라가자는 몸짓을 해 보이며 그녀가 내민 손을 무시했다. 도혁을 데리고 3층으로 걸어 올라가는 계단이 길게 느껴졌다. 마치 야생 흑표범과 늑대 무리의 만남을 주선하는 듯한 기분이 들었다.

양쪽 모두 자신과는 멀고 먼 사람들이었다. 자신이 왜 그 사이에 끼어 있어야 하는지 도무지 알 수 없다는, 도망치고 싶다는 생각도 들었다. 앞으로 무슨 일이 벌어질지 예상할 수 없어 긴장으로 식은 땀이 나고 손발이 차갑게 식었다.

가족들이 현관 앞에 나와 서 있었다.

"어서 와요."

큰어머니가 어색하게 웃으며 집 안으로 들어서는 도혁에게 먼저 말했다.

"처음 뵙겠습니다."

도혁이 인사했다.

"그냥 와도 되는데 뭘 이런 걸 들고 외요."

큰어머니가 도혁의 손에서 선물과 과일 바구니를 받아 내려놓으며 말했다.

"그렇게 서 있지 말고 서로 소개라도 시키렴."

둘째 이모가 얼어붙은 얼굴로 도혁의 뒤에 서 있는 윤우에게 말했다. 윤우는 놀라서 네, 작게 대답하고 앞으로 한 발 나서서 도혁을 가족들에게 인사시켰다.

"차, 차도혁 씨예요. 이쪽은 저희 부모님, 그리고 둘째 이모님과 큰언니랑, 작은 언니예요."

윤우가 소개하자 그는 아버지와 악수를 하고, 나머지 가족들과는 묵례를 나누었다.

"어서 저리로 앉아요."

큰어머니가 소파를 가리켰다.

"앉으십시오. 절부터 드리겠습니다."

도혁이 말했다. 윤우는 이유 없이 놀랐다. 그가 남에게 절하는 게 상상이 가지 않아서였다.

"아이구, 절은 무슨. 됐어요. 그냥 앉아요."

큰어머니가 손사래를 쳐서 윤우는 안도의 숨을 내쉬었다.

"언니, 그건 아니지. 사윗감이 첫인사 왔는데 절은 받아야지."

둘째 이모가 아버지와 큰어머니 등을 밀어 안방으로 들어갔다. 윤우는 당황해서 방으로 들어가는 사람들을 따라 들어갔다.

안방으로 자리를 옮기는 동안 누군가 윤우의 옆구리를 마구 찔렀다. 놀라서 돌아보니 둥그레진 눈으로 정아가 엄지를 세워 보이며 소리 없는 탄성을 질러 댔다. 윤우는 경황이 없어서 무슨 뜻인지 미처 알아채지 못하고 안방으로 들어갔다. 도혁의 키가 커서인지 사람들도 안방도 유난히 작아 보였다.

아버지와 큰어머니를 앉혀 놓고 도혁이 절을 했다. 절을 하는 동안 정아가 다시 윤우의 등을 찔러 댔으나 애써 모른 척했다. 절이 끝나자 큰어머니는 상을 차리겠다며 얼른 일어나 주방으로 갔고 나머지 여자들도 그 뒤를 따라갔다. 윤우도 아버지와 마주앉은 도혁을 두고 주방으로 갔다.

"와, 대박! 야, 너희 부서에 저런 사람이 있었어? 네 성격에 상빈이랑 헤어지자마자 갈아탔다고 해서 좀 이해가 안 갔는데 그럴 만하다. 나 같아도 저런 남자면 뒤도 안 돌아봤겠다."

정아가 귓가에 대고 속삭이듯 마구 떠들어 댔다. 그 소리를 들었는지 둘째 이모가 대차게 콧방귀를 뀌었다.

"남자 인물 좋아서 뭐 하게? 옛말에 인물값 안 하는 남자 없다고 했어. 괜히 여자 맘고생이나 시키기 딱 좋지. 남자는 그저 자기 여자밖에 모르고 능력 좋으면 그게 최고야. 얼굴 따지다가 나중에 땅을 치고 후회하지, 아주."

"그것도 편견이야, 이모. 못생겼다고 뭐, 바람 안 피우는 줄 알아? 아버지를 보라고."

정아의 말에 큰어머니가 그녀의 등짝을 후려쳤다. 아야, 정아가 비명을 꽥! 지르며 들고 있던 국자를 내던지고 맞은 등을 문질렀다. 윤우는 그들이 하는 말을 묵묵히 들으며 잡채를 접시에 담았다.

그들은 자신들이 하는 말이 윤우에게 상처가 될 거라는 생각을 못 하는 건지, 아니면 들으라고 일부러 그러는 건지, 윤우는 아직도 잘 판단할 수 없었다. 이제 익숙해질 만도 한데 저의 출생과 관련된 말들은 들을 때마다 여전히 가슴이 철렁 내려앉았다

정은은 한마디도 하지 않고 사납게 굳은 얼굴을 하고 있었다. 한 해에 결혼이 겹친 일로 윤우에게 화가 났다는 것을 숨길 생각도, 그 화를 풀 생각도 없어 보였다. 하기는 이 자리에 참석해 일손을 거드는 것만도 고마운 일이었다.

윤우는 쟁반에 담긴 음식들을 거실에 펼쳐 놓은 깨끗하게 닦인 교자상으로 옮겼다. 안방에서 두 사람의 말소리가 간간이 들렸다. 무슨 얘기를 하는지 궁금했다.

윤우는 도혁의 옆에 앉아 사람들이 나누는 얘기를 들으며 음식을 먹었다. 맛을 느낄 수 없었다.

"도혁 씨는 부모님 연세가 어떻게 돼요?"

밥을 먹던 둘째 이모가 도혁에게 물었다. 윤우는 그 이모가 폭탄처럼 느껴져서 입을 열 때마다 저도 모르게 움찔, 놀랐다.

"아버님은 제가 어릴 때 돌아가셨습니다. 어머님은 올해 쉰일곱 되셨습니다."

"어머, 어머님이 고생 많이 하셨겠네. 형제는 있어요?"

"저 혼잡니다."

"저런, 쯧쯧쯧!"

무슨 의미인지 둘째 이모가 요란하게 혀를 찼다. 둘째 이모가 입을 다물자 잠시 자리가 조용해졌다.

"그럼 결혼하면 어머니 모시고 살아야겠네요?"

사람이 모인 자리의 모든 침묵은 자신의 책임이라고 생각하는 듯 둘째 이모가 다시 입을 열었다.

"네. 그럴 거 같습니다."

도혁이 부드러운 목소리로 대답했다.

"좀 걱정되네. 옛말에 홀시어머니 모시고 사는 건 맨손으로 벽을 기어오르는 것보다 더 힘들다고 했는데."

이모가 하지 않아도 될 말을 했다. 윤우는 놀라서 씹고 있던 음식을 급히 삼키느라 목이 탁, 막혔다. 윤우가 입을 막으며 기침을 하자 도혁이 물 컵을 끌어다 앞에 놓아주고 등을 두드려 주었다. 등에 닿은 그의 다정한 손길에 윤우는 신경이 바짝 쓰였다.

"미안해요. 팔은 안으로 굽는다고, 내가 윤우 이모이다 보니 걱정돼서 해 본 말이에요. 기분 나쁘게는 생각하지 말아요."

"아닙니다. 걱정이 많으신 게 당연하죠. 다만 윤우 씨도 그렇고 제 어머니도 현명하고 지혜로운 분들이니 어려움이 있어도 잘 이겨 낼 거라고 믿고 있습니다."

무척이나 모호한 대답이었지만 완전히 설득당한 얼굴로 모두 고개를 끄덕였다. 진땀 나는 식사가 끝나고 상이 치워졌다. 후식으로 과일과 차를 내서 다시 거실 탁자에 둘러앉았다.

"차 마셔 봐요. 우리 막내 여동생이 제주도에서 다원을 하는데 햇봄에 딴 잎으로 만든 차예요. 이런 건 귀해서 수출만 하는 거라 시중에서 유통되는 차들이랑은 맛이 많이 달라."

둘째 이모가 부산하게 도혁에게 차를 권하며 말했다.

"감사합니다."

도혁이 막 찻잔을 들었을 때 초인종이 울렸다. 볼일이 있어 식사 자리에는 참석하지 못한 이모부가 늦게 도착했다. 도혁은 이모부와 악수를 했다.

"윤우랑 같은 부서에서 일한다는 얘기는 들었어요. 나이가 서른 셋이라고 했던가? 대영에 입사한 지는 얼마나 됐어요?"

이모부가 자리에 앉으며 물었다.

"5년 됐습니다."

"5년쯤 됐으면 대리인가? 회사마다 좀 다르긴 한 모양이지만 얼추 그때쯤 대리 달지, 아마?"

화장품 용기를 만드는 중소기업에서 부장 직함을 달고 있는 이모부가 말했다. 윤우는 당황해서 큰어머니를 바라보았다. 큰어머니가 당연히 도혁이 대영 그룹 회장의 외손자라는 사실을 가족들에게 말했을 거라고 생각했는데 아닌 모양이었다. 큰어머니는 굳이 가족에게 얘기할 만큼 큰일도 아니라는 듯 담담한 얼굴로 앉아 있었다.

긴장한 윤우의 옆얼굴에 도혁의 시선이 와 닿았다. 윤우는 무슨 말을 해야 할지 알 수 없어 당황했다. 갑자기 가족들에게 그의 배경을 설명해 주는 것도 왠지 어색해 큰어머니가 나서서 설명해 주기를 바랐다. 그러나 그녀는 그런 얘기는 관심도 없다는 듯 차분한 얼굴로 차를 마실 뿐이었다.

"명함 있으면 하나 줘 보게. 대영이 우리 회사랑 크게 겹치는 부분이 없어서 도움 될 일은 없겠지만 그래도 사람 일이라는 게 모르는 일이지. 자."

이모부가 지갑에서 명함을 꺼내 도혁에게 내밀었다. 도혁이 그것을 받고 자신의 명함을 꺼내 이모부에게 정중하게 건넸다. 그것을 그냥 자신의 지갑에 챙기려던 이모부가 멈칫하며 다시 명함을 들여다보았다. 뭘 잘못 보았나 싶은 얼굴로 그는 한참 동안 명함을 보고 또 보았다.

"대영…… 철강, 상무?"

이모부가 곱씹듯이 작게 중얼거렸다. 그 말에 주목하는 사람은 아무도 없었다.

"그 대영 철강이면, 대영 그룹 계열사 그, 대영 철강인가?"

이모부가 말을 더듬으며 물었다. 도혁이 그렇다고 대답했다.

"자네 윤우와 같은 부서에서 일한다고 하지 않았나?"

"얼마 전에 발령이 나서 지금은 마산에서 근무하고 있습니다."

"지방으로 발령 나서 결혼을 서두르는 거라고 내가 몇 번을 얘기했구만."

둘째 이모가 또 잊어버렸냐는 듯 남편에게 핀잔을 주었다. 윤우는 무슨 말을 해야 할지 몰라 진땀을 흘리며 사태를 지켜보고 있었다.

"아니, 그게 문제가 아니고……. 이거 좀 보세요. 형님."

이모부가 도혁의 명함을 아버지에게 내밀었다. 아버지가 셔츠 주머니에 꽂혀 있던 안경을 꺼내 쓰며 명함을 들여다보았다.

"……상무? 상무라니? 이게 뭔가?"

아버지가 심히 사기꾼을 보는듯한 의심스러운 표정으로 도혁을 바라보았다. 도혁과 눈이 마주쳤다. 그 얼굴에 난감한 빛이 어려 있었다.

"그게, 상무님 맞으세요. 그, 얼마 전에 승진하셔서……."

윤우는 이 상황을 어떻게든 수습해 볼 요량으로 급하게 설명했다. 윤우의 말에 지금까지와는 결이 다른 침묵이 내려앉았다. 정아가 아버지 손에서 명함을 뺏어 들여다보더니 헐, 하고 이상한 감탄사를 내뱉었다. 명함은 정아에게서 이모에게로 또 정은에게 차례로 넘어갔다.

"어떻게 된 일인가? 이게 사실인가?"

두혁이 상무인 게 무슨 큰 흠이라도 된다는 듯 분위기가 삽시간에 얼어붙었다.

"윤우 씨가 미처 말씀을 못 드린 것 같습니다. 제가 지금 상무 직함을 달고 있는 건 순전히 제 외조부님 덕이라 내놓고 말씀드리기 부끄럽습니다만, 그렇습니다."

"외조부라니? 자네 외조부가 누구시기에 그러나?"

이모부가 상을 넘어올 듯 몸을 앞으로 뺀 채 물었다.

"진 석 자, 환 자, 되시는 분입니다."

"진석환이라면, 대영 그룹 회장님 말인가?"

"그렇습니다."

"아니, 자네가 진 회장님 외손자란 말인가?"

"네. 그렇습니다."

"설마 자네가 얼마 전에 상무로 승진했다던 막내 외손자인가? 차기 회장 후보로 거론된다던, 그……."

"차기 회장 후보 얘기는 과장된 소문입니다."

"아니, 아니지. 내 동창 중에 대영 본사에서 이사 달고 있는 놈이 하나 있는데 지난주에 동창회에서 분명히 들었어. 차기 회장 후보였는데 회사 여직원하고 눈이 맞아서 지방으로 밀려났다고……."

"……."

"……."

모두 아무 말도 하지 못했다. 윤우는 고개를 숙였다. 그렇게 엄청난 일이 저로 인해 일어났다는 게 아직도 믿기지 않아서 죄인처럼 심장이 쿵쿵 뛰었다.

"야, 이윤우. 너 그렇게 잘났어?"

그때 갑자기 침묵을 깨고 정은이 들고 있던 젓가락을 던지듯 내려놓으며 벌떡 일어섰다.

"어머, 어머. 얘가 왜 이러니?"

둘째 이모가 놀라서 정은의 팔을 잡아 앉히려고 했지만, 정은은 매몰차게 그 팔을 뿌리쳤다. 그 눈이 분노와 혐오로 활활 타고 있었다. 윤우는 놀라서 아무 말도 하지 못하고 정은을 바라보았다.

"가족들 농락하니까 재미있어? 어머님이 고생하고 키우셔? 대리? 아무것도 모르고 떠드는 거 구경하고 있으니 재미있든?"

"앉아. 어른들 계신 데서 이게 무슨 버릇없는 짓이야?"

큰어머니가 차분한 어조로 정은을 타일렀다.

"아니, 그런 걸 숨기고 의뭉을 떨고 앉아 있는 게 웃기잖아요. 기가 막혀. 너, 엄마보고 네 결혼 신경 쓰지 말라고 한 거 이런 뜻이었니? 재벌 집으로 시집가니까 이제 엄마 도움 필요 없다 그거야? 신데렐라 코스프레? 같잖아서 정말."

"그게 아니라, 어머니께 말씀드렸는데……."

윤우는 너무도 예상 밖의 전개에 당황해서 더듬거리며 말했다.

"그게 무슨 대수라고 이 소란을 피워? 그만하고 앉아."

큰어머니가 정은에게 말했다. 정은은 입술을 물고 상 가운데쯤을 노려보고 있었다. 주먹이 꽉 쥐어져 있었다. 갑자기 자신이 한 행동이 너무 과했다는 것을 깨달은 것과 동시에 그래서 더 화가 난 듯했다.

"우리는 맨날 가해자고 너만 피해자지?"

그냥 그만두기 멋쩍었을 것이다. 그렇다 해도 너무 맥락 없는 말이었다. 윤우는 눈이 커져서 정은을 바라보았다.

"제가 언제……. 저, 한 번도 그런 생각 한 적 없어요."

"시선 떡지 마. 네 얼굴에 다 쓰여 있어. 너 때문에 우리 가족이

입은 피해에 대해서 생각해 본 적도 없지? 너는 그저 맨날 너만 불쌍하지?"

"언니들이랑 어머니한테 늘 죄송한 기분으로 살았어요. 피해자라니, 한 번도 그런 생각……."

"착한 척 좀 그만해! 지겨우니까."

"이정은, 이게 무슨 배워 먹지 못한 행동이야? 그만두지 못해?"

마침내 큰어머니가 정은에게 버럭 소리를 질렀다. 정은은 때를 기다렸다는 듯 자리를 박차고 현관문을 쾅 닫고 나가 버렸다. 윤우는 입술을 깨물었다.

"아이고, 이거 험한 꼴을 보인 거 같구만. 미안하네."

이모부가 어쩔 줄 모르고 도혁에게 사과했다. 그분이 나서서 사과할 일은 아니었다.

"아닙니다."

도혁이 얼굴이 새하얘진 윤우를 바라보며 대답했다.

"손님 초대해 놓고 이게 무슨 실례야."

이모부가 작게 중얼거렸지만 아무도 대꾸하지 않았다.

"나중에 다시 찾아뵙도록 하고, 오늘은 그만 돌아가 보겠습니다."

도혁이 자리에서 일어섰다.

"아니, 차나 다 마시고 가지 않고……."

둘째 이모가 아쉬운 얼굴을 했지만, 큰어머니는 파랗게 굳은 얼굴로 아무 말도 하지 않았다. 도혁을 따라 모두 자리에서 엉거주춤 일어섰다.

"미안하네."

아버지가 현관에 선 도혁에게 말했다.

"아닙니다. 아버님."

도혁이 대답했다.

"내가 윤우한테 얘기를 듣긴 들었는데 경황이 없어서 가족들한테 따로 말하는 걸 잊었어요. 우리 큰 애가 결혼식이 얼마 안 남아서 그런지 요새 되게 예민해서, 실례가 많았어요."

큰어머니가 예의를 차리며 겨우 도혁에게 그렇게 말했다.

"저는 괜찮습니다. 식사 맛있게 잘 했습니다."

"차린 것도 없었는데 잘 먹었다고 하니 고맙네요."

인사가 끝나자 도혁이 현관을 나갔다. 윤우는 도혁을 배웅해야겠다고 생각해 따라 나가려는데 큰어머니가 불렀다.

"윤우야."

"네."

"너도 도혁 씨 따라서 그만 돌아가는 게 좋겠다. 정은이가 지금은 아마 너 보고 싶어 하지 않을 거 같구나. 나중에 둘 다 차분해지면 만나서 얘기해."

그녀는 윤우의 옷과 가방을 가지고 나왔다. 정은의 핑계를 댔지만, 사실은 큰어머니 자신이 더는 윤우를 보고 있기 힘든 것 같은 기색이 역력했다. 윤우는 가방과 옷을 받아 들고 인사를 했다. 등 뒤에서 그 모습을 도혁이 지켜보고 있었다.

도혁은 말없이 차를 출발시켰다. 그는 윤우가 사는 동네에 도착할 때까지 아무 말도 하지 않았다. 차가 도로가에 정차했다.

"……오늘 여러 가지로 죄송했습니다."

무슨 말을 해야 할지 망설이다가 겨우 입을 열었다.

"여러 일이 한꺼번에 너무 급작스럽게 일어나서…… 집에도 급하게 말씀드리다 보니 가족들한테 일일이 얘기하지 못했어요. 제가 세심하지 못했습니다. 죄송해요."

"……"

어째서 상황이 갑자기 그렇게 흘러갔는지 윤우도 알지 못했지만 일단 도혁에게 보이지 말아야 할 모습을 보인 건 확실했다. 그는 아무 말도 하지 않고 차창 밖을 바라보고 있었다.

도혁의 굳은 표정에 윤우는 초조해서 입술이 말랐다. 사람을 초대해 놓고 그런 실례를 범했으니 분명 불쾌했을 것이다.

"앞으로는…… 이런 일 생기지 않도록 신경 쓰겠습니다."

무슨 말이든 해야 할 것 같아서 윤우는 다시 입을 열었다.

도혁은 다른 생각에 빠진 듯 윤우의 말을 듣는 것 같지 않았다. 그녀는 불안하게 손가락을 꼼지락거렸다.

"혹시 가족들과 사이가 안 좋아요?"

안전벨트를 만지작거리고 있는 윤우에게 도혁이 조심스럽게 물었다. 여태 그 말을 하려고 뜸을 들인 것 같았다. 조금 전 본가의 식사 자리에서의 상황을 지켜본 사람이라면 누구나 이상한 생각이 들었을 것이다. 그래도 쉽게 그렇다고 인정하는 건 왠지 싫었다.

"오늘 일 때문에 그렇게 보셨을 수도 있지만…… 특별히 그렇지는 않아요."

"오늘 일 때문이 아니라, 언니들은 모두 집에서 사는데 막내인 윤우 씨 혼자 독립한 것도 그렇고 임신도……. 요즘 이윤우 씨가 겪은 일들 혼자 감당하기 버거웠잖아요. 그런 힘든 일을 겪으면서 가족들한테조차 아무 얘기도 안 했다는 게 평범해 보이지는 않습니다.”

“……”

“안 한 거예요, 아니면 못 한 겁니까?”

윤우는 수치심을 느꼈다. 그럴 의도로 한 질문이 아닐 텐데 비참한 기분이 들었다. 아무에게도 사랑받지 못하는 존재라는 것을 들킨 것 같았다.

“……”

“……하긴 가족이 다 사이좋고 화목하라는 법은 없죠. 이미 알고 있을지도 모르지만, 우리 집안은 가족 만날 때 보디가드를 데리고 가야 할 정도입니다.”

도혁이 윤우의 붉어진 얼굴을 바라보더니 농담처럼 말했다. 그 사람 딴에는 위로라고 하는 말인 모양이었다.

“……”

“가족들과 관련해서 내가 알아 둬야 할 다른 일은 없어요?”

그가 고개를 돌려 윤우를 보며 물었다. 윤우는 잠시 그의 길고 짙은 속눈썹을 멍하니 바라보았다. 아마도 정은이 하던 말과 가족들의 태도에서 무언가 심상치 않음을 느꼈으리라.

자신의 떳떳하지 못한 출생은 언제나 발목에 매달린 쇠사슬이었다. 자꾸만 뒷걸음질 치고 숨게 만드는 이유였다. 말해야 한다는 것을 알면서도 윤우는 제 치부를 도혁에게 내보이기 싫어 머뭇거렸다.

알아갈수록 점점 더 자신은 그의 짝으로서 자격이 없다는 확신만 깊어질 뿐이었다.

“……어머니는 제 생모가 아니세요. 그러니까 저는 아버지가 밖에서……”

차마 제 입으로 사생아라는 단어를 내뱉지 못해 윤우는 말을 끝맺지 못했다. 도혁은 아무 반응도 하지 않았다. 사실 시선을 내리고 있어서 그가 어떤 표정을 지었는지 알 수 없었다.

"열 살 때부터 지금 가족들과 살았어요."

"그 전에는요?"

담담한 목소리로 그가 물었다.

"생모와 살았습니다. 제가 아버지 집으로 올 때 생모는 재가하셨어요."

"친어머니와 연락하고 지내요?"

"……아니요. 헤어지고 한 번도 못 봤습니다."

"……."

"오늘 상황이 좀 안 좋게 보이셨을 수도 있지만 생각하시는 것처럼 나쁜 환경에서 자란 건 아니에요. 어머니도 최선을 다해서 절 키워 주셨고, 언니들도 나쁘게 대하지 않았습니다. 오늘 일로 편견을 갖거나 오해하지 않으셨으면 좋겠어요."

"일반적인 가정에서도 크고 작은 문제는 늘 일어나죠. 오늘 일로 편견을 갖지는 않습니다. 다만……."

도혁이 말끝을 흐렸다. 눈이 마주치자 그의 눈빛이 가늘어졌다. 피부의 숨구멍 하나까지 살피는 듯한 시선이 계속 얼굴에 머물렀다. 윤우는 그 집요한 시선을 견디지 못하고 고개를 숙여 제 손을 내려다보았다. 이유 없이 뒷덜미가 달아오르는 기분이 들었다.

"밥은 잘 챙겨 먹고 있어요?"

그의 입에서 무슨 말이 나올지 몰라 긴장하고 있는데 그가 전혀 상관없는 엉뚱한 것을 물었다.

"……잘 먹고 있어요."

"몸은 괜찮아요?"

"네."

"내가 서울에 없어서 세세하게 신경 쓰지 못합니다. 필요한 게 있으면 언제든지 최 실장님한테 연락하세요. 그 사람 업무의 일부분이니까 아무것도 불편해할 필요 없어요."

윤우를 바라보는 그의 눈빛에서 착잡한 감정이 느껴졌다. 덤덤한 척했지만 역시 아무렇지도 않을 수는 없을 것이다. 그가 처한 상황만으로 머리가 복잡할 텐데 아마도 오늘, 피치 못하게 엮인 혼란스러운 광경에 꽤 심란해진 것 같았다.

"결혼식 날짜는 되도록 빨리 잡는 게 좋을 거 같네요."

"……."

"부모님이랑 의논해서 최대한 빠른 날짜를 몇 개 정해서 알려주세요. 이쪽 일정 조율해서 그중에 고르겠습니다. 상견례는 결혼식 날짜 잡고 나서 하는 거로 하죠."

"……네."

"들어가 쉬어요."

도혁이 말했다. 윤우는 얼른 안전벨트를 풀었다.

"데려다주셔서 감사합니다."

"무슨 일 있으면 전화해요. 밥 잘 챙겨 먹고."

"네."

대답하고 차 문을 열었다. 윤우가 내리자 곧 차가 출발했다. 차가 떠난 자리에 바스러진 나뭇잎이 허공으로 날아올랐다가 곧 가라앉으며 사방으로 흩어졌다.

도혁과 있다가 헤어지면 늘 꿈을 꾸다가 갑자기 깬 것처럼 현실이 낯설어 두리번거리게 되곤 했다.

❖

　도혁의 집에 인사하러 가는 날이 다가오고 있었다. 첫인사를 가는데 빈손으로 갈 수는 없고 의논할 데도 없어 인터넷으로 이리저리 검색하며 고민하고 있는데 큰어머니에게서 전화가 왔다.

　– 시댁에 인사 갈 날짜는 정했니?

　윤우의 고민을 모두 지켜보고 있기라도 했다는 듯 큰어머니가 물었다.

　"이번 주 토요일에 인사드리러 가기로 했어요."

　– 날짜 정해졌는데 왜 전화를 안 해? 내가 꼭 먼저 전화를 해야 해?

　엊그제 도혁의 집에 인사 갈 날짜를 전해 듣고 큰어머니에게 전화했지만 받지 않았다. 도혁이 본가에 다녀간 다음 날 윤우가 전화했을 때도 큰어머니는 머리가 아파서 통화할 수 없다며 바로 전화를 끊었다. 제 목소리도 듣고 싶지 않은 것 같은 그 냉정한 태도가 떠올라 윤우는 다시 전화할 엄두를 내지 못했다.

　큰어머니가 그런 식으로 자신을 밀어내는 것을 느끼면 윤우는 아무것도 할 수 없었다. 자신이 애교 많고 넉살 좋은 성격이었다면 지금보다 상황이 쉬웠을까.

　모든 게 너무 벅찼다. 다른 사람은 아무렇지 않게 지나가는 일들이 제게는 왜 하나하나 온 힘을 다해 맞서야 할 정도로 어려운 것인지 알 수가 없었다.

　"며칠 전에 전화 드렸는데 전화 안 받으셔서요."

　– 전화 안 받으면 다시 해야지. 어른이 할 때까지 버티는 건 어

디서 배운 버릇이야?"

"죄송해요. 언니 결혼식 때문에 바쁘신 거 같아서요……."

— 내가 정은이 결혼식만 신경 쓴다고 지금 시위하는 거야, 뭐야? 네가 그런 말을 할 정도로 내가 너랑 언니들 차별해서 키웠니?

"그런 게 아니라, 죄송해서……."

— 네가 그런 식으로 행동하면 내 얼굴에 먹칠하는 거밖에 더 돼? 여태 힘들게 다 키워 놓고 마지막에 내가 의붓딸 차별해서 키웠다는 욕까지 먹어야 하니?

큰어머니 목소리가 격앙되어 있었다. 그녀로서는 매일 자신을 보며 살아야 하는 일 자체가 고통이었을 것이다. 존재를 견디는 것만으로 고행이었을 텐데 거기에 대고 애정을 바란 건 제 미련한 이기심이었다.

윤우가 몇 번 더 잘못했다고 말한 후에야 큰어머니는 겨우 진정하고 본론을 꺼냈다.

— 시댁에 갈 때 빈손으로 갈 수는 없잖니?

"그래서 저도 이것저것 알아보던 중이었어요."

— 그쪽에서 보낸 선물들 보니 웬만한 거로는 명함도 못 내밀겠더라. 애초에 기를 죽이려고 작정을 한 건지 뭔지.

윤우는 도혁이 들고 온 선물이 뭔지 몰랐다. 물어보려다 그만두었다.

— 정은이 시댁에 보내려고 제주도 이모한테 특별히 좋은 차 따로 골라 놓으라고 했던 거 있다. 그거랑 유명한 장인이 만든다는 떡집에 떡 세트 주문해 놓을 테니 와서 가지고 가. 그런 집에 뭘 들고 가도 눈에 안 차겠지만 그래도 성의는 보여야지.

"언니 시댁에 드리려던 건데 차는 그냥 두세요. 과일 같은 걸 제가 주문해 놓을게요."

  – 정은이는 아직 시간 있으니까 다른 거 준비해 주면 돼.

"······네."

큰어머니와 통화를 끝내고 나니 고마워서 죄책감이 들었다. 큰어머니는 차갑게 밀어내면서도 늘 이런 식으로 윤우가 필요한 것들을 결국 해 주었다.

큰어머니를 순수하게 원망만 할 수 있었다면 윤우는 좀 더 단단한 사람으로 자랄 수 있었을지도 모른다. 그녀의 내부에는 언제나 큰어머니에 대한 죄책감과 고마움과 원망이 어지럽게 뒤섞여 있다.

토요일 아침 일찍 본가로 갔다. 도혁을 기다리는 동안 큰어머니와 정아는 윤우가 입고 간 회색 투피스를 벗기고 정은의 상아색 원피스와 같은 색 계열의 트위드 재킷으로 갈아입혔다. 정은은 집에 있는 것 같았지만 나와 보지 않았다.

옷은 맞았지만, 정은이 그 옷을 자신에게 빌려주는 것을 허락했을 것 같지 않아 마음이 불편했다. 정아는 왠지 들떠서 콧노래를 부르며 윤우를 붙들어 앉히고 헤어스타일과 화장을 고쳐 주었다.

도혁은 약속대로 11시에 윤우를 데리러 왔다. 일주일 만에 보는 얼굴이었다. 그는 가족들과 인사를 나누고 큰어머니가 준비해 둔 선물을 자동차 트렁크에 실었다.

윤우는 미리 사 두었던 꽃다발을 들고 도혁의 옆자리에 올랐다. 차가 출발하자 긴장으로 온몸이 뻣뻣해지는 것 같았다. 도혁과 진짜 좋아서 하는 결혼이 아님에도 시댁은 시댁이었다. 아니 그래서 오히려 더 떨리는 것일 수도 있었다.

"예쁘네요."

그가 흘끗 그녀 쪽을 보며 말했다. 윤우는 올라가려는 입꼬리에 힘을 주었다. 부끄러워 손가락이 옴질거렸다. 그렇지 않아도 정아가 손을 대놓은 얼굴이 어색해서 신경이 쓰이던 참이었다.

"수국 종류인가요?"

도혁이 다시 물었을 때, 그가 예쁘다고 칭찬한 게 꽃임을 알았다.

"아, 네. 꼬, 꽃 이름이 엘마르래요."

윤우는 당황해서 꽃집 주인이 가르쳐 준 이름을 떠올리며 황급히 얼버무렸다. 흰색 꽃잎의 가장자리에 분홍색 띠가 둘러쳐진 화사한 꽃송이들을 내려다보는데 얼굴이 홧홧했다. 옆에서 웃음소리가 들렸다. 흠칫, 놀란 윤우가 쳐다보자 그도 고개를 돌리고 윤우를 마주 바라보았다. 눈가에 웃음기가 어려 있었다. 왜 웃느냐고 묻고 싶은 걸 꾹 참으며 얼른 고개를 돌렸다.

물을 필요도 없이 그가 왜 웃는지 알 것 같았다. 제가 한 착각을 아는 것이다. 바보 같기는. 자책하며 입술을 물었다.

"예쁘긴 한데, 꽃이 죽어 보이네요."

도혁이 말했다.

"네?"

놀란 윤우는 꽃을 내려다보았다. 혹시 시든 곳이 있나 이리저리 살펴봤지만 그런 곳은 없었다. 꽃은 환하고 예뻤다. 아무리 봐도 죽어 보이지는 않았다.

"……."

"윤우 씨가 듣고 있으니까 말이에요."

도혁은 왼쪽 사이드미러에 눈길을 준 채 자연스럽게 옆 차선으로 끼어들며 예사롭게 말했다. 윤우는 어리둥절해져서 그의 옆모습을 바라보다가 그가 한 말뜻을 깨달았다.

바람둥이도 식상해서 써먹을 것 같지 않은 상투적이고 뻔뻔한 소리를 그가 했다는 게 믿어지지 않았다. 아무래도 제가 잘못 들었다는 생각이 들었다.

윤우의 시선을 느꼈는지 그는 정면을 주시한 채 다시 소리 없이 웃었다. 그가 저를 놀리고 있다는 것을 알았다. 민망하기도 하고 어이가 없기도 해서 시집에 첫인사를 하러 간다는 긴장된 상황도 잊고 가는 내내 웃음이 나왔다.

도혁의 집은 뒤쪽으로는 산이, 앞으로는 강이 내려다보이는 지리적 이점 때문에 예전부터 대표적인 부촌이라고 알려진 동네에 위치하고 있었다. 약간 경사진 도로를 따라 고급 빌라와 높은 담장을 낀 넓은 단독 주택들이 늘어서 있는 것을 보니 다시 긴장되기 시작했다.

도혁의 집은 동네에서도 가장 위쪽 라인에 자리 잡고 있었다. 양옆으로 무성한 숲이 조성된 진입로를 따라 한참 올라가자 한적한 곳에 떨어져 있는 10층 안팎의 웅장한 빌라가 눈앞에 나타났다.

지하 주차장 지붕부터 2층 높이까지 견고하게 쌓인 검은 석축 위에 건물이 서 있고 건물 뒤로는 나무가 빽빽한 숲이 펼쳐져 있었다. 출입구에서부터 여러 단계의 보안 절차를 밟아야 하는 그곳은 외부인이 함부로 발을 들여놓을 수 없는 폐쇄적인 성처럼 보였다.

그들이 탄 차는 주차장 게이트를 지나 지하로 내려갔다. 지하 주차장은 윤우가 그동안 봐 왔던 주차장들과는 아주 달랐다. 미래에서 온 것 같은 슈퍼 카들이 즐비해서가 아니라 실제로 주차장 자체가 자동차 전시장처럼 환하고 호화로웠다.

도혁이 차를 주차하는 동안 윤우는 잠시 제가 어째서 여기 있는지 알 수 없는 기분에 사로잡혔다. 저와 상관없는 세계에 떨어진 것 같은 낯설고 기이한 기분이 들었다. 윤우는 무심히 안전벨트를 풀고 있는 도혁에게 저도 모르게 간절한 시선을 보냈다. 혹시 그가 다시 자신을 제가 아는 세계로 돌려보내 줄지도 모른다는 기대를 품고서.

당연하겠지만 도혁은 저와 달리 무척이나 평온한 얼굴을 하고 있었다. 윤우와 눈이 마주치자 그는 그저 눈썹을 조금 들어 올렸을 뿐 아무 말도 하지 않고 차에서 내렸다. 어차피 해야 하는 일이라고 애써 스스로를 달래며 윤우도 차에서 내렸다.

건물 출입구 앞에 서 있던 단정한 옷차림의 두 여인이 그들을 향해 빠르게 다가오는 게 보였다.

"어서 오세요."

40대 중반쯤으로 보이는 여자와 그보다 대여섯 살 어려 보이는 여자가 나란히 서서 그들을 향해 인사했다.

"집안일 도와주시는 분들입니다."

도혁이 그들을 윤우에게 소개했다.

"안녕하세요?"

윤우도 그들에게 고개 숙여 인사했다.

두 사람은 곧 도혁이 자동차 트렁크에서 꺼낸 짐을 하나씩 맡아 들고 건물 출입구로 앞장서 걸어갔다.

자동차 문을 잠근 도혁은 윤우를 향해 걸어오더니 오른손을 내밀었다. 어쩌라는 건지 몰라 윤우는 멍하니 그 손을 바라보았다.

제가 든 건 핸드백과 꽃다발이 다였다. 설마 핸드백을 들어 주겠다는 의미는 아닐 것 같아서 엉거주춤 꽃다발을 내밀었다.

그는 잠시 꽃을 내려다보다가 그것을 받아 들었다. 꽃을 건넨 손이 제자리로 돌아오기 전, 너무도 자연스럽게 그에게 손이 잡혔다. 놀란 나머지 티 나게 몸이 움찔 떨렸다.

도혁은 아무렇지 않게 그녀의 손을 잡고 고용인이 열어둔 출입문을 향해 걸었다. 엘리베이터를 타고 10층으로 올라가는 동안에도 도혁은 윤우의 손을 놓지 않았다. 그에게 잡힌 손이 나뭇가지처럼 뻣뻣하게 느껴졌다. 숨이 차고 진땀이 났다.

고용인들이 엘리베이터에서 내려 라운지처럼 꾸며진 넓은 홀을 지나 현관문을 향해 걸어가는 게 보였다. 엘리베이터에서 내린 도혁이 윤우에게서 받아 들었던 꽃을 도로 건네주었다. 다시 꽃다발을 받아 든 윤우는 약간 이끌리듯 그의 한발 뒤에서 따라 걸었다.

제 손을 잡은 커다랗고 단단한 손의 악력이 알 수 없는 안도감을 주었다.

현관문을 열고 기다리는 고용인을 지나 안으로 들어서니 넓고 환한 전실이 나왔다. 앉아서 신발을 신는 용도인 듯한 가죽 스툴이 놓인 바닥이 거울처럼 반짝거렸다. 입구에서 중문까지 긴 공간에는 수백 켤레는 보관할 수 있을 만한 신발장이 천장까지 짜여 있었다.

대리석을 밟는 제 구두 소리가 유난히 크게 들렸다. 윤우는 미색의 유리가 달린 중문 앞에 고용인이 얌전히 내놓은 슬리퍼에 발을 넣었다.

중문이 열렸다.

"떨지 말아요. 별거 없습니다."

흰색의 벽과 잘 어울리는 기하학 문양의 커다란 그림이 걸린 넓은 복도를 지날 때 도혁이 말했다. 잡힌 손으로 떠는 게 느껴진 모양이었다. 그 말을 들었다고 안 떨리는 것은 아니었지만 조금 위안이 되기는 했다.

복도 끝에 다다르자 전면이 창으로 된 광장처럼 넓은 거실이 나타났다.

거실에는 창을 따라 소재가 다른 십 인용과 이십 인용 소파가 거리를 두고 두 군데에 따로 놓여 있었다. 2층으로 올라가는 넓은 계단이 있는 곳에는 크림색의 그랜드 피아노까지 놓여 있었지만, 실내 공간은 여전히 한참이나 여유가 있었다.

천장이 높은 공간에 창에서 쏟아지는 햇살이 가득했다. 당연히 넓을 거라고 생각은 하고 있었지만, 제집이 서너 채는 들어가고도 남을 정도의 엄청난 거실 크기에 놀라지 않을 수 없었다. 하지만 길게 놀라고 있을 사이도 없었다.

고용인들과 함께 걸어오는 도혁의 모친을 보자 윤우는 저도 모르게 뒷걸음질 칠 뻔한 것을 겨우 눌러 참았다. 아직 도혁에게 잡혀 있는 손이 의식되어 얼른 손을 빼고 진 이사장을 향해 허리를 숙여 인사했다.

"안녕하세요?"

"그래, 어서 와라. 아침부터 준비하고 오느라 고생했겠구나."

부드럽고 상냥한 목소리가 들려왔다. 윤우는 흠칫 놀라 고개를 들었다. 처음 식당에서 보았던 차가운 얼굴이 아니었다. 진 이사장은 윤우를 향해 미소를 짓고 있었다.

당황했지만 윤우는 곧 알아차렸다. 도혁과 마찬가지로 그의 모친도 사람들 앞에서 연극을 하고 있다는 것을. 윤우는 꽃다발을 그녀에게 내밀었다.

"어머나 예쁘기도 해라. 내가 이 꽃 좋아하는 건 어떻게 알고. 도혁이가 가르쳐 준 모양이구나."

도혁의 모친이 진심으로 기쁘다는 듯 꽃을 받아 들고 향기를 맡으며 말했다.

윤우는 억지로 웃었다. 자신도 그들에 맞춰 연기를 잘해야 한다고 생각했지만, 제가 그들 모자만큼 자연스럽게 행동하고 있는지는 알 수 없었다.

"이리 오렴. 가족들과 인사부터 해야지."

진 이사장은 꽃을 고용인에게 넘기고 윤우의 손을 잡고 드넓은 거실을 지나 다이닝룸으로 그녀를 데리고 갔다.

눈이 부실 정도로 환한 샹들리에가 달린 넓은 다이닝룸에는 흰색의 긴 대리석 식탁이 놓여 있고 그곳에 십여 명도 넘는 사람들이 앉아 있었다. 윤우는 저도 모르게 걸음을 멈추었지만 제 손을 잡은 힘에 이끌려 앞으로 계속 걸어갔다.

"새아기가 인사 왔어요."

도혁 모친이 테이블 끝으로 윤우를 데리고 가서 서며 말했다.

차나 음료 같은 걸 마시며 얘기를 나누던 사람들이 일제히 그들 쪽을 돌아보았다. 제게로 와서 꽂히는 시선이 화살처럼 느껴졌다. 한결같이 호기심이 가득한 얼음 같은 눈빛이었다. 도망치고 싶었다.

"네가 가족들한테 인사시키렴."

뒤에 선 도혁에게 진 이사장이 자상한 목소리로 말했다. 도혁이 거의 무게가 느껴지지 않을 만큼 가볍게 윤우의 어깨를 짚어 앞으로 밀었다. 긴장 탓에 윤우의 몸에 잔뜩 힘이 들어갔다.

도혁의 손이 위로하듯 부드럽게 어깨를 한번 토닥였다. 그가 제게 하는 모든 행동이 계산된 것이라는 걸 알면서도 윤우는 그 손길에 힘을 얻었다. 낯선 장소, 낯선 사람들 속에서 아는 사람은 그가 유일했으니 의지할 수밖에 없었다.

"외조모님이십니다. 인사하세요."

도혁이 제일 가까이 앉아 있는 50대 후반쯤으로 보이는 중년 부인을 소개했다. 외할머니라면 진 회장의 부인이라는 얘기인데 상당히 젊어 보였다. 윤우는 허리를 숙여 인사했다.

"안녕하세요? 처음 뵙겠습니다."

"아유, 곱기도 하네. 어서 와요. 잘 왔어."

단아하고 조용한 인상의 부인은 손을 내밀어 윤우의 손을 잡고 부드럽게 손등을 두드렸다. 그런 다정한 인사는 상상해 본 적이 없어 윤우는 속으로 놀랐다.

"이모님입니다."

도혁이 다음으로 소개한 사람은 윤우도 얼굴을 아는 사람이었다. 대영 그룹 진석환 회장의 장녀 진정화였다. 그녀는 20대 때부터 경영 활동에 참여한 노련한 사업가로 현재는 주요 계열사의 이사직과 대영 유통 대표 이사를 맡고 있었다.

꽉 다문 얇은 입술과 미간에 잡힌 주름 때문에 언론에 노출된 사진보다 더 차갑고 신경질적으로 보였다.

"처음 뵙겠습니다. 이윤우라고 합니다."

"반가워요."

턱을 치켜들고 사람을 내려다보는 듯한 시선으로 진정화 부회장이 인사를 받았다. 진정화 부회장의 옆에는 그녀의 아들인 정인호 전무, 딸인 대영 통신 정인영 상무와 그들의 가족들이 앉아 있었다. 그들은 형식적인 미소를 띠고 윤우와 인사를 했다.

"외숙모님과 외사촌 들입니다."

도혁이 그들끼리 무언가 귓속말을 주고받고 있는 맞은편 사람들 쪽으로 가볍게 손을 뻗으며 말했다.

"처음 뵙겠습니다."

윤우가 고개를 숙여 인사했다.

"만나서 반가워요."

도혁의 외숙모가 우아하게 웃으며 인사를 받았다.

"외삼촌은 건강하시죠? 뵌 지 꽤 오래된 거 같네요."

도혁이 말했다.

"아, 아. 외삼촌은 어제 중국 출장 갔어. 중수는 갑자기 중요한 약속이 잡혀서 못 왔고. 참석하지 못해 미안하다고 전해 달래. 그이 돌아오면 윤우 씨 데리고 집에 한번 와. 인사할 겸."

도혁의 외숙모가 어색한 미소를 지으며 말했다.

"여기 모인 사람 중에 안 바쁜 사람이 어딨어요. 중수 그놈도, 남자 새끼가 속이 좁아서 큰일이에요. 좀 다퉜다고 반년이 넘게 가족 모임에도 안 나오고. 걔도 큰일 하긴 글렀어."

정인호 전무가 와인을 홀짝거리며 비아냥거렸다.

"그게 그냥 좀 다툰 건 아니지. 턱뼈가 아주 고장이 났는지, 걔가 지금도 뭐 먹을 때마다 아귀가 안 맞아서 얼마나 고생인데……."

도혁의 외숙모 얼굴이 순식간에 시뻘겋게 달아올랐다.

"외숙모도 참, 그렇게 따지면 내 갈비뼈는요. 나도 할 말이 없어서 안 하는 게 아닌데, 참 너무하시네. 그래도 난 다 잊고 잘 지내 보려고 노력하고 있잖아요. 그 자식이 좀생이처럼 꽁해서 아직도 날 피하니까 하는 말이죠."

정인호 전무가 유들거리며 대거리했다.

"아니, 큰조카. 조카도 말을 그렇게 하는 게 아니야. 그 싸움의 발단이 뭐였는지 기억 안 나? 우리 중수는……."

"올케도 그만 좀 해. 지금 그런 얘기 하러 모였어? 속 시끄러우니까 입 좀 다물어."

진정화 부회장이 인상을 쓰고 있다가 버럭 역정을 냈다.

"아니 형님은 왜 저만 갖고 난리세요. 큰 조카가 먼저 시비를……."

"아. 글쎄. 그만두래도."

도혁의 외숙모는 입을 다물었지만 분한 얼굴로 코로 숨을 몰아쉬고 있었다. 도혁은 기가 막힌다는 듯 그들의 하는 양을 잠시 바라보다가 윤우의 귀가에 대고 작게 속삭였다.

"늘 있는 일이니까 놀라지 말아요. 이런 식이 아니면 대화가 안 되는 집안이죠."

눈이 마주치자 그는 걱정하지 말라는 듯 웃어 보였다. 윤우는 괜찮다는 뜻으로 작게 고개를 끄덕였다.

"너희는 일어나서 인사해야지."

옆에 가만히 앉아서 쳐다보고 있는 세 명의 외사촌들에게 도혁이 말했다. 윤우 또래로 보이는 여자와 그보다 조금 어려 보이는 남자, 그리고 고등학생쯤으로 보이는 여자아이가 천천히 자리에서 일어나 고개를 숙여 인사했다.

최 실장의 말에 의하면 이 자리에 있는 모든 사람과 참석하지 않은 외삼촌과 이모부까지 모두 도혁과 적대 관계에 있는 사람들이라고 했다. 윤우는 무슨 실수라도 해서 도혁에게 누를 끼치게 될까 봐 긴장되어 입안이 마르는 기분이었다.

"애들도 왔으니 이제 식사를 시작해야겠네요."

도혁의 모친이 미소 띤 얼굴로 말하며 고용인에게 손짓했다. 곧 음식이 하나씩 식탁에 놓이기 시작했다. 윤우는 가운데 빈자리에 도혁과 나란히 앉았다.

늘 있는 일이라더니 과연, 조금 전의 아슬아슬하던 분위기는 온 데간데없이 또 금방 대화를 나누며 아무렇지 않게 서로 웃고 있었다.

"너 온다고 해서 이것저것 준비해 봤는데 입에 맞을지 모르겠구나."

맞은편에 앉은 진 이사장이 윤우에게 말을 걸었다.

"너무 맛있습니다. 감사합니다."

"그렇게 긴장할 거 없어. 편하게 먹어. 응?"

도혁의 모친이 정말 걱정하듯 말했다. 윤우는 눈도 마주치지 못하고 작게 고개를 끄덕였다. 말은 저렇게 해도 눈은 아마도 거짓말을 못 할 것이다. 그 차가운 눈을 보는 게 두려웠다.

"기획실에서 일했으면 나랑도 몇 번 봤겠는데. 나 본 적 있어요?"

정인호 전무가 밥을 먹다 말고 그렇게 물었다. 윤우는 진행을 보조했던 임원 회의나 회사 워크숍 때 연단에서 연설하는 그를 여러 번 보았다. 기획실에도 두어 번 다녀간 적이 있었다.

"네, 여러 번 뵈었습니다."

"이런 미인을 내가 기억 못 할 리 없는데 이상하네."

정인호 전무가 고개를 갸웃거리며 웃었다. 웃는 얼굴이 왠지 회사 여직원한테 추근대는 음흉한 상사 같아서 소름이 돋았다. 아직

마흔도 안 됐는데 얼굴에 벌써 오십 대 임원들에게서나 볼 법한 권태와 아집이 두껍게 묻어 있어 훨씬 나이 들어 보였다.

"어떻게 도혁이를 꼬셨어요? 엄청 힘들었을 텐데."

이번에는 정인영 상무가 윤우를 빤히 바라보며 물었다.

"그러게. 차도혁이 넘어갈 정도면 보통으로는 안 됐을 텐데 대단해."

"얼음 같은 우리 조카님을 어떻게 녹이셨을까, 비결이 궁금하네."

"차도혁이 할아버지 말씀도 거역하게 만들다니. 정말 내가 이번에 보통 놀란 게 아니야."

모두 한마디씩 거들었다. 그들은 왠지 진심으로 즐겁고 신나 보였다. 감추려고 해도 도혁이 지방으로 밀려난 것 때문에 앓던 이가 빠진 듯 시원해하는 게 정신없는 윤우에게조차 느껴졌다.

"아무튼, 기쁘구나. 도혁이가 일에만 묻혀 사는 것 같아 늘 걱정했는데 말이야."

진정화 부회장이 건배라도 외치고 싶은 얼굴로 말했다.

"이모도 이제 한시름 놓으셨겠어요. 그동안 도혁이 때문에 속 많이 끓이셨을 텐데."

정인호 전무가 식전부터 마신 와인 때문인지 불쾌해진 얼굴로 진선영 이사장에게 말했다.

"그러게 말이야. 다 제 짝이 있는 건데. 이렇게 착하고 예쁜 애 만났으니 나는 이제 더 바랄 게 없어."

진선영 이사장이 대답했다. 웃고 있는 그녀의 입꼬리가 미세하게 떨리는 것을 윤우는 언뜻 보았다. 그녀는 가족들 앞에서 속상한 마음을 티 내지 않으려고 안간힘을 다해 자신을 예뻐하는 연기를 하고 있었다. 미안해서 가슴이 아팠다.

"그런데 회사에 이상한 소문 돌더라. 도혁이 너도 알고 있니?"

정인호 전무가 흥미로운 얼굴로 도혁을 바라보았다.

"무슨 소문 말입니까?"

"나도 들었어. 윤우 씨가 영업부 사원하고 사귀고 있었다는 소문 말이지?"

정인영 상무가 물 잔을 입에 댄 채 눈을 반쯤 내리뜨고 도혁을 바라보며 말했다. 물 잔에 가려진 입은 분명 웃고 있을 것 같았다.

윤우의 심장이 빠르게 뛰기 시작했다. 진선영 이사장의 얼굴이 하얗게 질리는 게 보였다. 모두 먹이를 노리는 이리 같은 표정으로 세 사람을 주목하고 있었다.

"다들 부러워서 찧고 까부느라 없는 말 만들어 내고 그러는 거겠죠. 그런 헛소문은 초기에 잡아 놔야지 가만두면 나중에는 사실처럼 굳어지니까."

도혁의 외숙모가 걱정하는 투로 말했다.

"헛소문이 아닌 건 이미 다들 알고 계시지 않습니까."

도혁이 다른 생각에 빠진 듯 잠시 윤우의 옆얼굴을 바라보다가 담담히 말했다. 실내에 일순 침묵이 흘렀다. 윤우는 당장 땅이 꺼지기라도 해서 이 자리에서 사라지고 싶었다. 끔찍한 악몽을 꾸는 기분이었다.

"결혼 전의 연애 경험이 범죄 행위가 되기라도 했어요? 뭐가 문젭니까?"

도혁이 염증 난 얼굴로 친척들을 바라보며 물었다.

"양다리라느니, 여자 친구를 강제로 빼앗겼다느니, 회사 이미지 실추하기 딱 좋은 지저분한 얘기가 떠도니 하는 말이다."

진정화 부회장이 차갑게 쏘아붙였다.

"언니. 그게 무슨 말도 안 되는 얘기예요? 떳떳하게 만나고 있는 애들한테 왜 그런 덤터기를 씌워요? 얘네 그런 소리 들을 이유 하나도 없어요."

진선영 이사장이 더는 못 참겠는지 나서서 아들을 변호했다.

"소문이 그렇게 났다고 알려 주는 것뿐인데 왜 나한테 화를 내니? 그리고 솔직히, 얘기 들어 보니까 시기가 모호하긴 하더라. 뭐 어쨌든 본인들이 떳떳하면 된 거지."

"장난으로라도 그런 소리 하지 마세요. 가족들이 나서서 그렇게 말하는데 남들이야 말해 뭐 해요."

진선영 이사장이 떨리는 목소리로 말했다. 그 얼굴이 분노를 억누르느라 일그러져 있었다. 윤우 앞에서 보였던 도도하고 차갑던 모습은 없었다. 그녀는 그저 아들 때문에 속이 까맣게 탄 무력한 어머니로밖에 보이지 않았다. 윤우는 차마 고개를 들 수 없었다.

"우리가 뭘 어쨌다고 그래? 도혁이 본사에 없으니 우리라도 대응해야 하잖아. 떠도는 얘기의 진위는 알아야 적절한 대처를 할 거 아니니."

진정화 부회장이 턱을 치켜들고 자신의 이복 여동생을 찍어 누르듯 바라보았다.

"당사자와 얘기해 보셨잖습니까? 여자 친구를 뺏겼다고 하던가요?"

도혁이 담담한 얼굴로 자신의 이모를 바라보며 말했다. 윤우는 가슴이 철렁 내려앉았다. 이건 또 무슨 얘기일까.

"당사자라니? 누구를 말하는 거냐?"

진정화 부회장이 못 알아듣겠다는 듯 발뺌을 했으나 애써 미소를 짓고 있는 얼굴이 눈에 띄게 부자연스러웠다. 윤우는 아무것도 귀에 들어오지 않았다. 그저 제 심장 뛰는 소리만 귓전을 가득 울릴 뿐이었다.

"일 크게 벌이지 마십시오. 번거로워집니다."

윤우가 겨우 정신을 차렸을 때, 도혁이 말하는 소리가 들렸다. 예사로운 말투였는데 누가 들어도 경고처럼 들렸다. 손이 떨려서 포크와 닿은 접시가 달그락 소리를 냈다. 윤우는 얼른 포크를 내려놓고 식탁 아래로 손을 내려 꼭 맞잡았다.

"어른한테 그게 무슨 말버릇이냐?"

진정화 부회장이 이를 가는 듯 억눌린 소리를 내며 도혁을 노려보았다.

"제 결혼에 조용히 집중하고 싶다는 말씀을 드리는 겁니다."

"우리가 네 결혼을 훼방이라도 놓는다는 말이냐? 다들 진심으로 기뻐하고 있는 게 안 보이니? 왜 그런 배은망덕한 소리를 하는 거니?"

"기뻐만 하세요. 안 돌아가는 머리 굴리지 마시고."

윤우는 도혁의 거친 말투에 충격을 받았다. 윤우가 아는 도혁은 화가 나면 오히려 차분해지는 타입이어서 표정이나 말투로는 감정에 어떤 변화가 왔는지 알아채기 어려운 사람이었다. 스트레스를 받았다고 지금처럼 그것을 그대로 드러내는 사람이 아니었다. 의도적인 행동이라면 몰라도 너무도 그답지 않았다.

"차도혁, 말조심해! 머리에 피도 안 마른 어린놈이 어디다 대고 협박이야? 너 정말 눈에 뵈는 게 없냐?"

정인호 전무가 금방 집어 던지기라도 할 듯 와인글라스를 움켜쥐며 소리쳤다.

"지금 다들 평화롭게 잘 지내고 계시는 게 보기 좋아서 드리는 말씀입니다. 앞으로도 그래야죠."

도혁이 얼굴색 하나 바꾸지 않고 담담히 대꾸했다. 바늘 끝만 갖다 대도 터질 듯 팽팽한 긴장감 때문에 목이 죄어 오는 것 같았다.

"아니, 좋은 날 왜들이래요?"

도혁의 외조모가 말리는 소리는 곧 정인영 상무의 고함에 묻혔다.

"이런 대접 하려고 불렀어? 결혼 축복해 주러 온 가족들한테 이게 무슨 무례한 짓이야? 어머니한테 당장 사과해!"

"처음 인사 온 사람 앞혀 놓고 예의 없는 소리 늘어놓은 거 먼저 사과하시면 저도 며칠 생각해 보겠습니다."

도혁이 냅킨을 가볍게 구겨서 식탁에 내려놓으며 무표정한 얼굴로 대꾸했다.

"뭐? 사과? 우리더러 사과하라고? 너 제정신이야?"

정인영이 펄펄 뛰었다.

"됐다. 관둬라. 그래도 가족이라고 축하해 주러 몰려온 우리가 바보지. 상종 못 할 핏줄 같으니라고."

진정화 부회장이 의자를 뒤로 밀며 자리에서 벌떡 일어났다. 식사가 아직 반도 끝나지 않은 상태였다. 늘 있는 일이라는 듯 모두 아무렇지 않은 얼굴로 식사를 중단하고 그녀를 따라 일어섰다.

"사람 초대해 놓고 이러면 어떡해. 앉아서 식사나 마치고 가요."

도혁의 외조모가 말렸으나 그녀의 말을 듣고 다시 자리에 앉는 사람은 없었다. 어쨌든 모두 간다니 앉아 있을 수 없어 윤우도 자리에서 일어섰다. 그들은 분노에 휩싸여 식식거리며 밀물처럼 다이닝룸을 빠져나갔다.

넓은 식탁에 도혁의 외조모와 진 이사장과 도혁, 그리고 윤우만 남았다. 진 이사장은 팔꿈치를 괸 손에 이마를 얹고 꼼짝도 하지 않았다. 윤우가 앉을 수도 그대로 서 있을 수도 없어 안절부절못하고 있는데 도혁이 자리에서 일어섰다.

"저희도 그만 가 보겠습니다."

도혁이 말했다. 가 보겠다는 윤우의 인사에도 진 이사장은 미동도 하지 않았다. 도혁의 외조모가 미안한 얼굴로 현관까지 나와 배웅해 주었다.

"처음부터 이런 모습을 보여서 어째."

"아니에요. 저는 괜찮습니다."

"오늘 힘들었을 텐데 가서 푹 쉬어요."

도혁의 외조모가 윤우의 등을 다정히 다독이며 말했다.

"네. 감사합니다."

두 사람은 인사를 하고 나왔다. 엘리베이터가 올라오는 동안 도혁은 아무 말도 하지 않았다.

"미안해요. 많이 놀랐죠?"

피곤한 얼굴로 엘리베이터 벽에 등을 기대고 선 채 도혁이 말했다.

"아니요."

윤우는 미안해서 작게 고개를 저었다.

"오래 앉아 있어도 끝은 늘 똑같아서 최대한 일찍 끝내는 게 답입니다. 노인네들이 한 번 자리를 잡고 앉으면 수다가 길어져서 괴로워져요."

"……"

윤우는 조금 놀라 시선을 들어 그를 보았다. 눈이 마주치자 그의 눈가가 부드럽게 휘며 장난꾸러기 같은 미소가 어렸다. 그가 일부러 친척들을 도발해서 자리를 일찍 파하게 만든 게 분명해졌다.

자신이 도혁에게 얼마나 큰 걸림돌이 되었는지를 똑똑히 목격했고, 도혁의 존재를 눈엣가시로 여기는 그의 친척들에게 얼마나 좋은 빌미가 되었는지, 적나라하게 드러난 심각한 상황 앞에서 윤우는 어이없게도 아무 생각 없는 사람처럼 웃음이 나왔다.

윤우가 웃는 것을 바라보던 도혁도 피식 웃었다. 눈이 부셨다. 그의 웃는 얼굴을 보고 있으려니 갑자기 눈시울이 뜨거워졌다. 올라가 있던 윤우의 입꼬리가 천천히 내려왔다.

자신에게 웃으며 얘기하기 위해 그는 얼마나 큰 인내심을 발휘하고 있는 것일까.

윤우는 말없이 도혁이 문을 열어 준 차에 올랐다. 차는 곧 지하 주차장을 빠져나와 윤우의 집으로 출발했다.

휙휙 지나가는 창밖의 도시 풍경을 바라보고 있자니 마음이 점점 가라앉았다. 친척들에게 수모를 당하던 두 모자의 얼굴이 자꾸만 눈앞에 어른거렸다. 그만둘 수 없으니, 버텨야 한다는 걸 아는데 마음이 천근만근 무거웠다.

휴일이라 그런지 다른 때보다 차량도 적고 신호도 잘 받아서 차는 벌써 윤우가 사는 동네 근처에 도착해 있었다. 교차로 지나서 우회전하면 곧 자신의 집이 있는 골목이 나온다. 몇 분 후에 도혁과 헤어지게 될 거라는 생각이 들자 왠지 모를 조바심이 일었다.

이렇게 헤어지면 일주일 후에나 만날 수 있다. 하기는 다음 주 주말이 된다고 그가 자신을 보러 와 준다는 보장도 없는데 혼자 웬 설레발인지 모르겠다. 입술을 물었다. 그가 정말 자신의 약혼자라고 착각하기 시작한 것일까.

"피곤하죠?"

속으로 황망한 생각에 빠져있는데 도혁의 목소리가 들렸다. 윤우는 공연히 달아오른 얼굴로 얼른 고개를 저었다.

"아니요. 괜찮아요."

"그럼 공원에서 잠깐 산책하고 들어갈까요?"

"네."

좋아서 저도 모르게 기쁜 티를 내며 대답하고 말았다. 얼마 전까지만 해도 그와 같이 있으면 불편해서 얼른 헤어지고 싶다고 생각했는데 어떻게 된 노릇인지 모를 일이었다.

그와 헤어지는 게 이렇게 아쉽게 느껴지는 건 아마도 외로움 때문일 거라고 윤우는 애써 생각했다. 종일 혼자 지낸 지 몇 주가 지나다 보니 사람이 그리웠던 것뿐이라고.

차는 윤우가 하루에 한 번씩 산책하러 오는 공원으로 들어섰다. 차가 공원 주차장에 정차하는 동안 그녀는 산란해진 마음을 겨우 가라앉혔다.

3월이 되었지만, 공원 풍경은 겨울과 다를 바 없이 삭막했다. 아직 개나리나 진달래가 꽃망울을 맺기에도 이른 시기였다. 나무들은 여전히 메마르고 앙상해서 봄기운 같은 건 느껴지지 않았다. 바람이 조금 불었지만, 날씨는 그다지 춥지 않았다. 그들은 몸통을 짚으로 감싼 나무들이 늘어선 산책로를 따라 천천히 걸었다.

"발 아프면 얘기해요."

그가 윤우의 구두를 내려다보더니 말했다. 정은과 몸매도 비슷하고 발 치수도 같았다. 정은의 옷을 입으니 윤우가 신고 온 신발이 어울리지 않아 신발도 정은의 것을 신었다.

앞코가 뾰족한 상아색 펌프스는 굽이 그다지 높지 않았고 정은이 길을 들여 놓아서인지 보기보다 발이 편했다.

정은은 신발을 좋아했다. 네 식구 신발보다 정은의 신발이 더 많아서 늘 큰어머니의 근심을 샀다. 옷도 빌려주었으니, 나중에 정은에게 예쁜 구두를 하나 사 주어야겠다고 윤우는 생각했다. 신고 다닐지는 모르겠지만.

"지난주에 최 실장한테 전화했었다는 얘기 들었어요."

도혁의 세련되고 고급스러워 보이는 가죽 구두가 차례로 앞으로 나가는 것을 곁눈으로 내려다보며 걷고 있는데 그가 말했다. 지난주에 최 실장과는 세 번 정도 통화했다. 그중에 어떤 걸 말하는 것일까.

"병원 진료 얘기 말입니다."

"아, 네."

윤우는 임신한 지 2개월이 다 되도록 제대로 된 검진이나 진료를 받은 적이 없어서 마음이 조금 초조했다. 제 임의로 아무 병원이나 가서 진료 받으면 안 된다는 건 이미 알고 있었다.

고민하다가 최 실장에게 전화했더니 그는 깜짝 놀랐다. 병원은 이미 정해졌는데 전해 주는 것을 잊었다며 사과했다. 최 실장은 병원 내부 사정 때문에 진료일이 조금 늦어지는 것 같으니 조금만 더 기다리면 될 거라고 안심시키듯 말했다.

"진료 받을 병원은 어머니가 정하셨습니다."

"네."

"어머니 친구분이 운영하시는 병원인데, 원장님이 일이 있어서 2주 동안 해외에 나가 계셨대요. 어머니께서 꼭 그분께 진료를 받아야 한다고 고집하셔서 원장님 오실 때까지 기다리느라 일정이 이렇게 늦어진 겁니다."

"네."

"내가 너무 무신경했어요."

그가 말했다. 윤우는 당황해서 고개를 저었다.

"최 실장은 내가 말했을 거라고 생각한 모양이에요. 일하던 습관이 배어서 이상하다는 생각을 못 했어요. 앞으로는 내가 더 신경쓰겠습니다."

"……."

"윤우 씨도 이제 무슨 일이든 나한테 직접 전화하세요."

"……바쁘시잖아요."

바쁜 건 최 실장도 마찬가지일 테지만 왠지 사소한 용건으로는 도혁에게 전화하기 어려울 것 같았다.

"전화 못 받을 상황이면 내가 알아서 받지 않으니까 내 사정은 고려하지 않아도 됩니다."

"네."

생각해 보니 뭐 그렇게 전화할 일이 많이 생길 것 같지도 않아서 윤우는 작게 고개를 끄덕였다. 바람에 그의 코트 자락이 날려 윤우의 다리를 간질였다.

도혁의 말을 듣고 있자니 왠지 마음이 따뜻해졌다. 무슨 이유에서든 도혁이 저와 아이에게 신경을 쓰고 최선을 다하고 있는 것이 느껴졌다. 살아온 중에 가장 불안정한 상황에 놓였는데 생각만큼 걱정이 되지 않았다. 이전 같으면 밥도 못 먹고 잠도 잘 못 잤을 큰 고비를 넘고 있는 것 치고는, 요즘 윤우는 어느 때보다 잘 먹고 잘 잤다.

물론 임신의 영향일 수도 있지만 일단 늘 마음이 초조하고 불안해서 새벽까지 방 안을 서성이며 잠을 못 자던 불안 증상은 어느새 사라졌다.

겪어 본 적 없는 낯선 평온이었다. 그것은 어쩌면 도혁에 대한 신뢰에서 비롯된 것인지도 모른다.

2년간 한 사무실에서 일하면서 본 그는 유능하고 공정한 상사였다. 무뚝뚝하고 차가운 편이어서 인간적으로는 가까워지기 어려운 사람이었지만, 그럼에도 윤우는 물론 팀원 모두는 이상하리만치 그를 매우 믿었다. 말과 행동이 일관되고 자기가 한 말은 지키는 책임감 강한 사람이라는 것을 경험으로 모두 알고 있었기 때문이다.

아이를 받아들이기로 한 후, 그가 보여 준 한결같은 태도는 어느새 윤우의 두려움과 불안을 허물고 있었다. 도혁의 옆에 있으면 안전하다는 것을, 그가 저를 해코지할 사람이 아니라는 것을 믿는 것이다. 살아오면서 사람에게는 한 번도 경험해 보지 못한 안정감이었다.

물론 도혁에게 긍정적인 감정만 있는 건 아니었다. 직장 상사를 대하는 불편함과 어려움, 너무도 다른 계층에 대한 괴리감, 죄책감 같은 것들도 복잡하게 뒤섞여 있었다.

애써 무시하고 있었지만, 그 혼란스러운 감정들 사이에서 이제 너무도 쉽게 그를 만나면 헤어지는 게 아쉬워진다거나, 휴대 전화 벨 소리만 들어도 심장이 뛰는, 얼토당토않은 감정들이 존재함을 윤우는 부정할 수 없었다.

전쟁 중에도 아이는 태어난다더니, 이런 어지러운 상황 속에서도 남자에게 가슴이 뛰는 게 그저 기가 막힐 뿐이었다.

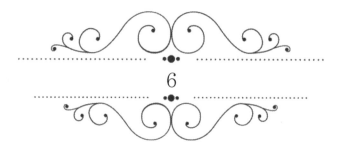

6

꽃샘추위였다. 바람이 부는 사이로 간혹 작은 눈 알갱이 같은 것
이 떨어지기도 했다. 입고 나온 봄 코트가 조금 이른 감이 있었다.
윤우는 목에 느슨하게 맨 스카프를 조금 더 조여 드러난 목을 감싸
며 잘게 몸을 떨었다.

대로변에 서서 차를 기다리며 휴대 전화로 시간을 확인했다. 10
시 10분이었다.

어제 진 이사장의 비서인 홍 과장이라는 사람으로부터 다음 날
병원 진료를 받을 예정이며 10시까지 데리러 오겠다는 전화를 받
았다. 홍 과장은 진료 받게 될 병원에 대해 간략히 설명해 주고 윤
우를 담당하게 될 의사의 이름과 약력도 알려 주었다. 더 궁금하면
병원 홈페이지에 들어가서 미리 둘러보는 것도 좋을 거라고 그녀
는 말했다.

목소리가 친절했다. 진 이사장의 비서라고 해서 모시는 사람과

비슷한 태도를 보일 거라고 생각했는데 아니었다. 전화를 끊을 때까지 집 주소를 묻지 않는 걸 보니 이미 알고 있는 듯했다.

윤우는 아침 일찍 일어나 어제 시장에서 사 온 전복을 손질해 죽을 끓여 천천히 다 먹었다. 샤워하고 머리를 말렸다. 선크림을 바르고 투명한 립글로스를 바르는 것으로 화장을 끝내고 전날 골라 놓은 옷을 입었다. 9시 45분쯤 집을 나왔다. 처음에는 대문 앞에서 기다리다가 운전하는 사람이 번거로울 것 같아 대로변으로 나가서 기다렸다.

약속 시각에서 15분이 지난 후, 그녀 앞으로 대형 세단 한 대가 미끄러지듯 다가와 멈춰 섰다. 조수석 문이 열리고 짧은 커트 머리에 검은색 정장을 입은 30대 중반쯤 되어 보이는 세련된 인상의 여자가 내렸다. 전화 통화를 한 홍 과장이었다. 고개 숙여 인사하는 윤우에게 그녀도 깍듯한 자세로 인사를 하고 뒷좌석 문을 열어 주었다.

차에 오르려던 윤우는 흠칫 놀랐다. 차 안에 냉랭한 얼굴의 진 이사장이 앉아 있었다. 진 이사장이 동행할 줄 예상하지 못했던 윤우는 당황해서 급히 인사했다.

"아, 안녕하세요?"

진 이사장은 말없이 스캔하듯 그녀의 옷차림을 훑어보았다. 마음에 안 들었는지 살짝 인상을 찌푸렸으나 별말 없이 고개를 정면으로 돌렸다. 윤우는 긴장으로 딱딱하게 굳은 채 조용히 차에 올랐다. 차 안은 따뜻했으나 진 이사장이 내뿜는 냉기로 더 춥게 느껴졌다. 병원에 도착할 때까지 진 이사장은 한마디도 하지 않았다.

차가 도착한 곳은 규모가 그다지 크지 않은 개인 산부인과였다. 차가 병원 입구에 도착하니 미리 연락을 받은 듯 의사와 간호사가 나와서 그들을 기다리고 있었다.

"어서 와. 오랜만에 보네."

흰 가운 차림의 나이가 지긋한 여자 의사가 진 이사장의 손을 잡
으며 말했다.

"얘가 내 며느리 될 애야. 윤우야 인사드려. 앞으로 너 봐 주실
주 원장님이야."

진 이사장이 윤우의 팔을 잡으며 다정히 인사를 시켰다.

"처음 뵙겠습니다. 잘 부탁드립니다."

"나도 잘 부탁해요. 난 얘랑 여고 동창이에요. 우리 어머니가 받
기는 했지만, 도혁이도 이 병원에서 태어났어요."

주 원장이 손을 내밀며 말했다. 윤우는 그 손을 잡았다. 손이 따
뜻했다.

"어쩜, 고부가 이렇게 닮았을까. 꼭 너 젊었을 때 보는 거 같아."

주 원장이 윤우의 손을 잡고 손등을 두드리며 신기한 듯 말했다.
윤우는 당황해서 진 이사장을 보았다. 분명 그녀가 기분 나빠할 얘
기였다. 아니나 다를까 그린 듯 엷은 미소를 짓고 있던 진 이사장
의 얼굴이 일순 어색하게 일그러졌다.

"얘는 별소리를 다 하네."

"아냐. 김 선생, 봐요. 둘이 닮았어, 안 닮았어?"

주 원장이 옆에 선 간호사에게 물었다.

"얼굴은 솔직히 두 분 모두 미인이신 것만 빼고 그다지······. 근
데 분위기는 정말 많이 비슷하신 거 같습니다."

간호사가 웃는 얼굴로 정직하게 대답했다.

"분위기가 닮은 건 또 뭐야? 자기가 진 이사장 젊었을 때를 못
봐서 그래. 정말 닮았다니까."

주 원장이 제 주장을 철회할 생각이 없다는 듯 고개를 저었다.

"쓸데없는 소리 그만하고 얼른 들어가. 애 추워서 입술 파래졌 잖아."

진 이사장이 윤우를 잡아 걸음을 떼게 만들며 말했다. 그들은 병 원 안으로 들어갔다. 어머니 대부터 해 온 병원이면 꽤 오래되었을 것 같은데 리모델링을 한 건지 아예 신축한 것인지 건물은 새것처 럼 깨끗했다.

"오랜만에 왔는데 원장실 가서 차라도 한 잔 마시고 진료 보지 뭐."

주 원장이 2층으로 올라가는 계단으로 향하며 말했다.

"아니야. 바쁠 텐데 차는 무슨. 얼른 진료 보고 너도 다른 환자 봐야지. 나도 점심에 약속 있어서 가 봐야 해."

"그래? 그럼 차는 나중에 할까? 김 선생, 산모님 모시고 가서 진 료 볼 준비 좀 해 주세요."

주 원장이 옆에 선 간호사에게 말했을 때 병원 출입문 열리는 소 리가 들렸다. 간호사를 따라가려던 윤우는 출입문을 향하고 섰던 진 이사장의 놀란 표정을 보고 뒤를 돌아보았다. 윤우는 눈이 커져 서 제 쪽으로 걸어오는 도혁을 바라보았다.

"어떻게 왔어? 얘기도 없이."

진 이사장이 굳은 얼굴로 그를 향해 말했다. 도혁은 제 어머니의 말에 대꾸하지 않고 주 원장과 인사를 나누고 윤우와 짧게 눈을 마 주쳤다. 윤우는 당황해서 얼른 시선을 내렸다.

"바쁠 텐데 너까지 뭐 하러 와."

진 이사장이 확연히 못마땅한 표정을 했다.

"진료 때 되도록 아빠가 동행하면 좋지. 산모 심리 안정에도 도움이 되고."

주 원장이 웃으며 말했으나, 윤우는 당장 심장 박동이 빨라지고 호흡이 불안정해졌다. 진 이사장의 재촉에 윤우는 간호사를 따라 먼저 진료실로 들어갔다.

간호사가 피를 뽑으며 간염 같은 여러 질병 검사를 위한 거라고 설명해 주었다. 간호사에게 마지막 생리 일자 외에 몇 가지 질문을 듣는 와중에도 심장이 북소리처럼 울렸다. 진료를 앞두고 있어서인지 갑자기 등장한 도혁 때문인지 알 수 없었다.

"아프거나 위험한 건 없으니까 걱정하지 마세요."

긴장한 게 보였는지 예진을 마친 간호사가 안심시키듯 말했다. 간호사의 지시대로 진료 침대에 누워 몇 번이나 깊이 심호흡을 했다.

잠시 후 커튼 너머로 주 원장과 도혁과 진 이사장이 진료실로 들어오는 소리가 들렸다. 그들이 제가 누워 있는 곳으로 함께 몰려들어올까 봐 긴장하고 있는데 다행히 주 원장이 두 사람에게 따로 마련된 보호자 부스에서 모니터를 지켜보라고 안내하는 목소리가 들렸다.

"자, 그럼 어디 한번 볼까요?"

주 원장이 초음파기 탐촉자를 집어 들며 말했다. 윤우는 긴장이 되어 손가락을 말아 쥐었다.

"계산상으로 8주 5일 정도 된 거 같네요. 크기는 18mm. 주 수보다 약간 작은데 걱정할 정도는 아니고. 심장 소리도 건강하고 좋네요. 난황도 이상 없어 보이고……."

주 원장이 초음파 기기를 조작하며 자세히 설명해 주었지만, 귀에 잘 들어오지 않았다. 우렁찬 소리를 내며 팔딱팔딱 뛰는 아기

심장이 그녀의 눈과 귀를 가득 채웠다. 지척에 도혁과 그의 모친이 있다는 사실도 잠시 잊었다. 손톱만 한 태아가 모니터에 잡히는 순간 다른 생각은 모두 날아가 버렸다.

진료를 끝내고 옷을 갈아입는 동안 주 원장과 도혁이 뭔가를 묻고 대답하는 소리가 들렸지만, 미처 신경 쓸 겨를이 없었다. 이상할 정도로 감정이 벅찼다. 아마 혼자 있었다면 울었을지도 몰랐다. 제 아기의 심장 소리가 아직도 귓가에 울리는 것 같았다.

간호사에게서 받은 산모 수첩에 아기 초음파 사진이 붙어 있었다. 병원 애플리케이션에서 초음파 동영상도 볼 수 있다고 했다.

여태 복잡한 여러 상황 때문에 정작 아이에 대한 생각은 깊이 하지 못했던 윤우는 새삼스러울 정도로 제 몸속에 깃든 여린 생명에 깊은 애착을 느꼈다. 임신 증상이 있기는 했지만, 아기에 대해서는 현실적인 생각이 잘 들지 않았는데 눈으로 보니 이제야 실감이 났다.

"콩알만 하네요."

윤우가 빨려들 듯 보고 있는 초음파 사진을 함께 들여다보며 도혁이 말했다. 눈을 들자 아주 가까이에 그의 얼굴이 있었다. 표정이 진지했다.

"지금은, 몇 주 안 됐으니까……. 금방 클 거예요."

윤우는 저도 모르게 변명하듯이 그렇게 말했다.

"왠지 윤우 씨 닮은 거 같아요."

도혁의 눈매가 부드러워졌다. 윤우는 이유 없이 얼굴이 빨개져서 얼른 시선을 내려 다시 초음파 사진을 들여다보았다.

"바쁠 텐데 너는 얼른 가서 일 봐. 얘는 가는 길에 내가 내려 주면 되니까."

다음 예약 날짜를 잡고 병원을 나온 진 이사장이 윤우를 턱짓으로 가리키며 도혁에게 말했다.

"윤우 씨는 제가 데려다주겠습니다. 어머니 먼저 출발하세요."

도혁의 말에 진 이사장이 못마땅한지 얼굴을 찌푸렸다.

"집에 몇 시쯤 올 거 같니? 준비해 둘 테니 저녁은 집에 와서 먹어."

진 이사장이 말했다.

"윤우 씨랑 점심 먹고, 바로 내려갈 겁니다."

"기껏 왔는데 집에도 안 들르고 간단 말이니?"

"오후에 일정이 있어서 가 봐야 합니다."

"병원 진료 받는 건 내가 알아서 잘 챙길 테니 앞으로 너는 올 필요 없다. 바쁘게 일하는 사람이 그 먼 데서 뭘 굳이 와?"

"들어가세요."

도혁은 그 말에 대꾸하지 않고 대기하고 있는 진 이사장의 차로 눈길을 돌렸다. 진 이사장은 굳은 얼굴로 잠시 도혁을 바라보다가 몸을 돌려 차 쪽으로 걸어갔다. 윤우가 인사를 했지만, 그녀는 쳐다보지 않았다. 진 이사장이 차에 타자 차 문을 닫은 홍 과장이 도혁과 윤우에게 고개를 숙여 인사를 하고 조수석에 올랐다. 차는 곧 그들을 남겨 두고 떠났다.

"갑시다."

도혁이 주차장 쪽으로 걸음을 옮기며 말했다. 윤우는 말없이 그의 뒤를 따라갔다.

"어머니가 많이 불편하게 하시죠?"

차의 시동을 걸며 도혁이 물었다.

"아니요. 그렇지 않아요."

윤우는 혹시 제 표정이 그렇게 비쳤나 싶어 눈이 커져서 고개를 저었다.

"말씀은 드렸는데 어머니도 고집이 있는 분이시라 잘 반영이 안 되네요."

"저는 괜찮아요. 신경 쓰지 않으셔도 돼요. 지금도 잘 대해 주고 계시는걸요."

"진심으로 하는 말이에요?"

대답이 마음에 들지 않는 모양인지 그의 눈썹이 찌푸려졌다.

"……."

"전부터 궁금했는데 윤우 씨는 어째서 매사가 다 괜찮습니까? 정말 괜찮아서 괜찮은 거예요, 아니면 자신을 속이는 게 익숙해져서 괜찮은지 아닌지도 모르는 거예요?"

"정말 괜찮아서 괜찮다고 말씀드린 겁니다."

윤우는 얼굴을 붉히며 대꾸했다. 위선자라는 소리인가.

"어떻게 그런 부당한 대우를 받아도 괜찮을 수가 있어요? 그러면 안 되는 겁니다."

"부당하다고……."

"……."

"부당하다고 생각하지 않습니다. 이사장님께서 제게 좋은 감정을 가질 수 없는 상황인 거 충분히 알고 이해하고 있습니다. 그러니까……."

"남의 입장부터 먼저 생각하는 버릇 고치세요. 자기 자신은 학대하면서 남한테만 관대해서 뭐 합니까."

"관대해서가 아니라……."

"기분 나쁘니 어머니한테 대응하라는 얘기가 아니에요. 지금은 윤우 씨가 그럴 수밖에 없다는 거 알고 있고, 그래서 미안하게 생각합니다. 그래도 어쨌든 그런 대우를 당하면 기분 나빠야 정상이에요. 내 앞이라 기분 나쁘지만 참는 거면 다행이고, 정말 아무렇지도 않으면 문제가 있습니다."

도혁이 말했다. 내용에 비하면 어투가 차분해서 그다지 혼나는 기분이 들지는 않았다. 그의 말대로라면 저는 문제가 있는 사람이다. 하기는 제가 전혀 문제없는 사람이라고 생각해 본 적 없으니 크게 놀랄 일도 아니었다.

"……."

윤우가 대꾸하지 않자 그가 말했다.

"내 애인답게……."

윤우가 바라보자 그가 정면에 시선을 둔 채로 다시 말을 이었다.

"내 아내답게 당당해야죠."

"……노력하겠습니다."

손가락을 꼼지락거리며 윤우가 대답하자 도혁은 미덥지 않은 얼굴로 윤우를 바라보았다. 그들의 연기와 비교하면 자신이 너무 어설프다는 건 알고 있다.

"기대할게요."

윤우가 신경 쓰는 게 느껴졌는지 도혁은 조금 장난스럽게 말하며 웃어주었다. 도혁이 웃자 윤우는 저도 모르게 자동으로 따라 웃고 있는 저를 발견했다. 상사와 부하 직원이었을 때의 습관인지 뭔지 자꾸만 그의 표정과 기분을 살피게 되고 그에 따라 제 기분도 오르내렸다.

그의 미세한 표정 변화에 일희일비하는 제가 못마땅했으나 어쩔수 없었다.

"예약해 둔 식당이 약간 멀어요. 가다가 속 안 좋으면 바로 얘기해요."

일전의 경험 때문인지 도혁이 신신당부했다. 윤우는 고개를 끄덕였다. 가는 동안 그는 자주 윤우의 안색을 살피고 괜찮은지 확인했다. 긴장한 와중에도 그의 눈빛이 봄 햇살 같아서인지 자꾸 졸음이 밀려왔다.

윤우는 약속 장소로 가기 위해 버스를 탔다. 토요일이라 그런지 버스 안은 다른 때보다 한산했다. 버스의 차창 밖으로 스쳐 지나가는 풍경을 멍하니 바라보았다.

초봄의 거리에 서늘한 오후 햇살이 가득했다. 화장품 가게나 옷 가게 앞에 봄맞이 대축제라며 할인율이 쓰인 플래카드가 걸려 있는 것 말고는 봄이라고 느낄 만한 변화는 별로 없었다. 날씨는 여전히 차가웠고 가로수들은 검고 마른 가지를 드러낸 채 바람에 흔들리고 있었다. 버스는 자주 신호등에 걸려 멈췄다가 출발하기를 반복한 후, 30분쯤 걸려 약속 장소에 도착했다.

2층에 있는 한정식집은 환하고 깨끗했다. 아직 저녁을 먹기에는 이른 시간임에도 빈자리가 없을 정도로 사람이 많았다. 윤우는 종업원의 안내로 상빈의 어머니가 앉은 창가 자리로 걸어갔다.

창밖을 내다보고 있던 여인은 인기척을 느꼈는지 고개를 돌려 윤우를 바라보았다. 그녀는 눈에 반가운 기색을 가득 담고 자리에서 일어서 팔을 벌렸다. 이전과 조금도 다르지 않은 행동이었다. 그녀는 윤우를 볼 때마다 꼭 포옹하고 다정히 등을 토닥여 주었다.

"잘 지내셨어요?"

윤우는 저보다 키가 작은 여인의 품에 안겨 작게 인사를 했다.

"날이 아직 꽤 춥지? 손이 얼었네."

상빈 어머니가 다정히 윤우의 찬 손을 잡아 문지르며 말했다.

"작년 연말에 동창 모임을 여기서 했단다. 음식이 깔끔하고 맛 있어서 너 한번 데리고 와야지 했었어."

자리에 앉자 상빈 어머니가 말했다. 상빈이 아직 도혁에 관한 얘 기를 안 한 게 분명했다. 그 얘기를 들었다면 눈치 없는 분이 아니 니 윤우가 전화를 몇 번이나 받지 않으면 피한다는 것을 알아챘을 것이다.

그녀에게서 세 번째 전화가 왔을 때는 도저히 무시할 수가 없었 고 결국 이 자리까지 나오게 되었다.

"미안하다. 나 보는 거 별로 반갑지 않지?"

"아니에요. 죄송해서……."

"네가 왜 죄송해. 내가 미안하지. 너랑 그냥 밥 한 끼 먹고 싶었 어. 다른 뜻이 있어서 그러는 거 아니니까 부담스럽게 생각하지 마."

"네."

"얼굴이 까칠하다. 너무 무리하지 말고 건강 잘 돌보면서 일해 라. 전부터 너 몸 생각 안 하고 일에 너무 매달리는 거 때문에 상빈 이가 걱정이……."

상빈의 어머니가 말을 하다 말고 입을 다물었다. 무심코 상빈 얘 기가 나와서 자신도 놀란 것 같았다.

윤우는 티 내지 않고 앞에 놓인 따뜻한 물을 한 모금 마셨다. 예 상대로 상빈은 제가 회사를 그만둔 얘기조차 하지 않은 것 같았다.

하기야 헤어진 마당에 굳이 시시콜콜 얘기할 필요가 없기는 했다.

도자기 그릇에 담긴 음식들이 테이블에 하나씩 놓였다. 상빈 어머니는 윤우의 젓가락이 자주 가는 반찬들을 그녀 앞으로 놓아 주며 눈이 마주칠 때마다 자식 밥 먹는 걸 지켜보는 부모처럼 다정한 눈빛으로 많이 먹으라고 말했다.

식사하는 동안 그녀는 자매들과 다녀온 온천 여행 얘기와 연말에 만난 동창들에 관해 얘기했다. 이전에도 만나면 주변 사람들의 얘기를 많이 해서 얼굴을 본 적은 없지만, 친숙하게 느껴지는 사람들이었다.

처음에는 헤어진 남자 친구의 어머니를 만나고 있다는 부자연스러운 상황에 몹시 어색하고 부담스러웠지만, 점차 상빈 모친의 스스럼없는 태도에 긴장이 풀렸다. 식사가 끝날 즈음에는 그녀의 말에 맞장구도 치며 즐겁게 웃기도 했다.

식사를 마치고 후식으로 차가 나오기 전 윤우는 화장실에 다녀온다며 자리에서 일어섰다. 분명히 상빈의 어머니가 사겠다고 할 것 같아 미리 식사비를 계산하려는 생각이었다. 다행히 카운터는 그들이 앉은 자리에서 보이지 않는 위치에 있었다. 직원에게 테이블 번호를 말하고 카드를 내밀었다.

"식사비는 일행분께서 이미 계산하셨습니다."

직원이 카드를 돌려주며 친절히 알려 주었다. 윤우는 하는 수 없이 카드를 돌려받고 화장실에 들렀다가 다시 자리로 돌아갔다.

"너 밥값 내러 갔다 온 거지? 그럴 줄 알고 내가 미리 계산했다."

자리에 앉는 윤우를 바라보던 상빈 어머니가 소녀처럼 웃으며 말했다.

"제가 사 드리고 싶었는데……."

"내가 사 주려고 부른 건데 무슨 소리야."

그녀는 그렇게 말하고 옆 의자에 놓였던 작은 쇼핑백을 그녀에게 건네주었다.

"이게 뭐예요?"

"1월에 이모들이랑 일본에 온천 여행 갔다 왔다고 했잖니. 이모들이 면세점에서 가족들 선물 고르기에 나도 네 생각나서 하나 샀다."

"……."

윤우는 명품 로고가 새겨진 쇼핑백을 내려다보기만 했다.

"꺼내 봐. 젊은 아가씨들이 좋아할 만한 브랜드라고 직원이 추천해서 사긴 했는데, 마음에 들지 모르겠다."

"……어머니. 죄송한데, 저 이거 못 받아요."

정확한 가격은 모르지만 고가의 브랜드였다. 가격 때문이 아니라 어쨌든 상빈 어머니에게서 선물을 받을 수는 없었다.

"무슨 소리니?"

"이건 너무……."

"브랜드가 마음에 안 드니? 면세점에서 산 건 교환도 힘들다고 하던데, 어쩌니?"

상빈 어머니가 난감한 얼굴로 말했다.

"그게 아니라, 제가 이런 걸 어떻게 받아요……. 두셨다가 다른 사람 주세요."

차마 진짜 며느릿감 생기면 주라는 말까지는 하지 못했다.

"너 주려고 산 건데 누굴 줘?"

"……어머니."

"얼른 꺼내 봐. 전부터 엄마가 꼭 하나 사 주고 싶었어. 사회 생활 하다 보면 이런 거 하나 정도 있으면 유용할 거야."

"죄송해요. 그래도 이건 받을 수 없어요."

윤우는 쇼핑백을 다시 그녀 쪽으로 밀어 주고 허벅지 위에 놓인 제 손을 내려다보았다.

"네 거니까 일단 가져가. 들고 다니기 싫으면 버려도 된다."

"……."

"내 욕심으로 네가 다시 내 식구가 되었으면 싶어서 미련을 버리지 못한 적도 있었단다. 하지만 그게 내 욕심만으로 되는 일이 아니지. 그냥…… 내가 너 많이 예뻐하기도 했고, 상빈이 놈 때문에 너무 미안하기도 하고 그래서 너 부담스러워하는 거 알면서도 내 욕심으로 이렇게 너 불러냈어. 마지막일지도 모르는데 엄마 마음 좀 편하게 해 주면 안 되겠니?"

왠지 눈물이 날 것 같아서 윤우는 고개를 들 수 없었다.

"얼른."

상빈 어머니가 다시 쇼핑백을 그녀 쪽으로 밀어 주었다.

"……."

"열어 봐. 너 든 거 보고 싶다."

상빈 어머니가 다시 재촉했지만, 윤우는 고개를 저었다. 헤어진 남자 친구의 어머니와 따로 만나 식사를 하는 것도 일반적이지 않은 일인데 고가의 선물을 받아 챙긴다는 건 상식을 벗어난 일이었다.

"우리 윤우 보기보다 단호하구나."

상빈 어머니의 목소리에 서운한 기색이 어렸다.

"죄송합니다."

윤우는 고개를 숙이며 다시 말했다.

"그래, 알았다. 내가 너무 주책 부렸지? 부담스럽게 해서 미안하구나."

"아니에요. 제가 죄송해요."

"네가 이렇게까지 하는 걸 보니 정말 안 되는 모양이구나. 알았다. 신경 쓰지 않아도 돼. 차 마시고 있어. 나 잠깐 화장실 좀 다녀오마."

상빈 어머니는 눈가가 조금 붉어진 얼굴로 자리에서 일어섰다. 자책감이 들었지만 어쩔 수 없었다. 착잡한 마음으로 고개를 돌려 창밖을 내다보고 있는데 누군가 옆에 와서 선 인기척이 느껴졌다. 상빈 어머니가 돌아온 줄 알고 고개를 돌린 윤우는 놀라서 얼굴이 하얗게 질렸다.

"……상빈 씨."

어느새 왔는지 상빈이 옆에 서 있었다. 그는 슬프고 복잡해 보이는 눈으로 잠시 그녀를 내려다보다가 맞은편 의자에 털썩 주저앉았다.

"여긴 어떻게 왔어요?"

당황해서 윤우는 옆자리에 놓인 제 가방을 움켜쥐며 물었다. 마지막으로 봤을 때 좀 무섭기도 했고, 왠지 만나면 안 될 사람을 만난 기분이라 곧바로 일어나 이 자리를 벗어나고 싶은 생각이 먼저 들었다.

"어머니 집에 가실 시간 된 거 같아서 모시고 가려고 온 거야. 금방 갈 테니까 어머니랑 인사는 하고 가."

윤우가 도망치려는 걸 눈치챘는지 그가 말했다.

"결혼한다며?"

상빈이 몸에 힘이 하나도 안 남은 사람처럼 맥없이 물었다.

"어떻게 그렇게 급하게 결혼을 결정했어?"

"상빈 씨와 그런 얘기 하고 싶지 않아요."

윤우는 여차하면 일어나 나갈 기세로 차갑게 대꾸했다.

"나 곧 회사 옮길 거야. 지금보다 조건 좋은 곳으로 가게 되었어."

"……."

"이런 상황에서 내가 그 회사에 남아 있을 수는 없잖아."

상빈은 제가 회사를 그만두는 게 윤우 탓이라는 듯 말했다. 그가 왜 이 자리에 나타나, 그런 얘기를 하는지 이해할 수 없었다. 설마 사과라도 받고 싶다는 말일까.

"내가 널 잘못 봤어."

윤우가 아무 반응이 없자 그가 뚫어질 듯 윤우를 바라보다가 몸을 앞으로 기울이며 속삭이듯 말했다.

"아니지. 내가 잘못 본 게 아니야. 너는 절대 돈 때문에 결혼할 사람이 아니야. 그렇지? 넌 그런 사람이 아니잖아. 무슨 사정이 있는 거지? 네가 돈만 보고 만난 지 한 달밖에 안 된 사람과 결혼을 결정할 경솔한 사람 아닌 거 난 알아. 다른 사정이 있는 거야. 그렇지?"

"당연히 돈 때문에 결혼하는 거 아니에요."

"그러니까 말이야. 도대체 왜 그랬어. 응? 윤우야, 말해 봐."

상빈이 자신이 다 해결해 주겠다는 듯 안타까운 눈으로 말했다.

"그분이 좋아요."

윤우는 담담히 대꾸했다. 결혼하는 진짜 이유를 사실대로 말할 수 없어 지어낸 말도, 상빈을 상처 주기 위한 말도 아니었다.

계속 그게 아니라고 부정하고 확인하지 않으려 안간힘을 다해 외면하고 있었지만, 더는 저 자신을 속일 수 없었다. 그녀가 도혁에게 느끼는 감정은 이전에 상사로서 그에게 느꼈던 신뢰나 호감과는 너무도 다른 것이었다.

　자신은 도혁을 좋아하고 있다. 그 짧은 시간 동안 어떻게 그런 일이 일어날 수 있는지 설명할 수 없었다.

　"거짓말하지 마."

　상빈이 잇새로 중얼거렸다. 자신도 그 사실이 안 믿기는데 타인이 이해할 리가 없었다. 윤우는 가방을 들고 일어섰다. 화장실에서 나온 상빈 어머니가 그들 쪽으로 다가오는 게 보였다.

　"어머, 네가 여긴 왜 왔어?"

　상빈을 본 그의 모친이 깜짝 놀란 얼굴로 말했다. 혹시 그의 어머니가 저를 상빈과 만나게 하려고 일부러 불렀나 잠시 의심이 들었지만, 난감해하는 표정이 꾸민 것 같지는 않았다.

　"왜 일어났어? 앉아서 마저 차 마시고 같이 나가자."

　그의 어머니가 가방을 챙겨 들고 일어선 윤우를 보고 달래듯 말했다. 상빈은 고개를 숙인 채 그 자리에 굳은 듯 앉아 있었다.

　"아니에요. 먼저 가 보겠습니다. 저녁 맛있게 잘 먹었습니다. 건강하세요."

　안타까운 얼굴로 서 있는 상빈 어머니에게 윤우는 허리를 숙여 인사를 하고 돌아섰다. 상빈의 얼굴을 보는 순간 자신이 끝까지 매몰차게 그의 어머니 전화를 외면하지 못한 게 후회가 되었다.

　윤우는 왠지 버스를 타러 가다가, 혹은 버스를 기다리다가 그들 모자의 눈에 다시 띌 것 같아 마침 도로가에 손님을 내려 주기 위해 정차한 택시에 올랐다. 누가 쫓아오는 것도 아닌데 택시가 출발하고 나서야 겨우 안도의 한숨이 새어 나왔다.

❖

토요일인데 일정이 있어 서울에 가지 못한 도혁은 늦은 시간에 집에 돌아왔다. 막 씻고 나왔을 때, 휴대 전화가 울렸다. 혹시 윤우가 아닐까 하는 헛된 기대를 품고 휴대 전화를 보니 진 회장이었다.

"네. 회장님."

― 지금 당장 올라와.

상당히 노기 띤 진 회장의 음성이 들려왔다.

"무슨 일이십니까?"

― 와서 얘기해.

다짜고짜 전화가 뚝 끊겼다. 시간을 보니 자정이 다 되어 가고 있었다. 서울에 도착하면 새벽일 텐데 어지간히 급한 일인 모양이었다. 도혁은 드레스 룸으로 가서 옷을 갈아입으며 최 실장에게 전화했다.

최 실장도 진 회장이 갑자기 부른 이유를 모르고 있었다. 주차장으로 내려가며 혹시나 해 윤우에게 전화를 걸었다.

― 여보세요?

누가 들을까 겁내는 깃 같은 작은 목소리가 들렸다.

"뭐 해요?"

― 책 읽고 있었어요.

"별일 없죠?"

― 네.

조심스러운 대답이 몸속 어딘가를 간질이듯 들려왔다.

"오늘 뭐 하며 지냈어요?"

– ……그냥, 집에 있었어요. 잠깐…… 외출, 산책 다녀왔어요.

그 말이 그렇게 심사숙고하고 할 말인가. 귀여워서 웃음이 나왔다.

"오늘 좀 쌀쌀하던데 따뜻하게 잘 입고 갔죠? 감기 걸리지 않게 조심해요."

– 네.

"영양제 잘 챙겨 먹었어요?"

– 네.

"어디 불편한 데는 없어요? 입덧은 어때요?"

– 입덧은 이제 별로 심하지 않아요. 배고프면 약간 울렁거리는데 먹으면 곧 괜찮아져요.

"다행이네요."

– 살이 좀 찐 거 같아요.

"얼마나?"

도혁은 주차장에 도착해 차 문을 열며 물었다. 룸미러에 비친 얼굴이 웃고 있었다. 그는 제 얼굴이 낯설어 한 손으로 얼굴을 쓸어내렸다.

– 아직 재 보지는 못했어요.

"몸무게랑 체온, 매일 체크하세요. 병원 진료 때 필요할 수도 있으니까."

– 아직 밖이세요?

차 문 닫는 소리를 들었는지 윤우가 물었다.

"집입니다."

지금 서울로 출발한다고 말하려다가 잠자리에 든 사람이 신경 쓸 거 같아 도혁은 그렇게 말했다. 내일도 오늘과 이어진 오전 일정이 남아 있어 진 회장을 만나고 바로 돌아와야 했다.

　서울서 출발하기 전 윤우를 잠깐 보고 내려올까 생각하다가 그러려면 새벽에 그녀를 깨워야 할 것 같아서 참았다.

　"문단속 잘 하고 자요."

　- 네. 상무님도 안녕히 주무세요.

　언제까지 그렇게 부를 거냐고 물어보려다 말았다. 이미 한번 말했는데 고치지 못하는 걸 보면 그게 꽤나 어려운 문제인 모양이었다. 그녀는 여전히 자신을 어려운 직장 상사 이상으로는 봐 주지 않는다.

　마음에 들지 않았지만, 화를 낼 수도 없었다. 이 상황이 가장 힘든 건 그녀라는 것을 도혁도 알고 있다. 좋아하는 남자를 두고 아이 때문에 자신과 결혼해야 하는 그 마음이 어떨지 그로서는 상상하기 힘들다.

　그녀가 천천히 자신에게 마음을 열 수 있도록, 자신이 그 마음의 온전한 주인이 될 때까지 그가 할 수 있는 일은 그저 참고 노력하는 것밖에 없었다.

　가끔 조급한 마음이 들기도 했지만, 탐난다고 덜 익은 과일을 따는 어리석은 실수를 저지르지는 않을 것이다. 뼈 마디마디에 사리가 생기는 것 같았다.

　평화로운 일요일이었다. 정오가 막 넘은 거실 창으로 봄 햇살이 비쳐 들고 있었다. 윤우는 거실에 앉아 책을 읽다가 팔과 어깨에 와 닿는 햇볕이 포근해 저절로 눈꺼풀이 무거워졌다. 그녀는 들고 있던 책을 좌탁에 내려놓고 책 위에 그대로 엎드렸다. 감은 눈 안으로 붉은 해 그림자가 어른거렸다.

아무 생각도 없이 조용하고 안락했다. 언제까지나 이렇게 지낼 수 있다면 얼마나 좋을까. 이 자유가, 평화로움이, 얇게 언 얼음처럼 불안한 것임을 알고 있었다.

도혁과 결혼하고 그의 집으로 들어가면 본가에서 생활했던 것과는 비교도 할 수 없는 불편하고 힘든 시간이 기다리고 있을 것이다. 또다시 모두가 자신을 적대하는 공간에서 하루하루 버텨야 한다. 생각만 해도 벌써 숨이 막힐 것 같았다.

윤우는 괴로움을 피하듯 고개를 저으며 아직은 아무런 티도 나지 않는 배를 가만히 쓸었다. 아이를 위해 두려운 생각을 애써 떨쳐 냈다. 아이가 당연히 누려야 할 것들을 주기 위해 참아야 한다고 되뇌었다.

가늘게 뜬 속눈썹 사이로 햇빛이 일렁거렸다. 눈물이 날 것 같아 눈을 감았다. 감은 눈 안으로 서늘한 얼굴 하나가 떠올랐다. 감정을 쉽게 드러내지 않는 한결같이 무심한 얼굴. 도혁은 지금 무엇을 하고 있을까.

주말에 도혁은 서울에 오지 않았다. 토요일과 일요일에도 일정이 있어 못 올 거라고 금요일에 미리 연락을 받았고, 어젯밤에도 잠들기 전에 통화했는데 왠지 오랫동안 연락이 닿지 않았던 것 같은 생각이 들었다. 그녀는 엎드린 채 휴대 전화를 만지작거렸다.

그에게 직접 전화를 한 건 다섯 번도 채 안 된다. 어쩔 수 없이 통화해야 하는 일이 생기면 여러 번 고민하고 망설이다가 힘겹게 전화를 했던 때가 있었다. 지금은 그에게 전화할 수 있는 핑계가 생기기를 혹은 그가 전화해 주길 바라게 되었다. 그 짧은 시간에 이런 마음을 갖는 것이 불가사의하게 느껴졌다. 윤우는 접은 팔 위에 얼굴을 묻으며 한숨을 내쉬었다.

몸을 감싼 햇볕이 이불처럼 따스해 졸음이 밀려왔다. 잠과 현실의 경계에서 서성이고 있을 때 휴대 전화 진동음이 길게 울렸다. 윤우는 놀라서 상체를 일으켰다. 전화기 액정에 '차 상무님'이라는 글자가 떠 있었다.

조금 전에 그의 목소리가 듣고 싶다는 생각을 하고 있었던 터라 텔레파시라도 통한 것 같은 기분이 들었다. 이유도 없이 빨라진 심장을 진정시키려 심호흡을 했지만 별 소용없었다.

"여보세요?"

말하고 나니 목소리에 너무 반가운 티가 난 것 같아 얼굴이 붉어졌다.

– 뭐 하고 있어요?

듣기 좋은 저음의 목소리가 들려왔다.

"그냥…… 책 읽었어요."

– 점심은?

"아직 안 먹었어요. 아침을 좀 늦게 먹어서."

– 점심 같이 먹을까요?

"네……? 상무님 지금 어디세요?"

– 이윤우 씨 집으로 가는 중입니다.

"어떻게……. 일정이 있어서 못 올라오신다고 하셨잖아요."

– 서울에 갑자기 일이 생겨서 그 일정은 다른 분께 맡겼습니다.

윤우는 반갑고 기뻐서 자꾸 올라가려는 입가에 힘을 주었다.

- 30분쯤 후에 도착할 거 같네요. 준비하고 나오세요. 집 앞에 있겠습니다.

"아, 네."

윤우는 당황해 자리에서 벌떡 일어섰다. 전화를 끊은 후 어쩔 줄 모르고 잠시 그대로 서 있던 그녀는 급히 거울 앞으로 뛰어갔다. 얼굴이 병자처럼 창백해 보였다.

손바닥으로 볼을 두드리다가 아무렇게나 묶고 있던 머리가 더 문제임을 깨달았다. 머리를 풀고 빗질을 해 보았으나 묶였던 자국 때문에 영 이상해 보였다. 그녀는 빗을 집어 던지듯 내려놓고 급히 욕실로 뛰어 들어갔다.

그들은 시장 어귀에 있는 국숫집으로 들어갔다. 점심시간이라 그런지 식당 안에는 식사하는 시장 상인들로 북적였다. 도혁이 먹고 싶은 걸 물어보는데 노랗고 하얀 계란 지단과 김 가루와 깨소금이 올라간 국수가 떠올랐다.

어릴 때 어머니와 시장 구경을 하고 나면 으레 시장 옆 국숫집에서 잘 우린 멸치 육수에 말아져 나온 잔치 국수를 먹곤 했다.

옛날 생각에 빠져 도혁을 데리고 국숫집에 도착했을 때 윤우는 간판도 제대로 달리지 않은 식당의 허름한 외관이 처음으로 신경 쓰였다. 이왕 왔으니 어쩔 수 없이 가게 문을 열고 안으로 들어갔을 때는 더 당황했다.

채소에서 묻은 흙과 튀김 반죽과 기름이 튀어 얼룩덜룩한 앞치마를 두른 사람들이 누구 목소리가 더 큰지 내기라도 하듯 소란스럽게 국수를 먹고 있었다.

한 번도 그런 분위기를 한발 물러선 시선으로 본 적이 없었는데 윤우는 좁은 가게 안의 그 모든 풍경이 갑자기 낯설었다. 빈자리가 없는 게 다행이라는 생각마저 들었다.

"여기 자리가 없네요. 다른 데로……"

윤우가 뒤에 선 도혁에게 말하고 있는데 마침 식사를 마친 사람들이 자리에서 일어서며 윤우에게 말했다.

"일로 앉아요. 우린 다 먹었어."

난감한 얼굴로 서 있는 윤우에게 도혁이 들어가자는 손짓을 했다.

"뭐로 드려요?"

서빙을 하는 아주머니가 커다란 쟁반에 빈 그릇을 옮기고 행주로 식탁을 닦으며 말했다. 잔치 국수 두 그릇을 시키고 기다리는 동안 가게 문이 연신 열리고 닫히며 손님이 드나들었다.

도혁은 말없이 벽에 붙은 조악한 디자인의 산악회 회원 모집 포스터를 바라보고 있었다. 윤우는 물기가 그대로 남은 테이블을 꼼꼼히 닦고 새 냅킨을 펴서 그 위에 숟가락과 젓가락을 올려놓았다.

시끄러운 식당 안 분위기 때문인지 그는 말이 없었다. 그에게 몹시 낯설고 불편할 식당 안 풍경이 신경 쓰였다. 무슨 생각으로 그를 이런 식당에 데리고 올 생각을 했는지 알 수 없었다.

"아침에 올라오셨어요?"

윤우는 말없이 있는 게 어색해 물었다. 어젯밤 자정이 다 되어 마산에 있는 그와 통화했으니 당연히 아침에 올라왔을 거라는 생각은 묻고 난 후에 들었다.

"아침에 올라왔습니다."

그가 별생각 없는 얼굴로 순하게 대꾸했다.

"올라오신 일은 잘 마치셨어요?"

"……."

그는 딴생각하는 사람처럼 말없이 윤우의 얼굴을 바라보았다. 뭐든 대화를 이어 가고 싶어 별 뜻 없이 한 말이었는데 오지랖으로 느껴졌나 싶어 민망해졌다.

"네. 잘 마무리했습니다."

그가 곧 입가를 휘며 부드럽게 대답했다. 윤우는 그를 따라 웃으며 고개를 끄덕였다. 무슨 일인지 몰라도 잘 마무리했다고 하니 기뻤다.

"많이 먹어요."

국수가 나오자 도혁은 테이블에 놓여 있던 깨소금을 넣어 주며 말했다. 두 사람은 말없이 국수를 먹었다. 국수를 먹다가 정수리에 시선이 느껴져 고개를 들면 도혁의 시선은 어느새 거두어지고 없었다. 물론 제 착각이겠지만, 꼭 눈이 마주치는 것을 피하는 것처럼 보이기도 했다.

"집에서 차 한 잔 줄래요?"

국수를 다 먹고 식당을 나왔을 때 도혁이 말했다. 그가 다음에 보자고 인사를 하고 떠날 것 같아 저도 모르게 마음을 졸이고 있던 윤우는 기꺼이 고개를 끄덕였다. 원래도 말수가 적은 편이었지만, 오늘따라 그는 조금 더 과묵했다.

집으로 와서 윤우가 차를 우리는 동안 그는 식탁이 닿아 있는 벽에 등을 기대고 앉아 마당 쪽으로 난 창밖을 보고 있었다.

"고마워요."

윤우가 김이 오르는 찻잔을 앞에 내려놓자 도혁이 말했다.

"마산에는 언제 가세요?"

윤우는 도혁의 잠을 못 잔 듯 충혈된 눈과 까칠해 보이는 얼굴을 보며 물었다.

"차 마시고."

"직접 운전해서 가세요?"

"그래야죠."

도혁이 왜 묻느냐는 듯 눈썹을 들어 올리며 윤우를 보았다.

"운전하시려면 좀 주무셔야 할 거 같아요."

"……."

"피곤해 보이세요."

윤우는 얼굴을 붉히며 제가 한 말에 대해 변명을 하듯 덧붙였다.

"괜찮습니다. 내려가서 쉬면 돼요."

도혁은 다른 생각에 빠진 얼굴로 무심히 대답했다. 제게 무슨 다른 할 말이 있는 것처럼 보이기도 하고, 피로해서 입도 뻥긋하고 싶지 않은 것 같기도 했다.

다시 침묵이 이어졌다. 한동안 잊고 있던, 그가 상사이기만 했을 때 느꼈던 어색한 공기가 되살아났다. 한 공간에 있는 것만으로 긴장이 되어 등이 꼿꼿해지고 한없이 어려워, 어서 그 자리를 벗어나고 싶었던 기분.

"어디 불편한 데는 없어요? 몸이라든지 생활하는 거 뭐든."

"없어요."

"나한테 할 얘기 있으면 언제고 기탄없이 하세요."

"네."

인사치레로 하는 말이 아님을 알아서 윤우는 미소를 지으며 고개를 끄덕였다.

"그래요."

도혁은 윤우와 눈이 마주치자 희미하게 따라 웃었다. 그는 예고

한 대로 차를 다 마시자 칼같이 일어섰다.

"잘 지내고 있어요. 무슨 일 있으면 바로 전화하고."

배웅하려는 윤우를 남겨 두고 도혁이 현관문을 닫았다. 윤우는 언제나처럼 창가로 다가가 그가 마당을 지나 대문을 나가는 것을, 낡은 골목에 오려 붙인 듯 어울리지 않는 남자의 뒷모습이 멀어지는 것을 숨어서 바라보았다.

봄 공기가 맑고 차가웠다. 어학원을 가려고 현관문을 닫다가 휴대 전화를 두고 온 것을 깨닫고 다시 들어가 챙겨서 나왔다. 계단을 중간쯤 내려왔을 때는 거실에 불을 그대로 켜 두고 나온 게 떠올라 다시 올라가 불을 껐다.

봄기운 탓인지 이상하게 몽롱한 기분이 들었다. 윤우는 정신을 차리기 위해 마당에 서서 심호흡을 하며 하늘을 올려다보았다. 파스텔 톤의 하늘에 솜처럼 가벼워 보이는 구름이 뭉실뭉실 떠 있었다.

하늘을 바라보았을 뿐인데 아무 연관도 없이 도혁의 얼굴이 떠올랐다. 어제 많이 피곤해 보이던 것이 마음에 걸렸다. 장거리를 운전해 가느라 힘들었을 텐데 컨디션은 좀 나아졌는지 전화를 해보고 싶었다. 마음만 그럴 뿐 그에게 아무렇지 않게 안부를 묻는 사소한 용건을 위해 전화할 수는 없었다.

뭔가 전화를 걸어도 이상하지 않을 다른 구실이 있을까 궁리를 하며 걸음을 옮기고 있을 때 불쑥 검은 그림자가 앞을 막아섰다. 윤우는 놀라서 한 걸음 뒤로 물러났다.

"이윤우 씨 되시죠?"

각 잡힌 양복 차림의 남자가 딱딱한 어조로 그녀를 내려다보며 물었다.

"······누구세요?"

환한 대낮이었고 길을 오가는 행인들도 꽤 많았지만, 불쑥 나타나 말을 거는 낯선 사람에게 무서움을 느끼지 않을 수 없었다.

"저는 대영 그룹 회장 비서실에 근무하는 고영훈 실장입니다. 회장님께서 이윤우 씨를 뵙고 싶어 하십니다. 지금 시간을 좀 내주실 수 있을까요?"

남자가 정중한 어조로 물었지만 그건 윤우의 의견을 묻는 말은 아니었다. 연락도 없이 찾아와 같이 가자고 해도 어떤 일정이 있든 당연히 취소하고 그렇게 할 거라고 확신하는 오만한 행동이었다.

제가 몸담고 있던 회사의 총수이며, 제 존재를 못마땅해 하고 있을 게 분명한 사람을 만나러 가는 건 당연히 싫고 두려웠다. 앞에 마주하고 서 있다고 해도 감히 똑바로 바라볼 수도 없을 것이다.

도망치고 싶은 기분을 누르고 윤우는 말없이 고 실장을 따라 비상등을 깜빡이며 대로변에 서 있는 검은 승용차에 올랐다. 회장이 자신을 무슨 일로 부르는지 알 수는 없지만 좋은 일이 아닐 것은 분명했다.

도혁에게 알려야 하는 게 아닐까 하는 생각이 잠깐 들었다. 하지만 꼭 구조 신호처럼 보일 것 같아서 참았다. 무슨 일인지 만나 보고 연락해도 될 것이다. 차는 20분쯤 후에 시내 중심가에 있는 대형 호텔 정문 앞에 도착했다. 대영 계열사에서 운영하는 체인 호텔 본점이었다.

윤우는 차에서 내려 고 실장의 뒤를 따라 3층에 있는 중식 레스토랑으로 갔다. 고 실장은 개별 실이 늘어선 복도를 지나 제일 안쪽의 문 앞에 섰다.

"이윤우 씨 도착했습니다."

그는 안에 대고 말했다. 곧이어 들어오라는 소리가 들렸다. 고 실장이 문을 열자 가운데 놓인 둥근 테이블에 앉아 있는 두 사람의 모습이 보였다.

진 이사장과 그녀의 아버지인 진석환 회장이었다. 진 회장만 있을 줄 알았는데 진 이사장도 같이 있는 것을 보자 저도 모르게 안도의 한숨이 새어 나왔다. 진 이사장이라고 편할 리 없지만 그래도 진 회장과 독대하는 것보다는 나았다.

"들어가시죠."

고 실장이 옆에서 작게 재촉하는 소리를 듣고서야 윤우는 겨우 발을 떼어 안으로 들어섰다. 뒤에서 문이 닫혔다. 윤우는 두 사람을 향해 고개 숙여 인사를 했다. 짙은 녹색에 금실이 수놓인 호화로운 보가 깔린 테이블에는 반쯤 먹은 음식 접시들이 놓여 있었다. 진 회장은 왼손에 젓가락을 든 채로 누군가와 통화 중이었다.

먼 거리였지만 회사에서도 그렇고 텔레비전 뉴스에서도 진 회장을 꽤 여러 번 보았는데 직접 보니 오금이 저렸다. 매서운 눈매와 두툼한 코, 짙은 보라색의 얇은 입술 같은 것들이 호랑이처럼 사납고 완고해 보였다.

"앉아라."

진 이사장이 말했다. 윤우는 진 이사장과 가까운 자리에 앉았다. 긴장해서 몸에서 삐걱거리는 소리가 날 것 같았다.

"너도 뭘 좀 시키렴."

진 이사장이 호출 벨을 누르며 말했다.

"저는 괜찮습니다. 점심을 금방 먹고 왔습니다."

"그럼 차라도 마시든지."

"네."

윤우가 대답했다. 잠시 후 들어온 종업원에게 진 이사장은 차를 주문했다. 그러는 동안에도 진 회장은 호탕하고 걸걸한 목소리로 계속해서 통화하며 가끔 음식을 집어 먹기도 했다.

진 이사장은 조용히 식사했고 진 회장은 통화를 계속했다. 윤우는 종업원이 내온 차를 앞에 놓고 식은땀을 흘리며 앉아 있었다.

"옛말에 자랑하고 싶은 게 있으면 돈 내고 하라는 말도 있는데 이 인사는 입만 열면 공짜로 자랑질이네."

한참 만에 통화를 마친 진 회장은 혀를 끌끌 차며 휴대 전화를 테이블에 탁, 내려놓았다.

"박 회장님이요? 무슨 자랑을 그렇게 하세요?"

진 이사장이 물었다.

"맨날 자식 자랑, 손자 자랑이지. 다음 달에 막내아들 결혼식이라고."

"그 오십 넘어 낳으신 아들 말씀이죠? 세월이 참 빠르네요. 어릴 때 몇 번 봤는데 그 꼬마가 벌써 결혼을 한다니."

"며느리 자리가 삼도 민 회장 큰손녀야. 너도 몇 번 봤을걸? 전에 도혁이한테도 두어 번 혼담 늘어 왔었지, 왜."

"네. 알아요. 걔 어머니가 우리 모임 회원이에요. 어머니 따라 모임에도 몇 번 와서 봤는데 요즘 아가씨답지 않게 참하고 생각도 깊은 아가씨더라고요. 좋은 짝 만났네요."

"다들 그렇게 저랑 어울리는 짝들 탈 없이 잘만 만나 결혼하는데 이놈은 뭐가 잘못돼서……."

진 회장은 음식에 든 돌이라도 씹은 얼굴로 못마땅하다는 듯 혀를 찼다. 윤우는 저도 모르게 어깨가 움츠러들었다. 마치 도혁이 사람이 아니라 미물과 결혼하겠다고 선언하기라도 했다는 듯한 투였다. 진 회장은 끝까지 윤우에게 시선 한 번 주지 않았다.

"다 먹었으니 또 일하러 가 봐야지."

진 회장이 물을 마시고 입을 닦은 냅킨을 툭, 내려놓으며 말했다.

"차 내오라고 할까요?"

진 이사장이 물었다.

"됐다. 2시 반에 중흥 은행장이랑 약속 잡혀 있어. 차는 거기서 마시지, 뭐."

진 회장이 자리에서 일어섰다. 윤우도 진 이사장도 따라 일어섰다.

"아버지. 그럼 다음 주에 집에서 뵐게요."

"그때 도혁이 꼭 데리고 와. 서연이 헛걸음하게 하지 말고."

"네."

문을 나서는 진 회장의 등에 대고 윤우도 인사를 했다. 진 회장 비서가 직접 데리러 왔으므로 진 회장이 제게 뭔가 할 얘기가 있는 모양이라고 생각했는데 그렇게 떠나 버리자 당황스러웠다. 진 이사장은 말없이 자리에 앉았다. 윤우도 그녀를 따라 다시 자리에 앉았다.

"오늘 이렇게 부른 건 네 의견을 들어 보고 싶어서다. 이 상황에 대해 너는 어떤 생각을 하고 있는지 궁금해서."

후식으로 나온 차를 내려다보며 한참 말이 없던 진 이사장이 마침내 입을 열었다.

"죄송합니다. 무슨 말씀이신지 잘 못 알아들었습니다."

"어제 도혁이 안 만났니?"

"……만났습니다."

"도혁이가 아무 말 안 했어?"

진 이사장이 못마땅한 듯 얼굴을 찌푸렸다. 윤우는 당황한 채 진 이사장을 바라보았다. 진 이사장은 잠시 윤우를 쏘아보다가 '답답한 녀석.' 하고 작게 중얼거렸다.

그것은 아마도 도혁을 두고 하는 말인 듯했다. 진 이사장은 한숨을 내쉬더니 언짢은 표정으로 전화를 해 누군가를 들어오라고 불렀다. 잠시 후, 진 이사장의 비서인 홍 과장이 안으로 들어왔다.

"그 기사 이 아가씨한테 보여 줘."

"네 이사장님."

홍 과장이 들고 있던 태블릿을 꺼내 화면을 열어 윤우에게 건네주었다.

문서 상단에 적힌 언론사 이름을 보니 유명인들의 자극적인 스캔들 기사로 이름이 난 인터넷 언론사였다. 취재 대상이 주로 탑급 배우나 이름을 대면 누구나 알 수 있는 정재계 거물들이었고, 실리는 내용 또한 자극적인 게 많아서 기사가 나가면 세간이 떠들썩해질 정도로 그 파급력이 만만치 않았다.

[대기업 재벌 3세의 무도(無道) 현대판 개로왕?]

윤우는 자극적인 기사 제목을 보고 마른침을 꿀꺽 삼켰다. 기사를 읽어 내리는데 손이 덜덜 떨렸다. 지라시 형식으로 작성된 글에는 도혁과 자신과 상빈이 얽힌, 사실과 거짓이 교묘하게 뒤섞인 지저분한 내용이 적혀 있었다.

물론 이니셜로 표현되어 있었지만 근래 자신과 도혁의 연애 사건을 알고 있거나 관련자가 본다면 정확히 누구인지 알 만한, 아주 구체적인 내용이었다. 그 기사는 어디서 전해 들은 내용을 두루뭉술하게 적은 게 아니었다. 피해자라고 주장하는 상빈 본인이 직접 인터뷰한 기사였다.

글 안에서 도혁은 돈과 권력으로 부하 직원의 약혼자를 갈취한 부도덕하고 파렴치한 재벌 3세로 표현되었고 윤우 자신은 결혼을 코앞에 두고 약혼자를 배신한 돈에 눈이 먼 여자가 되어 있었다.

기사 말미에는 그 모든 상황에도 불구하고 제 사랑은 변함이 없으며, 모종의 이유로 자신을 저버리긴 했지만, 윤우 또한 여전히 저를 사랑하고 있다는 것을 확신한다는 상빈의 말과 함께 사진 몇 장이 같이 실려 있었다.

윤우는 하얗게 질린 얼굴로 사진을 뚫어질 듯 바라보았다. 자신과 상빈이 마주 앉아 식사한 듯한 장면 하단에 그제 날짜가 선명하게 찍혀 있었다.

또 다른 사진에는 그녀가 상빈 어머니와 웃으며 대화를 나누는 모습이 있고 선물을 주고받는 게 분명한 정황이 연출된 사진도 있었다. 사진 밑에 사진 속 인물이 누구인지 설명해 주는 작은 문장도 붙어 있었다. 머릿속이 하얘지고 등줄기로 식은땀이 흘렀다. 조작된 기사 내용을 보니 사진이 아주 다른 의미로 보였다. 상빈에 대한 분노보다 도혁의 얼굴이 먼저 떠올랐다. 이 상황을 접한 도혁은 무슨 생각을 했을까.

"……여전히 그 남자를 만나고 있다니 보고도 믿기지가 않는구나."

진 이사장이 싸늘한 표정으로 말했다. 화를 내고 있는 건 아니었다. 다만 아무것도 기대할 것 없는 인간에 대한 불신과 혐오가 어려 있을 뿐이었다.

"그, 그게 아니라……. 사실은……."

윤우는 급히 입을 열었으나 무슨 말을 해야 할지 알 수 없었다. 뭐라고 설명한들 진 이사장에게 전달될 리 없다는 무력감을 느끼고 있을 때, 아니나 다를까 진 이사장은 귀를 더럽히고 싶지 않다는 듯 차갑게 그녀의 입을 막았다.

"그런 지저분한 얘기 듣고 싶지 않다. 변명 들으려고 부른 것도 아니고."

"……."

"그 남자, 너랑 사귀었던 남자 말이다. 이번에 회사 그만뒀다더니 원진 통운으로 옮겼다더라. 거기 도혁이 이모부가 대표로 있는 회사다. 기사 내용을 보고 짐작은 했었다마는, 결국 그렇게 되었어."

윤우는 얼굴이 하얗게 질렸다. 소심한 성격에 혼자 이런 짓을 했다는 게 믿기지 않았는데 역시 배후가 따로 있었던 모양이다. 점점 일이 복잡하게 꼬여 가고 있었다.

"어제 그 기사는 도혁이가 어떻게 막은 모양인데 이건 시작에 불과해. 도혁이를 끌어내리고 싶어 하는 무리가 그 좋은 먹잇감을 쉽게 포기할 리가 없지. 네가 도혁이랑 결혼하면 도혁이는 어쩔 수 없이 진창에 구르게 될 거다."

어제 자신을 찾아왔던 도혁이 떠올랐다. 좀 피곤해 보인다는 생각은 들었지만, 평소와 크게 다르지 않았다.

자신이 상빈과 그의 어머니를 몰래 만나고 있다고 생각하고 있었을 텐데 왜 아무것도 묻지 않은 것일까. 혼란스럽고 가슴이 답답했다.

"도혁이를 견제하는 무리가 이 좋은 기회를 그냥 넘길 리 없다."

"……."

"어떻게 해서든 도혁이한테 치명적인 흠집을 내려 하겠지."

윤우는 입안이 말라오는 것을 느끼며 진 이사장의 말을 듣고 있었다.

"여태 회장님은 쫓아내겠다고 말씀은 하셨지만, 진심은 아니셨다. 회사를 물려줄 사람 중에 그만한 그릇이 없는 걸 잘 아시니까. 어쩌면 도혁이도 그걸 알고 있어서 이렇게 고집을 부리는 것인지도 모르지. 결국은 회장님이 져 주실 거라고 생각하고 말이야."

진 이사장의 표정과 목소리가 차분했다. 대놓고 적의나 경멸을 드러내지 않았으나 말의 내용 때문에 괴로운 건 더했다.

"그런데 오늘, 회장님이 그러시더구나. 도혁이 끝까지 너와 결혼하겠다는 뜻을 굽히지 않으면 이제 포기하시겠다고. 이 회사와 관련된 곳에서는 어디에서도 발붙이지 못하게 할 거라고. 당신 뜻을 저버린 것에도 실망이 크신데, 그 와중에 이런 지저분한 소문까지 따라 다니게 생겼으니 더는 미련이 없으실 테지."

윤우는 두 손을 꽉 쥔 채 창백한 얼굴로 앉아 있었다. 어쩌다 자신이 이런 무서운 일에 휩쓸리게 되었는지 알 수 없었다. 아무것도 자신의 의도는 아니었다.

"네가 아니었다면 도혁이는 저와 맞는 아이와 결혼해서 아무 문제 없이 대영을 물려받았을 거야."

"……."

"여기서 뜻이 꺾이면 도혁이가 지금까지 노력한 것들 모두 허사가 돼. 그 애의 20대가 고스란히 물거품이 될 거란 말이야. 아니, 그게 문제가 아니라 앞으로 그 애 앞에 펼쳐질 창창한 미래가 모두 사라지는 거다."

진 이사장의 목소리가 비통했다. 가슴이 조여 오는 것 같았다. 숨이 잘 쉬어지지 않았다. 그렇다 해도 아이를 위해서 어쩔 수 없는 일이라고 윤우는 눈을 질끈 감듯이 고통스러운 마음을 다잡았다.

"저는 그저 아이를 정상적인 가정에서 태어나게 하고 싶을 뿐입니다. 다른 욕심은 없어요."

"정상적인 가정? 이렇게 강제로 만들어지는 가정이 정상이라고 할 수 있겠니? 결혼한다고 해도 평생 너는 구만리 같은 그 애 앞길을 막은 책임을 면하지 못할 거다. 결코, 순탄하게는 살 수 없을 거라는 말이야."

"……아이를 아빠 없는 아이로 만들 수는 없어요."

"네 아이를 든든한 아빠 울타리 안에서 사랑받으며 자라게 하고 싶다면, 방법은 하나밖에 없다."

"네……?"

"너한테 달렸어."

윤우는 핼쑥해진 얼굴로 진 이사장을 바라보았다. 그녀의 입에서 무슨 말이 나올지 두려웠다.

"회장님이 오늘 나를 보자고 하신 건 도혁이한테 마지막 기회를 주시겠다는 뜻이야. 그 녀석 성격에 제 아이를 임신한 여자를 스스로 버리지는 못할 테고, 너를 잘 설득해 보라고 하시더라."

"……."

"결혼을 포기해라. 아이는 도혁이 주고 너는 새 출발 해. 그게 아이를 위해서도 너를 위해서도 최선이야."

"이사장님……."

"서연이 알지? 원래 도혁이와 결혼하려던 아이 말이야. 그 애가 정말 도혁이를 많이 좋아한다. 이런 일이 벌어졌는데도 그 착해 빠진 녀석은 아무것도 상관없다고 하더구나. 아이는 서연이가 제 아이로 키우겠다고 했어."

윤우는 이를 문 채 가빠지는 숨을 고르려 애썼다. 벌집을 풀어 놓은 것처럼 머릿속이 윙윙 울렸다.

"제가 임신한 사실을 알고 있는 사람들이 있는데 어떻게 그런 일이 가능하겠어요. 그 소문이 나면 오히려 상무님께 더 안 좋은 영향이 미칠 텐데……."

"주 원장 병원 내에서도 아는 사람은 주 원장과 믿을 수 있는 간호사 한 명이 다야. 그쪽에서 말이 날 일은 없다. 네 친정 식구들조차 아직 모르고 있잖니. 너만 입 다물면 소문 날 일은 없어."

"……이사장님."

"내가 이렇게 부탁한다. 응……?"

윤우가 입술을 짓씹고 있는 것을 초조하게 바라보던 진 이사장이 갑자기 두 손바닥을 모으더니 절박한 얼굴로 비는 시늉을 했다. 윤우는 하얗게 질려서 그녀를 바라보았다.

붉게 충혈되어 있던 진 이사장의 눈에서 당장이라도 눈물이 떨어질 것 같았다. 너무도 극적이었지만 연극으로 보이지는 않았다. 진 이사장의 불안정한 태도는 그녀도 지금 자신만큼이나 절박하고 괴로운 상황이라는 깨달음을 주어 마음이 아팠다.

"뭐든 해 주마. 네가 해 달라는 대로 다……."

"……아이는, 아이는 안 돼요."

윤우는 울음을 참으며 고개를 저었다.

"아이 걱정은 할 필요 없대도. 물질적인 건 두말할 필요 없고 사랑도 듬뿍 받으며 자랄 테니까."

"아이는 제가 키워야 해요."

윤우는 아무것도 들리지 않는 사람처럼 재차 말했다.

"아이가 행복하게 자라길 바란다는 말이 진심이라면 제발 욕심을 버려라."

진 이사장이 다시 설득했다. 저절로 아버지 집에서 자라던 저의 어린 시절이 떠올랐다. 아이가 저와 같은 환경에서 자라게 될지도 모른다는 생각만 해도 몸이 와들와들 떨렸다. 윤우는 고개를 저었다.

"······그럼 아이에게 정상적인 호적만 만들어 주세요. 물론 서류상으로지만 아이에게 제 부모 사이에서 태어났다는 증명서라도 주고 싶어요. 아이 출생 신고만 마치면 바로 이혼으로 처리하시면 되고요. 일이 끝나면 저는 아이 데리고 아무도 모르게 조용히 살겠습니다."

"그건 안 될 말이다. 아무리 서류상의 형식적인 결혼이라고 해도 서연이가 재취로 오겠다고 한 건 아니야. 아이를 받아들이겠다는 것도 서류상으로도 완벽히 아이 엄마가 되겠다는 전제고."

진 이사장이 한숨을 쉬며 덧붙였다.

"그게 아니라도 아이를 네가 키우는 건 법적으로 복잡해져서 안된다. 나중에 분쟁이라도 일어나면 골치 아파. 욕심을 내려놓고 그냥 아이만 보내. 네가 서운해 하지 않을 만큼 보상은 충분히 할 거다."

돈 욕심 같은 건 없다고 아무리 말해도 믿지 않을 것이다. 윤우도 더는 무의미하게 울리는 메아리 같은 말을 되풀이할 기운이 없었다.

진 이사장이 달래기도 하고 애원하기도 하며 윤우를 설득했다. 그 얼굴에 이전에 보였던 오만하고 차가운 기운이 더는 없었다. 아들을 위해서라면 그렇게 업신여기던 사람 앞에 무릎이라도 꿇을 것 같았다. 그 절대적인 모정이 무섭고 원망스럽기도 했다. 따지고 보면 자신도 자식을 위해 무슨 짓이든 할 수 있는 똑같은 엄마의 입장인데 어떻게 아이를 버리라고 강요하는지 알 수 없었다.

"도혁이를 위해서 네가 한 번만 물러나 다오. 아니, 그럴 것도 없이 너와 네 아이를 한번 생각해 봐라. 도혁이 앞날을 망치면서 결혼한다고 치자. 나도 마찬가지고 도혁이도 너나 네 아이가 고와 보이겠니? 너야 감수한다지만 아이가 무슨 죄가 있어? 네 아이를 미움받는 천덕꾸러기로 자라게 만들고 싶니? 그게 과연 아이를 위하는 일이니?"

"……."

결혼하면 반드시 너와 아이를 홀대하고 미워하겠다고 대놓고 하는 선전포고였다. 윤우는 입술을 물었다. 이미 예상했던 일임에도 말로 들으니 더 끔찍했다.

"시간을 줄 테니 차분하게 잘 생각해 봐. 어떤 게 제일 나은 방법인지 말이야."

입을 꽉 다물고 말이 없는 윤우를 진 이사장은 한참을 바라보다가 자리에서 일어나며 말했다. 윤우는 따라 일어섰지만, 인사를 하지도 못하고 그저 멍하니 진 이사장의 뒷모습만 바라보다가 다시 자리에 주저앉았다.

윤우는 진 이사장이 떠나고도 한참 시간이 지난 후에야 겨우 밖으로 나왔다. 현기증이 나서 길 한복판에 잠시 눈을 감고 서 있었다. 깨지 않는 긴 악몽을 꾸고 있는 것 같았다.

윤우는 계속 밤잠을 설쳤다. 휘저어진 흙탕물처럼 마음이 어지러웠다. 내내 진 이사장의 말들이 떠올랐고 정말 아이를 위하는 일이 무엇일지 고민하고 또 고민했다.

이틀이 지난 후, 윤우는 도혁에게 전화해 제가 정리해 내린 결정을 알리기로 했다. 진 이사장의 뜻대로 아이를 줄 수는 없었다. 그렇다고 저와 아이, 그리고 도혁까지 불행해질 걸 뻔히 알면서 결혼할 수도 없었다.

두려웠지만 결국 아이를 혼자 키울 수밖에 없다는 결론에 이르렀다. 결심하고도 막상 그것을 도혁에게 말하려니 또다시 겁이 났다. 윤우는 한참을 망설이다가 마침내 휴대 전화를 열어 도혁에게 전화를 걸었다.

— 여보세요?

신호음이 세 번 넘기 전에 도혁이 전화를 받았다.

"상무님."

— 무슨 일 있어요?

윤우 쪽에서 먼저 전화하는 경우가 드물어서 그런지 조금 놀란 목소리였다.

"아니요. 무슨 일이 있는 건 아니고…….'

— 아, 그래요. 저녁은 먹었어요?

윤우의 말에 도혁이 가벼워진 목소리로 물었다.

"네. 상무님도 저녁 드셨어요?"

— 나는 1시간쯤 후에 약속이 있어서 그때 먹을 겁니다.

"……네."

어째서 이렇게 담담한 것일까. 아마도 자신이 몰래 상빈을 만나고 있다고 생각할 테고, 그것 때문에 무척이나 곤란한 상황을 겪고 있을 텐데 그는 끝내 아무 내색도 하지 않을 모양이었다. 그대로 기사가 나갔다면 그는 끔찍한 오명을 뒤집어썼을 것이다.

별일 없이 지나갔으니 이제 안심해도 된다고 생각할 일도 아니었다. 진 이사장 말대로 그 위험은 여전히, 계속해서 남아 있는 상황이었다. 그것을 알 텐데 그는 어떻게 아무렇지도 않을 수 있을까.

— 그래서 오늘 저녁은 뭘 먹었어요?"

"그게…… 강된장 끓여서 먹었어요."

윤우는 이런 대화를 하고 있을 때가 아니라고 생각하면서도 대답하고 있었다.

— 강된장이 뭐지? 된장국이에요?

"국은 아니고, 찌개와 더 비슷해요."

— 요리학원에서 배운 거예요?

"네."

— 어떻게 만들어요?

도혁이 물었다. 하등 쓸데없는 물음이었다. 그가 강된장을 직접 끓여 먹을 리도 없고, 그러니 만드는 법이 궁금할 리도 없었다.

"……물에 된장 풀고 다진 채소랑 버섯 같은 것들을 잘게 다져서 된장 넣고 되직하게 끓이는 건데……. 우렁이나 고기를 다져서 넣기도 하고 채소랑 두부만 넣어 담백하게 끓여 덮밥처럼 먹는 거예요."

— 쌈장이랑 비슷한가 봐요. 우렁이 된장 쌈 같은 거.

"아, 맞아요. 그걸로 쌈장을 하기도 해요⋯⋯."

윤우는 대답하며 자신이 만든 음식을 식탁에 놓고 그와 마주 앉아 함께 먹는 일상을 떠올렸다. 그런 날이 없을 것을 알기에 가슴이 먹먹하게 가라앉았다.

– 많이 먹었어요?

"네."

힘든 얘기는 접어 두고 이렇게 그와 일상적인 얘기를 하다가 전화를 끊고 편하게 잠자리에 들고 싶다는 염치없는 생각이 들었다.

"⋯⋯상무님."

– 네.

"저 사실은⋯⋯. 드릴 말씀이 있어서 전화 드렸어요."

– 그래요. 이윤우 씨는 용건이 있어야 전화하는 사람이라는 걸 깜빡 잊을 뻔했네요.

도혁의 웃음소리가 들렸다. 윤우는 창가에 서서 막 불이 켜지기 시작한 골목의 가로등을 내다보았다. 유리창에 묻은 먼지 얼룩 때문에 불빛은 눈물 필터를 통해 보는 것처럼 부옇게 뭉개져 보였다. 얼룩들이 창문 바깥에 묻은 것을 알면서도 손끝이 하얘지도록 계속 문질렀다.

– 뭐예요? 할 얘기가.

"저 엊그제⋯⋯. 회장님이랑 이사장님 뵈었어요."

– 회장님을요?

부드럽던 목소리가 미세하게 굳는 게 느껴졌다.

– 왜 말 안 했어요?

"⋯⋯."

– 뭐라고 하셨어요?

"회장님은 그냥 얼굴만 뵈었어요. 별말씀 안 하셨어요."

– 앞으로 그런 일 있으면 나한테 먼저 알리세요. 혼자 만나러 가지 말고.

"······이사장님께서 기사를 보여 주셨어요."

그는 무언가 짐작한 듯 잠시 침묵하더니 별일 아니라는 듯한 투로 말했다.

– 잘 해결됐으니 신경 쓸 필요 없어요.

"죄송합니다."

그 말 외에 적절한 말이 떠오르지 않았다.

– 그 사람과는 무슨 일로 만났어요?

그가 이윽고 물었다. 그 질문을 예상하고 설명할 말을 준비했는데 머릿속이 하얘졌다.

"우연히, 우연히 만났어요. 그 사람을 만나려던 게 아니고, 그 사람 어머니를 뵈러 갔는데, 거기 왔어요."

대답을 듣고도 도혁은 잠시 말이 없었다. 마음이 초조했다. 뭔가 더 설명하려는데 도혁이 먼저 입을 열었다.

– 이제 그 사람에 대한 미련은 버리세요.

속에 가시를 숨긴 것 같은 목소리였다.

– 윤우 씨는 내 아이를 임신했고 나와 결혼해야 하는 사람입니다.

"미련 같은 거, 그런 거 없어요······."

– 두 사람, 상황에 떠밀려 본의 아니게 헤어졌다는 거 알아요. 사람 마음이 그렇게 간단히 정리되는 게 아니라는 것도 알고. 그렇다 해도 이제 어쩔 수 없습니다.

"그 사람과는 이미 깨끗이 헤어졌어요. 정말 우연히······."

말을 하다 말고 윤우는 입을 다물었다. 그만두자는 말을 하려고 전화한 마당에 필사적으로 변명하고 있는 저를 발견했다. 손끝에 서부터 서서히 힘이 빠져나가는 것 같았다.

– 우연이라는 말은 어폐가 있습니다. 그 어머니를 만나러 가지 않았다면 그 사람을 만날 일도 없었을 테니까.

비난이라기보다는 보고서의 틀린 부분을 고쳐 주듯이 차분한 어조로 도혁이 말했다. 윤우는 그의 말에 수긍했다. 깨끗이 헤어졌다는 말도 틀린 말이었다. 깨끗이 헤어졌다면 상빈이 그런 지저분한 인터뷰를 할일이 없었을 것이다.

체념과 미안함으로 가슴이 돌덩이처럼 무겁게 가라앉았다.

"……죄송합니다."

– 지나간 일은 어쩔 수 없으니 됐습니다. 앞으로가 중요하죠.

"……상무님."

– 듣고 있습니다.

"이제 와서 이런 말씀 드려도 아무 의미 없다는 거 알지만, 제가 너무 경솔했습니다. 상무님이 겪으실 일에 대해서는 미처 아무 생각도 하지 못했어요."

– 남을 생각할 만한 상황은 아니었잖아요.

도혁은 괜찮다는 듯 말했다. 분명 화가 날 상황임에도 흐트러지지 않는 평정심은 어디서 기인한 것인지 알 수 없었다. 가식과는 거리가 먼 사람이니 허세일 리는 없었다. 그의 그런 침착하고 일관된 태도에 이 혼란한 와중에도 안정감을 느낄 정도였다.

고맙고 미안해서 코끝이 아려 왔다. 윤우는 그를 이 수렁에서 나가게 해 주고 싶었다. 하룻밤 욕망에 져서 엄한 여자와 잔 잘못에 비하면 그가 지금 겪고 있는 일은 너무 가혹한 면이 있었다.

"……그만두고 싶습니다."

– 뭘요?

"결혼을 없던 일로 하고 싶어요."

– 무슨 말이에요, 그게?

수화기 너머의 목소리가 한숨처럼 낮아졌다.

"더는 못 하겠어요."

– …….

"상무님께 너무 큰 피해를 드리는 것도 괴롭고……."

– 내가 한 일에 책임을 지는 것뿐입니다. 윤우 씨가 그 부분에서 부담 느낄 필요는 없어요.

"……감당할 수가 없습니다."

– 어머니한테 불려가 한소리 들었다고 바로 이렇게 나오는 거예요?

도혁이 웃어넘기려는 듯 가볍게 대꾸했다.

"그것 때문이 아니라……."

– 힘든 거 알아요. 그래도 어쩌겠어요. 견뎌야지.

달래듯 말했다. 투정으로 받아넘기려는 것 같았다.

"일이 이렇게 커지기 전에 결정했으면 더 좋았겠지만, 더 늦기 전에 이제라도 그만두고 싶습니다."

도혁은 한참 동안 아무 말도 하지 않았다. 잠시 후, 라이터를 켜는 딸깍 소리가 나고 연기를 내뱉는 낮은 숨소리가 작게 들려왔다.

– ……오늘 일정 때문에 좀 피곤하네요. 그만 쉬어야겠습니다. 할 얘기 있으면 주말에 만나서 해요.

도혁의 말소리 사이로 바람 소리와 멀리서 들리는 도로의 소음이 희미하게 들려왔다. 담배를 든 희고 아름다운 손이 바람에 흐트러진 머리카락을 쓸어 올리는 모습이 감은 눈 안에 어른거렸다.

"……네, 알겠습니다."

윤우가 대답하자 그는 말없이 전화를 끊었다. 창밖으로 어스름이 내려앉고 있었다. 메마른 감나무 가지가 뻗어 있는 초저녁의 감청색 하늘이 조각조각 깨져 있었다.

도혁은 토요일 정오쯤에 윤우의 집으로 왔다. 미리 연락받고 외출 준비를 마치고 기다리던 윤우는 도착했다는 그의 문자를 받고 밖으로 나갔다. 도혁은 골목 어귀에 세워 둔 차 문을 열어 그녀를 조수석에 태웠다.

"식사는 잘 하고 있어요?"

"네."

"그런데 왜 점점 살이 빠지는 것 같지? 혼자 챙겨 먹기 힘들면 언제든 요리해 주시는 분한테 도와달라고 하면 됩니다."

도혁이 가벼운 어투로 말했다. 윤우는 오늘에야말로 도혁과 며칠 전 나눈 얘기를 끝내려고 마음먹고 나왔으므로 아무 일도 없었다는 듯한 그의 태도에 조금 당황했다.

도혁이 점심을 먹기 위해 예약한 레스토랑은 번화가를 벗어난 한적한 주택가에 자리 잡고 있었다. 차는 청동색의 동그란 철제 간판이 달린 레스토랑 건물 앞에서 멈추어 섰다. 아직 잎이 나지 않은 담쟁이 넝쿨의 가늘고 마른 가지가 전면 벽 전체에 뿌리처럼 촘촘히 뻗어 있었다. 여름이면 아마도 건물이 담쟁이 넝쿨의 푸른 잎으로 뒤덮일 것 같았다.

유일하게 잔가지가 들러붙어 있지 않은 창문으로 실내에 켜 놓은 따뜻한 오렌지색 조명이 흘러나오고 있었다. 두 사람은 2층으로 곧게 뻗은 고동색 나무 계단을 천천히 올라갔다.

레스토랑 입구에 도착하자 단정한 정장을 입은 노년의 매니저가 문을 열어 정중하게 맞아 주었다. 안내해 준 넓은 통창이 있는 자리에 앉아 실내를 둘러보았다.

부드러운 조명이 비추고 잔잔한 클래식 음악이 흐르는 넓고 아늑한 공간이었다. 흰색의 정갈한 테이블보가 씌워진 테이블마다 생화와 촛불이 놓여 있었다. 점심시간일 텐데 손님은 그들 외에는 없었다.

곧, 서버가 메뉴판을 들고 왔다. 메뉴판에 적힌 프랑스식 코스 요리를 살펴보던 윤우는 처음 있는 일도 아닌데 새삼 놀라 눈이 커졌다. 도혁과 식사하러 갈 때마다 한 끼 식사에 지불하는 돈에 대해 생각하게 됐다. 꽤 여러 번 겪는 일인데도 여전히 적응되지 않았다.

도혁은 주방에서 나온 외국인 셰프의 인사를 받고 있었다. 윤우는 잠시 그를 바라보다가 이내 다시 메뉴판으로 시선을 옮겼다. 윤우가 메뉴를 고르자 도혁은 소믈리에에게 윤우를 위해 식전 음료로 나올 샴페인과 메뉴에 곁들일 와인을 논알콜로 준비해 달라고 말했다. 주문을 끝낸 그는 편안한 자세로 의자에 기대앉아 윤우의 뒤쪽 벽에 걸린 그림을 보고 있었다.

느긋하고 여유로워 보였지만 테이블 위에 올려 둔 오른손 검지와 중지가 규칙적으로 테이블을 얕게 두드리는 것을 보면 딱히 그런 것 같지도 않았다.

식전 샴페인과 아뮤즈부쉬가 나왔다. 윤우는 작은 부채 모양의

패각 속에 놓인 관자를 잘라 입에 넣었다. 레몬 향 소스가 밴 조갯
살이 순하게 씹혔다.

"비 오네요."

도혁의 말에 창 쪽으로 고개를 돌리니 주택 단지와 이면도로 위
로 소리 없이 비가 내리고 있었다. 안개처럼 가느다란 비였다. 윤
우는 쉽게 현실을 잊고 멍하니 창밖을 바라보다가 제 얼굴에 와 닿
는 시선을 느끼고 고개를 돌렸다.

눈이 마주치자 그가 부드럽게 웃었다. 윤우는 저도 모르게 얼굴
이 붉어졌다.

"상견례 할 날짜 부모님께 여쭤봤어요?"

도혁이 물었다. 며칠 전 윤우가 한 얘기는 까맣게 잊은 얼굴이었
다.

"……."

"언니 결혼식도 치르셔야 하고 올해 부모님이 정신없으시겠네
요."

"상무님……."

윤우는 도혁이 음식을 천천히 씹어 삼키고 와인을 마시고, 무릎
에 올려 두었던 냅킨으로 입가를 훔치는 일련의 동작을 멍하니 바
라보다가 그를 불렀다.

"평일에도 상관없으니 편한 날짜 정해서 알려 주세요."

"상무님. 며칠 전에 제가 말씀드린……."

"식사합시다."

마침 메인 요리가 나오자 도혁이 윤우의 말을 끊었다. 그리고 덧
붙였다.

"먹고 얘기해요."

"……."

"입에 안 맞아요? 왜 안 먹어요."

도혁은 윤우가 내려놓은 포크를 바라보며 물었다. 윤우는 말없이 다시 포크를 집어 들었다. 흰 크림이 뿌려진 캐비어를 올린 대게 살을 입에 넣었지만 무슨 맛인지 알 수 없었다. 더는 대화가 이어지지 않았다. 윤우는 불편한 마음으로 식사를 마쳤다.

"맛이 별로였어요?"

디저트가 나온 후에 그가 물었다.

"아니요. 맛있었습니다."

급히 고개를 저었으나 반도 먹지 못한 제 음식 접시들이 떠올랐다. 머릿속이 복잡하고 긴장되어 음식이 잘 넘어가지도 않았다. 비싼 음식을 사 주었는데 너무 성의 없이 먹은 것 같아 미안한 생각이 들었다.

"이제 얘기해 보세요. 하고 싶은 말이 많은가 본데."

마침내 그가 말했지만, 막상 그가 그렇게 나오자 무슨 말을 해야 할지 막막한 생각이 들었다.

"지난번에 말씀드린 대로……. 결혼은 없던 거로 해 주세요."

"나는 그럴 생각이 없습니다."

도혁이 차분한 얼굴로 대꾸했다. 윤우가 당연히 그의 말을 따라야 할 것이라는 어조가 깔려 있었다.

"저는 이미 결정했어요. 상무님의 허락을 구하려는 게 아니에요."

"그건 내가 할 말입니다. 이미 결정한 일이고 가볍게 한 결정도 아닙니다."

"……."

"그렇게 중대한 일을 마음 상하는 일 생겼다고 손바닥 뒤집듯이 바꾸어서야 되겠습니까?"

"마음 상해서 그러는 게 아니에요. 며칠 전에도 말씀드렸지만, 저는……."

"힘들 거 알고 시작했잖아요."

귓가에 와 닿는 어조가 서늘했다.

"할 수 있을 거라고 생각했어요. 나만 참으면 아이의 행복이 보장될 거라고. 아이가 저처럼 자라게 될까 봐 무서워서……. 다른 생각을 할 수 없었어요."

"……."

"아이를 위해 제가 할 수 있는 최선을 다하고 싶었어요. 아이가 평범한 행복을 누리며 자랄 수 있도록 해 주고 싶었어요. 그래서 어떻게든 상무님과 결혼해야겠다고 생각했는데……. 제가 잘못 생각했다는 것을 깨달았어요."

"뭘 잘못 생각해요?"

"제가 힘들게 자란 건 사생아로 태어나서가 아니고, 어머니에게 버림받았기 때문이에요. 어머니와 헤어지지 않았다면 저는 다른 아이들과 크게 다르지 않게 평범하게 자랐을 거예요. 저는 절대 아이를 버리지 않을 테니까 우리는……. 아이와 저는 괜찮을 거예요."

"그런 이유로 결혼을 엎고 아이를 혼자 키울 결심을 한다는 건 이해할 수 없네요."

"상무님께는 하찮게 느껴지실 수도 있지만, 제게는 아이와 제 행복이 제일 중요해요."

"하찮다고 말하지 않았어요. 아이를 혼자 키우는 게 어떻게 아이와 윤우 씨가 행복해지는 길인지 납득할 수 없을 뿐입니다."

도혁이 동요 없는 얼굴로 말했다. 어리광 따위 받아 주지 않겠다는 표정이었다.

"키워 주신 큰어머니께 진심으로 감사하고 있지만, 저의 어린 시절이 행복했다고는 말할 수 없어요. 그건 큰어머니가 제게 뭘 잘못해서가 아니라, 그냥…… 근본적으로 어쩔 수 없는 문제였어요."

도혁은 담담히 윤우의 말을 듣고 있었다.

"얼마 전에 독립하고 나서 누구의 눈치도 보지 않고 내 의지를 가지고 자유롭게 사는 게 어떤 건지를 알게 되었어요. 다시는 누군가를 불편하게 만들고 죄를 짓는 기분으로 살고 싶지 않아요. 여태 그렇게 살아온 거로 충분합니다."

"그건 윤우 씨를 위해 아이 행복은 무시하겠다는 처사로 보이는데."

"제가 행복해야 아이도 행복할 수 있어요. 그러니까, 이 결정은 아이를 위한 일이기도 해요."

"미리 걱정부터 하는 버릇을 고치도록 해 보세요. 막상 닥치면 생각했던 것만큼 그렇게 힘들고 최악인 경우는 거의 없습니다."

도혁이 말했지만, 윤우에게는 역부족인 일이었다. 도혁과 결혼해 그의 집에서 사는 것을 상상하는 것만으로 목이 조여 오는 것처럼 숨이 막혔다.

풍족하고 호화롭게 살 거라는 건 알고 있었다. 하지만 자신은 또다시 잘 때조차 벗을 수 없는 높고 뾰족한 얼음 구두를 신고 하루하루 버텨야 할 것이고, 아이는 멸시받는 엄마를 보며 자라게 될 것이다.

큰어머니 집에서 살았던 시간조차 그리워질지도 모른다. 온기

한 점 없는 가정, 반목하고 상처를 받는 그런 환경에서 아이는 결코 행복할 수 없다.

"겪어 보지 않은 일을 어떻게 알겠습니까."

"……굳이 겪어 보지 않아도 알 수 있는 것들이 있어요."

윤우의 말에 그는 잠시 생각에 잠긴 얼굴로 그녀를 바라보았다.

"지금은 설명해 봐야 헛소리로 들릴 테지만, 곧 알게 될 거예요. 윤우 씨가 걱정하는 일은 없을 거라고 장담합니다. 아이를 생각해서라도 쓸데없는 생각 하지 말고 마음을 편하게 먹어요."

도혁은 윤우의 의사를 무시하려는 것 같았다. 그 결정을 내리느라 몇 날 며칠을 잠도 못 자고 고민한 게 무색했다.

"상무님은 원래 결혼하시려던 분과 결혼하시면 돼요. 아이는 제가 키우겠습니다."

"말장난 그만합시다. 재미없어요."

도혁이 피곤한 얼굴로 말했다.

"저는 이제 제 의지대로 자유롭게 살기로 했어요."

"나와 결혼하기로 한 것도 이윤우 씨의 의지였어요."

"일이 이렇게 되고 나서야 시작하지 말았어야 했다는 생각을 하게 되어서, 면목이 없어요. 상무님께도 그렇고, 특히…… 상무님의 약혼자분께 평생 씻지 못할 상처를 드린 거 정말 죄송하게 생각합니다."

이 일로 도혁의 약혼자가 얼마나 그를 사랑하는지 느낄 수 있었다. 다른 여자가 낳은 자식을 자발적으로 품을 생각을 할 정도로 그녀는 도혁을 사랑하는 것이다. 자신이 가로채려 했던 자리는 엄연히 주인이 따로 있었다. 그것을 알면서도 왠지 제 것을 강제로 빼기는 것처럼 가슴이 아팠다.

"……."

"지금이라도 어긋났던 것들, 제자리로 되돌리고 싶어요."

"이윤우 씨."

"그분께서 이런 일을 겪었음에도 상무님에 대한 마음을 접지 않으셨다는 얘기 들었습니다. 진심으로 다행이라고 생각해요."

"그래요?"

도혁이 차게 웃었다. 화를 내는 것보다 더 무서웠다. 윤우는 베일 듯 날 선 그의 시선을 피해 고개를 숙였다.

도혁의 황당한 심정은 충분히 이해가 갔다. 그는 모든 것을 감수하고 윤우와 아이를 받아들이기로 결정했다. 그의 말대로 결코 쉬운 결정은 아니었을 것이다. 그의 질서정연하던 삶을 엉망으로 휘저어 놓고 이제 와서 그만두겠다고 하니 당연히 화가 나리라.

"이윤우 씨만큼이나 나도 아이에게 책임감을 느끼고 있습니다. 그 아이에 대한 결정권을 이윤우 씨 혼자 가졌다고 착각하지 말아요."

"상무님을 위한 일이기도 하다는 걸 생각해 주세요. 이건, 상무님께도 가장 나은 선택이에요."

"나보고 탐욕에 눈이 멀어 제 자식을 임신한 여자를 버렸다는 소리를 들으며 살라는 말인가요?"

도혁이 냉소했다. 그가 어째서 자신과의 결혼을 선택했는지 그 말에 답이 있었다. 가슴이 먹먹해졌다. 고지식하고 바보 같았다. 그런 소리가 듣기 싫어 대영 회장 자리를 걷어차다니. 그가 좀 덜 좋은 사람이었다면 훨씬 쉬웠을 텐데.

"제가 임신한 사실을 아는 사람은 아직 몇 명 없어요. 아이는 상무님과 무관하게 키울 수 있습니다. 절대 상무님이 저희와 연관될 일은 없을 거예요. 그러니까…… 그런 건 걱정하지 않으셔도 돼요."

"……."

도혁이 신체 어딘가에 가해진 통증을 참는 사람처럼 이를 꽉 무는 것이 보였다. 모욕감을 참는 것 같기도 했다.

"내가 내 아이를 아버지 없는 아이로 크게 그냥 내버려 둘 거 같아요?"

"상무님."

"내 아이를 밖에서 크게 할 생각도 없고, 다른 사람을 아빠라 부르며 자라게 할 생각도 없습니다."

도혁이 차갑게 덧붙였다.

"애초에 몰랐다면 모를까, 내가 아는 이상 두 손 놓고 보고만 있지는 않을 겁니다."

협박처럼 들리는 건조하고 차가운 목소리에 윤우는 얼음물을 뒤집어쓴 듯 몸이 굳었다.

"그게…… 무슨 말씀이세요."

"윤우 씨가 끝까지 나와 결혼하지 않겠다고 고집부리면 그건 내가 어떻게 할 수 있는 문제가 아니죠. 한쪽이 거부하는 결혼이 성사될 수는 없으니까. 하지만 결혼하든 안 하든, 아이는 내가 데려오겠습니다. 이윤우 씨가 아이를 자발적으로 내게 보내지 않겠다면 소송도 마다하지 않을 거고."

도혁은 낮고 차분한 목소리로 아이를 뺏어 가겠다는 끔찍한 협박을 했다. 그래서 그런지 그 말의 무서움이 시차를 두고 윤우에게 와닿았다.

"약속하셨잖아요. 아이는, 무슨 일이 있어도 제가 키우게 해 주시겠다고……"

"나는 그런 약속한 적 없습니다."

윤우의 얼굴에서 핏기가 가셨다.

"저한테서 강제로 아이를 뺏어 가겠다는 말씀이세요?"

"예정대로 결혼하든, 파혼하든 이제 그건 이윤우 씨가 선택할 문제가 된 거 같네요. 이윤우 씨의 결론이 뭐든, 아이는 내 밑에서 자라게 될 겁니다."

도혁이 확신하듯 말했다.

"처음부터 제가 바라는 건 아이를 제가 키우는 것밖에 없다고 말씀드렸어요. 무슨 일이 있어도 아이는, 제가 키우겠다고."

윤우는 손마디가 하얘지도록 주먹을 꽉 쥐고 말했다.

"아이를 윤우 씨 손으로 키우고 싶다면 나와 결혼하면 될 일입니다."

도혁은 이미 차분해져 있었다. 마치 회사에서 업무 지시를 할 때처럼 이성적이고 차분한 목소리였다. 윤우는 왠지 등줄기가 오싹해졌다.

근래 그가 자신에게 보인 다정한 모습 때문에 잠시 그의 본래 모습을 잊고 있었다. 어떤 일을 결정하고 나면 일체의 감정 개입을 배제하고 기계처럼 일을 밀고 나가던 모습을. 그 일을 해내기 위해 어떤 희생을 치르든 개의치 않던 냉정한 모습을.

"상무님 앞날을 망쳤다는 굴레를 지고 싶지 않아요."

"나는 아이 아버지로서 의무를 다할 생각이니 윤우 씨도 다른 데 신경 쓰지 말고 아이만 생각하세요. 그럼 이렇게 고민할 이유가 하나도 없습니다."

"저와 결혼하시면 잃을 것들을 생각해 보세요. 아니, 그분과 결혼해서 얻을 것들을······"

"윤우 씨 말대로 그 사람과 결혼하면 장차 회사에 도움 될 일이 있겠죠. 그렇지만 인간으로서 그런 계약 결혼보다는 내 아이를 가진 여자와 결혼하는 게 누가 봐도 순리 아닙니까."

자신의 가치관과 맞지 않는 결혼을 하는 것이 내키지 않았는데, 마침 명분이 생겼다는 말처럼 들리기도 했다.

"······."

결국, 도혁의 뜻대로 하게 될 수밖에 없을 거라는 예감이 들었다.

저와 아이의 행복을 위해, 도혁의 좀 더 순탄한 미래를 위해, 이 결혼을 없었던 일로 만들어야 하는데 앞이 막막했다.

"이미 결정된 일에 속 끓이지 말고 마음 추스르세요."

도혁은 윤우를 집까지 데려다주고 떠나기 전 그렇게 말했다.

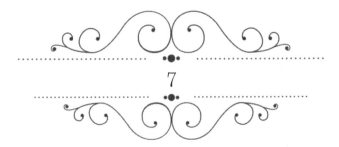

7

옆에 둔 가방이 작게 진동하는 게 느껴졌다. 휴대 전화를 꺼내 보니 도혁이었다. 윤우는 전화기를 도로 가방에 넣었다. 전화는 끊기지 않고 오래 울렸다.

3월 말인데 눈이 내리고 있었다. 윤우는 택시 차창에 달라붙었다가 바람에 떠밀려 가는 눈송이를 멍하니 바라보았다. 도혁과 나눴던 얘기들을 다시 곱씹었다. 겨우 나흘 전 일인데 아주 오래된 일처럼 느껴졌다. 그사이 수없이 반복한 생각과 되풀이한 고민은 이제 생각의 처음을 찾을 수 없을 만큼 너덜너덜해져 있었다.

진 이사장을 만나러 가는 길이었다. 준비한 말을 입속으로 되뇌어 보았다. 마음이 어지러워 생각이 자꾸만 헛돌았다. 꿈속처럼 발을 딛고 있는 땅이, 숨 쉬는 공기가 현실감이 없었다.

"4월이 코앞인데 웬 눈이람."

택시 기사가 투덜거리는 소리가 들렸다. 차창 밖에는 바람이 점점 거세지고 눈발도 굵어지고 있었다. 휴대 전화가 다시 울리는 게 느껴졌으나 윤우는 창밖에 시선을 둔 채 움직이지 않았다.

서예원은 큰길에서 벗어나 주택가 골목을 한참 동안 들어가야 나오는 외진 곳에 있었다. 진 이사장이 서예를 배우러 다니는 곳이라고 해서 규모가 크고 호화로운 곳일 줄 알았는데, 간판만 아니라면 그저 평범한 가정집처럼 보이는 한옥이었다.

빌라들이 늘어선 동네에 자리 잡은 한옥은 고풍스럽다기보다는 떠날 때를 놓쳐 혼자 남은 철새처럼 외롭고 위태로워 보였다. 대문은 닫혀 있었고 벨 같은 것도 보이지 않았다.

윤우는 진 이사장에게 전화하기 위해 휴대 전화를 꺼냈다. 도혁에게서 걸려온 부재중 전화 2개가 떠 있는 화면을 윤우는 잠시 내려다보다가 화면을 밀고 진 이사장에게 전화했다.

– 도착했니?

전화를 받자마자 진 이사장의 목소리가 건너왔다.

"네. 지금 서예원 앞입니다."

– 알았다.

뭘 어쩌라는 말도 없이 전화가 끊겼다. 곧 안에서 발소리가 들리고 대문이 열렸다.

"어서 오세요."

단정한 생활 한복을 입은 젊은 여자가 예의 바르게 그녀에게 말했다. 대문 안으로 들어서니 깨끗하게 관리되고 있었지만, 매우 오래되어 낡은 한옥 두 채가 거리를 두고 고즈넉하게 앉아 있었다. 윤우는 여자를 따라 비질이 잘 되어 있는 흙 마당을 가로질러 별채 앞으로 갔다.

"기다리고 계십니다."

여자가 별채 문 앞에서 말했다. 윤우는 댓돌에 구두를 벗어 놓고 기름이 잘 먹은 검은 나무 마루 위로 올라섰다. 오래된 마루가 걸을 때마다 무게에 눌려 작게 삐걱거리는 소리를 냈다. 윤우는 장지문 앞으로 가서 조심스럽게 문을 두드렸다.

"들어와라."

안에서 진 이사장의 목소리가 들렸다.

윤우는 쇠고리로 된 손잡이를 당겨 문을 열었다. 방 안에서 진 이사장이 바닥에 놓인 화선지에 그림을 그리고 있었다.

"앉아."

진 이사장은 인사를 하는 윤우를 쳐다보지 않은 채 옆에 놓인 탁자를 가리켰다. 탁자 위에는 다구와 함께 대접처럼 넓고 투박한 도자기 그릇이 놓여 있었다. 그 안에서 커다란 연꽃이 뜨거운 물속에서 막 피어오르고 있었다. 먹 냄새와 연꽃차 향기가 방 안에 가득했다.

진 이사장은 한참 동안 그림 그리는 데 열중했다. 그녀의 붓끝이 움직일 때마다 검은 나뭇가지에 매화꽃이 한 송이씩 돋아났다. 먹으로만 그리는데 그 꽃의 엷은 분홍빛이 보이는 것 같았다.

"차 식겠다."

잠시 넋을 놓고 구경하고 있으려니 진 이사장이 붓을 벼루에 내려놓고 좌탁 앞으로 옮겨 앉으며 말했다. 그녀는 다구를 들어 연꽃차를 윤우 앞에 놓인 찻잔에 따라 주고 자신의 찻잔에도 옮겨 담았다.

"마시렴."

진 이사장이 말했다.

"감사합니다."

방 안에는 한참 동안 찻잔을 들었다 내려놓는 작은 소리만 들렸다. 만나고 싶다고 먼저 청해 놓고 아무 말이 없으니 답답할 텐데 진 이사장은 재촉하지 않았다. 무슨 말부터 해야 할지 도무지 입이 떨어지지 않았다. 윤우는 식은땀을 흘렸다.

"엊그제 도혁이가 전화했더구나."

결국, 한참 만에 먼저 입을 연 사람은 진 이사장이었다.

"결혼을 취소하고 싶다고 했다면서?"

"네."

"가볍게 한 말은 아닐 거라고 믿고 싶구나."

그 말 속에서 내뱉은 말을 지키라는 압력이 느껴졌다.

"도혁이는 계획대로 결혼하겠다고 하더라. 물론 너한테도 그렇게 말했겠지."

"……."

"제 아이니 책임지겠다고 그러는 거지, 다른 뜻은 없다."

"잘 알고 있습니다."

"도혁이가 그렇게 나온다고 못 이기는 척 포기할 생각 하지 말고 어떻게든 설득해야 해."

"상무님께서는 저와 결혼하지 않아도 아이는 상무님이 키우시겠다고 하세요. 아이를 밖에서 키울 수는 없다고……."

"아이를 네가 키우겠다고 고집부리는 건 결국 도혁이랑 어떻게든 결혼하겠나는 걸로밖에 안 보인다. 네가 도혁이랑 결혼할 마음이 없는 게 진심이라면 고집을 버려."

진 이사장이 차갑게 말했다.

"말씀드렸지만, 제 아이는 제가 키울 겁니다."

"널 생각해서 하는 말이야. 꽃다운 나이 아니니. 뭐든 새로 시작할 수 있어. 그럴 수 있게 내가 최대한 도와주마."

"저는 제 아이와 함께 사는 것 외에 아무것도 바라지 않아요."

"도혁이 제가 아이를 키우겠다고 했다면서? 그 애가 그렇게 나오는데 네가 무슨 수로 걜 이겨?"

"……."

"눈 딱 감고 아이 주고 네 인생 살아. 그게 도혁이도 살리고 너나 아이한테도 제일 좋은 선택이야. 지금이야 못 할 거 같지만, 곧 잊고 잘 살 테니 내 말 믿어라."

"저는 제 아이를 떼어 놓고 살 생각 없어요."

"아이 걱정은 하지 마라. 부족한 거 없이 잘 키울 테니까."

"아무리 잘 키워 주신다고 해도 엄마가 없잖아요……. 아이는 엄마와 살아야 해요."

"답답하구나. 애가 아버지도 모르고 편모 밑에서 상처받으면서 크는 게 낫겠니, 든든한 아버지 밑에서 가족들한테서 사랑받으며 사는 게 낫겠니?"

진 이사장은 울화를 참는 얼굴로 타이르듯 말했다.

"……저와 사는 게 낫습니다."

윤우가 확고한 목소리로 말했다.

"상무님 곧 결혼하실 거고 그분과 아이도 낳을 텐데, 아무리 신경 써 주시고 부족함 없이 키워 주신다고 해도 제 아이는 그 사이에서 주눅 들고 기죽어 자랄 거예요. 그렇게 자라는 것보다는 부족한 게 있어도 저와 사는 게 낫습니다. 그건…… 확신할 수 있어요."

"……."

진 이사장은 아무 말도 하지 못했다. 아마도 그 말이 그렇게 틀리게 들리지 않아서였을 것이다.

"……이제 제가 원하는 건 아이뿐이에요. 결혼도 호적도 바라지 않습니다."

"애가 커서 너를 원망할 수도 있다는 생각은 못 하니? 그 아이의 앞날이 얼마나 달라질지 한번 생각해 봐."

"나중에 아이가 원망한다 해도 감수하겠습니다. 그러니까, 저 좀 도와주세요."

"도혁이를 설득해 달라는 부탁이라면 소용없어. 그 녀석이 내 말을 들을 것 같았으면 일이 여기까지 오지도 않았다."

윤우는 절박한 얼굴로 그녀를 바라보았다. 이 상황에서 아이러니하게도 저를 도와줄 사람은 진 이사장밖에 없었다. 두 사람의 대화는 모이지 않는 평행선처럼 이어졌다. 종국에 둘 다 지쳐서 입을 다물었고 찻잔은 차갑게 식어 있었다.

도시 한복판에 있는데 꼭 깊은 산사에 있는 것처럼 이상할 정도로 주위가 고요했다. 다른 세상에 와 있는 것 같았다. 윤우는 심호흡하고 잠시 눈을 감았다가 떴다.

"머리 비우러 왔더니, 아무 소용도 없어."

눈을 감은 채 이마를 괴고 미동 없이 앉아 있던 진 이사장이 혼잣말처럼 중얼거렸다.

"……죄송합니다."

"나중에 연락할 테니 오늘은 그만 가 봐라."

아무것도 해결되지 않았다. 다시 같은 걱정과 고민이 반복될 것을 생각하자 절망이 몰려왔다.

"이사장님."

"가 보래도."

진 이사장은 발목에 달라붙는 강아지를 털어내듯 고개를 저었다.

"……네."

윤우는 어쩔 수 없이 인사를 하고 밖으로 나왔다. 눈은 그쳤다. 쏟아질 때 기세로는 많이 쌓일 줄 알았더니 바닥이 보일 정도로 얇게 쌓여 있고 사람이 지나다닌 곳은 검은 발자국 모양으로 녹고 있었다.

윤우는 길고 고즈넉한 골목을 지나 택시를 탈 수 있는 대로변으로 무거운 걸음을 옮겼다. 저만큼 큰 길이 보이는 곳까지 걸었을 때 느닷없이 아랫배에 찌르는 듯한 통증이 느껴졌다. 통증의 강도가 그다지 세지는 않았지만 놀라서 우뚝 걸음을 멈추었다. 그녀는 손으로 배를 감싸며 천천히 심호흡했다. 눈앞이 좀 어지러웠지만, 통증은 곧 가라앉았다.

태아에 대한 배려를 전혀 못 하고 있는 제게 보내는 경고처럼 느껴져 두려움이 몰려왔다. 윤우는 아이에게 용서를 비는 마음으로 하늘을 올려다보았다.

구름이 잔뜩 낀 하늘은 무심했다. 위태롭게 눈이 쌓인 전선 위에 참새들이 줄지어 앉아 고개를 갸웃대고 있었다.

저녁 식사 자리가 길어져 집에 돌아왔을 때는 11시가 너머 있었다. 습관적으로 휴대 전화를 확인했다. 업무 관련된 메일과 다음날 만날 바이어에 대한 간략한 보고서가 와 있었다.

윤우에게서는 아무 연락이 없다. 어제부터 몇 번이나 전화했는데 받지 않았다. 최 실장이 알아본 바로는 별일 없이 잘 지내고 있다고 했다. 협박이나 다를 바 없는 소리를 하고 헤어졌으니 받아들이는 데 시간이 좀 걸리겠지 싶어 다시 전화하려던 마음을 접고 욕실로 들어갔다.

막 씻고 나오니 침실 탁자에 올려 둔 휴대 전화가 울리고 있었다. 도혁은 수건으로 머리카락을 문지르며 전화기를 집어 들었다. 기대와 달리 어머니였다.

"네."

그는 무뚝뚝하게 전화를 받았다.

— 어디니?

"집입니다. 무슨 일이세요?"

— 도혁아…….

어머니의 목소리가 떨리는 게 느껴졌다. 뭔가 또 속상하신 일이 생긴 모양이었다.

"말씀하세요."

— 저, 있잖니. 놀라지 말고 들어라. 그, 저 말이다, 아이가…….

"……아이요?"

힘을 풀고 의자에 기대앉아 있던 도혁의 등이 순간적으로 바로 세워졌다.

— 그, 윤우가, 아이가…….

그가 저도 모르게 자리에서 벌떡 일어서는 바람에 탁자 위에 있던 서류와 책이 바닥으로 떨어졌다. 어머니의 목소리에서 불길한 기운이 느껴졌다.

"알아듣게 말씀해 주세요."

— ……윤우 아이가 자, 잘못됐어.

"……."

그는 몇 초간 아무 말도 하지 못했다. 곧 누군가 거센 악력으로 심장을 움켜쥔 듯한 거친 통증이 덮쳐 왔다. 그는 눈을 질끈 감고 이를 꽉 물었다.

― 도혁아.

"무슨 말씀이세요."

― ……그 아이가 유, 유산되었다.

"왜, 어쩌다가……. 윤우 씨는요. 윤우 씨는 지금 어디 있습니까?"

그는 주먹을 꽉 쥔 채 숨을 몰아쉬며 겨우 물었다.

― 여기 주 원장 병원이야. 윤우 지금 여기 있다.

"윤우 씨는 괜찮습니까?"

그는 비틀거리는 걸음으로 드레스 룸으로 들어갔다. 베스 가운을 벗고 옷을 갈아입는 손이 떨렸다.

― 도혁아. 윤우는 괜찮아. 진정 좀 해, 응?

"윤우 씨 좀, 지금 통화할 수 있어요?"

어머니의 말이 잘 들리지 않았다. 셔츠 단추를 채우는 손이 자꾸 헛돌았다.

― 아니, 통화는, 통화는 어려울 거 같아. 지금은…….

"어떻게 된 일입니까?"

그는 차 키를 집어 들고 급히 밖으로 뛰어나가며 물었다. 다 뒤집어엎고 싶은 기분으로 지하층에 있는 엘리베이터 버튼을 연속적으로 눌러 댔다.

― 하혈이 있었다고 하더라. 병원에 왔더니 이미……. 주 원장 말로는, 원래 산모 자궁도 약한 편이었다고 하고……. 스트레스도 많았겠지. 여러 가지로…….

"제가, 제가 지금 바로 갈 테니까, 어머니가 윤우 씨 옆에 좀 있어 주세요."

그는 엘리베이터에서 내려 차로 뛰어가며 말했다. 지금 이 순간 윤우와 저 사이의 물리적 거리가 그를 가장 고통스럽게 했다. 아니 모든 게 다 화가 났다. 그중에 그를 제일 괴롭게 한 것은 저에 대한 분노였다.

나 때문이다. 그는 꽉 문 잇새로 신음을 삼키며 지난주 임신한 사람에게 제가 한 언행을 되새겼다. 아이를 기필코 뺏고 말겠다고 협박을 했다. 충격받은 윤우의 창백한 얼굴이 떠올랐다. 그는 눈을 감은 채 고개를 저었다.

— 윤우 잠들었으니까 천천히 와. 서두르지 말고. 제발 운전 조심……

휴대 전화를 귀에서 뗐다. 그는 운전대를 잡은 손마디가 하얗게 질리도록 힘을 주고 있다가 참을 수 없어 그곳에 이마를 기댔다. 윤우에 대한 미안함, 아이에 대한 연민과 미련으로 마음이 찢기는 것 같았다. 이렇게 허무하게 떠나보내다니. 믿을 수가 없었다.

처음, 윤우가 임신했다는 것을 알았을 때가 떠올랐다. 모든 걸 체념하고 제게 정해진 삶으로 막 발을 내딛기 직전이었다. 당황스럽기도 했지만 기쁨이 더 컸다. 제게 아직 다른 길이 남아 있음을 알았다. 선물을 받은 느낌이었다.

대학에 입학하던 해 외조부가 도혁을 불러 앉혀 놓고 네가 뜻이 있다면 장차 대영을 물려주겠다고 말했다.

그가 어린 외손자를 대외 활동에 대동하고 다닐 때, 사람들은 잘난 손자를 자랑하고 싶은 할아버지의 팔불출로 가볍게 치부했지만, 사실은 이미 오래전부터 외조부의 머릿속에는 남다른 계획이 서 있었던 모양이었다.

도혁이 별다른 갈등 없이 그 제안을 받아들인 것은 치밀한 성격의 외조부에게 어릴 때부터 그쪽으로 핸들링을 당한 탓도 있었지만, 어머니의 영향도 없지 않아 있었다.

도혁은 친척들한테 그 자리가 넘어가는 꼴만은 보고 싶지 않다는 어머니의 한탄을 들으며 자랐다. 그들 모자를 대하는 친척들의 태도에는 언제나 노골적인 경멸과 무시가 깔려 있었다. 딱히 감정 소모를 할 만한 가치를 느끼지 못해 별다른 타격이 없던 도혁과는 달리, 외조모 대에서부터 핍박을 당해 온 어머니는 골수에 한이 맺혀 있었다.

도혁은 오래 지속되어 온 어머니의 상처에 위로나 공감을 해 주는 다정한 아들은 아니었으나 그 고통을 아주 모르지는 않았다.

성인으로서 무슨 일이든 해야 한다면 어머니가 기뻐하는 일을 하는 것도 나쁠 것 같지 않았다.

아직 어린 나이에 반은 타의로 결정된 일이었지만, 일명 후계자 교육을 받는 동안도 그랬고, 회사로 들어와 일해 보니 적성에 맞아 큰 갈등 없이 10여 년을 외조부의 뜻에 따라 살았다.

그는 단계적으로 자신 앞에 놓인 과제들을 하나씩 해결했다. 발밑에 놓인 빵 부스러기에만 집중해 숲으로 걸어 들어가는 어린아이와 같았다.

어느 날 메마른 빵 부스러기를 집어 들다가 고개를 드니 일에 몰두하고 있는 예쁜 뒤통수가 눈에 들어왔다. 사람의 뒤통수가 귀여울 수 있다는 것을 그는 처음 깨달았다. 간단한 서류 정리를 시켰는데 필생의 프로젝트를 맡은 듯 심각한 얼굴로 최선을 다했다.

그의 자리로 와서 어떤 틀로 묶어야 하는지, 어떤 폰트를 쓰는 게 눈에 편한지, 어이없는 질문을 하는 진지한 얼굴을 보고 짜증이 아니라 웃음이 나왔다.

뺨이 복숭앗빛이었다. 아무것도 모르지만, 열정적인 신입이었다. 쓰레기통을 비우는 일, 복사하거나 커피를 주문받아 가는 일 하나에도 최선을 다했다. 매사에 너무 집중하고 열심이라 기특하면서도 조금 조마조마했다. 저러다 금방 지쳐 나가떨어지지 싶었다.

하지만 신입은 지치지 않았다. 1년이 지나도 같았다. 매일 새로 솟아난 새싹처럼 씩씩했다. 맑고 반짝거렸다. 업무에 어느 정도 익숙해질 동안 실수도 많았지만, 뭐든 배우려 애썼고 같은 잘못은 되풀이하지 않으려고 노력하는 게 눈에 보였다.

도혁은 화내지 않고 그녀를 차분히 가르쳤다. 다른 부하 직원이 실수해도 웬만하면 화를 내지는 않았지만, 속까지 아무렇지 않은 건 아니었다. 하지만 신입의 실수는 정말 화가 나지 않았다. 가끔 그녀가 실수한 걸 발견하면 저도 모르게 입가가 슬그머니 올라가기도 했다.

무엇보다 신입이 지속해서 그의 마음을 끌 수 있었던 것은 그녀에게 여자로서의 교태가 전혀 없었기 때문이다.

도혁이 대영의 후계자로 밝혀지기 전에도, 그러니까 그저 낙하산으로 입사한 별 볼 일 없는 한량으로 알려졌을 때도, 무슨 이유에서인지 여직원들이 하나같이 선보러 나온 여자처럼 그를 대했다. 대놓고 유혹하는 이도 있었고, 뒤로 은밀히 접근하는 이도 있었다.

그는 그들에게 이곳이 직장이라는 것을 상기시키기 위해, 또 그런 행위가 반복되는 것을 막기 위해 좀 과하다 싶을 정도로 인정없이 대응했다. 얼마 지나지 않아 그에게 그런 식으로 접근하는 이는 없어졌지만, 행동을 개시하지만 않을 뿐 여전히 많은 눈빛과 제스처가 그를 불쾌하게 만들었다.

이윤우에게서는 그런 게 없었다. 그녀는 도혁이 이상적으로 여기는 부하 직원이었다. 오로지 일만 했다. 그녀가 그를 이성으로는 조금도 생각하지 않는다는 것을 확실히 느낄 수 있었다.

혹시 그것도 다른 형태의 유혹 수법일까 의심도 했지만, 그렇지 않았다. 일부러 그와 마주치려는 게 눈에 보이는 다른 사람들과 달리 윤우는 업무 외적인 일로는 그와 마주치는 일을 극도로 피했다.

아침 출근길에 분명히 많은 사람 사이에서 엘리베이터를 기다리고 있는 뒤통수를 봤는데 부서의 맨 꼭대기 층에 있는 그들의 사무실에 도착하면 윤우가 보이지 않았다.

처음에는 우연이겠거니 했는데 몇 번 같은 일이 반복되자 도혁과 같은 엘리베이터를 타지 않으려고 일부러 피한다는 것을 알았다. 복도 저쪽에서 무리 지어 오는 여직원들 사이에 있는 것을 분명히 봤는데 가까이 와서 인사하는 얼굴 중에 그녀는 없었다. 재빨리 어디론가 피해 버린 것이다. 전형적인 상사를 대하는 부하 직원의 태도였다.

물론 윤우가 믿고 있는 대로 그가 윤우를 신경 쓰지 않았다면 전혀 눈치채지 못했겠지만, 그는 그녀를 어디서든 매우 빨리 알아보고 있었기 때문에 모를 수가 없었다.

처음에는 웃음이 나왔다. 하지만 그런 일이 반복되고 윤우가 정말 그를 절대 마주치고 싶지 않은 진상 상사로 여긴다고 느끼니 기분이 별로 유쾌하지 않았다.

다른 직원들이 농담처럼 팀장님은 막내를 편애한다는 얘기를 한 것을 보면 조금은 티가 났던 모양인데 당사자는 전혀 알아채지 못했다. 가끔은 그녀가 자신에게 이성적인 감정을 조금은 느껴 줬으면 하는 실없는 생각이 든 적도 있었으나, 그는 굳이 그 마음을 발전시키려고 시도하지 않았다. 지나가는 감정으로 치부하고 싶어서였다.

제 팀원과 연애할 생각은 없었다. 게다가 그에게는 이미 정해진 길이 있었다. 그 길을 벗어나려고 시도하는 것은 번거로웠다. 복잡해지고 싶지 않았다.

도혁이 대시했다고 해도 윤우가 자신과 사귀어 줬을 가능성은 거의 없었다. 당시에는 몰랐지만 그녀에게는 애인이 있었고, 그렇지 않았다고 해도 그 성격에 아마 짐을 싸서 다른 부서로 옮기는 길을 택했을 것이다.

앞에 나서고 눈에 띄는 것을 병적으로 싫어하는 사람이었다. 반쯤은 자신이 투명 인간이라고 생각하는 것 같았고, 남은 반마저 투명 인간이 되고 싶어 하는 사람 같았다. 그런 마인드로 어떻게 사회생활을 견디는지 의문이 들 정도였다.

아이가 생기지 않았다면 윤우는 자신과 다시 만나지 않았을 것이다. 아마 그랬을 것이다. 그래서 아이가 그에게는 기적처럼 느껴졌다.

윤우와 결혼할 가능성이 생기기 전에는 한 번도 바란 적 없는 꿈의 목전에 와 있었다. 사랑하는 여자와 아이를 낳아 정상적이고 따뜻한 가정을 이루는 꿈 말이다. 윤우의 마음에 다른 남자가 있다는 것을 알고 있었다. 그래도 괜찮았다. 시간문제라고 여겼다. 같이 살면서 천천히 윤우의 마음을 온전히 얻을 자신이 있었다.

아이가 있는 이상, 아이가 자신과 윤우를 단단히 묶고 있는 이상 시간은 자신의 편이라고 생각했다. 그는 말로 다 할 수 없는 비통

함에 이를 물었다.

 순간인 것 같기도 하고 영원 같기도 한 시간을 달려 서울에 도착했다. 미친 듯이 달려왔지만, 막상 도착하니 발이 떨어지지 않아 차 안에서 몇 분간 더 머물렀다.

 이윽고 차에서 내려 엘리베이터로 걸어갔다. 윤우가 있다는 층 버튼을 누르고 고개를 들었다. 벽면에 붙은 거울에 비친 얼굴에 참담한 빛이 그대로 드러나 있었다. 윤우에게 그런 얼굴을 보이면 안 될 것 같아 그는 마른세수를 하고 표정을 가다듬었다. 지금 누구보다 힘든 사람은 그녀일 테니.

 도혁은 어머니가 알려 준 병실로 걸어갔다. 문 앞에서 심호흡하고 병실 문을 열었다. 침대에 누운 윤우가 보였다. 그는 윤우에게 시선을 고정한 채 침대로 걸어갔다. 하얗다 못해 파랗게 질려 있는 윤우의 얼굴을 보니 새삼 고통스러웠다.

 그는 감정을 누르기 위해 이를 물고 짧게 숨을 마셨다.

"……괜찮아요?"

 금세 눈물이 흘러넘칠 것 같은 슬픈 눈을 보며 애써 물었다.

"……죄송해요."

 윤우는 도혁의 시선을 외면하며 들릴 듯 말 듯 겨우 말했다. 그는 이불깃을 꽉 쥐고 있는 그녀의 창백한 손을 잡았다. 차갑고 곧 부서질 듯 연약했다.

"괜찮습니다. 윤우 씨가 무사하니까……"

 위로하려고 했는데 목소리가 가라앉아서 이상하게 슬픈 어조로 들렸다.

"……."

"다른 생각 하지 말고 몸 회복하는 데만 신경 써요. 알았죠?"

윤우는 아무 대답도 하지 않고 입술을 꽉 물고 있었다. 그 표정이 너무도 위태로워 보여 도혁은 조마조마한 마음으로 그녀를 바라보았다.

"얘, 너 도대체 운전을 어떻게⋯⋯. 거기서 2시간도 안 걸려서 오다니, 그러다 사고 나면 어쩌려고⋯⋯."

어머니의 목소리가 들렸다. 그는 그제야 옆에 선 어머니와 주 원장을 알아보았다.

여러 가지로 묻고 싶은 것이 있어 주 원장에게 입을 열다가 윤우가 듣는 데서 나눌 얘기가 아니라는 생각이 들었다. 그래서 그는 주 원장에게 밖으로 나가서 얘기 좀 하자고 말했다.

주 원장이 어두운 얼굴로 고개를 끄덕이고 먼저 병실을 나갔다.

"쉬고 있어요."

도혁은 윤우의 찬 손을 이불 속에 넣어 주고 주 원장을 따라 병실을 나갔다.

도혁은 주 원장과 얘기를 나누고 돌아와 진 이사장을 집으로 돌려보냈다. 둘만 남은 병실에는 한동안 가습기 돌아가는 소리만 늘렸다.

"어디 불편한 데는 없어요?"

도혁은 한동안 침묵하다가 문득 물었다. 먼 곳을 헤매다 온 목소리였다.

"네."

"……내가, 미안합니다."

"상무님이 왜……."

"윤우 씨를 힘들게 해서 이런 일이 생긴 것 같아서 괴롭네요. 지난주에 내가 한 얘기가 특히 윤우 씨한테 큰 스트레스가 되었겠죠."

"상무님 때문이 아니니 그런 생각은 하지 마세요. 아이는……."

윤우는 인연이 아니었던 거라고 말하고 싶었으나 왠지 두려워 말을 끝맺을 수 없었다. 도혁은 허벅지 위에 내려놓았던 손을 쥐었다가 풀었을 뿐 대꾸하지 않았다.

"……피곤하실 텐데 상무님도 들어가서 쉬세요. 여기는 원장님도 계시고 저는 이제 괜찮아요."

윤우는 숨이 막힐 것 같아 간신히 말했다.

"나는 신경 쓰지 말아요."

"상무님이 여기 계시면 제가…… 쉴 수가 없어서 그래요."

대놓고 그런 말을 하는 게 실례라는 걸 알지만 그렇게 말할 수밖에 없었다. 그래야 도혁이 집으로 들어갈 것 같았다. 도혁은 쑥 들어간 피곤한 눈으로 잠시 윤우를 바라보다가 소파 등받이에 내려놓았던 코트를 집어 들며 말했다.

"그럼 밖에 있을 테니까 뭐든 필요하면 바로 불러요."

"바, 밖에 어디……."

"휴게실에 있겠습니다."

"그러지 마시고……. 집으로 들어가세요."

윤우는 끝에 제발, 이라고 덧붙일 뻔했다. 그는 대꾸하지 않고 병실을 나갔다. 병실에는 보호자용 간이침대도 있으니 차라리 그냥 병실에 있으라고 할 걸 그랬다는 생각이 들었다. 여러 생각으로 마음이 복잡해 새벽녘까지 잠을 못 이루고 있는데, 창문 밖이 부옇게 밝아 올 때쯤 조심스럽게 문 열리는 소리가 들렸다.

침대로 다가오는 조용한 발소리만 듣고도 도혁인 줄 알 수 있었다. 자는 척 움직이지 않았다. 도혁은 침대 곁으로 다가와 오랫동안 여명 속에서 윤우를 내려다보고 서 있었다. 자신이 깨어 있는 것을 들킬 것 같아 윤우는 숨도 제대로 쉴 수 없었다.

심장 뛰는 소리가 병실 안을 울릴 듯 컸다. 도혁이 손을 뻗어 이불을 잡았을 때는 티 나게 움찔 놀랄 뻔했다. 그는 조심스럽게 이불을 끌어 올려 덮어 주고 조용히 병실을 나갔다. 긴장했던 어깨에서 그제야 힘이 풀렸다.

아침에 병실에 들른 주 원장을 통해 도혁이 휴게실에서 밤을 새웠다는 얘기를 들었다. 그 얘기를 하는 주 원장의 표정이 심란해 보였다. 무슨 말인가 하고 싶은 듯했으나 입을 열지는 않았다. 미리 조처했는지 병실에는 주 원장 외에 다른 의사나 간호사는 드나들지 않았다.

이른 아침에 진 이사장이 환자가 먹을 양이라고는 볼 수 없는 음식을 바리바리 싸서 도우미에게 들려 병원으로 왔다. 윤우는 병실에 놓인 테이블에 도혁과 마주 앉아 죽을 먹었다. 셋이 함께 있는 풍경은 낯설고 어색했다.

"맛은 어떠니? 간을 좀 심심하게 하라고 했더니 너무 싱겁지는 않은지 모르겠다."

도혁이 이상한 얼굴로 자신의 어머니를 쳐다볼 정도로 진 이사장의 태도는 무척이나 다정했다. 이제 아들에게서 혹을 떼어 낼 수 있다는 생각에서 온 너그러움일 것이다.

"……괜찮습니다."

"다 안 먹어도 돼요. 무리하지 말고 먹을 수 있는 양만 먹어요."

도혁은 혹시나 윤우가 억지로 먹을까 봐 걱정하는 게 분명한 얼굴로 말했다.

그렇지 않아도 음식에 쏟았을 정성과 많은 양을 보고 부담을 느끼고 있던 윤우는 어색하게 고개를 끄덕였다. 꼭 마음속을 들여다보고 있는 것 같았다. 도혁은 묵묵히 식사하다가 가끔 윤우가 잘 먹고 있는지 티 나지 않게 살폈다.

그냥 병원에서 나오는 밥을 먹고 싶었는데 점심에도 진 이사장이 음식을 해 날랐다. 다행히 아침처럼 양과 종류가 많지는 않았다.

도혁은 점심을 먹고 씻기 위해 잠깐 집에 들렀다가 다시 병원으로 왔다. 도혁이나 진 이사장이 번갈아, 혹은 한꺼번에 병실에 있는 상황은 윤우에게는 곤혹스러운 시간이었다. 어색하게 오가는 대화도 힘들었고 대화가 끊기고 침묵이 이어지면 더 숨이 막혔다.

원래 하루 더 병원에 있어야 한다는 주 원장의 권유가 있었고 도혁도 그러길 바랐으나, 윤우는 결국 그날 오후에 퇴원하겠다고 말했다. 괴롭고 힘들어 견딜 수 없었다.

도혁이 그의 오피스텔로 가자고 권했으나 윤우는 이수동 자신의 집으로 가겠다고 말했다. 윤우는 진 이사장에게 인사를 하고 도혁의 차를 타고 집으로 돌아왔다.

차에서 내릴 때부터 안방 침대에 누울 때까지 도혁은 윤우를 부축했다. 몇 번 그러지 않아도 된다고 거절했지만 소용없었다. 아마도 윤우가 허락했다면 안아 들어 옮기고 싶은 눈치가 역력했다.

그는 자신 때문에 윤우가 유산했다고 생각해서 자책하고 있는 듯했다. 마음이 아팠다.

"이제 돌아가서도 돼요. 저는 괜찮아요."

침대에 누운 윤우가 애써 아무렇지 않은 목소리로 말했다. 그를 볼 때마다 괴로운 마음이 커져 얼른 놓여나고 싶기도 했고, 어젯밤 먼 길을 운전해 와서 병원 휴게실에서 불편하게 밤을 새웠고 여태 눈 한 번 붙이지 않은 그가 걱정되기도 했다.

"오늘은 여기서 자고 가겠습니다."

도혁이 말했다.

"아니요. 안 돼요."

윤우는 놀라서 도리질했다.

"왜요?"

"그, 그냥······. 여긴 주무실 데도 없고, 집에 돌아가서 편하게 주무세요."

"거실에서 쥐 죽은 듯 있을게요."

"······혼자 있고 싶어서 그래요."

"내가 없다고 생각하고 편하게 있어요. 오늘만, 부탁합니다."

아마도 이런 상황에서 윤우를 혼자 두고 가기가 어려웠을 것이다.

"저 엊그제부터 잠시도 편하게 쉬지 못해서······."

침묵이 흐르는 공기의 무게에 짓눌려 숨이 살 쉬어지지 않았다.

"······오늘은 정말 혼자 있고 싶어요."

"그럼, 1시간만 있다가 갈게요."

"아니, 지금······. 저, 정말 괜찮은데······."

"방 따뜻해지는 것만 보고."

그가 말했다. 봄인데도 낡은 집 안은 냉장고 속 같았다. 도혁이

365

집으로 들어와서 제일 먼저 한 일은 보일러 온도를 높이는 일이었다. 윤우는 더 아무 말도 할 수 없어 입을 다물었다.

"거실에 있을게요. 쉬어요."

도혁이 말하고 밖으로 나가며 방문을 닫았다. 윤우는 겨우 참고 있던 숨을 쉬었다. 바깥에 귀를 기울였지만 아무 소리도 들리지 않았다. 침대에 눕자 제집에 돌아왔다는 안도감 때문인지 곤두섰던 신경이 점점 풀어지는 게 느껴졌다. 아직 도혁이 문밖에 있다는 것을 알면서도 그녀는 곧 깊은 잠 속으로 빠져들고 말았다.

눈을 뜨니 밖이 환했다. 윤우는 어제 도혁이 함께 있었던 것을 떠올리고 놀라서 벌떡 일어났다. 현기증이 일어 머리를 받치고 앉아 있다가 침대에서 내려왔다. 혹시 아직 거실에 도혁이 있는 게 아닐까.

문 앞에서 제 모습을 점검했다. 어제 갈아입지 않고 잔 옷이 구겨져 있었다. 손바닥으로 옷을 펴고, 거울 앞으로 가 얼굴을 살피고, 머리를 정돈하며 작게 한숨을 쉬었다. 이 와중에 몸단장이라니.

문을 연 거실에는 창으로 들어온 햇빛이 가득했다. 아무도 없었다. 집 안 공기가 이상하게 훈훈했다. 봄이고 한낮인데도 발이 시린 집이니 햇살 때문은 아니었다. 윤우는 보일러 컨트롤러 앞에서 이유를 알았다. 컨트롤러 화면에 한 번도 본 적 없는 실내 온도가 설정되어 있었다.

65도라니. 온도를 이렇게 올리면 집 안이 따뜻해지기는 하는구나.

한겨울에도 실내 온도를 25도 이상으로는 설정해 본 적이 없었다. 윤우는 난방 온도 조절 버튼을 눌러 23도로 내리고 욕실로 들어갔다. 욕실에는 보일러 선이 들어가 있지 않아서 그런지 원래대로 추웠다. 그녀는 옷을 벗고 샤워를 했다.

샤워를 마치고 나와 머리를 말리려는데 현관문 두드리는 소리가 들렸다. 윤우는 당황해 드라이기를 내려놓고 거실로 나갔다.

"누구세요?"

문 앞에 있을 사람을 짐작하면서도 현관문에 대고 물었다.

"접니다."

도혁의 목소리가 들렸다. 윤우는 샤워 가운을 입은 제 모습을 내려다보았다. 이런 차림으로 그를 맞을 수는 없었다.

"잠깐만, 잠깐만 기다려 주세요."

윤우는 급히 방으로 들어가 패딩 롱코트를 입고 지퍼를 끝까지 올린 후 문을 열어 주었다.

도혁은 윤우의 옷차림을 보고 조금 놀란 눈치더니 아무 말 없이 안으로 들어왔다. 그의 손에는 일전에 그가 요리사에게 시켜 음식을 배달해 왔던 것과 같은 종이 상자가 들려 있었다.

"머리 말려요. 감기 걸립니다."

도혁이 상자를 식탁에 내려놓으며 말했다. 윤우는 얼른 방으로 들어와 닫힌 문에 등을 대고 서서 호흡을 가다듬었다. 머리를 말리고 옷을 입고 나가니 식탁에 아침이 차려져 있었다.

"앉아요."

도혁이 국 그릇 옆에 수저를 놓으며 말했다. 윤우는 어색하게 식탁으로 가서 앉았다. 도혁은 자리에 앉으려다가 잊었다는 듯 일어나 찻주전자에 데운 물을 컵에 따라 윤우 앞에 놓아 주었다.

"내가 직접 만들어 주면 좋은데 요리를 해 본 적이 없습니다. 나중에 요리 배우면 그때 시도해 볼게요."

도혁이 미소를 지으며 말했다. 식탁에는 진하게 끓인 미역국과 백김치, 나물 반찬들이 하얀 접시에 정갈하게 놓여 있었다.

"먹어요."

도혁이 수저를 들며 말했다. 윤우는 숟가락을 들고 따뜻한 국을 떠 입에 넣었다. 이상하게 목이 멨다. 속에서 치받치는 알 수 없는 감정을 누르느라 고개를 들 수 없었다.

"괜찮아요?"

도혁이 묻는 소리에 어쩔 수 없이 고개를 들었다. 걱정하는 눈빛이 자신을 바라보고 있었다. 괜히 눈물이 날 것 같았다.

"……아무 생각 하지 말고 밥 먹어요."

도혁이 위로하는 것 같기도 하고 달래는 것 같기도 한 어조로 말했다. 무슨 뜻으로 하는 말인지 알고 있었다. 윤우는 고개를 끄덕였다. 국을 떠먹으며 턱밑까지 올라왔던 감정을 함께 삼켰다.

밥을 다 먹은 도혁은 윤우가 말리는 것을 무시하고 설거지를 했다. 몸이 안 좋은 것도 아닌데 그의 돌봄을 받는 것이 미안해서 마음이 불편했다. 뒤에서 설거지하는 도혁을 멍하니 바라보고 있다가 윤우는 찻잎을 우리기 위해 물을 끓였다.

"……마산에는 언제 내려가세요?"

찻잔을 앞에 놓고 식탁에 마주 앉았을 때 윤우가 물었다. 도혁이 자신 때문에 계속 회사에 나가지 않는 것이 신경 쓰였다.

"왜요?"

그가 차를 한 모금 마시고 잔을 내려놓으며 물었다.

"출근하셔야 하잖아요."

"이번 주는 서울에 있으려고요."

"……혹시 저 때문이면 그러실 필요 없어요. 저는 괜찮아요."

대구 없이 잠시 윤우를 바라보던 도혁이 물었다.

"마산 가 본 적 있어요?"

"아니요."

"무리가 되지 않으면 다음 주쯤에 마산에 같이 갈래요? 거처를 옮기는 것도 기분 전환에 도움이 되니까 당분간 거기서 지내요. 바람도 쐴 겸. 내가 있는 곳에서 지내도 되고 불편하면 다른 데로 숙소 알아볼게요."

"아니요……. 저는 그냥 여기 있겠습니다."

윤우의 대답에 도혁은 잠시 윤우를 바라보았다.

"그럼, 내 오피스텔로 옮겨요. 윤우 씨 여기서 지내는 거 너무 신경 쓰입니다."

"전 여기가 편해요."

"오피스텔에 있어도 아무도 방해하지 않을 거예요."

부드러운 어투였지만, 강제하고 싶은 것을 누르는 듯한 목소리였다.

"……여기 있고 싶어요."

윤우의 말에 도혁은 들릴 듯 말듯 짧은 한숨을 뱉었다. 이렇게 낡고 불편한 집이 좋다는 말을 이해할 수 없기도 할 것이다.

"예전에…… 제 친어머니와 열 살까지 여기서 살았어요. 어머니가 주고 가서서 이제는 제집이기도 하고요. 어릴 때 살았던 곳이라 그런지 여기 있는 게 제일 편해요."

도혁이 신경 써 주는 마음을 모두 거절하는 게 미안해서 윤우는 굳이 하지 않아도 될 설명을 덧붙였다.

"······그랬군요. 몰랐네요."

도혁은 눈이 조금 커지더니 이윽고 고개를 끄덕였다. 놀란 얼굴이었다. 안쓰러워하는 듯한 눈과 마주쳤다. 그의 동정이 기분 나쁜 건 아니었다. 그저 좀 두려웠다. 그 마음에 자꾸 기대고 싶어져서.

"······오늘은 꼭 마산 내려가세요."

"내가 옆에 있는 게 그렇게 불편해요?"

"······."

"엊그제도 그러더니. 나도 상처 잘 받아요."

도혁이 농담하듯 말했지만 아주 농담은 아닌 듯 웃지는 않았다.

"죄송합니다."

"어떻게 하면 편해지겠어요? 아직도 내가 그저 직장 상사로만 느껴져요? 이제 그 단계는 좀 벗어날 때가 되지 않았나?"

"······."

자꾸만 흔들리는 마음 때문에 힘들었다. 하루빨리 그의 영역에서 벗어나야 해결될 문제였다.

"······알겠습니다. 윤우 씨가 편하게 쉬는 게 우선이죠."

도혁은 고개를 끄덕였다. 차를 다 마신 그는 찻잔까지 설거지해서 건조대에 올려놓은 후, 냉장고를 열어 점심으로 뭘 먹을지 설명해 주었다.

"그대로 먹지 말고 꼭 데워 먹어요."

도혁이 냉장고 문을 닫으며 말하고 의자에 걸쳐져 있던 재킷을 집어 들었다. 가려는 모양이었다. 막상 간다고 하니 어이없게도 서운했다. 불편하다고 가 달라고 사정한 게 불과 몇 분 전인데 기가 막힐 노릇이었다.

"마산······. 마산에 가시는 거죠?"

도혁이 현관에서 신발을 신는 것을 보던 윤우가 물었다.

"그렇게 보내고 싶어요?"

"……."

도혁이 웃었다.

"걱정하지 말아요. 내일은 내려가겠습니다. 윤우 씨가 싫겠지만, 이따 오후에 다시 올게요. 편하게 쉬고 있어요."

다시 오겠다는 말이 반가워 자신이 구제 불능임을 느꼈다. 윤우는 닫힌 현관문 앞에 멍하니 서 있었다. 이제 곧 그를 떠날 것이고 다시는 볼 수 없는 사람인데 왜 자꾸 쓸데없는 생각에 사로잡히게 되는지 몹시 괴로웠다.

오후에 다시 온 도혁은 혼자가 아니었다. 가슴에 가전 회사 로고가 새겨진 작업복을 입은 남자 두 명과 함께 왔다. 그들의 손에는 상자가 여러 개 들려 있었다.

"뭐예요?"

윤우가 놀라서 물었다.

"당분간 쓸 가전제품 몇 개 샀습니다."

도혁이 들고 온 상자를 내려놓으며 말했다.

"식기 세척기는 여기, 정수기는 이쪽에 설치하시면 됩니다."

도혁이 주방으로 가서 텅 빈 조리대와 냉장고 옆 빈 벽을 손으로 가리켰다. 설치 기사들이 고개를 끄덕이고 상자를 열어 작업을 시작했다.

"이런 거 필요 없는데……요."

윤우는 남의 집에 온 사람처럼 안절부절못하며 그들을 지켜보다가 도혁이 무선 청소기를 꺼내 조립하는 옆으로 가서 작게 말했다.

"힘쓰는 일 하면 안 되니까 당분간만이라도 써요."

도혁이 말했다. 그는 아무래도 윤우의 몸 상태가 아이를 낳은 것과 같다고 생각하는 것 같았다. 윤우는 난감한 얼굴로 그가 하는 것을 구경할 수밖에 없었다.

청소기 조립을 끝낸 그는 상자에서 얇은 온수 매트를 꺼내 윤우의 침대에 깔고, 설명서를 보고 윤우에게 사용방법을 꼼꼼히 설명해 주었다. 로봇 청소기도 시연해 보여 주며 말했다.

"매일 청소기 돌리지 말고 평소에는 로봇 청소기 켜 놓으세요."

식기 세척기와 정수기 설치를 끝낸 설치 기사들이 거실에 흩어져 있는 빈 상자와 포장재를 정리하고 떠났다. 그 후에도 그는 욕실 벽에 히터를 설치하고 오래되어 깜빡거리는 욕실 등과 켜졌다 말았다 하는 현관 입구에 달린 센서 등을 갈았다.

언제 그런 걸 다 점검하고 전구까지 사 왔는지 그것도 놀라웠고, 그런 일을 늘 해 왔던 사람처럼 능숙하게 하는 것도 놀라웠다. 방에 들어가 있으라는 말을 듣지 않고 윤우는 그가 일하는 옆에서 낡은 전구 같은 것들을 받아 주는 보조를 하며 서 있었다.

그 일이 끝나자 도혁은 괜찮다고 사양하는 윤우를 강제로 절절 끓는 온수 매트에 눕혀 놓고 혼자 저녁 식사 준비를 했다. 그는 따뜻한 저녁을 차려서 윤우를 먹였다. 꼭 새끼 새가 된 기분이었다.

다음 날 도혁은 밥 잘 챙겨 먹으라는 말을 여러 번 되풀이한 후에 마산으로 내려갔다.

도혁이 마산으로 내려간 다음 날 오전에 진 이사장이 집으로 찾아왔다. 밖에서 만나는 것이 남의 눈에 띌까, 신경 쓰였던 것일까. 집까지 찾아와서 윤우는 당황했다.

진 이사장은 오래된 집을 심란한 얼굴로 둘러보았으나 별말 없이 탁자 앞 방석에 앉았다. 진 이사장과 함께 온 홍 과장은 들고 온 상자 두 개를 거실에 내려놓고 인사를 하고 나갔다. 아마도 차에서 기다리려는 것 같았다.

"몸은 좀 어떠니?"

윤우가 끓인 차를 내고 탁자에 마주 앉았을 때 진 이사장이 물었다.

"괜찮습니다."

"저거 이름난 한의원에서 지어 온 거야. 임신부한테 좋다고 하더라."

진 이사장이 작게 한숨을 쉬더니 한의원 이름이 쓰인 상자를 고갯짓으로 가리키며 말했다.

"……네."

윤우는 저도 모르게 보호하듯 손을 제 배 쪽으로 가지고 갔다. 며칠간 존재하지 않는 아이 취급을 당한 아이는 자신의 배 속에서 잘 자라고 있었다.

아무리 생각해도 해결 방법이 없어, 몇 날 며칠을 고민하다가 생각해 낸 방법이 그거였다. 눈 오던 날, 진 이사장을 찾아갔던 것도 그 얘기를 하기 위해서였다.

윤우의 얘기를 들은 진 이사장의 얼굴이 파랗게 질리던 것이 떠올랐다.

"그게 대체 무슨 말이냐?"

그녀는 누가 들을까 두렵다는 듯 커진 눈으로 윤우를 바라보았다.

"……유산, 했다고 하겠습니다."

"말조심해라. 그게 애 어미 입에서 나올 소리니?"

"……."

"처음에 나도 아이한테 안 좋은 소리를 하긴 했다만……. 그때는 그때고. 병원에서 아이 심장 뛰는 거 못 봤니? ……그걸 보고 어떻게 그런 소리가 쉽게 나와."

"상무님과 결혼하지 않고 제가 아이와 함께 살려면 그 방법밖에 없어요."

"애, 아무리 그래도……."

"그러니 이사장님께서 도와주세요."

"왜 일을 복잡하게 만들려고 그러니? 아이를 넘겨주면 간단할 일을."

진 이사장은 애가 타는 얼굴로 말했다.

"아이가 제 아이가 아니라고 숨길 수 있다고 하셨잖아요. 그것보다 더 간단한 일이에요."

"너무 무모한 짓이야. 그게 끝까지 숨겨질 리 없다."

"이사장님과 저, 그리고 주 원장님만 비밀을 지키면 돼요. 일이 마무리되면 저는 상무님과 이사장님 앞에 다시는 나타나지 않겠습니다."

진 이사장은 입을 벙긋거렸을 뿐 잠시 아무 말도 하지 못했다.

"모든 게 다 제자리로 돌아갈 수 있는 유일한 방법이에요."

"……도혁이 알게 되면? 내가 그런 끔찍한 짓을 시켰다고 여길 게 분명한데, 그 뒷감당은 누가 하니?"

"만약을 위해 이 일은 제가 원해서 한 일이라는 증거를 남겨 두셔도 좋습니다."

윤우의 말에 진 이사장은 말도 안 된다는 듯 고개를 절레절레 흔들었다.

"네 가족은? 네 가족은 어떻게 할 거니?"

"……가족들한테도 물론 비밀로 하겠습니다. 아이가 있다는 것을 끝까지 숨길 수는 없을 테지만, 아이가 상무님 아이라는 사실은 절대 알리지 않겠습니다."

윤우의 대답에 진 이사장의 입에서 한숨이 새어 나왔다.

"그러려면 최소한 몇 년은 가족들을 만나지 않고 살아야 하는데, 그게 가능하니?"

"가능합니다."

너무 쉽게 대답하는 윤우를 진 이사장은 못 미더운 시선으로 바라보았다.

"……외국에 나가 살면 가족들과 안 만날 수 있어요. 물론 이사장님께서 도와주셔야 하지만요."

"아무리 외국에 나가 산다고 몇 년이나 자식 얼굴을 안 보고 가만히 있을 부모가 어디 있어? 괜히 일 잘못되면 도혁이한테 오히려 해기 될 거다."

진 이사장은 안 될 일이라는 듯 다시 고개를 저었다.

"……저는 아버지가 외도해서 낳은 딸입니다."

윤우는 망설이다가 입을 뗐다. 진 이사장이 움찔 놀라 눈이 커졌다. 예상과 달리 그 사실을 전혀 모르고 있었던 것 같았다. 도혁과 사귄다고 알려진 순간 자신의 모든 것이 낱낱이 조사되고 까발려졌을 거라고 여겼는데. 그 정도는 아닌 모양이었다.

그녀의 얼굴이 묘하게 일그러지는 것을 윤우는 애써 외면했다. 이제 더욱더 이 결혼이 이루어져서는 안 된다고 여기게 되었을 테니 오히려 잘된 일이었다. 그녀가 자신을 돕지 않으면 저는 어쩔 수 없이 도혁과 결혼해야 한다는 것을 진 이사장도 잘 알고 있을 것이다.

"큰어머니는 저를 받아들여 부족함 없이 키워 주셨어요. 언니들과 차별 없이 키우시려고 많이 노력하셨고요. 하지만…… 가족들의 노력과 상관없이 저는 그 집안에 섞이지 못하고 늘 이방인처럼 살았어요. 제 존재는 집안의 그늘이 되었고 저도 가족도 그런 상황에 많이 지친 상태예요."

"……."

"제가 외국에 나가 산다는 물리적인 거리감이 있다면 부모님의 부담도 덜할 거고, 굳이 외국까지 얼굴을 보러 찾아오지는 않으실 거예요."

치부를 드러내는 것 같은 기분을 느꼈지만 진 이사장을 설득하기 위해 집안에서 자신이 천덕꾸러기임을, 눈앞에서 사라져 주는 게 가족들을 도와주는 일임을 사실대로 말할 수밖에 없었다.

진 이사장의 얼굴은 납덩이처럼 무거워져 있었다. 무언가 할 말이 있는 듯 복잡한 얼굴로 윤우를 바라보았지만 끝내 아무 말도 하지 못했다.

"……제가 상무님과 결혼하는 것보다는 이 방법이 낫다는 것을 이사장님께서 가장 잘 아실 거라고 생각해요."

그날 진 이사장은 내내 기함한 얼굴로 말없이 앉아 있었다. 며칠후, 원하는 대로 해 주겠다는 진 이사장의 연락을 받았고 오늘에 이르렀다.

아이와 자신을 위해, 그리고 도혁을 위해 그 방법이 최선이었다는 생각에는 변함이 없었지만, 내내 죄를 짓는 기분이 드는 것은 어쩔 수가 없었다.

"네가 건강해야 아이도 건강할 거 아니니. 몸이 그렇게 허약해서 애는 어떻게 낳으려는지……."

진 이사장이 착잡한 얼굴로 혼잣말처럼 중얼거렸다. 아기에게 위험할까 봐 영양제 같은 것도 함부로 먹기가 꺼려지는데, 무슨 성분인지도 확실치 않은 한약을 먹으라고 하니 난감한 생각이 들었다.

"나쁜 거 안 들었으니까 잘 챙겨 먹어."

진 이사장이 윤우의 마음을 읽기라도 한 듯 그렇게 덧붙였다.

"감사합니다."

윤우는 속으로 한 생각이 얼굴에 드러난 줄 알고 놀라서 얼른 대답했다.

"일단 영어권 나라 중에서 아일랜드가 한국인도 적고 조건이 그렇게 나쁜 편이 아닌 거 같아서 그쪽으로 옮겨 살 수 있게 준비하고 있다. 아무래도 직접 살아 본 곳이니 좀 나은 점도 있을 거 같고, 가서 살아 보고 아니다 싶으면 다른 데로 옮겨도 되고."

차를 마시며 진 이사장이 말했다. 진 이사장과 앞일에 대해 의논을 하다가 대학 때 단기 어학연수를 아일랜드로 다녀왔다는 얘기를 했고, 그것을 고려한 모양이었다.

어학연수 동안 머물렀던 더블린의 스테이 하우스기 떠올랐다. 관리가 잘된 초록의 잔디와 이름 모를 품종의 다채로운 꽃들이 피어 있는 아기자기한 정원을 품고 있던 아담한 주택, 푸근한 인상의 주인아주머니.

시내를 조금만 벗어나면 연녹색의 목초지가 끝없이 펼쳐지던 그림 같은 풍경들도 머릿속을 스치고 지나갔다. 습기를 품은 선선한 공기와 변덕스러운 날씨마저도 윤우에게는 큰 단점은 아니었다. 화창하게 맑은 날이 그 모든 것을 상쇄해 줄 만큼 눈부시고 아름다웠기 때문이다.

그곳에서 아이를 키우며 사는 것을 상상해 보았다. 자신이 그려 본 것 중에는 가장 이상적인 미래였다.

어쨌거나 그 모든 것은 진 이사장의 도움이 있어야 가능한 일이라는 전제가 깔려 있었다. 누군가의 도움을 받아야만 살아갈 수 있다는 부담감으로 마음이 가볍지는 않았지만, 지금으로서는 도리가 없었다.

"거주 비자 나오는데 6개월 정도 소요된다고 하니 우선 학생 비자로 들어가서 지내고 있으면 된다. 현지에 적응할 동안 옆에서 도와줄 사람이랑 변호사는 구했고, 집도 적당한 곳으로 알아보고 있다. 이달 내로 나가게 될 테니 미리 정리할 거 있으면 해 둬라. 한동안 못 들어올 거라고 생각해야 하니까."

"네."

"도혁이한테는 언제 말할 거니?"

"주말에 오시면 말씀드리려고요."

"그 녀석 성격으로는 당장은 받아들이지 않으려고 할 거야. 아이가 잘못되자마자 파혼하는 게 도리에 안 맞는다고 여길 테니까."

"……."

"그러니까 네가 태도를 분명하게 해야 해."

"네."

"지금은 이목이 쏠려 있어 헤어졌다는 얘기가 나가면 관심이 더 집중될 테니 외부에 알려지는 건 몇 달 후로 미뤄야겠지만, 일단 도혁이한테는 네 의지를 확실하게 알려라."

진 이사장은 미덥지 않다는 얼굴로 거듭 강조했다.

"네."

"외부에는 네가 외국으로 나간다는 것도 알려지지 않는 게 좋아. 친정 식구들한테도 함부로 너와 도혁이 얘기를 하고 다니지 않도록 당부해 두고."

진 이사장 말에 윤우는 고개를 끄덕였다. 본가의 가족들은 자신의 존재 자체를 숨기고 싶어 하는 사람들이니 어디 가서 쉽게 제 얘기를 하지는 않을 것이다.

"회장님께서 조만간 도혁이를 본사로 불러 올리겠다고 하셨다."

"……다행이에요."

"그래. 잘된 일이지."

진 이사장이 낮게 한숨을 쉬고 대꾸했다.

"회장님께서는 이 일에 대해 얼마나 알고 계신가요?"

"회장님도 도혁이가 알고 있는 만큼만 알고 계신다. 네가 조만간 한국을 떠날 거라는 것만 말씀드렸어. 아이가 없으니 이제 도혁이가 너와 결혼할 이유가 없다고 여기고 계신다."

"……알겠습니다."

"마음 단단히 먹어. 이건 네가 시작한 일이야. 그걸 잊지 말아라."

진 이사장은 떠나기 전에 다시 한 번 당부했다.

윤우의 집을 나온 진 이사장은 골목에 대기하고 있던 차에 올랐다. 머리가 아파 왔다. 마음이 약해지면 안 될 것 같아 냉정하게 얘기하기는 했지만 내내 마음이 무거웠다. 한국도 아니고 외국에서 기댈 사람 하나 없이 어떻게 아이를 낳아 기르겠다는 건지 아무리 생각해도 답이 나오지 않았다. 이미 결정한 일이니 돌이킬 수 없다는 것을 알면서도

날로 시름이 깊어졌다. 그렇다고 달리 뾰족한 수가 있는 것도 아니었다. 윤우의 처지에 대해 들은 후로 더 마음이 좋지 않았다. 혼외자로 태어나 그 집안에 들어가 산다는 게 어떤 것인지 진 이사장도 잘 알고 있었다. 담담히 제 상황을 설명하는 윤우를 보니 어쩔 수 없이 어릴 때 저와 어머니의 모습이 떠올랐다.

자신은 기댈 어머니라도 있었으니 윤우보다는 훨씬 처지가 나았으리라. 제 딴에는 좋게 말하려고 포장을 했으나 그 상황이 어땠을지 보지 않아도 훤했다. 어린아이가 혼자 견뎌 내기 벅찬 환경이었을 것이다.

그저 평범한 집안에서 막내로 자란 숫기 없는 아가씨라고만 여겼는데, 윤우가 살아왔을 시간을 돌이켜보니 모든 게 예사롭게 보이지 않았다. 이런 일까지 꾸며서라도 아이를 도혁에게 주지 않으려고 하는 마음이 조금은 이해가 되어 더 가슴이 아팠다.

"이사장님, 전화 왔습니다."

진 이사장이 창밖을 내다보며 깊은 한숨을 내쉬고 있을 때 운전하던 홍 과장이 그녀를 돌아보며 말했다. 그녀는 그제야 정신을 차리고 자신의 가방 안에서 진동하고 있던 휴대 전화를 꺼내 들었다.

주 원장의 전화였다. 마음이 심란해 받고 싶지 않은 마음을 누르고 억지로 전화를 받았다. 주 원장의 도움이 없었다면 이 일은 가

능하지 않았을 것이다. 주 원장 성격에 그런 불법적이고 비도덕적인 일에 동참하는 일이 얼마나 어려운지 알고 있었다.

절대로 협조할 수 없다는 주 원장을 설득하는 데 이틀이 걸렸다. 완강한 친구의 고집을 꺾기 위해 진 이사장은 그 앞에 무릎까지 꿇어야 했다.

"그래, 명선아. 나야."

진 이사장은 애써 밝은 목소리로 전화를 받았다.

— 아무리 생각해도 답이 안 나온다.

늘 활기차던 주 원장의 목소리에서 기운이 모두 빠져 있었다.

"뭐가?"

— 도혁이 일 말이야. 정말 이렇게까지 해야 하는 거니? 도혁이한테도 태아한테도 죄짓는 거 같아서 잠이 안 온다.

"이미 엎질러진 물인데 인제 와서 왜 또 그래?"

진 이사장은 그렇지 않아도 마음이 심란한데 주 원장까지 거드니 짜증이 울컥 솟았으나 간신히 눌러 참고 좋게 달랬다.

— 아직 안 늦었어. 지금이라도…….

"명선아, 제발……."

진 이사장은 버럭 소리를 지르려던 것을 간신히 참으며 입술을 물었다. 그녀는 이마를 짚으며 눈을 감았다.

"나도 힘들어. 너까지 왜 이래?"

— 도혁이 회사 물려받지 않으면 죽기라도 하니? 그 자리 차지하지 않아도 평생 못다 쓸 돈 있겠다, 뭐가 부족해서 이렇게까지 해야 하는 건데?

"지난번에도 말했잖아. 내가 그 집에서 어떤 수모를 겪으며 살았는지. 물질적으로 풍요롭게 살았을지 몰라도 어머니랑 나, 인간

대접도 못 받고 살았어. 도혁이 저렇게 강하게 크지 않았다면 그 인간들은 아직도 우리를 발가락의 때보다 더 하찮게 여기고 있을 거야. 그 자리가 그렇게 중요하냐고? 응, 중요해. 왜냐하면, 걔네들이 그 자리에 목숨을 거니까. 나는 그걸 꼭 뺏어야겠어."

자신과 자신의 생모가 두 남매에게 겪었던 일을 떠올리면 지금도 이가 물어졌다. 진 이사장의 모친은 그들 앞에서 늘 죄인처럼 주눅 든 채 살다가 돌아가셨다.

새파랗게 어린 전처소생들이 대놓고 모욕해도 얼굴 한 번 찡그리지 못했다. 늘 아무것도 모르는 사람처럼 미소 띤 얼굴을 가면처럼 쓰고 살았지만, 방으로 돌아와 혼자가 되면 분노에 떨며 울었다.

어려서부터 그런 어머니의 모습을 지켜본 진 이사장의 마음에는 차가운 응어리가 생겼다. 나중에는 이복 남매뿐만 아니라 방관하는 아버지와 무력한 어머니까지 원망스러웠다. 어머니가 돌아가시고 자신 또한 어머니와 똑같은 얼굴로 그들 앞에서 웃고 있는 것을 깨달았을 때의 참담함은 무슨 말로도 설명할 수 없다.

조롱과 멸시로 일관하던 그들의 태도가 변한 것은 회사에서 도혁의 입지가 달라진 후부터였다. 턱 끝으로 내려다보던 그들의 시선에 불안과 두려움이 깃든 것을 발견했을 때의 희열을 진 이사장은 절대 잊을 수 없었다. 평생 묵혔던 체증이 내려가는 기분이었다.

이제 도혁이 그 자리를 빼앗긴다면 이전과는 비교할 수 없는 일들을 겪게 될 것이다. 그들은 하찮다고 여겼던 존재에게 위협받았던 모욕을 잊지 못할 것이다. 그것을 몇 배로 갚아도 만족하지 못할 것이고 다시는 일어서지 못하도록 짓밟으려 들 것이다. 도혁이 그들에게 어떤 짓을 당할지 몰라 두려웠다.

　이제 복수가 문제가 아니었다. 자신과 도혁이 살아남기 위해서라도 그 자리를 지켜야만 했다.

　"도혁이 대영을 물려받을 수 있다면 이보다 더한 일도 할 수 있어."

　진 이사장은 스스로 다짐하듯 잇새로 뇌까렸다.

　- 이 일 알려지면 너희는 물론 나도 끝나는 거야.

　"알고 있어. 내가 어떻게든 책임질게."

　- 네가 뭐로 책임져? 돈으로? 이게 돈으로 해결될 문제 같아? 목숨으로 장난하는 거야. 몇 명의 인생이 달라지는 거라고. 얼마나 심각하고 무서운 일인지 인식은 하고 있니? 지금이라도 다시 생각해 봐.

　주 원장은 다시 진 이사장을 설득하려 들었다.

　"그래, 너 말 잘했어. 돈으로 해결할 수 없는 게 있는 거야. 돈이 아무리 많으면 뭐 하니? 그 인간들이 아버지 자리 차지하고 떵떵거리며 사는 꼴 보면서 난 평생 불행할 텐데."

　- ……

　"명선아, 네가 그런 결정을 하는 게 얼마나 어려웠는지 잘 알고 있어. 너한테 평생 이 은혜 갚으며 살게. 그러니까, 그러니까…… 우리 조금만 참자. 나를 위해 조금만 참아 줘. 부탁이야."

　휴대 전화 너머에서는 아무 소리도 들리지 않았다. 주 원장도 알 것이다. 이미 돌아갈 수 없는 강을 건너 버렸음을. 단지 괴로워서, 또는 두렵기도 하고 원망스럽기도 해서 하소연을 하는 것이리라.

　- ……이 일 마무리하고, 우리 이제 보지 말고 살자.

　주 원장이 화풀이하듯 말했다. 진심이 아니라는 것을 알고 있었다. 진 이사장은 토 달지 않았다. 휴대 전화 너머에서 땅이 꺼질 듯한 한숨 소리가 들려왔다. 곧 인사도 없이 전화가 끊겼다.

괴롭기는 진 이사장도 마찬가지였다. 처음 윤우 얘기를 들었을 때는 너무도 경악하고 황당해서 말도 안 되는 일이라고 무시하려고 했다. 하지만 곰곰이 생각해 보니 윤우 말대로만 된다면 그보다 더 좋은 방법도 없을 것 같았다. 모든 일이 깨끗이 해결되는 유일한 길이었다.

너무도 몰인정하고 비인간적이라는 것을 알면서도 진 이사장은 그 길을 선택했다.

아니다. 그녀는 고개를 저었다. 자신의 선택이 아니라 윤우가 원한 일이다. 그 애가 생각해 내고 매달리고 부탁한 일이다. 죄책감을 떨치려 다시 고개를 저었지만 결국 부정할 수 없었다.

자신이 돕지 않으면 윤우는 그 일을 실행할 수 없었다. 이 모든 일은 자신의 책임인 것이다. 어쩌다 이렇게 되었을까. 진 이사장은 이마를 괴며 괴로운 숨을 내뱉었다.

그렇게 경멸했던 이복 언니나 오빠들과 자신이 뭐가 다른지 이제 알 수 없었다.

진 이사장이 돌아가자 윤우는 자리에 앉지도 못하고 창가에 한참 동안 서서 밖을 내다보았다. 마음이 복잡했다. 거실을 서성이다가 짐 정리를 시작했다. 본가에서 이사 나올 때 이미 최소한의 물건만 가지고 나왔기 때문에 정리할 것들은 많지 않았다.

버릴 물건과 택배로 부칠 짐과 직접 가지고 갈 짐을 정리하고 나자 도혁이 넣어 주고 간 가전제품들이 남았다. 윤우는 좁은 거실을 부지런히 돌아다니며 먼지를 흡입하고 있는 로봇 청소기를 바라보았다. 할 수만 있다면 도혁이 사 준 물건들을 가지고 떠나고 싶다는 생각이 들었지만, 복잡한 일일 것이다.

윤우는 창가에 놓인 화분을 바라보았다. 화분은 꽃집에 도로 갖다줄 생각이었다. 마른 곳 하나 없이 싱싱하고 윤기가 흐르는 초록색 이파리를 한참 들여다보고 있을 때, 거실 탁자 위에 올려 둔 휴대 전화가 울렸다.

윤우는 애써 심호흡을 하며 휴대 전화를 집어 들었다. 짐작대로 도혁이었다.

― 점심 먹었어요?

"네."

곤란하게도 이제 도혁의 목소리만 들어도 목이 메었다.

― 거기도 지금 비 옵니까?

"아니요. 흐리기만 했어요."

― 여긴 비가 오네요.

"……."

― 비 그치면 꽃이 피기 시작할 거래요.

"남쪽이라 좀 이른가 봐요, 여긴 아직 좀 추운데."

윤우는 까맣게 마른 마당의 나무들을 바라보며 대꾸했다. 마당에도 곧 꽃이 만발할 텐데. 아득한 생각이 들었다.

― 뭐든 얘기하고 싶은 게 있으면 전화해요. 아무 때나 상관없습니다.

목소리 어디서 복잡한 마음을 읽었는지 도혁이 그렇게 말했다. 신시기고 긴신 어린 목소리였다.

"……네."

― 미안해요.

도혁의 말에 탁자의 나뭇결을 문지르던 윤우의 손이 주먹을 꽉 쥐었다. 두려웠다. 도혁에게 느끼는 제 감정이 점점 감당할 수 없이 커지고 있었다.

그를 대하면 자꾸 마음이 약해졌다. 무엇이 옳은 길인지 알 수 없었다. 힘들었다. 어서 이 시간이 지나가기를 바랐다. 괴로운 기억조차 희미해지는 때가 분명 올 거라고 애써 마음을 달랬다. 시간에 기대는 것 말고 할 수 있는 게 아무것도 없었다.

금요일 오후에 도혁이 서울로 왔다. 현관문 앞에 선 그의 손에 화사한 분홍색 장미가 들려 있었다. 윤우는 당황해서 그것을 받아 들었다.

"오다 보니 요 앞에 꽃집이 있더라고요."

도혁은 별거 아니라는 듯 말했지만, 윤우는 괜히 받아서는 안 될 것을 받은 듯 마음이 착잡해졌다. 윤우는 차를 끓이고 딸기를 씻어 내놓고 그 앞에 마주 앉았다.

"어제 주 원장님과 통화했습니다. 별다른 문제는 없는 것 같다고 하시던데, 진료 결과로 모든 게 다 나타나는 건 아니니까 뭔가 이상이 느껴지면 바로 병원에 가세요."

유산 후에도 진료를 몇 번 더 봐야 한다고 해서 윤우는 어제 병원에 다녀왔다. 실제로 아이는 자신의 배 속에 잘 있으니 다른 문제는 없을 것이다. 윤우는 그를 속이는 현실이 새삼스러워 손이 가늘게 떨렸다.

"네."

"옆에 있어 주지 못해 미안합니다."

"아니에요. 정말…… 그러실 필요 없어요."

"물론 윤우 씨는 내가 옆에 있는 걸 제일 불편해하는 거 압니다만."

도혁이 눈가를 부드럽게 휘며 말했다. 아무래도 농담으로 한 말 같았으나 윤우는 웃을 수 없었다.

"식당 예약해 뒀어요. 준비하고 저녁 먹으러 가면 되겠네요."

차를 다 마신 도혁이 시계를 보며 말했다.

"상무님."

미루고 망설이던 얘기를 이제 해야 할 것 같아 조심스럽게 그를 불렀다.

"말해요."

도혁이 무슨 말이든 들어 주겠다는 얼굴로 그녀를 바라보았다.

"이제…… 여기 그만 오셔도 돼요."

"무슨 말이에요?"

도혁의 미간이 좁아졌다.

"이거…….."

윤우는 옆에 두었던 상자 안에서 봉투를 꺼내 도혁 쪽으로 밀어 주었다. 일전에 최 실장이 건네준 도혁의 카드와 통장이었다.

"이게 뭡니까?"

"상무님이 주신 카드예요. 돌려드리려고요."

"……."

도혁의 얼굴이 굳었다. 그는 아무 말도 하지 않고 가라앉은 눈빛으로 윤우를 바라보았다. 진 이사장의 당부가 아니더라도 되도록 빨리 그와 얘기를 마무리하고 사적으로 더는 만나는 일을 만들지 말아야 한다고 윤우는 생각했다.

도혁을 위해서이기도 했지만, 무엇보다 자신을 위해서 그래야 했다. 끝내는 순서만 남은 마당에 만나는 날을 기다리고, 그 따뜻한 눈빛에, 다정한 말투에 흔들리는 것을 계속 허용하고 있을 수 없었다.

자신 속에서 움트기 시작한 싹이 더 자라게 두면 안 된다는 것을 잘 알고 있었다. 그와 만나면 만날수록 그 마음이 여름 잡초처럼 무성해지고 뿌리를 뻗어 영역을 넓혀 갈 것이다.

도혁이 원래 자리로 돌아가도록 그를 놓아주고, 자신은 바라던 대로 아이와 둘이 조용하고 평화롭게 살아가면 될 일이다. 모두가 행복해지는 길이었다.

"이걸 왜 줍니까."

"상무님 거니까요."

"이제 내 거 아닙니다."

"제가 이걸 가지고 있을 필요가 없어졌어요."

"아무것도 달라진 거 없어요."

"……"

"어머니는 윤우 씨 건강도 좋지 않고 언니 결혼식도 있으니 우리 결혼식을 미루자고 하셨는데 나는 예정된 날짜에 했으면 합니다. 윤우 씨가 좀 힘들겠지만, 얼른 결혼식 치르고 안정을 찾는 게 나도 그렇고 윤우 씨한테도 나을 거 같아서요. 최대한 간소하게 치를 테니까 큰 무리는 없을 거예요."

"……상무님."

불러 놓고 목이 메었다. 도혁은 말없이 윤우를 바라보았다.

"다음 주에 캐나다에 가려고 해요."

"캐나다엔 왜요?"

"거기 친구가 살거든요. 머리도 식힐 겸 당분간 거기 가서 지내려고요."

"벌써 그렇게 긴 여행을 하는 건 무리일 거 같은데. 좀 더 건강이 회복되면 가는 게 어때요?"

"몸은 괜찮습니다."

"……그래요, 뭐. 기분 전환하는 것도 나쁘지는 않겠죠."

"쉬는 김에 여행도 좀 다니고……. 꽤 오래 걸릴 거예요."

"얼마나 오래?"

"……올해는 아마 돌아오지 않을 거 같아요."

윤우의 말에 도혁은 몸을 뒤로 기대며 윤우를 한참동안 말없이 바라보았다. 그 눈을 마주 볼 수 없어 시선을 내려 식탁 위에 놓인 제 창백한 손을 내려다보았다.

"그럼, 아무래도 결혼은 내년으로 미뤄야겠군요."

이 관계를 끝내겠다는 말임을 알아채지 못했을 리 없을 텐데 도혁은 담담히 그런 대꾸를 했다. 윤우는 입술을 깨물었다. 끝낸다는 둥, 어쩐다는 둥 그런 불필요한 말조차 없이 암묵적으로 자연스럽게 이 기형적인 관계가 정리되길 바랐다.

"저희 이제…… 결혼하지 않아도 돼요."

윤우는 어쩔 수 없이 말했다. 목소리가 떨려 나왔다.

"……"

도혁의 표정에는 아무 변화도 없었다. 그는 눈도 깜빡이지 않고 그저 윤우를 뻔히 쏘아보고 있었다.

"……헤어졌다는 말이 퍼지면 또 여러 말이 나돌 테니까 외부에는 당분간 비밀로 했으면 해요."

"결혼은 예정대로 할 겁니다. 윤우 씨 몸이 힘들어서 몇 개월 미루자고 하면 그건 그렇게 해도 돼요."

잠시 얼음 같은 시선으로 바라보던 도혁이 그녀의 말을 듣지 못한 사람처럼 대꾸했다. 도혁이 계속 주장하면 맥없이 끌려갈 것 같아 두려웠다.

"저는…… 상무님과 결혼하지 않을 거예요."

윤우는 머릿속이 터질 것 같아 눈을 감고 고개를 저었다.

"왜요?"

"상무님도 마찬가지였겠지만, 저도, 아이가 아니라면 상무님 같은 분과 결혼할 생각 같은 건 하지 않았을 거예요."

"결혼 상대로 거론하고 싶지도 않을 만큼 내가 그렇게 형편없어요?"

도혁이 농담하듯 물었지만, 눈빛은 낮게 가라앉아 있었다.

"그런 얘기가 아닌 거 아시잖아요."

"그럼 무슨 얘깁니까?"

"……언제나 이목이 집중되어 있고 사생활이라고는 조금도 없는 그런 위치에 계시잖아요. 생각만 해도 숨이……. 저는 견디지 못해요. 그런 삶은 상상으로도 꿈꿔 본 적 없습니다."

"평생 그렇게 살아야 한다고 생각하면 꽤 끔찍하게 들리긴 하네요."

"죄송합니다."

"나도 그런 걸 즐기는 사람은 아닙니다. 내가 선택한 일이니까 적응한 것뿐이죠. 사람은 생각보다 더 환경에 잘 적응하는 동물이에요."

"……."

"겁먹고 도망치기 전에 자신을 믿고 한번 부딪쳐 보세요. 의외로 쉽게 무뎌지고 아무렇지 않아질 수도 있어요."

도혁은 내리깔았던 눈을 들어 윤우를 바라보며 말했다. 윤우는 고개를 저었다.

"저는 그냥 저와 어울리는 삶을 살고 싶습니다. 역량도 안 되는 자리에서 전전긍긍하며 살고 싶지 않아요."

"이윤우 씨는 여전히 내게 아무 감정도 없습니까?"

"……상무님."

"나와 함께하는 삶이 이윤우 씨의 가치관에 위배된다는 것을 알고 있습니다. 내게 아무 감정도 없는 사람에게 나를 위해 그런 희생을 해 달라고 하면 너무 이기적인 일이라는 것도 알고 있어요. 그래도…… 그렇게 해 주면 좋겠습니다."

"……."

"나와 결혼해요."

도혁이 진지한 얼굴로 말했다. 묶인 것처럼 꼼짝도 못 한 채 윤우는 무방비하게 그를 바라볼 수밖에 없었다.

"정식으로 청혼하는 겁니다."

"아니요. 아니요. 저는……."

윤우는 귀를 막고 싶은 심정으로 고개를 저었다.

"지금 대답할 필요 없어요. 시간을 줄 테니 차분히 생각해 보세요."

도혁은 아주 많은 할 말이 있는 눈빛이었지만 그렇게만 말했다. 무릎에 놓인 손이 떨려서 윤우는 두 손을 꽉 마주 잡았다. 답은 이미 정해져 있는데 마음이 갈피를 잡지 못하고 흔들렸다.

"생각은 이미 충분히 했어요. 다시 한 번 말씀드리지만 저는 상무님과 결혼할 생각이 없습니다."

"조용하고, 평화롭고, 소소한 행복을 누리며 사는 삶⋯⋯. 완전하지는 않겠지만 내가 이윤우 씨가 추구하는 방식으로 살아갈 수 있도록⋯⋯."

"상무님, 제발⋯⋯."

윤우는 울고 싶었다. 도혁의 말을 듣고 있으면 제 행동이 잘못된 것 같아 무섭고 혼란스러웠다. 그를 속이고 그에게서 벗어나려고 했던 이유가 자꾸만 희미해지려고 했다.

도혁이 이렇게까지 나오는데 그의 뜻대로 해도 되지 않을까. 그냥 사실대로 말하고 그와 결혼하는 게 낫지 않을까. 여태 왜 고민했는지, 어째서 이런 결말에 도달했는지 모두 잊고 그런 어리석은 생각이 들기 시작했다. 왠지 도혁의 옆에서라면 뭐든 잘 이겨 낼 것 같은 턱도 없는 긍정적인 마음이 들기조차 했다.

하지만, 그 모든 것은 미지에 대한 불안에서 벗어나고 싶어 하는, 무엇에든 의탁하고 싶어 하는, 제 연약해 빠진 내면의 환상에 불과하다는 것을 알고 있었다.

윤우는 발목을 잡는 미련과 두려움을 떨치듯 고개를 저었다.

"내가 노력하겠다고 해도 아무 소용 없겠습니까?"

윤우는 재차 고개를 저었다. 그건 딱히 도혁의 물음에 대한 답이 아니라 제 속을 달래기 위한 행동이었다. 도혁은 답답한 듯 짧게 숨을 내뱉으며 말했다.

"원하지 않는 상황에도 맞춰서 살아야 하는 게 인간입니다. 자신이 추구하는 삶의 방식대로만 살겠다고 고집하는 건 어린아이의

투정과 다를 바 없어요."

"투정이라고 하셔도 어쩔 수 없어요. 저에게는 역부족인 일입니다."

겨우 진정을 찾은 윤우는 차마 그와 눈을 마주 보지 못한 채 작게 대답했다. 그는 윤우의 어깨 너머에 시선을 둔 채 한참 동안 말이 없었다.

"아직 그 사람 많이 좋아해요?"

이윽고 그가 말했다.

"……네?"

"이상빈 씨 말입니다."

그 이름이 낯설었다. 그게 누구지? 하는 생각이 들기 직전이었다. 오래 사귀었고 많이 좋아했던 사람인데 어떻게 이렇듯 단기간에 그 존재를 까맣게 잊을 수 있는지 자신도 신기할 지경이었다. 몇 달 전까지만 해도 평생 함께할 거라고 믿었던 사람인데.

사람의 감정이라는 건 이렇듯 가볍고 허무한 것이다. 4년이나 사귄 사람도 이렇게 쉽게 잊는데 도혁에 대한 자신의 감정이야 댈 것도 아니었다. 겨우 몇 주 만에 햇빛도 없는 음지에서 고개를 내밀 때마다 밟히고 목이 꺾였던 온당치 못한 감정쯤이야 순식간에 사라지리라.

"도저히 그 사람을 못 놓겠습니까?"

"이 일은 그 사람과는 아무 상관 없는 일이에요."

"조금도 상관없다고 확신할 수 있어요?"

도혁이 냉소하듯 물었다. 전혀 믿지 않는 얼굴이었다. 윤우는 억울하고 가슴이 아팠다.

"저는……."

아무 의미도 없다는 것을 알면서도 윤우는 아니라고 변명하고 싶었다. 그 사람은 이미 오래전부터 나와 상관없는 사람이라고, 그 사람은 이제 내 머리카락 한 올도 흔들리게 할 수 없는 사람이 되었다고 말하고 싶었다.

"……."

드러내서 변명하기도 부끄러울 만큼 상빈에 대한 감정은 본래 없었던 것처럼 흔적 하나 없었지만, 윤우는 결국 아무 말도 하지 않기로 했다. 이 시점에서의 침묵이 도혁의 질문에 대한 긍정의 뜻으로 받아들여질 것을 알고 있어서였다. 얼굴에 와 닿는 도혁의 시선은 얼음 같기도 하고 하얗게 이는 불길 같기도 했다.

윤우는 이를 물고 고통스러운 순간을 견뎠다. 어차피 헤어져야 하는 상황이니 차라리 도혁이 그런 오해를 하는 게 나을 수도 있었다. 그가 쓸데없는 일에 에너지 낭비하지 않고 빠르게 마음을 정리할 수 있을 테니.

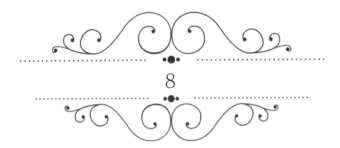

8

본가에 찾아가 도혁과의 결혼이 미루어졌다고 말했을 때 가족들의 반응은 의외로 차분했다. 결혼식 날짜까지 잡고 상견례를 남겨둔 상황이었다. 어떻게 설명을 할까 걱정했던 게 무색했다.

"차 상무가 미루자고 하던?"

아버지가 어두운 얼굴로 물었다.

"서로 의논하고 정했어요. 너무 급히 서두른 감이 없지 않아서……."

일단은 헤어지기로 한 건 나중에 알려야 해서 윤우는 그렇게 대답했다.

"어쩐지 너무 쉽게 진행이 된다 싶더라."

정아가 아쉽다는 듯 살짝 한숨을 쉬며 말했고 정은은 무표정하게 앉아 있었다.

"이모부 말 들어 보니 치도혁 그 사람이 대영 회장 물망에 오르던 사람이었다며. 그 자리를 포기하고 하는 결혼이니 그게 쉽겠니? 들어 보니 그쪽 집안에서 반대가 심각하다고 하던데."

큰어머니가 예상한 일이라는 얼굴로 대꾸했다. 모두 너무 당연한 듯 받아들여서 안도하면서도 당황스러웠다.

"그쪽 집안에서 그동안 너한테 무슨 나쁜 짓 한 건 없니? 드라마에서 보면 시어머니가 찾아와서 막 머리채 휘어잡고 그러잖아. 너 그런 일 당한 적 없어?"

정아가 호기심이 가득한 얼굴로 물었다. 윤우는 고개를 저었다.

"그래? 시어머니 될 사람 만나 봤잖아. 어땠어?"

"그냥…… 잘 대해 주셨어."

윤우의 대답에 정은이 작게 코웃음을 쳤다.

"얘가 우리한테 그런 속 얘기 털어놓을 것 같니? 물을 걸 물어라."

가시 돋친 말이었다. 사실이었다. 무슨 일이 있었다고 해도 그걸 가족들에게 털어놓고 의논하는 일은 없었을 것이다. 그들과 자신 사이에는 견고한 벽이 가로놓여 있었다. 한 번도 넘어 본 적 없고 앞으로도 결코 넘을 수 없을 것이다.

"그래서…… 일도 그만뒀고, 시간 있을 때 여행을 좀 다녀오려고 해요."

"여행? 어디로?"

"우선 미소한테 가서 좀 지내다가 유럽 쪽으로 좀 다녀보려고요."

윤우의 말에 아버지는 침통한 얼굴로 한숨을 내쉬었다. 결혼이 미루어졌다고 했을 때만 해도 긴가민가했는데 여행 얘기가 나오니 도혁과 헤어지기로 했다는 걸 은연중에 느낀 것 같았다. 윤우는 굳이 정정해 주지 않았다. 아직 공식적으로 말할 수 없을 뿐, 헤어진 게 사실이기 때문이었다.

"결혼은 원래 비슷한 사람하고 해야 탈이 없는 거야. 욕심 부려서 기우는 결혼해 봤자 좋을 거 없다."

큰어머니가 오히려 잘된 일이라는 듯 말했다.

"여행은 아마도 다음 주에 떠날 거 같아요."

"이야. 개부럽다. 나도 데리고 가면 안 되냐? 혼자 심심하잖아. 나도 데리고 가라, 응?"

정아가 매달리듯 말하자 큰어머니의 매운 손이 정아의 등짝을 찰싹 때렸다. 입술을 내밀고 투덜대던 정아가 윤우가 준비해 간 선물을 풀어 보고 입이 함박만 해졌다.

"야, 이 가방, 나 정말 갖고 싶었던 건데 어떻게 알았어? 근데 너 너무 무리한 거 아니야? 하긴 잠깐이긴 하지만 재벌 애인이었으니 이 정도는 아무것도 아닌가?"

물론 진 이사장에게서 받은 돈이 아니었다면 그런 비싼 선물을 해 줄 마음을 먹지 못했을 것이다. 어쨌든 가족들 선물은 퇴직금으로 샀다. 이제 꽤 오래 보지 못할 테고, 그런 작은 선물 따위로 대체할 수는 없겠지만 그동안 자신으로 인해 그들이 받은 고통에 대한 미안함과 고마움을 담아 선물을 골랐다.

"캐나다 도착하면 전화 드릴게요."

윤우는 가족들에게 인사를 하고 집을 나왔다. 가로수의 연둣빛 새순 위로 4월의 햇살이 환하게 부서지고 있었다. 이제 떠날 일만 남아 있었다.

❖

윤우는 항공사에서 제공한 리무진을 타고 공항으로 출발했다. 날이 따뜻했다. 가로수 마른 가지에 꽃망울이 올라와 옅은 분홍빛 안개를 풀어 놓은 것 같았다. 비가 온 후라 하늘은 미세먼지가 씻겨 맑았다.

화창한 날씨와 달리 윤우의 속마음은 괴로움과 혼란으로 가득했다. 윤우는 초조하게 휴대 전화를 만지작거리며 차창 밖으로 스쳐가는 봄 풍경을 바라보았다.

어제 마지막 인사를 하기 위해 도혁에게 전화했을 때 그는 무심하고 차가운 목소리로 전화를 받았다. 잘 지내라는 말에도, 감사했다는 말에도 그는 별다른 반응을 하지 않았다.

전략적인 제안이긴 했지만 어쨌든 결혼하자고 청하던 때와 태도가 확연히 달랐다. 그가 이제 자신에게서 모든 관심을 철회했다는 것이 느껴졌다. 제가 그걸 원했다고 생각했지만, 사실은 진심이 아니었음을 느꼈다.

전화를 끊은 윤우는 속에서부터 올라오는 형용하기 어려운 감정을 다스리기 위해 한참 동안 창가에 이마를 기댄 채 눈을 감고 있었다. 이제 정말 혼자라는 게 실감이 났다. 한 번도 혼자가 아니었던 적이 없었는데 그런 나약한 생각이 들었다.

공항까지 남은 거리가 표지판에 나타날 때마다 윤우는 점점 더 몸이 굳었다. 무서웠다. 그녀는 저도 모르게 차가 공항에 도착하지 않기를 바라고 있었다. 혹은 차를 돌려 다른 곳으로 도망치고 싶은 맹렬한 생각이 들기도 했다.

차에서 내리니 항공사 직원이 퍼스트클래스 전용 체크인 라운지로 안내하기 위해 기다리고 있었다. 모든 일정은 진 이사장 쪽에서 정해서 처지에 안 맞는 호사를 누리고 있자니 남의 옷을 입은 듯 낯설고 어색했다.

다른 짐은 모두 미리 보내서 기내용 캐리어 하나만 끌고 직원을 따라가는데 진창 속을 걷듯 발이 점점 무거워졌다. 자꾸만 숨이 가쁘고 심장이 빠르게 뛰었다. 저도 모르게 느려지던 걸음이 결국 제자리에 멈추고 말았다.

"괜찮으세요?"

에스컬레이터 앞에서 그녀를 돌아보던 직원이 놀라서 물었다. 발밑이 엿가락처럼 흐물거리는 것 같았다. 공항의 소음이 저만치 물러나듯 멀어졌다가 다시 가까워졌다. 금방이라도 바닥에 주저앉을 것처럼 힘이 빠지고 온몸에서 식은땀이 흘렀다.

"……."

윤우는 대답도 하지 못하고 숨을 몰아쉬며 그대로 서 있었다. 머릿속이 하얘져서 아무 생각도 나지 않았다. 직원이 급히 다가와 그녀를 부축해 몇 걸음 떨어져 있는 벤치에 앉혔다.

"안색이 너무 안 좋으세요. 의료팀을 불러 드릴까요?"

직원이 놀란 얼굴로 물었다. 윤우는 고개를 저었다.

"잠깐 어지러워서……. 곧 괜찮아질 거예요."

윤우는 무릎에 팔꿈치를 대고 두 손에 얼굴을 묻었다. 감은 눈 안에 도혁의 얼굴이 떠올랐다. 보고 싶었다. 의식할 사이도 없이 눈물이 쏟아졌다.

괜찮으냐고 묻는 직원의 놀란 목소리가 들렸다. 진정하려고 애썼지만 주체할 수 없었다. 어딘가로 뛰어갔다 온 직원이 윤우의 손에 티슈를 쥐여 주었다.

"……."

한참이 지난 후에 윤우는 겨우 눈물을 멈추고 휴지로 얼굴을 닦았다. 고르지 못하던 호흡과 떨리던 손이 점차 안정되었다. 옆에서 안절부절못하는 직원 보기가 민망했다. 이런 추태까지 받아 줄 의무가 그녀에게는 없을 텐데.

"……죄송합니다."

윤우는 애써 마음을 추스르고 사과했다.

"정말 괜찮으시겠어요?"

윤우가 벤치에서 일어서자 직원이 걱정스러운 얼굴로 물었다. 윤우는 고개를 끄덕이고 걸음을 옮겼다. 직원은 윤우의 캐리어를 들고 에스컬레이터에 올랐다. 윤우도 뒤따라 에스컬레이터에 올라 손잡이를 꽉 잡았다.

윤우는 직원의 반짝거리는 검은색 구두 뒤축만 보며 따라 걷다가 문득 고개를 들었다. 저만큼 앞에 퍼스트클래스 체크인 라운지가 보였다. 그녀는 다시 걸음을 멈춰 섰다. 그곳으로 들어가면 이제 정말 돌이킬 수 없다는 생각이 들었다.

직원이 긴장한 얼굴로 윤우를 바라보았다. 윤우는 잠시 제 발끝을 내려다보다가 이윽고 고개를 들어 직원에게 말했다.

"먼저 가세요. 저는, 저기 잠깐 앉았다가 들어가겠습니다."

직원이 불안한 듯 머뭇거리더니 윤우의 내민 손에 캐리어를 넘겨주었다. 윤우는 돌아서서 넓은 홀의 창가 쪽에 놓인 벤치로 가서 앉았다.

전화할 곳도 없는데 코트 주머니에서 휴대 전화를 꺼냈다. 검은 액정을 말없이 들여다보다가 휴대 전화를 쥔 손에 얼굴을 묻었다.

결코, 가볍게 내린 결정이 아니었음에도 막상 공항에 발을 딛자 정리되었다고 믿었던 것이 우스울 만큼 마음이 혼란스럽고 두려웠다. 여전히 도혁과 아이, 그리고 저 자신을 위해 떠나는 게 최선이라는 생각이 들기는 했다. 하지만 저도 미처 깨닫지 못했던, 아니의식하지 않으려 애썼던 마음 한 편에서 떠나기 싫다고, 이렇게 떠나서는 안 된다고 외치는 소리가 들려왔다.

도혁의 말대로 겪어 보지도 않은 일에 지레 겁먹고 아이처럼 도망치는 제 모습이 패배자처럼 느껴지기도 했고, 무엇보다 도혁을 떠나고 싶지 않다는 마음이 오래 짓눌려 온 용수철이 튀어 오르듯 강하게 그녀의 마음을 뒤흔들었다.

천장이 높은 홀을 지나가는 사람들의 발걸음 소리와 말소리가 귓가에 웅웅 울렸다.

떠나고 싶지 않아. 마음이 말했다.

떠날 수 없어. 마음을 확인하듯 그녀는 입속으로 중얼거렸다.

떠나지 않겠다고 마음을 바꾸었지만, 아무것도 변한 게 없었다. 오히려 상황은 더 나빠졌다. 자신을 기만한 것을 알게 된다면 도혁은 이제 정말 윤우를 보지 않으려고 할지도 몰랐다.

그래도 윤우는 떠나고 싶지 않았다. 도혁이 받아 주겠다고 하면 그의 곁에서 아이를 낳고 싶었다. 진 이사장의 화난 얼굴과 그 외에도 좋지 않은 여러 생각이 들었지만, 고개를 저어 다른 생각들을 털어 버렸다.

윤우는 천천히 자리에서 일어났다. 비행기 편을 취소할 생각으로 체크인 라운지 쪽으로 걸어갔다.

이 상황이 여전히 실감 나지 않았다. 혹시 이건 꿈속일까. 잠에서 깨면 나는 다시 공항으로 가야 하는 것은 아닐까. 그런 생각을 하며 리셉션 앞에 도착했을 때 입구 근처에 서 있던 양복 차림의 남자가 그녀 쪽으로 다가왔다. 윤우는 조금 멍한 상태로 남자를 올려다보았다. 놀라는 데 시차가 있었다.

"최…… 실장님?"

윤우는 사태를 파악하지 못한 채 남자를 바라보았다.

"함께 가시죠."

꼭 형사가 범인을 검거할 때 쓰는 말투로 최 실장이 말했다.

"상무님께서 모셔 오라고 하셨습니다."

"……예?"

윤우는 멍한 얼굴로 그를 바라보았다. 제가 도혁에게 전화했는데 기억하지 못하는 것인가 하는 생각이 잠시 들었다.

"가시죠."

최 실장이 다시 말했다. 정중했으나 윤우가 비행기를 타겠다고 고집하면 완력을 이용해서라도 막을 것 같은 분위기였다.

사태 파악이 되지 않아 말없이 서 있자, 최 실장은 윤우가 거부한다고 느꼈는지 성급하게 캐리어 손잡이 쪽으로 팔을 뻗었다. 떠나지 않겠다고 이미 결정했음에도 그녀는 반사적으로 손잡이를 꽉 움켜쥐며 한 발 뒤로 물러섰다.

"이윤우 씨가 아일랜드에 가시려는 이유를 상무님께서 모두 알고 계십니다."

최 실장이 말했다.

"어, 어떻게……."

자신은 조금 전 결정을 했고, 아직 그에게 아무것도 말하지 않았다. 그런데 그는 이미 모두 알고 있다니. 놀라서 저도 모르게 손에서 힘이 빠졌다. 최 실장은 옆에 선 양복 차림의 다른 남자에게 윤우의 캐리어를 넘겼다.

최 실장은 아무 대답도 하지 않고 체크인 라운지 입구에서 그들을 주시하고 있던 항공사 직원에게로 다가가 몇 마디 나눈 후 다시 윤우에게로 돌아왔다. 최 실장은 넋이 나간 얼굴로 서 있는 윤우에게 가자는 뜻으로 팔을 앞으로 뻗었다.

윤우는 더는 반항하지 않고 최 실장을 따라 걸음을 옮겼다. 밖에 대기해 있던 차에 탄 후에도 뭐가 어떻게 된 것인지 알 수 없었다.

"상무님은 지금 어디 계신가요?"

윤우는 입안이 말라오는 것을 느끼며 물었다.

"제가 공항으로 출발할 때는 평창동에서 호출하셔서 그쪽으로 이동하신 거로 알고 있습니다만, 지금은 어디 계신지 잘 모르겠습니다."

"……평창동에요?"

"네. 오늘 회사에 큰 이슈가 터져서요. 그 뒷수습 문제로 부르신 거로 압니다."

"……이슈요?"

"곧 기사가 나갈 겁니다."

윤우는 가슴이 철렁 내려앉았다. 전에 진 이사장에게 불려가서 보았던 상빈과 자신이 관련된 악랄한 기사 글이 떠올라 눈앞이 아득해졌다.

이마에 다시 식은땀이 흐르기 시작했다.

"검찰에서 진정화 부회장님의 비리에 대해 수사를 시작했습니다. 오전에 계열사에까지 압수 수색이 들어오고 임원들 앞으로도 출석 요구서가 날아와서 지금 회사가 비상입니다."

윤우는 놀라서 아무 말도 하지 못했다. 제 일과 관련된 기사일 거라고 생각했는데, 예상 밖의 대답을 듣자 머릿속이 멍해졌다. 무슨 일인지 물을 정황 같은 건 없었다.

"법무팀에서 애를 쓰고 있긴 한 모양인데 혐의가 워낙 여러 개고 검찰에 입증 자료가 이미 넘어간 모양이라 아무래도 구속을 면하기는 어려울 거 같습니다."

"상무님은요. 상무님은 괜찮으실까요?"

윤우는 창백한 얼굴로 겨우 그렇게만 물었다.

"걱정하지 마십시오. 상무님은 괜찮으실 겁니다."

최 실장이 뒤를 돌아보며 안심시키듯 말했지만 혼란스러운 마음은 좀체 가라앉지 않았다. 윤우는 한동안 제가 처한 상황에 대해 생각을 정리하려 애쓰다가 다시 최 실장에게 조심스럽게 물었다.

"상무님께서 제 일을…… 어떻게 알게 되셨나요?"

"죄송하지만, 그 일에 대해 저는 아는 게 없습니다. 상무님께서 마산으로 내려가신 후로 저는 다른 프로젝트를 진행하느라 상무님 업무는 다른 사람이 맡고 있는 상황입니다. 아침에 전화로 공항에 가서 이윤우 씨를 모셔 오라는 지시만 받았습니다."

"그렇지만, 아까 제가 아일랜드에 가는 이유를……."

"상무님께서 이윤우 씨가 비행기를 타겠다고 고집부리시면 그렇게 말씀드리라고 하셨습니다. 그럼 알아들으실 거라고."

"……."

어떤 경로인지 알 수 없지만, 그가 이미 모든 상황을 알고 있음이 분명해졌다. 제 입으로 이실직고하고 용서를 구하려고 했는데 이미 늦은 모양이었다.

윤우가 이수동 자신의 집으로 가겠다고 했지만, 최 실장은 미안한 얼굴을 했을 뿐 윤우의 요구를 들어주지는 않았다. 차가 도착한 곳은 전에 최 실장과 한 번 와 본 적 있는 도혁의 오피스텔이었다.

윤우는 하는 수 없이 최 실장을 따라 엘리베이터를 타고 꼭대기

층에 있는 도혁의 오피스텔로 올라갔다. 집 안으로 들어간 최 실장은 현관과 가까운 복도에 있는 문을 열고 윤우의 짐을 그곳에 내려 놓았다.

"여기서 쉬고 계십시오."

"상무님은…… 언제 오시나요?"

윤우의 질문에 최 실장은 시계를 들여다보며 난감한 표정을 지었다.

"글쎄요. 지금 회사 상황이 워낙 안 좋아서……. 언제 들어오실지는 저도 잘 모르겠습니다. 제가 지금 회사로 가는 길이니 가서 상황을 보고 전화 드리겠습니다."

"아, 아니에요. 바쁘실 텐데 신경 쓰지 마세요."

윤우는 급히 고개를 저었다. 회사에 비상이 걸린 상황이면 어느 때보다 최 실장이 할 일이 많을 텐데 자신 때문에 시간을 허비하고 있는 게 분명했다.

"네. 그럼 나중에 뵙겠습니다."

최 실장이 도혁에게 하듯이 깍듯이 허리를 숙여 인사를 하는 바람에 윤우는 당황해서 마주 허리를 접어 인사를 했다. 최 실장이 떠났다. 한참 동안 어쩔 줄 모른 채 안절부절못하고 방문 앞을 서성였다. 갑자기 갈 곳을 잃은 사람처럼 허공에 붕 뜬 기분이었다.

진 이사장은 자신의 방에 달린 응접실 소파에 앉아 있었다. 도우미 아주머니가 내온 차를 마시며 시계를 보니 지금쯤 윤우가 공항으로 출발했을 시간이었다. 핏기 없는 파리한 얼굴이 떠올랐다.

어젯밤 인사를 하기 위해 전화한 윤우의 목소리는 티를 내지 않으려고 애썼지만 다 감추지 못한 두려움이 그대로 전해졌다.

겁이 나기도 하리라. 의지할 사람 하나 없는 낯선 곳에서 어떻게 혼자 아이를 낳아 키울지 진 이사장이 생각해도 암담하게 느껴졌다. 어쩔 수 없이 녹록치 못한 윤우의 운명에 대한 연민이 들 수밖에 없었다. 부추긴 사람답지 않게 마음이 쓰이고 괴로웠다.

하지만 인제 와서 뭘 어쩌겠는가. 이미 저질러진 일이었다. 다 잘된 일이라고 애써 마음을 추스르고 있는데 홍 과장으로부터 전화가 들어왔다.

― 이사장님. 메일 좀 확인해 주세요.

홍 과장이 다급한 목소리로 말했다.

"왜? 무슨 일인데?"

― 지금 모시러 가는 중인데 메일로 보고서 보내드렸으니 먼저 확인해 주세요.

진 이사장은 놀라서 탁자 끄트머리에 놓인 태블릿PC를 켰다. 그녀는 전화기를 든 채 메일함에서 홍 과장이 보낸 메일을 열어 보고 미간을 모았다.

"이게 다 뭐야?"

― 저도 조금 전에 최 실장님께서 보내 주신 간략한 정보가 전부라서 보고서에 보내 드린 상황 외에 자세한 건 아직 잘 모르겠습니다. 몇 분 후에 기사도 터질 거라고 하니, 뉴스 확인하시면 아마 좀 더 자세한 상황을 알 수 있지 않을까 합니다.

보고서에는 진정화가 회사에서 저지른 여러 비위 목록이 일목요연하게 정리되어 있고, 그에 대한 자료와 증거가 이미 검찰에 넘어갔다는 내용이 적혀 있었다.

－ 이사장님께서 뉴스 보시고 놀라실까 봐 최 실장님이 미리 귀띔해 주신 것 같습니다.

"······."

진 이사장은 눈앞이 흐려 안경을 찾아 쓰고 보고서 내용을 다시 훑어 내렸다.

－ 진 부회장님뿐만 아니라 오늘 중에 정인호 전무님에 관한 기사도 터질 것 같다고 합니다.

"인호는 무슨 일로?"

－ 마약과 관련된 일로 알고 있습니다.

진 이사장은 눈살을 찌푸렸다. 정인호에 대한 소문은 예전부터 무성했다. 학교 다닐 때부터 진정화가 아들 뒷수습을 하고 다니느라 수십 억은 썼다더라는 얘기는 알 사람은 다 아는 얘기였다.

진 이사장은 왠지 석연치 않은 기분을 느꼈다. 진정화가 사업을 하면서 양심적인 경영을 했을 거라고는 생각하지 않아서 그녀의 혐의들을 봐도 크게 놀라지는 않았다. 정인호에 대한 뉴스도 마찬가지였다. 저렇게 살아도 돈으로 막으니 별 탈 없이 멀쩡히 사는구나, 혀를 차곤 했으니 터질 게 터졌다는 생각이 들 뿐 그리 충격적인 일은 아니었다.

다만, 좀 느닷없었다. 자신이 회사 돌아가는 사정에 그다지 밝은 편이 아니긴 했지만, 그렇다고 해도 너무 급작스러웠다.

이런 큰일들이 일어나기 전에는 으레 전조가 있기 마련이었다. 뉴스가 터지기 전에 이미 대응이 이루어지고 어느 선까지 물러서고 타협할 것인지 결과까지 나와 있기가 쉬웠다. 극비로 이루어진다지만, 어느 단계에 들어서면 이해관계자들은 그 일에 대한 정보를 모두 알고 있기 마련이었다.

이런 큰일이 아무런 기미도 없이 일어나다니, 이상했다.

무언가 석연치 않아서 그런지 꿈에서도 마주치기 싫은 인사들에게 닥친 불운이 기쁘기보다는 의아한 생각이 먼저 들었다.

"아니, 이런 일이 한꺼번에 이렇게 갑작스럽게 터질 수가 있어? 홍 과장도 전혀 몰랐던 일이야?"

— 네, 저도 이런 경우는 처음이라…….

"이 일로 도혁이한테 무슨 안 좋은 영향 미치고 그러는 건 아니겠지?"

— 그렇지 않아도 최 실장님께 여쭤봤더니 그럴 일은 없을 거라고 하셨어요. 다만……

"다만, 뭐?"

— 그게, 저……

홍 과장은 말을 꺼내 놓고 잠시 머뭇거렸다.

"뭔데 그래? 말해, 얼른."

— 이건 순전히 제 직감입니다만, 이 일은 아무래도 상무님께서……

"돼, 됐어. 와서 얘기해."

진 이사장은 퍼뜩, 홍 과장이 무슨 얘기를 하려는지 깨닫고 황급히 그녀의 말을 막았다. 이미 여러 차례 도청을 포함한 불법적인 사찰을 당한 경험이 있어 늘 조심하고 철저히 점검하고 있기는 했지만, 언제 어디서 정보가 새 나가는지 알 수 없기도 했고, 왠지 그 사실을 확인하는 게 두렵기도 했다.

진 이사장은 서둘러 전화를 끊고 숨을 몰아쉬었다. 상황이 이렇게 되면 회사에서 진정화의 입지가 줄어들 것은 확연했다. 혹시 이 일로 구속되어 실형이라도 받게 된다면 대영을 물려받겠다는 그녀의 꿈은 요원해질 것이다. 본인이 어렵다면 아들인 정인호에게라도 그 길을 열어 주고 싶겠지만 돌아가는 상황으로 보면 그것도 쉬울 것 같지 않았다.

도혁에게는 잘된 일이었다. 작은 오빠인 진태규는 욕심은 많았지만, 능력이 안 되는 인물이라는 것을 진 회장이 누구보다 잘 알고 있었다. 지금 지방 계열사로 물러나 있는 도혁에게 유리하게 돌아가고 있는 것은 분명했다. 막혔던 체증이 내려가듯 시원해야 옳음에도 진 이사장은 마음이 후련하지 않았다.

홍 과장이 하려던 말은 이 일을 도혁이 만들어 낸 것 같다는 말일 것이다. 그동안 이복언니가 자신과 도혁에게 한 짓들을 돌이켜 보면 정당방위라고 주장해도 그들은 할 말이 없을 테지만, 이런 무서운 일을 도혁이 주도했다고 생각하니 심장이 떨렸다.

어차피 이제 윤우와도 헤어졌고 본사로 복귀하라는 지시도 떨어졌다. 조금 늦어지겠지만 예정대로 그는 지서연과 결혼하고 탈 없이 진 회장에게서 대영을 물려받게 될 것이다. 물론 그동안 당해 온 것이 있으니 복수 차원에서 한 일이라고 생각할 수도 있었지만, 그들을 제치고 그 자리에 앉는 게 제일 큰 복수라는 것을 모를 리 없을 도혁이 굳이 손을 더럽히며 이런 일을 꾸밀 이유가 없었다.

이제 회장 자리가 제 것임을 알고 있을 텐데 군이 대안을 제거해 버린 것은 여전히 진 회장의 뜻에 따를 마음이 없다는 얘기였다.

진 이사장은 찬물을 뒤집어쓴 듯 등골이 서늘해졌다. 도혁은 윤우와 헤어질 생각이 없는 것이다.

머릿속이 하얘졌다. 윤우가 떠난다는 것을 알고도 별 반응이 없기에 그냥 받아들인 모양이라고 안심했는데 그게 아니었다. 도혁이 자신과 윤우가 꾸민 일을 알게 되면 어떻게 될까.

아들의 실망과 분노를 생각하자 눈앞이 캄캄했다. 어찌할 바를 몰라 안절부절못하고 있는데 다시 휴대 전화 벨이 울렸다. 진 이사장은 황급히 전화를 집어 들었다.

주 원장의 전화였다. 오늘 윤우가 떠난다는 것을 알고 있으니 안부라도 물으려고 전화한 듯싶었다. 마음이 어지러워 전화를 받을 기분이 아니었다. 휴대 전화는 오래 울리다가 끊겼으나 곧바로 다시 울렸다. 진 이사장은 하는 수 없이 전화를 받았다.

– 여보세요?

"그래."

– 선영아. 미안하다.

주 원장이 대뜸 말했다.

"무슨 소리야?"

– 밤새 생각해도 도저히 안 되겠더라. 아무리 생각해도 이건 아니야.

"뭐가 말이니?"

그녀답지 않게 알아듣지 못할 말을 빙빙 돌리고 있는 주 원장에게 진 이사장은 심란한 목소리로 물었다.

– 선영아…… 나도 어쩔 수 없었어. 아무리 생각해도 이건 내 양심에 걸고 안 되는 일이야.

"……"

진 이사장은 왠지 뒷골이 서늘해져서 입이 반쯤 벌어졌다.

– 나, 도혁이한테 다 말했어.

"뭐?"

진 이사장은 자리에서 벌떡 일어섰다. 앉아 있던 의자가 뒤로 벌렁 넘어졌다.

– 도혁이가 윤우 씨 좋아하는 거 네 눈에는 안 보이든? 태어날 아이한테도 못 할 짓이고. 죄짓는 거야.

"야!"

진 이사장은 부들부들 떨며 전화기에 대고 소리를 꽥 질렀다.

"너, 어떻게 이럴 수 있어? 그럼 애초에 못 한다고 했어야지. 인제 와서 이러면 어떻게 하라는 거야? 네 양심만 지키면 다야?"

– 미안하다. 실컷 원망해. 그래도 지금 후련해. 처음부터 하지 말았어야 했다는 거 빼고는 난 후회하지 않아. 네가 나 다시 안 보고 산다고 해도 다 감수할게. 어쨌든 미안하다.

"너만 빠져나가면 해결돼? 난 이제 어쩌라고. 도혁이 그놈 성격 몰라서 그래? 어떡하라는 거니? 응? 너 정말……."

– ……미안하다.

주 원장이 전화를 끊었다. 진 이사장은 끊어진 전화기에 대고 욕설을 퍼붓다가 화를 못 이겨 휴대 전화기를 던져 버렸다. 그녀는 신음을 내며 바닥에 주저앉았다. 망할 년.

장차 이 일을 어떻게 해야 할지 알 수 없었다. 도혁의 분노를 받아 낼 생각을 하니 오한이 들었다. 어미에게조차 빈틈을 내주지 않는 아들의 차가운 얼굴이 떠올랐다. 세상에 혈육이라고는 모자 단둘뿐인데 어려서부터 다정한 말 한마디, 위로 한 번 건넨 적 없는 무뚝뚝한 아들이었다.

그런 녀석이 그토록 확신에 차서 한 여자를 좋아한다는 표를 냈는데 그 마음을 뭉개 놨으니. 도혁이 어떻게 나온다고 해도 할 말이 없었다. 그래도, 이 모든 게 저를 위해 한 일이라는 건 알아야 할 것이다.

진 이사장이 고개를 내젓고 있는데 노크 소리와 함께 도우미 아주머니가 방문을 열고 말했다.

"사모님, 상무님 오셨어요."

"……."

진 이사장은 떨리는 몸을 진정시키려 두 손을 꽉 마주 잡았다.

"지금 차가 주차장에 도착했습니다."

진 이사장은 하얗게 질린 얼굴로 체념하듯 고개를 끄덕였다.

"……알았어요. 나가 보세요."

진 이사장은 넘어진 의자를 일으켜 세우고 그곳에 주저앉았다. 진 이사장은 손에 이마를 괴고 눈을 감은 채 꼼짝도 하지 않았다. 얼마 지나지 않아 자신의 방으로 다가오는 아들의 발소리가 들렸다.

윤우가 안절부절못하고 앉아 있는데 진 이사장에게서 전화가 왔다. 윤우는 떨리는 손으로 전화를 받았다.

"여보세요?"

– 어디니?

전화기 너머에서 꽉 잠겨 짓눌린 듯한 목소리가 들려왔다. 목소리가 너무 쉬어서 다른 사람 같았다.

"……공항에 갔는데 최 실장님이 기다리고 계셨어요. 지금은 상무님 오피스텔에 있습니다."

윤우는 떠나지 않겠다는 말을 지금이라도 할까 하다가 이미 의미가 없어진 것 같아 그만두었다.

– 누구랑 같이 있니?

"아니요. 혼자 있습니다. 최 실장님은 데려다주시고 가셨어요."

윤우의 말에 진 이사장이 세상 끝난 듯한 한숨을 쉬었다.

─ 도혁이 다 알아 버렸어. 우린 망했다. 그러게 내가 안 된다고, 안 될 일이라고 그렇게 말했는데……. 그 녀석이 모자간의 인연을 끊자는데 이제 어쩔 거니?

진 이사장이 쉬어서 높아지지 않는 목소리를 억지로 끌어 올리며 화를 냈다.

"죄송합니다. 제가 어떻게든……. 이사장님께서는 잘못하신 게 없다는 것을, 모두 제 생각이었다는 것을 말씀드리고 오해를 푸실 수 있게……."

─ 나는 뭐 그런 소리 안 해 본 줄 아니? 네가 그렇게 나와도 말렸어야 하지 않냐고 들으려고도 않더라. 지 애미한테 잔인하고 무서운 사람이래. 정이 떨어져서 앞으로 보고 살 자신이 없데. 심장이 뛰고 손이 떨려서 기절하는 줄 알았다. 얼마나 놀랐는지 여태 꼼짝도 못 하고 누워 있다가 이제 겨우 일어났어."

"……죄송합니다."

─ 이제 속이 시원하니? 모자지간 척지게 만들어 놓으니 좋아? 이 일을 어떻게 수습할 거야? 응? 내가 정말 뭐에 홀렸지. 그런 말도 안 되는 얘기에 넘어가서는…….

쇠를 가는 듯 끔찍하게 쉰 목소리로 진 이사장은 화풀이하듯 마구 퍼부었다.

─ 죽을죄를 진 사람 보듯 하더라. 아니, 설령 내가 죽을죄를 지었다고 치자. 어미가 왜 그렇게밖에 할 수 없었는지, 제 놈이 모르지 않을 거 아니야? 뭐, 연을 끊고 살아? 어떻게 나한테 그런 소릴 할 수가 있어, 응?"

가슴을 쥐어뜯을 듯 억울하고 비통한 소리를 듣고 있자니 등줄기로 식은땀이 흘렀다. 곧 자신에게 그 분노가 쏟아질 것을 생각하자 저절로 오금이 저렸다.

"……이사장님."

– 왜!

진 이사장이 코를 풀며 잘 나오지 않는 목소리로 역정 내듯 대답했다.

"……이사장님께서 여기 좀 와 주시면 안 될까요? 저 호, 혼자 도혁 씨 만나는 거 너무 무서워서……."

– 그 녀석 화 더 돋울 일 있니? 내 얼굴 보는 것도 끔찍한 모양인데. 무섭다고 피할 생각 말고 시키는 대로 일단 거기 가만히 있어.

"……."

– 설마 제 애 가진 사람한테 무슨 짓이야 하겠니?

윤우는 마른 침을 꿀꺽 삼켰다. 도혁이 폭력적인 행동을 하는 장면은 아무리 애써도 상상할 수 없었다. 그렇다고 겁이 나지 않는 건 아니었다.

그는 물리적인 폭력이 아니라도 자신에게 얼마든지 화풀이할 많은 수단을 갖고 있을 것이다.

– 어쨌든 우리가 그놈한테 못 할 짓을 한 건 사실이잖니. 지금은 그 애 화가 풀리길 기다리는 수밖에 없어.

"……."

– 점심은 먹었니?

잠시 말이 없던 진 이사장이 깊은 한숨을 몰아쉬더니 물었다.

"아직……."

– 임산부가 끼니 거르고 그러면 안 된다. 주방에 가서 뭐든 꺼내서 먹어. 계속 굶고 있지 말고.

"네."

휴대 전화 너머에서 또다시 땅이 꺼질 듯 깊은 한숨 소리가 건너왔다. 그 숨소리에서 더는 어쩔 수 없다는 체념이 느껴졌다.

– 애 생각해서 마음 편히 먹고 있어.

"……근데 상무님이 어떻게 이 일을 아셨을까요? 그렇게 조심했는데……."

– 애초에 그런 걸 숨길 수 있을 거라고 생각한 게 잘못이지. 도혁이한테 정보가 들어가는 경로가 얼마나 촘촘한지 내가 미처 헤아리지 못했어. 가만히 있어도 들어갈 얘긴데 신경을 곤두세우고 있었으니 모르고 싶어도 모를 수가 없었겠지. 네 출국 준비를 홍 과장이 나서서 한 거부터가 실수였다. 도혁이 보기에는 이해할 수 없는 상황이 아니었겠니? 홍 과장이 하고 다닌 일을 다 알아낸 모양이더라. 네 이름으로 아일랜드행 비행기를 예약한 것도, 그곳에 네 명의의 집을 얻은 것도.

등줄기로 소름이 훑고 지나갔다. 그럼 그동안 모두 알면서 그렇게 태연한 얼굴을 하고 있었단 말인가.

– 그런데 너는 캐나다로 간다는 거짓말을 하고 있으니 이상한 생각이 안 들 수가 없었겠지. 그래도 아이 일까지는 상상도 못 했던 모양이더라. 무슨 속셈인지 보려고 주시하고 있었나 본데, 주 원장 그것이……. 오늘 아침에 도혁이한테 전화해서 다 이실직고를 했다잖니. 내가 그렇게 사정하고 빌었는데, 망할 년. 제 양심 편해지자고 일을 이렇게 만들다니. 나야말로 빌어도 다시는 안 본다.

진 이사장의 말은 내용과 달리 독기가 빠져 그저 한탄으로 들렸다. 윤우는 땀이 흥건한 손을 바지에 문지르고 다시 이마에 흐른 식은땀을 훔쳤다.

– 어떻게 그걸 숨길 수 있을 거라고 생각했는지, 지금 생각해도 내가 잠깐 정신이 돌았었지.

"……."

– 일단 도혁이 오면 잘못했다고 싹싹 빌어.

진 이사장의 말에 이글이글 타는 분노에 사로잡힌 도혁 앞에 무릎을 꿇고 비는 제 모습이 상상되었다. 잠시 가라앉았던 심장이 다시 빠르게 뛰기 시작했다.

– 모자 사이 아주 틀어 놓고 싶은 게 아니면 도혁이 앞에서 말 가려서 잘 해.

"……네."

대답하긴 했으나 제 변명이 도혁에게 들리기나 할까 싶어 돌덩이를 얹은 것처럼 마음이 무거웠다.

진 이사장과 전화를 끊고 시계를 보니 3시가 넘어 있었다. 배가 고프지는 않았지만, 진 이사장 말대로 아이를 위해 무언가 먹어야 할 것 같아 주방으로 가서 냉장고를 열었다. 내내 살림을 했던 집처럼 냉장고에 먹을 것이 꽉 차 있었다.

윤우는 우유를 한 잔 따라 마시고 제 짐이 있는 방으로 돌아와 이를 닦고 세수를 했다. 그러는 동안에도 도혁이 언제 돌아올지 알 수 없어 바깥에 귀를 기울였으나 밖은 조용하기만 했다.

회사가 비상 상황이라던 최 실장의 말이 떠올라 그제야 휴대 전화를 열고 인터넷 뉴스를 검색했다. 진정화 부회장의 기사를 찾으려고 했지만, 오히려 그녀의 아들인 정인호 전무의 뉴스에 가려 눈에 띄지도 않았다.

정인호 전무에 관한 기사에는 재벌 3세, 여배우 스폰서, 마약, 동영상, 같은 자극적인 제목이 달려 있었다. 윤우는 눈이 커져서 기사를 훑어 내리다가 충격을 받아 얼른 창을 닫았다.

진정화 부회장에 대해서는 횡령과 배임, 탈세에 대한 의혹으로 기소되어 조사를 받고 있으며 검찰이 증거 자료를 확보하기 위해 오늘 대영 본사는 물론, 진 부회장과 관련된 계열사들에 모두 압수 수색이 이루어졌다는 기사가 실려 있었다. 그녀의 부친이자 대영 그룹 수장인 진석환 회장도 참고인 조사를 받기 위해 곧 검찰에 출두할 예정이라는 내용도 있었다.

이렇게 어수선하고 혼란스러울 때 자신까지 합세해 도혁을 괴롭히고 있는 것 같아 윤우는 죄책감을 느꼈다.

6시가 되고 7시가 넘을 때까지도 도혁은 돌아오지 않았다. 그는 화를 낼 시간조차 낼 수 없는 모양이었다. 압력이 가중되듯 그 화가 점점 쌓이고 있을 것 같아 윤우는 두렵고 초조했다.

방을 서성이다가 점점 피곤해서 침대에 잠깐 누웠다. 걱정이 태산인데 긴장으로 입술이 말라 가는데, 어이없이 자꾸 잠이 쏟아졌다. 의식하기도 전에 그녀는 그만 잠이 들고 말았다.

윤우는 현관 도어락이 해제되는 작은 소리에 눈을 번쩍 떴다. 미처 무엇을 알아채기도 전에 심장이 두방망이질 쳤다. 현관문이 열리고 닫히는 소리가 들렸다.

윤우는 침대에서 내려와 문 앞에 섰다. 몇 번이나 문손잡이에 손을 가져갔다가 도로 끌어들였다. 심장이 터질 것 같았다. 귀를 기울렸지만, 밖에서는 아무 소리도 들리지 않았다. 한참을 기다려도 마찬가지였다. 윤우는 망설이다가 겨우 문손잡이를 잡았다. 심호흡하고 문을 조심스럽게 열었다. 아무도 없었다.

잠결에 잘못 들었나 싶어 밖으로 나갔다. 도혁은 이미 윤우가 있는 방을 지나쳐 거실 쪽으로 걸어가고 있었다. 자신이 이 방에 있다는 것을 모르는 것일까.

"……상무님."

윤우는 앞으로 한 걸음 내디디며 그를 불렀다. 도혁은 돌아보지 않았다.

"상무님……."

못 들은 줄 알고 목소리를 쥐어짜 다시 불렀지만, 도혁은 여전히 돌아보지 않았다. 제 목소리가 작긴 했지만, 못 알아들을 수 없는 거리였다. 그가 일부러 아는 척하지 않았다는 것을 그제야 깨달았다.

윤우는 따라가던 걸음을 멈추고 그 자리에 굳은 듯 서 버렸다. 제대로 서 있을 수 없을 만큼 몸이 떨리고 있었다. 윤우가 움직이지 않자 도혁이 그제야 천천히 뒤를 돌아보았다.

그는 낯선 생물을 보듯 잠시 그녀를 뚫어질 듯 바라보았다. 꼭 가면을 쓴 것 같은 얼굴이었다. 아무것도 들어 있지 않은 공허한 시선이었다. 그 시선이 숨통을 죄는 것 같았다. 다리에 힘이 풀려 그대로 주저앉을 것 같은 것을 겨우 버텼다.

"……지금은 대화하기 힘들어요. 나중에 얘기합시다."

숨도 제대로 쉴 수 없는 수초가 흐른 후, 마침내 그가 말했다. 낮게 가라앉은 목소리가 쉬어 있었다.

"……."

"들어가 자요."

도혁은 시선을 거두며 그렇게 말했다. 윤우는 하얗게 질린 얼굴로 계단을 올라가는 도혁의 뒷모습을 멍하니 바라보고 서 있다가 벽을 짚고 간신히 방으로 돌아왔다.

문을 닫자마자 바닥에 주저앉았다. 금방 100m 달리기를 마친 사람처럼 숨이 가빴다. 그 시선이 지워지지 않았다. 얼마나 큰 실망과 환멸을 느껴야 제게 몹쓸 짓을 한 인간에게 분노조차 하지 않을 수 있는 것일까.

아이가 잘못되었다는 소식을 듣고 사색이 되어 달려온 도혁의 참담하던 얼굴이 떠올랐다. 눈물이 날 것 같았다. 그것이 모두 연극이었다는 것을 알았을 때 그는 어떤 심정이었을까. 그가 얼마나 무섭게 화를 낼까만 생각했지 이런 상황을 예상하지 못했던 윤우는 차라리 화를 내는 게 훨씬 마음이 편했을 거라는 걸 깨달았다.

아무것도 할 수 없었다. 잠이 올 리 없었다. 초조하고 마음이 심란해 앉아 있을 수도 서 있을 수도 없었다. 윤우는 1시간 가까이 안절부절못하고 방 안을 서성였다. 고문을 당하는 것 같았다.

뭘 어째 보겠다는 생각도 없이 방을 나와 무작정 2층 계단을 올라갔다. 긴장해서 다리가 후들거렸다.

2층에는 거실을 사이에 두고 세 개의 문이 있었다. 그중 한 곳의 문틈으로 불빛이 새 나오는 것이 보였다. 윤우는 불안하게 그곳으로 걸어갔다.

노크했지만 대답이 없었다. 떨리는 손으로 조심스럽게 문을 열었다. 천장까지 짜인 책장에 책이 가득한 벽이 보였고 그 옆 창가에 커다란 집무 책상이 놓여 있었다. 도혁이 그 앞에 앉아 있었다.

그는 의자에 몸을 기댄 채 문간에 선 윤우를 말없이 바라보았다.

그의 턱 근육이 규칙적으로 불거졌다가 제자리로 돌아가는 것을 윤우는 떨면서 바라보았다. 머리카락 사이로 보이는 눈빛이 어둠 속 짐승처럼 형형했다.

"……자지 않고 왜."

도혁은 샤워했는지 머리카락이 아직 젖어 있고 가운 차림이었다. 흐트러짐 없는 슬릭백 헤어스타일에 익숙해 있다가 젖은 머리가 이마를 덮은 것을 보니 더 낯선 기분이 들었다. 그의 앞에는 반쯤 남은 위스키 잔이 놓여 있었다.

"앉아요."

도혁은 잠시 후, 술잔을 옆으로 밀며 그렇게 말했다. 윤우는 기계처럼 삐거덕거리는 몸을 억지로 움직여 그의 측면 벽 쪽에 놓인 베드 벤치로 가서 앉았다.

"상무님……."

겨우 불렀지만 무슨 말을 해야 할지 알 수 없었다. 묻고 따지는 건 도혁이 할 일이었다. 그래야 변명을 하든, 해명하든, 용서를 빌든, 할 텐데 아무 말이 없으니 미칠 것 같았다.

"할 얘기 있으면 하세요."

불러 놓고 한참이 지나도 말이 없으니 그가 먼저 말했다.

"……상무님은 저한테 하실 말씀 없으세요? 왜…… 아무 말씀도 안 하세요?"

윤우는 비틀어 짜는 기분으로 간신히 목소리를 밀어냈다. 입안이 바짝 말라 왔다.

"……화가 나서요."

도혁의 말투는 낮고 평이했다. 그는 짧은 한숨을 쉬고 덧붙였다.

"대화를 시작하면 화를 안 낼 수가 없잖아요. 지금."

"그럼 화내세요."

"임신한 사람한테 어떻게 화를 내요."

도혁은 윤우의 마주 잡은 손이 덜덜 떨고 있는 것을 바라보다가 냉소하듯 말했다.

"차라리 화를 내세요. 이렇게 아무 말씀도 안 하시는 게…… 더 힘들어요. 이 상태로는 잠을 잘 수도 없어요. 그러니까, 그냥 화를 내셔도 되니까 지금 뭐든……."

윤우는 눈물을 참으며 말했다. 도혁은 입을 꽉 다문 채 피곤해서 한층 위험해 보이는 눈으로 뚫어질 듯 쏘아보았다.

"무슨 말을 해 주면 이윤우 씨 마음이 편해지고 잠이 잘 올 것 같습니까? 원하는 대로 해 줄 테니까 말해 보세요."

도혁이 가라앉은 어조로 물었다. 표정에 아무 변화도 없었지만, 그 목소리에서 억누른 화가 느껴졌다. 윤우는 당황해서 고개를 저었다.

이 와중에 저 편해지자고 힘든 사람 붙잡고 괴롭힌다고 여기는 것일까.

"그, 그게 아니라……."

그의 눈을 보니 아무 생각도 나지 않았다.

"……죄송합니다."

변명하려던 마음을 접고 간신히 그렇게만 말했다. 도혁은 아무 대꾸도 하지 않았다. 겨우 그런 말로는 안 된다는 것을 알고 있었지만 어쩔 수 없었다.

"……시간이 필요해요. 자고 내일 좀 차분해지면 얘기해요."

보기만 해도 화가 치미는데 아이 때문에 화를 낼 수도 없어서 그는 눈앞에서 윤우를 치워 버리고 싶어 하는 것 같았다. 고집부릴 수 없어 자리에서 일어섰다. 고개를 숙여 인사를 하고 돌아섰다. 문으로 걸어가는 등 뒤로 그의 시선이 따갑게 따라오는 게 느껴졌다.

윤우는 서재 문손잡이를 잡았다. 금속의 차가운 감촉이 뜨겁게 달아오른 손바닥에 선득하게 느껴졌다. 그녀는 문손잡이를 잡은 채 잠시 서 있다가 천천히 돌아섰다. 도혁은 여전히 그녀를 바라보고 있었다.

"……제가 어떻게 하면 될지, 어떻게 하면 상무님의 화가 풀리실지 말씀해 주세요."

자신이 지금 느끼고 있는 괴로움의 많은 지분이 도혁이 힘들까 봐 걱정되어 겪는 괴로움이었다. 그가 힘든 게 싫은 것이다. 그가 입었을 상처가 걱정되어 마음이 괴로웠다. 자신이야말로 그가 조금이라도 마음이 풀릴 수 있다면 뭐든 하고 싶었다.

"그게 무슨 대수입니까?"

"……네?"

"내가 화가 나든 말든 이윤우 씨한테 그게 뭐 중요하냐는 말입니다."

"왜, 그렇게 말씀을 하세요. 당연히……."

"이윤우 씨 눈에 내가 뭐로 보이는지 늘 궁금했어요."

도혁이 자조하듯 말했다. 윤우는 뒤로 잡은 문손잡이를 꽉 움켜쥐었다.

"이번 일을 겪고 나니 좀 알겠더라고."

"무슨 말씀을 하시는지 잘 모르겠어요. 제가 어떻게 상무님을……."

"자랑은 아닙니다만, 태어나서 누군가를 그렇게 신경 쓰고 배려

한 것은 처음입니다. 내 딴에는 많이 노력했는데 아무 소용도 없었어요."

"……."

"물론 이해는 합니다. 다른 사람을 좋아하고 있으니 당연히 아무것도 눈에 들어오지 않았겠죠. 그래도 나는 우리가 잘해 나갈 거라고 믿었습니다. 나를 정자 제공자로밖에 보지 않는 사람이지만 점차, 곧, 마음을 열 거라고, 그렇게 만들 자신이 있었어요. 혼자만의 착각이었지만 말입니다."

"……오해하고 계신 거예요. 제가 전에 만났던 사람을 아직 좋아하고 있다고 생각하고 계신 거라면 그건 오해예요."

"그런 얘기 들으려고 꺼낸 말이 아닙니다."

"저는 그 사람 이미 잊었습니다."

"그거에 대해 비난하는 게 아니에요. 싫어서 헤어진 사람도 아닌데 그렇게 빨리 잊는다는 게 말이 안 되죠."

도혁은 윤우의 말을 믿지 않았다. 윤우는 답답했다.

"……그날, 상무님 만났던 날, 그 사람이 저와 동시에 만나고 있던 여자에게서 전화가 왔어요. 헤어진 건 그날이었지만, 생각해 보면 이미 2년 전부터 마음이 멀어졌던 거 같아요. 그때도 같은 일이 있었거든요."

"……."

"용서했다고 생각했는데 다시 그런 일을 겪으니, 알겠더라고요. 제 마음이 이미 식어 있었다는 걸요. 오래 사귄 사람인데, 헤어지겠다고 생각한 순간부터, 아무 감정도 들지 않았어요. 저도 그런 제가 무서울 정도로……. 아무런 미련도 없었어요."

도혁은 굳은 얼굴로 윤우의 말을 듣고 있었다. 이런 개인적인 얘기를 그에게 털어놓는 게 너무도 이상했지만, 말할 필요도 들을 이유도 없다고 해도 꼭 말하고 싶었다.

"그날 상무님이 계신 바에 갔던 건…… 그런 의도로 간 건 절대 아니었어요. 헤어지고 오래 걸었는데, 집에 가려고 버스 정류장 앞에 섰는데, 그 호텔이 눈앞에 보였어요. 그냥, 너무 춥고 발도 아프고 그래서……. 물론, 거기 상무님이 계신다는 걸 알고 있었어요. 그렇다고 상무님을 뵈려 갔던 것도 아니고, 만날 거라고는 정말 생각하지 않았어요."

윤우는 문손잡이를 잡은 채, 더듬더듬 얘기했다. 사람으로 가득했던 거리가, 머리카락을 날리던 바람과 폐를 얼릴 듯 차갑던 그날의 공기가 떠올랐다.

"내가 그런 오해를 하고 있다는 것을 알고 있었잖아요. 여태 입다물고 사람 미치게 만들더니 왜 이제 와서 그런 얘기를 하는 겁니까?"

"그 문제에 대해 상무님이 그렇게 신경 쓰실 거라고는 생각하지 못했어요……."

"이윤우 씨 머릿속에는 도대체 뭐가 들었습니까? 도대체 무슨 생각을 하고 사는 거예요?"

도혁이 화난 얼굴로 물었다. 윤우는 당황해서 아무 대꾸도 하지 못했다.

"아직도 믿기지 않습니다. 어떻게 그런 생각을 할 수가 있는지. 아이가 무슨 죄예요? 왜 아이가 그렇게 태어나야 합니까?"

잠시 말이 없던 도혁이 새삼 화가 났는지 차갑게 추궁했다.

"……죄송합니다."

윤우는 죄인처럼 고개를 숙였다.

"물론 어머니가 옆에서 부추기셨을 거란 건 압니다만, 그래도……."

"아, 아니요. 이사장님은 오히려 말리셨는데 제가……."

"정말 말리고 싶으셨으면 이런 상황까지 오게 만들지 않으셨겠죠."

"처음부터 제 뜻이었어요. 제가 원하지 않았다면 아무리 이사장님이 그렇게 시키셨다고 해도 그런 일이 강제로 이루어질 수는 없다는 거 아실 거예요. 이사장님은 어쨌든 이 결혼이 달갑지 않으신 입장이라는 걸 아니까 제가 매달렸습니다. 이사장님께는 잘못이 없으세요."

윤우는 어떻게든 해명하려 애썼다. 이 일로 모자 사이가 어긋나게 둘 수는 없었다. 세상에 단 둘뿐인 가족인데 저 때문에 불화가 생길까 봐 겁이 났다.

"미혼모로 살 생각을 할 정도로 나와 사는 게 그 정도로 끔찍했어요?"

"아니요. 그게 아니에요."

"아니면 뭐예요?"

"……그런 결정을 한 건 상무님을 위해서이기도 했어요. 원래 정해져 있던 그대로 잘 사시길 바라서, 그래서……"

"고마워서 눈물이 나려고 하네요."

표정에는 아무 변화가 없었지만, 어느 모로 보나 비꼬는 말이었다. 윤우는 입술을 물었다.

"자신이 한 짓이 얼마나 큰 잘못인지 알고는 있어요?"

"……네."

"안다니 다행입니다. 지금부터 이윤우 씨한테 정신적인 피해 보상을 받을 생각인데 이의는 없겠네요."

"뭘, 어떻게……."

윤우는 하얘진 얼굴로 도혁을 바라보았다. 설마 금전적인 배상을 요구할 리는 없다는 것을 알면서도 제일 먼저 제가 가진 돈을 머릿속으로 계산했다.

"이윤우 씨가 내 아내가 되는 겁니다. 목숨 걸고 도망갈 정도로 싫었던 일이니 그 정도면 적당한 벌 아닙니까?"

"……."

"이제 안 된다거나 싫다는 말은 들어주지 않겠습니다."

도혁이 말했다. 윤우는 감정이 북받쳐 아무 말도 할 수 없었다.

"……상무님."

"예정대로 결혼하는 거예요."

도혁이 다시 한 번 말했다.

"……상무님만 괜찮으시다면 그렇게 하겠습니다."

윤우는 떨리는 목소리로 말했다. 도혁은 예상 밖의 대답을 들었는지 잠시 말없이 윤우를 관찰했다.

"진심입니까?"

순순히 그러겠다는 대답이 의심스러웠는지 그가 미간을 좁히며 물었다.

"네."

"갑자기 왜 이래요? 내가 불쌍해지기라도 했어요?"

"사실은, 오늘 공항에서……. 떠나지 않겠다고 마음을 바꿨어요. 용서해 주신다면 상무님과 결혼하고 아이를 낳아야겠다고……. 그래서 떠나지 않을 생각이었는데 마침 최 실장님이 나타나셔서……."

"왜 갑자기 마음이 변했어요?"

"그냥 있고 싶었어요. 상무님 옆에 그냥⋯⋯."

"혼나기 싫어서 둘러대는 거예요?"

"아니요. 아니에요. 정말입니다."

윤우는 도혁이 제 진심을 알아 주길 바라서 그의 눈을 피하지 않고 바라보았다.

"내 옆에 있고 싶다고?"

윤우는 고개를 끄덕였다.

"정말이에요?"

"네."

윤우는 또 그가 제 말을 안 믿을까 봐 불안해하며 열심히 고개를 끄덕였다. 도혁은 잠시 윤우를 바라보다가 천천히 자리에서 일어섰다. 윤우는 눈도 깜빡이지 못하고 다가오는 도혁을 떨면서 바라보았다.

"알겠습니다."

숨결이 느껴질 만큼 가까이 다가온 도혁이 믿어 주겠다는 듯 이윽고 대답했다. 윤우는 고마워서 눈물이 그렁그렁한 눈으로 그를 올려다보며 고개를 끄덕였다.

"잘했어요."

도혁이 아이를 칭찬하듯 부드러운 목소리로 말했다. 입가에 어린 미소를 보자 저도 모르게 긴장이 풀리며 그대로 주저앉을 뻔했다.

"나는 아이 때문에 결혼하려던 게 아니에요."

도혁이 말했다. 그는 윤우의 얼굴 표정 하나하나까지 모두 살피는 시선으로 그녀를 바라보았다.

"……."

"이왕 태어났으니 나도 좋아하는 사람하고 한번 살아 봐야죠."

윤우는 문에 등을 기댄 채 가쁜 숨을 몰아쉬며 그의 시선을 마주 보았다. 심장이 너무 빨리 뛰어 숨이 제대로 쉬어지지 않는 와중에도 기뻐서 눈물이 날 것 같았다.

당사자의 입으로 직접 들어도 믿기지 않았다. 현실에서 이런 일이 생길 리 없었다. 꿈이 분명해서 깰까 봐 두려웠다.

"시간이 지나면 윤우 씨도 나를 좋아해 줬으면 좋겠어요. 억지로 노력할 필요는 없고, 천천히 자연스럽게 그렇게 되기를 바라요."

도혁의 말을 듣고 있는데 저도 모르게 눈물이 왈칵 쏟아졌다. 말로 형용하기 어려운 감정이 북받쳐 올라 주체할 수 없었다. 윤우가 우는 것을 본 도혁은 명치를 얻어맞은 얼굴을 하고 말없이 그녀를 끌어안았다. 맞닿은 심장이 쿵쿵 뛰고 있었다.

"내가 너무…… 어려워서, 할 수가 없어서, 이미 그랬는데……."

이미 좋아하고 있다고 말하려 했다. 당신을 사랑하지 않을 이유를 찾는 것은 너무 어려워서 할 수가 없었다고 말하고 싶었다. 하지만 입에서 나온 말은 뜻을 알 수 없는 외계어처럼 엉망이었다. 감정을 가라앉히려고 했지만 한번 터진 울음은 점점 고양되어 좀체 진정이 되지 않았다.

"많이 힘들었죠? 미안해요."

도혁이 윤우의 여린 등을 위로하듯 가만히 쓸어 주었다. 윤우는 울면서 고개를 저었다.

그는 윤우의 젖은 얼굴에 부드럽게 입을 맞추었다. 눈물로 차갑게 식은 뺨에 와 닿는 입술이 화인처럼 뜨거웠다.

"이제 이윤우 씨가 나를 책임져야 합니다. 또 버리고 도망가면 안 돼요."

윤우의 울음이 잦아들 때쯤 도혁이 코끝으로 윤우의 코를 비비며 장난스럽게 말했다. 왠지 모든 것이 어린 깃털처럼 가벼워진 기분이 들었다. 무엇 때문에 울고 고민하고 싸웠는지 모두 희미해졌다.

도혁과 살면서 그의 아이를 낳아 기르는 상상을 해 보았다. 왜 필사적으로 그의 곁에서 도망가려고 했는지 저 자신도 이해가 되지 않을 만큼 기쁘고 충만한 삶이 눈앞에 그려졌다.

아무것도 달라진 게 없는데 어째서 뛰어넘을 수 없을 것 같던 모든 장애물이 별것도 아니게 느껴지는지 불가사의했다. 누군가 마법이라도 부린 것 같았다.

윤우는 도혁의 넓고 따뜻한 품에 안겨 생각했다. 내 아이의 아빠와, 내가 사랑하게 된 남자와, 같이 살겠다고. 누가 뭐라고 해도 이제 소용없다고.

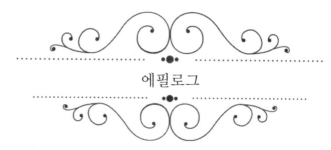

에필로그

진 이사장은 자기 전 늘 하는 습관대로 경전을 읽기 위해 안경을 썼다. 이제 막 어제 읽었던 페이지를 펼쳤을 때 노크 소리가 들렸다.

"들어와."

고용인들은 이미 자신의 방으로 돌아간 후였으니 윤우일 것이다. 문이 조심스럽게 열리고 예상한 대로 윤우가 들어왔다. 금방 씻었는지 볼이 아이처럼 발갰다. 누가 애 엄마라고 믿을까 싶어 진 이사장은 혀를 끌끌 차면서도 제 옆으로 와서 앉는 며느리를 바라보는 눈빛이 부드러웠다.

"건이는 자니?"

"아니요. 도혁 씨가 재우려고 책 읽어 주고 있는데 눈이 말똥말똥해요. 졸릴 텐데 안 자고 버티네요."

"애들은 원래 피곤하면 더 안 자는 법이다."

"낮잠 제대로 못 자면 되게 보채는데 오늘은 그래도 얌전한 편이었어요."

"그러게. 제 엄마 생일인 거 아는 모양인지 오늘은 꽤 의젓하더라."

"네. 그렇게 낯가림을 하더니 외할아버지한테도 꽤 오래 안겨 있더라고요."

"걔가 말만 못 하지 눈치가 빠르다. 옹알이하는 거 자세히 들어 봐라. 제 하고 싶은 얘기 다 하고 묻는 말에 대답도 야무지게 하지 않든?"

"그죠? 어머니, 그죠? 건이가 제 말 알아듣는다고 아무리 말해도 도혁 씨가 안 믿어요."

"건이 애비한테 그런 건 기대하지 마라. 논리에 안 맞는다고 여기면 눈으로 봐도 안 믿는 녀석이니까."

진 이사장은 자신의 말이 논리에 안 맞는다고 스스로 말하고 나니 웃음이 나왔다. 윤우도 입술을 말아 물고 웃음을 참고 있었다.

"거기 서랍 안에 있는 상자 좀 꺼내 봐라."

진 이사장은 윤우에게 협탁을 가리키며 말했다. 서랍을 연 윤우가 안에 든 작은 선물 상자를 꺼내 들었다.

"네 거야."

진 이사장은 코끝에 걸린 안경 너머로 상자를 바라보며 말했다.

"네?"

"생일 선물이야."

"……."

"꺼내 봐."

말없이 상자를 들여다보는 윤우에게 진 이사장이 재촉했다. 윤우가 조심스럽게 연두색 리본을 풀고 상자의 뚜껑을 열었다. 안에 든 보석함을 꺼내 든 윤우가 진 이사장을 바라보았다.

"나 결혼할 때 어머니가 주신 거야. 어머니는 외할머니한테 받으신 거고."

"이, 이런 걸······."

윤우가 손에 든 반지를 내려다보며 떨리는 목소리로 중얼거렸다.

"업체에 맡겨 깨끗이 세척하고 사이즈 조정도 했다만 옛날 거라 끼고 다니기는 무리일 거야."

"이런 걸, 저를······ 주셔도 돼요? 이렇게 귀한 걸······."

"물려받은 건데 나도 물려줘야지. 그냥 물려주신 대로 보존하고 싶어 여태 디자인은 손을 안 댔는데 원하면 고쳐서 하고 다녀도 된다. 아무튼, 이제 네 거니까 알아서 해."

진 이사장은 눈가가 발개진 윤우의 손에 알이 굵은 루비가 세팅된 반지를 끼워 주었다.

"어머 이쁘다, 얘. 네가 하니 별로 촌스러워 보이지 않는다. 그렇지 않니?"

"네, 너무 예뻐요. 어머니. 감사합니다. 여태 받아 본 선물 중에 제일 예쁘고 마음에 들어요."

윤우가 고개를 끄덕이며 목멘 소리로 말했다.

"도혁이가 준 거보다 더 말이니?"

도혁이 윤우에게 생일 선물로 준, 입이 떡 벌어지는 가격의 보석 세트에 대해 알고 있는 진 이사장이 장난스럽게 묻자 윤우는 망설이지 않고 고개를 끄덕였다.

"도혁 씨도 분명히 저랑 같은 생각일 거예요."

윤우는 반지 낀 손을 멀리 펼쳐도 보고 돋보기를 대듯이 가까이 들여다보기도 하며 구식 반지를 홀린 듯 바라보았다. 정말 선물이 마음에 든 눈치라 진 이사장도 기뻤다. 친정어머니에게서 받은 반지를 물려주는 의미를 윤우도 잘 알 것이다.

웬일인지 진 이사장은 어느 순간부터 윤우에 대한 감정이 꽤나 애틋해졌다. 어떨 땐 도혁보다 윤우가 더 친밀하게 느껴지기도 하니 확실히 일반적인 시어머니가 며느리를 대하는 감정과는 차이가 있었다.

그다지 너그러운 성격이 아닌데 이상하게 윤우가 하는 행동은 별로 거슬리는 데가 없을뿐더러, 말없이 그저 옆에 앉혀 두기만 해도 자연스럽고 마음이 편했다. 어디를 가든 데리고 다니고 싶고 집에 있을 때도 옆에 끼고 이것저것 같이하고 싶은 마음이 굴뚝같았으나, 눈치 없는 시어머니가 되기 싫어 많이 자제하고 있었다.

의외로 강단이 있고 제 생각도 확실해서 어떤 주제로든 대화 나누는 재미도 있었고 머리도 영리해서 집에서 아이만 키우게 하기 아깝다는 생각이 들었다. 윤우가 원한다면 자신이 운영하는 교육 재단 일부터 천천히 가르쳐서 나중에 사회생활도 하게 해야겠다는 미래 계획까지 혼자 세워 두었다.

며느리가 되기 전, 진 이사장은 윤우를 미워할 수밖에 없었다. 아무리 따져 보아도 온갖 악재를 몰고 와 아들 인생을 망칠 뻔한 아이를 예뻐할 수는 없었다.

시간이 지나는 동안 도혁의 선택을 되돌릴 수 없다는 체념과 윤우와 난관을 함께 겪으며 형성된 특별한 유대감, 저와 같은 처지에서 자란 것에 대해 연민이 뒤섞여, 정신을 차려 보니 오늘날 이처럼 마음에 받아들여 진심으로 예뻐하는 지경에 이르고 말았다.

윤우에게 너무 집착한다는 생각이 들어 조심한다고 하는데도 가끔 선을 넘을 때가 있었다. 특히 오늘처럼 윤우의 친정 식구들을 만날 일이 생기면 그 증상이 심해졌다.

"얘, 근데 오늘 너희 어머니 어디 편찮으셨니? 표정이 내내 어두우셔서 걱정했다."

시어머니에게 친정 식구들에 관한 얘기를 듣는 것을 좋아할 사람이 없다는 것을 알아서 참으려고 했지만, 결국 진 이사장은 말을 꺼내고 말았다.

윤우의 계모는 이상할 정도로 겉치레에 집착했다. 그 여자는 건이 백일 때 자신과 의논 없이 행사 규모와 장소를 정한 문제로 진 이사장이 보는 앞에서 윤우를 어린아이 나무라듯 훈계했다. 오만하고 무례한 사람이었다.

굳이 진 이사장 앞에서 일부러 그랬다는 건, 진 이사장에게 들으라는 소리였으며 시어른 앞에서 계모에게 혼나는 윤우의 입장에 대해서는 안중에도 없다는 소리였다. 딸 가진 집이라고 해서 상대 집안에 저자세로 나갈 필요 없다는 것은 진 이사장도 백 퍼센트 동의했다.

하지만 그것은 꼭 딸을 가진 부모라서가 아니라 반대 입장이어도 마찬가지였다. 자식이 결혼할 상대의 가족에게 예의를 갖추는 것이 제 자식을 위하는 일이라는 것은 다들 기본적으로 생각하고 있을 것이다.

그런데 윤우의 계모는 그런 예의를 딸 가진 집안의 저자세로, 혹은 경제적인 격차를 의식한 비굴한 행동으로 여기는 것 같았다. 그 여자는 결혼식과 아이를 출산하고 산후조리를 하는 과정, 그리고 건의 백일 같은 조율이 필요한 모든 일에 트집을 잡으며 비협조적으로 나왔다. 일단 이쪽 의견에 반대해야만 자신의 존재감이 살아나고 자존심을 지킬 수 있다고 생각하는 것 같았다.

그녀는 자신이 호락호락하지 않은 사람이며 아무것도 꿀릴 것 없다는 것을 증명하고자 했다. 결혼시킬 자식보다는 본인의 자존심이 우선으로 보였다. 윤우의 가족들을 몇 번 만나본 후, 윤우가 어째서 제 아이를 저와 같은 환경에서 자라게 하느니, 미혼모로 혼자 아이를 키우는 게 낫다고 마음을 먹었었는지 새삼 이해가 될 정도였다.

스스로는 모르는 듯했지만, 윤우가 시어머니인 자신과 있을 때보다 친정 식구들과 있을 때 오히려 더 긴장한다는 것도 진 이사장은 금방 눈치챘다.

물리적인 학대가 없었다고 잘 키웠다고 할 수는 없다. 윤우가 자라면서 겪었을 정서적인 학대는 겉으로 드러나지 않았을 뿐 속에 깊은 상처를 남겼을 게 분명했다. 윤우는 저를 키워 줬다는 이유로 계모에게 죽어도 못 갚을 은혜를 입었다고 생각했다. 제 계모를 원망하는 마음을 갖는 건 배은망덕한 짓이라고 여기는 것 같았다.

"어머니가 요새 컨디션이 좀 안 좋으신가 봐요. 어제도 몇 시간 못 주무셨다고 하더라고요."

조금이라도 제 계모에 대해 안 좋은 말을 들으면 얼굴이 하얘져서 변호하려고 애썼다.

원망해야 할 상대에게 오히려 죄책감을 느끼고 감정을 억누르고 살았을 테니 속이 멀쩡할 리 없었다.

"그렇게 몸이 불편하시면 집에서 쉬셔도 되는데 그랬구나. 내내 불편한 얼굴로 계시니 나까지 다 눈치가 보이더라."

"죄송합니다. 어머니가 불면증 때문에 두통도 있으시고……."

"너 죄송하라고 하는 말 아니야. 그냥 사돈집에 와서도 거리낌이 전혀 없으신 걸 보니 성격이 보통은 넘으시는구나, 했다."

"저희 어머니가 좀 솔직하신 편이라, 간혹 오해하시는 분들도 계시긴 한데……. 알고 보면 부드럽고 섬세한 면도 많으세요."

"그렇겠지. 사람이 어떻게 한 가지 면만 가지고 있겠니? 어쨌든 네가 그 밑에서 자라면서 꽤나 힘들었겠구나 싶은 마음이 들긴 하더라."

"제가 전에 드린 말씀 때문에 오해하실 수도 있는데 그건 그냥 여러 상황의 문제였어요. 어머니가 저를 힘들게 하신 건 없어요. 힘들었다면 저보다는 어머니가 몇 배나 힘들고 괴로우셨을 테고요."

"뭐, 그랬겠지. 서로 힘들었을 테지."

"어머니는 저를 위해 최선을 다하셨어요. 누구도 그 정도로 잘 키워 주시지는 못했을 거예요."

"……내가 이런 말 하면 네가 싫어할 걸 안다만, 나는 그런 생각이 안 들어. 너도 알다시피 나도 비슷한 환경에서 살아 봐서 하는 말이야."

"……."

"몇 번 보고 사람을 다 알 수는 없지만, 솔직히 나는 네 어머니가 너에게 좋은 환경을 제공해 줬을 거라는 생각이 들지 않는다."

"아니에요. 어머니. 그게……."

"내가 보기에 네 어머니는 자기 체면이 우선인 사람이다. 다 자기 만족하자고 하는 행동이지 그 속에 진심으로 너를 위하는 마음이 안 보여. 네가 바보도 아니고 그걸 모를 리 없다고 본다, 나는."

"……그래도 제게 따뜻한 밥을 차려 주시고, 졸업식 때마다 와

주시고, 생일을 챙겨 주신 분은 그분밖에 없는걸요. 어쨌든…… 제게 그렇게 해 준 사람은 그분밖에…….”

윤우의 코끝이 빨개져 있었다. 울고 싶은 걸 억지로 참고 있는 게 보였다. 진 이사장은 마음이 아파서 윤우의 등을 쓸어 주었다.

“네 어머니 흉보려는 게 아니야. 너 병날까 봐서 하는 말이야. 네 말대로 네 어머니, 힘드셨겠지. 밖에서 데리고 들어온 자식을 키우는 일이, 그 심정을 겪어 보지 않고 누가 짐작이나 하겠니.”

“맞아요…….”

“그렇다고 그분이 네게 아무렇게나 행동해도 된다는 뜻은 아니다.”

“…….”

“그분 수고를 깎아내리려는 것도 아니고, 너를 창피 주려는 것도 아니야.”

진 이사장은 마음이 아파 떨고 있는 윤우의 손을 끌어다 꼭 잡았다.

“너는 아무 잘못도 없어. 네가 짓지도 않은 죄 때문에 죄인처럼 사는 게 싫어서 그런다. 원망해도 돼. 미우면 미워해도 되고. 너 그렇게 참고 살다가 병나.”

“…….”

“내가 네 친정 흉보는 거 같아서 기분 나쁘니?”

“……아니요.”

윤우가 고개를 저었다.

“키워 준 건 감사한 일이다만, 그렇다고 그게 너를 마음대로 휘둘러도 된다는 얘기는 아니야. 네가 뭐든 다 참아 줘야 한다는 뜻도 아니고. 앞으로는 화나면 화내고 싫으면 싫다고 해.”

윤우는 진 이사장이 제 손을 다독이는 것을 말없이 내려다보고 있었다.

"네가 친정 식구들과 가깝게 지내든, 최소한의 도리만 하고 살든, 아주 안 보고 살든, 나는 아무 상관 없다. 다만 뭐든 너를 죽이고 억지로 참으면서 하지는 않겠다고 약속해라."

윤우가 입술을 깨물더니 작게 고개를 끄덕였다.

"나나 도혁이한테도 너무 잘하려고 애쓸 필요 없다. 지금도 충분하니까."

"네, 어머니. 감사…… 감사합니다."

순식간에 목소리가 잠겨 들더니 기어코 숙인 얼굴에서 눈물이 떨어졌다. 진 이사장은 여린 풀잎처럼 흔들리는 윤우의 어깨를 끌어안아 다독여 주었다. 윤우의 눈물은 오래 참은 사람답게 서럽고 길었다. 아무 말 하지 않아도 그 숨죽인 울음 속에서 많은 것들이 느껴져 진 이사장도 콧등이 시렸다. 불쌍한 것.

한참을 어르고 달래니 서서히 눈물이 잦아들었다. 휴지로 눈물을 닦은 윤우의 눈이 빨개져 있었다.

"지 마누라 울렸다고 건이 애비 눈 돌아가서 뛰쳐 내려오게 생겼네."

진 이사장은 윤우의 눈물을 닦아 주며 혀를 찼다.

"죄송합니다. 어머니."

윤우가 코를 훌쩍이며 민망한 듯 말했다.

"그렇게 큰일을 겪으면서도 안 울더니."

진 이사장은 안쓰럽고 가엾어서 그녀의 머리를 귀 뒤로 올려 주다 말고 문득 낮에 자신의 아버지에게 받은 전화가 떠올랐다. 사돈식구들 있을 때 정신없이 받은 전화라 여태 깜빡 잊고 있었다.

"근데 너희들 어디로 갈 건지는 정했니?"

"……네?"

윤우가 코를 훌쩍이며 진 이사장을 바라보았다.

"건이 돌 지나서 나간다며?"

"네? 어딜요?"

"건이 애비가 말 안 하든?"

"어디 간다는 얘기는 못 들었어요."

"아니, 그럼 너랑 의논도 안 하고 그런 소리를 벌써 할아버지한 테까지 말씀드렸다는 거니?"

"무슨……."

"오늘 외할아버지한테서 전화 왔는데 도혁이 10월부터 1년 동안 육아 휴직을 쓴다고 했다더라."

"네?"

윤우가 깜짝 놀라 눈이 커졌다.

"할아버지는 원래 내년 초에 도혁이한테 자리 내주고 물러나시 려고 계획하셨는데 도혁이 1년만 미뤄 달라고 했대. 저 육아 휴직 써야 한다고."

"육아 휴직이요?"

"전에 나한테도 그런 얘기를 하긴 했어. 너랑 신혼여행도 제대 로 못 가고 해서 건이 돌쯤에 셋이 외국에 나갔다 오고 싶다고. 나 는 잠깐 여행이나 다녀온다는 소리로 들었지 1년씩이나 살다 오겠 다는 줄은 생각도 못 했다."

진 이사장의 말을 듣고 있던 윤우의 입이 반쯤 벌어졌다. 아직 울음기가 다 가시지 않은 얼굴에 숨길 수 없는 기쁨이 아침 햇살처 럼 환했다.

"좋니? 셋이 산다니 벌써 좋아 죽겠어?"

"그게 아니라……."

"입이 귀에 걸렸네. 아주."

"아니에요. 어머니, 만약 정말 그렇다면 어머니도 같이 가셔야죠."

"도혁이한테 무슨 소릴 들으려고 내가 거길 쫓아가니? 됐다, 얘."

"그래도……."

"건이 보고 싶어서 그게 문제지, 나도 혼자 있으면 신경 쓸 거도 없고 편해. 도혁이 너한테 말 안 한 거 보니 나중에 놀라게 해 주려고 그러나 본데, 말할 때까지 모른척해라."

"아, 네……."

당장 올라가서 물어보려고 했는지 윤우가 약간 풀죽은 얼굴로 대답했다. 그 모습이 어린아이 같아서 진 이사장은 웃음이 나왔다.

"피곤할 텐데 올라가 쉬어. 건이는 애비가 재우겠지."

"네, 어머니 안녕히 주무세요."

인사를 하고 나가던 윤우가 문 앞에서 다시 뒤를 돌아보았다. 눈이 마주치자 뭔가 할 말이 있는 듯 머뭇거렸다. 아마도 고맙다거나 그런 말을 하고 싶은 듯해서 진 이사장은 미소를 지으며 고개를 끄덕였다.

"얼른 가서 자."

문이 조용히 닫히자 그녀는 코끝에 걸린 안경을 추어올리고 경전을 펼쳐 들었다.

❖

도혁은 아이를 재운 후 윤우를 기다리며 침대에 기대어 태블릿으로 다음 날 일정을 확인하고 있었다. 매일 밤 어머니에게 밤 인사를 하러 가면 함흥차사였다. 도혁이 5분에 한 번씩 시간을 확인하고 있을 때 마침내 윤우가 아래층에서 올라왔다.

"건이는 자요?"

윤우가 들어와 그를 쳐다도 안 보고 냅다 부부 침실과 연결된 아기 방으로 향하며 물었다.

"자요."

도혁은 아기 방으로 사라지는 뒷모습에 대고 대답했다. 윤우는 또, 자는 아이를 구경하느라 한참이나 있다가 나왔다. 도혁은 기다리다 지친 나머지 좀 심술이 나서 윤우가 침대로 들어와 옆에 앉았는데도 잠시 더, 업무 파일을 뒤적이며 모른 척했다.

"……바빠요?"

방해하지 않으려는 듯 잠시 조용히 침대 헤드에 기대어 도혁이든 태블릿을 바라보던 윤우가 조심스럽게 물었다. 윤우의 얼굴을 흘끗 내려다보던 도혁은 깜짝 놀라 기대고 있던 몸을 벌떡 일으켰다.

"얼굴이 왜 이래요? 울었어요?"

윤우가 예쁜 눈을 접으며 고개를 저었다. 도혁은 미산을 쯥히고 의심스러운 눈으로 윤우를 바라보았다. 눈가가 발갰고 약간 부어 있어 누가 봐도 운 얼굴이었다.

"어머니가 뭐라고 하셨어요?"

도혁이 심각해진 얼굴로 묻자 윤우는 대답 대신 해맑은 얼굴로 그의 앞으로 무언가를 쑥 내밀었다.

"이것 좀 보세요."

"뭐예요?"

도혁은 태블릿을 옆으로 내려놓으며 물었다.

"어머니가 저 주셨어요."

윤우는 몹시 자랑하고 싶은 얼굴로 눈을 반짝이며 대답했다. 도혁은 윤우의 손에서 보석 상자를 받아 열어 보았다. 상자 안에는 눈알만 한 자색 보석이 박힌 구식 디자인의 반지가 들어 있었다.

"이거 어머니 결혼하실 때 외할머님께서 주신 거래요."

"기억나요. 어머니 젊으실 때 자주 하고 다니시던 거네요."

반지를 본 도혁은 별다른 감흥 없이 말했다. 윤우는 도혁의 반응에 약간 실망한 표정이더니 그의 손에서 반지를 뺏어 제 손에 끼우고 보란 듯이 다시 그의 코앞으로 들이밀었다.

"이렇게 의미 있는 물건을 어머니가 저한테 주셨어요."

제 손에 낀 반지를 바라보는 윤우의 얼굴이 발그레해져 있었다.

"그래서 울었어요?"

"……너무 감사해서요. 너무 잘해 주셔서……."

윤우가 갑자기 도혁의 팔에 얼굴을 묻으며 작게 중얼거렸다. 아마도 다시 눈물이 나려 해서 참으려고 그러는 모양이었다. 도혁은 걱정이 되기도 하고 헷갈리기도 해서 억지로 윤우를 제 팔에서 떼어 내 얼굴을 들여다보았다.

"어머니가 너무 부담스럽게 하시죠?"

"전혀요."

윤우가 눈이 동그래져서 고개를 저었다.

"맨날 어디 데리고 다니려고 하시던데 힘들지 않아요?"

"아니요. 나는 어머니랑 같이 시장도 보고, 서예도 배우러 가고,

요리도 하고 그러는 거 너무 즐거워요."

"반어법이에요?"

"네?"

"일반적으로는 시어머니가 그렇게 집착하면 꺼리지 않나요? 조만간 나도 한 말씀 드리겠지만, 윤우 씨도 힘들면 힘들다고 말하고 거절도 하고 그래요. 계속 끌려다니면 좋아서 그러는 줄 아시니까."

"아니요! 어머니는 마음이 열린 분이라 말도 너무 잘 통하시고 정말 편하게 대해 주시는걸요. 진심으로 어머니랑 같이 다니는 거 좋아요."

"나는 윤우 씨가 내 앞에서는 아무것도 참거나 숨기지 않기를 바라요. 내 어머니라고 싫은 거 참으면서 살고 그러는 거 나는 볼 수 없어요. 나한테는 다 말해야 해요. 힘든 거든, 좋은 거든, 뭐든 말이에요."

"알았어요. 그럴게요."

윤우가 입꼬리를 올리고 순하게 고개를 끄덕였다. 그 모습이 예뻐서 도혁은 고개를 숙여 이마에 입을 맞추었다. 부끄러운 듯 귓불을 붉히며 잠시 도혁의 손가락을 만지작거리던 윤우가 다시 입을 열었다.

"……이렇게 행복해도 되는지 모르겠어요. 잠에서 깨면 다 사라지는 건 아니겠죠."

그 말 속에 그녀가 여태 겪어 왔을 외로움과 불안함이 그대로 느껴져 마음이 아팠다. 도혁은 안심시키듯 부드럽게 그녀의 코끝에 제 코를 비비고 입을 맞추었다.

"나도 그래요."

"뭐가요?"

"내가 낮에 회사에서 전화하는 이유가 그거예요. 윤우 씨가 여기 있는지 확인해야 일이 손에 잡히거든요."

"거짓말."

윤우가 피식 웃었지만 도혁은 진심이었다. 간혹 일정이 늦어져 늦은 밤 집으로 돌아와 어두운 계단을 올라갈 때도 불안을 느낄 때가 있었다. 2층 방문을 열었을 때 그곳에 텅 빈 어둠만 기다리고 있는 건 아닐까, 윤우도 아이도 제 환상이면 어쩌나 하는 말도 안 되는 불안이었다.

방문을 열면 희미한 어둠 속에서 맡아지는 아이와 윤우의 따뜻하고 달콤한 향기가 그를 얼마나 행복하게, 안심하게 만드는지 윤우는 모를 것이다.

도혁은 새삼 제 아내가 애틋해 가슴이 저렸다. 윤우가 손을 올려 저를 내려다보는 도혁의 뺨을 부드럽게 감쌌다. 서로의 눈을 들여다보다가 이끌리듯 입술이 맞물렸다. 거부감이 조금도 없는 부드러운 입술을 빨고 입속으로 혀를 넣어 따뜻한 점막을 훑었다. 혀를 얽어 빨아들이자 윤우가 도혁의 목에 팔을 감으며 사랑스러운 무게로 매달렸다.

도혁은 잠옷 위로 봉긋한 가슴을 부드럽게 감싸 쥐었다. 이미 단단하게 일어선 중심이 본능적으로 그녀의 몸속으로 들어가고자 욕망하는 것을 그는 일단 무시했다. 윤우가 잠옷 벗기는 것을 도우려 팔을 들어 올렸다.

어둠 속에서도 요정처럼 보얗게 빛을 발하고 있는 아내의 나신을 그는 잠시 넋을 잃고 내려다보았다. 그러다 이내 그녀의 팔목을 잡아 머리 위로 누르고 따뜻하고 보드라운 겨드랑이에 입술을 눌렀다. 윤우가 간지럼을 타며 몸을 비틀었다. 도혁은 아랑곳하지 않고 오목하게 들어간 곳을 혀로 핥기 시작했다.

"읏, 그만둬요. 간지러워요."

윤우가 앓는 소리를 내며 그에게 잡힌 손목을 빼려고 했다. 바둥거리는 게 귀여워 도혁은 한참 동안 더 그곳을 괴롭히다가 도발하듯 얼굴 옆에서 흔들리고 있는 가슴으로 입술을 옮겼다.

가쁜 숨으로 급히 오르내리고 있는 가슴을 크게 베어 물었다. 윤우의 입에서 얕은 신음이 새어 나왔다. 혀에 눌린 유두는 존재감을 과시하려는 듯 더 단단하게 응축했다.

그는 그것을 혀로 굴리고 어린아이처럼 빨았다. 윤우는 그의 머리카락 속으로 손가락을 넣어 어루만지며 작게 숨을 할딱였다. 그는 양손에 예쁜 가슴을 쥐고 아이스크림처럼 핥았다. 자꾸 집중을 방해하는 제 아랫도리의 요구를 묵살하고 그는 천천히 몸을 아래로 내렸다. 드러난 갈비뼈에 일일이 입을 맞추고 매끈한 배와 귀여운 배꼽에도 도장처럼 입술을 눌렀다.

영역을 표시하듯 남김없이 모든 곳에 입을 맞추며 그녀의 다리 사이로 몸을 숙였다. 윤우의 몸은 이미 넘칠 듯 젖어 있었다. 열기로 달아오른 몸에서 사람을 몽롱하게 만드는 감미로운 향기가 피어올랐다.

도혁은 오래 굶은 짐승처럼 그곳에 얼굴을 묻었다. 여전히 그런 행위에 부끄러움을 느끼는 윤우는 일시적으로 긴장해 허벅지에 힘을 주며 버텼다. 혀를 내어 길게 핥아 올리자 허리가 튕기듯 튀어 올랐다가 꽃처럼 몸을 열고 기쁘게 그의 애무를 받았다.

젖어 흐르는 골짜기 사이를 몇 번이고 넓게 핥다가 혀를 세워 입구를 깊이 찔러 넣었다. 윤우가 단말마의 신음을 내뱉었다. 젖은 것을 핥는 난잡한 소리가 방 안을 가득 채웠다. 그 소리에 맞춰 들려오는 애타는 신음이 점점 더 그의 피를 끓게 했다. 더는 참을 수 없었다. 도혁은 급히 옷을 벗었다. 성기는 고통스러울 정도로 곤두서서 이미 물을 흘리고 있었다.

그는 윤우의 다리를 넓게 벌리고 그 사이에 무릎을 꿇었다. 방망이처럼 딱딱하게 일어서서 잘 내려가지 않는 성기를 손끝으로 눌러 그녀의 입구에 맞추었다. 윤우의 손이 시트 자락을 꽉 움켜쥐었다. 도혁은 서두르지 않고 천천히 그녀의 몸속으로 제 것을 밀어 넣었다.

핏줄이 불거져 흉흉한 성기가 윤우의 몸을 최대치로 벌리며 느리게 사라지는 것을 도혁은 열기 어린 눈으로 내려다보았다. 제 것을 꽉 조이고 있는 윤우의 속살이 파들파들 떨리는 게 그대로 전해졌다. 맞물린 몸속 어딘가로부터 시작된 전율이 척추를 타고 둔중하게 그의 몸을 훑어 내렸다.

도혁은 끝까지 몸을 밀어 넣은 채 어둠 속에서 윤우를 내려다보며 숨을 골랐다. 윤우의 입에서 달뜬 신음이 흘러나왔다. 도혁은 침몰하듯 반쯤 벌어진 붉은 입술 사이로 혀를 집어넣으며 허리를 천천히 물렸다. 윤우는 그의 목에 팔을 두르며 입을 벌려 그의 혀를 받아들였다.

안부를 묻듯 고른 치열과 매끄러운 잇몸과 보드랍고 따뜻한 볼 안쪽 살을 샅샅이 훑고 목젖이라도 짓누를 듯 깊이 혀를 집어넣었다. 윤우의 막힌 입에서 앓는 소리가 새어 나왔다. 그는 얽혀 오는 혀를 올가미처럼 묶어 부드럽게 빨며, 몸을 뒤로 물려 단단히 맞물려 있는 그녀의 몸에서 커다란 성기를 천천히 빼냈다.

"흐웃, 으……."

윤우는 떨어지기 싫다는 듯 그에게 매달려 왔다. 귀두만 걸친 채 잠시 멈추었다가 다시 천천히 밀고 들어가자 온몸을 이완시키는 듯 만족한 신음이 들렸다. 그는 난폭한 포식자처럼 폭주하려는 본능을 누르고 최대한 부드럽고 길게 허리를 움직였다.

몇 번의 피스톤 질이 반복되는 동안 결합 부위에서 흘러나온 애액이 그들의 몸과 시트를 흥건하게 적셨다. 그의 허리 짓에 속도가 붙기 시작하자 입술을 물어 소리를 자제하고 있던 윤우의 입에서 더는 참지 못하고 자지러질 듯한 신음이 흘러나오기 시작했다.

그의 아랫도리가 윤우의 몸을 퍽퍽, 인정 없이 쳐댔다. 안을수록 갈증이 났다. 이미 제 여자임을 누구도 부인할 수 없을 테지만 더 갖고 싶어 안달이 났다. 도혁은 밀려 올라가지 않도록 윤우를 꽉 끌어안고 부술 듯 거칠게 허리를 움직였다.

"도혁 씨, 아, 훗! 도혁 씨 그, 그만……."

윤우가 절박하게 그를 부르며 숨넘어갈 듯 신음하기 시작했다. 그녀의 몸이 이전과는 다른 강도로 떨리는 게 느껴졌다. 도혁은 멈추지 않고 오히려 더 속도에 박차를 가했다. 윤우의 내부가 일순간 경직하며 그의 성기를 끊어 먹을 듯 옭죄었다.

"으, 읏……."

도혁은 이를 물며 신음을 삼켰다. 윤우가 절벽에 매달린 아이처럼 그를 삽았다. 떨어지지 않겠다는 듯 제게 필사적으로 메달린 윤우의 온몸이 빗속의 나뭇잎처럼 경련하고 있었다. 제 품에서 절정의 여운으로 떨고 있는 아내는 흐드러진 꽃처럼 그를 매혹했다.

전조처럼 뒷골이 오싹해지며 모든 근육이 단단하게 조여들었다. 제게도 한계가 가까웠음을 느꼈다. 그는 목전에 다다른 사정감을 누르며 마지막 피치를 올렸다.

빠르고 거칠게 밀려드는 그의 몸을 감당하지 못해 윤우의 유혹하듯 벌어진 입술 사이에서 흐느낌이 새어 나왔다. 도혁은 그것마저 아까워 입술을 겹쳐 모조리 집어삼켰다.

　그는 붉은 입술을 맞문 채 마지막으로 박아 넣듯이 거칠게 짓쳐들었다. 두 몸이 빈틈없이 완벽하게 맞물린 순간 해일과도 같은 거대한 전율이 그의 육체를 강타하듯 흔들었다. 불꽃이 가득한, 아득한 어둠이 시야를 뒤덮었다. 순도 높은 절정은 너무도 깊어서 고통에 가까웠다. 그는 제어할 수 없는 완력으로 아내의 여린 몸을 부술 듯 끌어안고 그 안에 제 모든 것을 남김없이 쏟아부었다.

　폭풍과도 같은 절정의 끝에 구원처럼 안온함이 밀려들었다. 이제 자신의 전부이고 제가 아는 유일한 세상이 된 아내에게로 그는 깊이 침잠했다.

『사랑하지 않을 이유』 완결

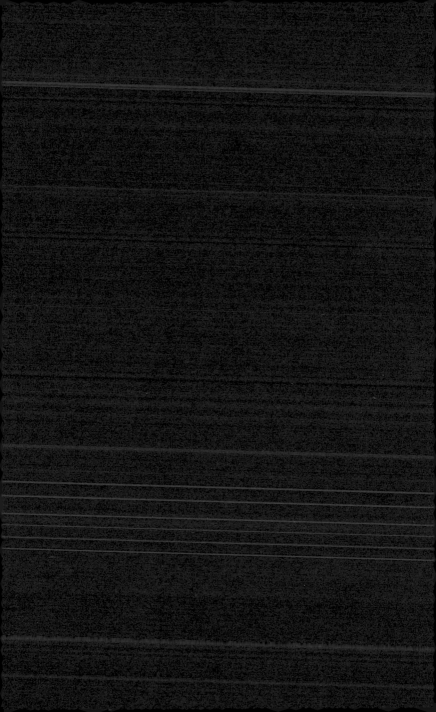